"创新报国 **70** 年"大型报告文学丛书

中国科学院 中国作家协会 中国科学技术协会 联合组织创作

耕海探洋

许晨 著

浙江教育出版社·杭州

指导委员会、编辑委员会成员名单

今年是中华人民共和国成立70周年。70年时间，在历史的长河中如白驹过隙，但在中华民族的历史上却是浓墨重彩。中国人民在中国共产党的领导下，从苦难深重的旧中国站起来，在一穷二白的条件下富起来，在百年未遇的变局中强起来，中国特色社会主义事业取得了一个又一个巨大成就。

成立于1949年11月1日的中国科学院，始终与祖国同行、与科学共进——70年来，在党中央、国务院的坚强领导下，几代科学院人不懈努力、顽强拼搏，始终以"创新科技、服务国家、造福人民"为己任，为我国经济发展、社会进步、国家安全等诸多方面做出了重大贡献，成为党、国家、人民可以依靠和信赖的国家战略科技力量。70年峥嵘岁月，中国科学院产出了一大批创新报国的科研成果，涌现出一大批创新报国的先进代表和典型事迹，几代中国科学院人共同谱写了创新报国的华彩乐章。

"创新报国"是中国科学院的优良传统。无论是1965年在世界上首次人工合成牛胰岛素，抑或1988年北京正负电子对撞机首次对撞成功，还是 2017 年构建天地一体化广域量子通信网络，中国科学院人创新报国矢志不渝。以北京正负电子对撞机为例，邓小平在参观北京正负电子对撞机国家实验室时指出："任何时候，中国都必须发展自己的高科技，在世界高科技领域占有一席之地……高科技的发展和成就，反映了一个国家和民族的能力，也是一个国家兴旺发达的标志。"北京正负电子对撞机的建成，奠定了我国在粒子物理学领域的国际领先地位，是继"两弹一星"之后，我国在高科技领域的又一重大突破性成就。党的十八大以来，习近平总书记始终把创新摆在国家发展战略全局的核心位置，指出"科技是国家强盛之基，创新是民族进步之魂"。中国科学院发扬创新报国的优良传统，不辱使命，再立新功，从"中国天眼"、散裂中子源等重大科技基础设施，到"悟空"号暗物质探测器、"墨子"号量子实验卫星、"慧眼"硬X射线调制望远镜卫星等系列科学实验卫星，再到铁基高温超导、多光子纠缠、中微子振荡新模式、水稻分子育种、量子反常霍尔效应等基础前沿重大创新成果，都充分体现了国家战略科技力量的使命担当和实力水平。

"创新报国"是中国科学院人科学精神的集中体现。无论是扎根边疆、献身植物科学研究的蔡希陶先生，坚持实地调研、重视一手资料的地理学家周立三院士，还是时代楷模"天眼"巨匠南仁东先生、药理学家王逸平先生，他们都用毕生的科学实践诠释了求实、创新、奉献、爱国的科学精神。以南仁东先生为例，为了给"天眼"选址，他跋山涉水，在贵州的深山里奔波了12年；身为项目首席科学家兼总工程师，他淡泊名利，长期默默无闻工作在一线。我们要珍惜这些宝贵的精神财富，大力弘扬他们在科研工作中体现出来的科学精神和专业精神，营造良好的创新文化氛围，推动创新文化建设，增强广大科研工作者的历史使命感和责任感。

"创新报国"是中国科学院科学文化的核心理念。科学文化是影响创造性科研活动最深刻的因素，是科学家创造力最持久的内在源泉。基础研究和原始创新要求科学家具有勇于探索、敢为人先的创新精神，严谨认真、锲而不舍的治学态度，无私忘我、甘于奉献的崇高人格，不辱使命、至诚报国的伟大情怀。中华人民共和国成立之初，百废待兴、百业待举。竺可桢、吴有训等一批饱经战火洗礼的爱国科学家毅然选择留在新中国；赵忠尧、钱学森、郭永怀等一批优秀科学家纷纷放弃海外优厚的生活条件，克服重重阻挠回到祖国。在当时十分艰苦的条件下，他们以高度的爱国热忱投身于新中国的科技事业，积极参与新组建的中国科学院的建设，研制"两弹一星"，制定"十二年科技规划"等，使新中国许多空白领域得到填补，新兴学科得到发展。中国科学院70年的奋斗历程，始终依靠的就是这种文化和精神，我们必须珍视和弘扬。

　　"创新报国"对新时期我国科学文化建设具有重要意义。科学文化本质上是一套行为准则、社会规范和价值体系，包含科学知识、科学方法、科学思想、科学精神等方面。一方面，"创新报国"已经内化为我国科学文化的一部分。"服务国家、造福人民"不但是广大科技工作者的历史使命和社会责任，也是科技工作的出发点和落脚点。另一方面，科技工作者在具体的创新活动实践中，不断深化和丰富了科学文化的内涵。他们所取得的面向世界科技前沿、面向国家重大需求、面向国民经济主战场的创新成果，帮助我们进一步坚定了民族自信和文化自信，为科学文化建设提供了强有力的科技支撑。

　　五年前，出于提高全民族科学文化素养的共同责任，中国科学院、中国作家协会、中国科学技术协会前瞻性地部署了"创新报国70年"大型报告文学丛书项目，目的是聚焦"创新报国"的主题，回顾我国70年重大创新成就，展现杰出科技工作者群体风貌，倡导科学精神、奉献精神和创新精神，弘扬爱国主义、集体主义和理想主义。

　　五年时光，倏忽而逝。这期间，作家舟车劳顿、深入基层采风，审读专家埋首伏案、逐字逐句精心审读，中国科学院研究所同志翻检档案、提供支撑保障，中国作家协会、中国科学技术协会、中国科学院机关和工作团队的同志们鼎力支持、居间协调，浙江教育出版社的同志仔细审稿、严控质量。几许不眠夜，甘苦寸心知。而今，"创新报国70年"大型报告文学丛书首批作品即将付梓与读者见面，相信这批融合了科学与文化、倾注了心血与智慧的作品，这套向历史致敬、向时代献礼的报告文学，能让我们重温激情燃烧、砥砺奋进的70年岁月，进一步坚定执着前行、无悔奋斗的信念，去努力实现建成世界科技强国的美好梦想。

中国科学院院长、党组书记

白春礼

中国科学院学部主席团执行主席

2019年6月

海洋里的人类风景

李炳银

据现今科学研究，生命是从海洋生成并起步上岸的。海洋是生命的摇篮，是地球文化的根本源。可是，因为海洋辽阔，风浪汹涌，环境复杂，一直生活在陆地上的人类，对于海洋的认识研究，即使到了今天这样的阶段，也还似乎是表层和浮浅的。所以，"耕海探洋"，既是一个伟大的目标追求，也会是一个艰难曲折和充满诱惑与欢乐的过程，更是一个展示人们的智慧、毅力、精神、性格和情感的巨大舞台。也正是因为这些，作家走向海洋、文学与人们认识探究海洋的活动紧密联系，就是富有广阔前景和不断展示新景观的有益活动，需要给予赞赏和期待！

近些年来，当代作家许晨自 2014 年 6 月登上我国载人潜水器"蛟龙"号的工作母船"向阳红 09"船，开始深入采访，创作出长篇报告文学《第四极——中国"蛟龙"号挑战深海》；此后又跟踪追访我国不幸失踪的当代单舟单帆航海探险家郭川的生命事业历程，创作出长篇报告文学《郭川的海洋》；到 2018 年 7 月登上"科学"号出海，现场观察感受和描绘我国海洋科学调查的情景，创作出这部长篇报告文学《耕海探洋》，许晨已经在这个海洋文学创作的平台上精彩展现多时，并且有很好的收获了。这是他继获得第七届鲁迅文学奖之后，又一部成功的海洋纪实文学新作，非常值得祝贺与肯定！

关于海洋的文学创作，此前国内外都有不少，但多数是源自于想象的神话传说和小说、童话作品。这些作品写到了海洋的神秘奇异、海洋探险、海洋丰富多彩的存在等丰富情形，对于普及传播海洋知识有很大价值。但是，在面对浩瀚神秘和诡异丰富的海洋对象时，这些文学的感受表达，显然因为作家自身的局限和人类对海洋认识了解的肤浅而存在着很大的不足。也有一些探险家闯荡海洋，探求神秘的行动记录，可是也因为当时各项条件的简陋而过于稀少与零碎简单。因此，伴随着人类科技手段的不断更新，持续走向海洋的脚步加快，认识海洋和主动以文学的方式表现人类的海洋科学考察活动，将是一个非常具有诱惑力和新鲜意义的文学创作领域。许晨在这个领域率先有为，或许会成为一个出征的号角，让更多的人产生方向的意识，对丰富和推动中国的海洋意识，繁荣海洋文学创作发挥积极的作用。

《耕海探洋》，是作者依据自己的海洋文化研究和科学考察现场见闻感受，真实书写的文学报告。作者巧妙地以"科学"号的一次实际考察过程为经，以中国科学院海洋研究所的发展历史为纬，在经纬两条线的交织互动中，对中国乃至世界的海洋科学考察情形，做了清晰而又形象生动的梳理描述。这在报告文学文体上也是有所创新的。"科学"号的出现，是我国海洋科学考察研究由近海走向远海大洋，由落后进入先进的一个标志。我国拥有18000多公里的大陆海岸线和300多万平方公里的管辖海域，是一个海洋大国。虽然存在着很丰富的有关海洋的神话传说，明初还有过郑和率领庞大船队七下西洋的辉煌壮举，可是后来在封建王朝的躲避推却中，却自我禁海数百年，造成与海相背、人为封闭的局面，疏远了与大海的联系，对海洋的调查研究更无从谈起。这是民族委顿悲哀的历史，也是导致我们的海洋海权意识淡薄和研究落后的一个重要原因。中华人民共和国成立之后，破除海禁，但是由于各方面条件的限制，我们的海疆保卫和海洋研究利用还只能够是"在近海打转转"，时常有着"望洋兴叹"的遗憾。可是，即使在如此艰难的条件下，著名胚胎学创始人童第周在"童鱼"培植、海藻学奠基人曾呈奎在海藻植物培育、郑守仪先生在有孔虫研究等领域，都获取了世界性的领先成果。尽管如此，还是应当承认，在对海洋的科学研究等很多方面，我们是落后于世界领先国家的，差距十分明显。

自上个世纪七八十年代，国家实行改革开放政策之后，思想解放，经济发展，科学昌明，技术提高，相关海洋研究的战略性举措也随之展开落实。"科学"号科考船就是在这样的背景下立项建造并投入使用的。这条目前在世界范围内仍处于先进水平的科考船，为中国的海洋调查研究提供了很好的平台，使海洋科研由近海奔赴大洋具有了条件和可能。许晨受中国科学院和中国作家协会委托，随"科学"号出海采访体验，在船上的所见所闻，都在真实地呈现这个新的海洋研究平台上的精彩情景。作者用"日记"的形式陆续描述的很多现场和人物行为，其真实新颖和生动形象感非常突出，使人感奋。像调查"海山"热液的情景，最初获取"可燃冰"资源的欣喜，像在南京全运会前用海洋科学手段消除"蓝藻"泛滥的情形，年轻海洋科学家周慧走上中央电视台《开讲啦》专栏节目等，都十分的令人感慨和感动。海洋研究的这些现实的创新成果，是对落实中科院海洋研究所提出的"耕海探洋，唯真求实，博学创新，厚德致远，科技报国，创新为民"信念目标最好的注释。大洋和深海，已经成为中国海洋科学调查研究的主战场。

《耕海探洋》在对"科学"号的现场精彩描述的同时，作家结合海洋调查研究的新鲜内容，用纬线串联的方式，对世界范围内的海洋探险调查历史和中国海洋研究的历史内容，给予了简练清晰和形象个性的叙述，向人们展示了全局和历史的深入与丰富。这里既有中国《周易》"刳木为舟，剡木为楫……致远以利天下"的记述，也有西方哥伦布、麦哲伦、汤普森等探海人的冒险行踪。有西方"挑战者"号、"勇士"号、"羚羊"号、"极地"号等科考船的历史航迹，也有新中国"金星"号、"实践"号、"科学一号"的前世今生等。但最充分丰富的还是中国海洋研究所从第一任所长童第周到曾呈奎、孙松、王凡等所长，毛汉礼、郑守仪、刘瑞玉、秦蕴珊、吴尚勤、娄康后、王荣、纪明侯、侯保荣、胡敦欣、张福绥、杨红生、李乃胜、俞志明、曾志刚、徐奎栋、周慧、张鑫、王敏晓等新老科学家，伴随海洋研究所发展的岁月各自在不同领域开拓创造的动人内容。像曾呈奎、毛汉礼等宁愿放弃国外优渥生活，选择回国贡献、放弃荣誉地位并经历曲折而不悔进取的精神性格、民族感情；像胡敦欣、娄康后、张福绥在海流、船蛆防除、扇贝养殖等课题研究的创新收获过程中，表现出的科学精神和坚毅性格及国家情怀等，都十分令人感动和尊敬。这些充溢着满满的精神品德和情感、专业内容的各种人生命运故事，充实和成就了《耕海探洋》这部报告文学的温度和内涵，丰富而质地纯美。中国海洋科研在海洋调查和科学课题研究创新，在科学地利用海洋资源，追求"海洋农牧化"的道路上成果丰硕，在这个从近海沿岸的活动经历艰辛曲折到如今挺身走向大洋深海，向更加丰富神秘的海洋领域探析的伟大迈进过程中，非常真实具体生动地记录着中国社会的历史递进，以及海洋科学家们的心灵精神和国家使命担当情怀。所以，这种凝结在一个科学部门和很多科学家人生事业中的不凡历程，就很分明地反映着中国不断走向海洋深处的道路轨迹，富有历史的价值意义。而在这个地方，长于写实表达的报告文学拥有了丰厚的基础支持，《耕海探洋》也因此很好地表现了报告文学这种文体的个性特殊作用和现实历史力量。

许晨是一个有激情和担当的作家，富有社会建设性和人文情怀。这次，他宁愿忍受在大洋上颠簸晕船的痛苦，身临现场观察采访，因此《耕海探洋》中的很多第一手资料的获得和作者的直接感受，就真实地表达出科研现场的浓烈氛围和动人情趣。那些乘风破浪深入远海大洋的艰辛情景，不少很难再经叙述呈现的内容，就得以鲜活地保存，具有了生动感人的力量，不愧人们称他为"海洋作家"。当然，相比于对科学家命运起伏的描写，这种科研历程的描述文字如再多展示些丰富的细节就更好了。

《耕海探洋》是报告文学伴随我国深入大洋远海，以现代科技手段调查研究海洋情形的开"先河"作品。其中关于人类走向海洋的很多传奇经历，中国由"望洋兴叹"到深海扬帆的现实表现，中国在海洋调查和科研过程中几代科学家的使命担当和智慧追求、坚定意志品格等，都有丰富多彩引人入胜的文学书写。这种文学对大海行者的观察思考和艺术描绘，很好地丰富了文学的天地内容，使作品具有了大海的气息和波浪翻卷的景象，为发展我国海洋文化做出了应有的贡献。感谢所有从事中国海洋科学研究的人们，感谢作家许晨！

2019 年春天写于北京

（本文作者系中国报告文学学会常务副会长、中国作家协会报告文学专委会副主任、全国报告文学理论研究会会长、《中国报告文学》杂志主编、著名文学评论家。著有《文学感知集》《小说艺术论》《国学宗师——胡适》《生活 ·文学与思考》《当代中国报告文学流变论》等著作。）

大海给了我们茫茫无定、浩浩无际和渺渺无限的观念；人类在大海的无限里感到他自己的无限的时候，他们就被激起了勇气，要去超越那有限的一切……

——黑格尔

目录

第一章　中国“科学”号

（作家远航日记之一）

Chapter One

2018 年 7 月 9 日　星期一　阴有小雨
青岛薛家岛码头

　　天空一直阴沉沉的，灰色的云团压得很低，间或飘过星星点点的小雨。可是我的心里却充满了阳光，明朗而欢畅。经过了多次申报、联系，今天我终于登上了"科学"号海洋综合考察船，作为一名科考队员，前往远海体验、采访了。

　　上午 10 点多钟，我按照预定计划，乘车来到了黄岛长江东路 8 号的中国科学院海洋研究所西海岸园区船舶中心码头，拖着一个拉杆箱，沿着扶梯上了船，走进了分配给我的 505 舱室。这是一个大约十二三个平方的单人房间，"麻雀虽小，五脏俱全"，写字台、沙发、电视、电话、卫生间，应有尽有，俨然星级宾馆待遇，比我上次随乘的科考船强多了。

　　四年前——2014 年 6 月，我曾经随同载人潜水器"蛟龙"号的工作母船"向阳红 09"船，前往西太平洋实施试验性应用航次。那是一艘 30 多年的老船了，设施落后且已老旧，为了照顾作家，让我住上了双人间，但卫生间还都是公用的。如今的"科学"号是我国自行设计制造的综合科考船，无论驾驶系统、科研装备，还是生活设施，都是国际一流的，堪称世界上最先进的科考船之一。从这一点上，就明显地感觉到我们国家科研实力和装备设施水平极大地提高了！

午饭后，科考队员们领到了装备：橘红色的工作服、便于抓地的工作鞋，还有生活用品等等。为了保障安全，当进入工作状态时，必须穿上统一的工作服，佩戴安全帽。按计划，"科学"号将在下午1点30分起航。海洋所领导和有关方面人员前来送行。

"呜——呜——呜——"

随着三声长长的汽笛鸣响，一艘上白下红两种颜色相间、漂亮威武的科学考察船起航了。需要说明的是：一般船舶出航是向前开行，只需鸣笛一声即可，"科学"号则十分先进，可以横行或倒行离开，而倒行时则需三声响笛。现在它就是倒行离开码头的。

在右舷靠码头一侧栏杆前，我作为一名特邀科考队员，与本航次首席科学家张鑫、科考队长王敏晓和全体乘员身穿统一紫红色工作服——胸前绣着一面五星红旗、背后印有"中科院海洋所"几个大字，像海军出航"站坡"一样整齐地列队，与前来送行的人们告别。

恰巧，中央电视台大型科普节目《加油，向未来》在现场录制节目，年轻的女导演一声令下，船上船下的人们互相挥手致意："再见了！再见了！""祝愿'科学'号早日凯旋！"……

本航次首席科学家是海洋所深海中心的张鑫研究员。这是一位高大帅气、年轻有为的海洋学家。我曾在所里采访过他。他告诉我，此次主要是进行西太平洋冲绳海槽和南海冷泉调查，时间为26天左右。今天刚刚起航，他正忙着，许诺等到稍有空闲再详细介绍。正常行驶之后，我走上驾驶舱，观看他和大副等船员们操船航行。

"左舵五！"

“五舵左！”

“把定！”

“是，把定！”

驾驶台上，一身洁白工作服、有着丰富航海经验的船长孙其军手持望远镜，像一位临阵的将军一样，密切观察着前方海况，不时地下达着口令。年轻的操舵手则一句一句复述着，谨慎地操作。尖尖的船艏像一具锋利的犁铧，翻开滔滔碧波，两道白浪航迹翻卷在船舷两侧，轮船以每小时10海里的速度驶出胶州湾。不一会儿，就把母港——青岛西海岸薛家岛码头和美丽的城市岸线远远地留在身后了。

这一天是2018年7月9日，我国最先进的综合科学考察船“科学”号，出海执行“热带西太平洋海洋系统物质能量交换及其影响”科研调查航次。这是中国科学院战略性先导科技专项，其中包含数个海洋研究前沿课题，计划船时一个月。为了书写我国艰辛曲折的海洋科考历程，纪念改革开放40年和中华人民共和国成立70周年，作为一名致力于宣扬海洋文化的作家，我有幸受中国科学院和中国作家协会选派，随船出航体验、采访、写作。

看到“科学”号，我首先被其英武而别致的外貌深深吸引了！流线型船体，宽大的甲板，通体洁白的上层建筑上耸立着高高的球形全球卫星通信天线，挺拔的前桅杆，360度环视驾驶室，好似无敌海景房一样，个别位置还装了落地玻璃窗，视野异常宽阔明亮，茫茫海天尽收眼底。其他船上笨重的舵轮没了踪影，取而代之的是一排高科技电子仪表盘，显示出高度的自动化控制水平。船身亮丽的“中国红”底色上赫然印着两个草书大字——“科学”。

好啊！这是一艘中国自主设计的可进行全球海洋探测的船舶，是世界一流的海洋科学综合考察船。它的横空出世，真正意义上开启了我国从浅海走向深海、从近海挺进大洋的蓝色征程，为揭示深海大洋甚而深渊海底奥秘提供了强大的平台。国际著名的权威科学杂志《自然》充满感叹地报道说："科学"号的使命可媲美600年前郑和下西洋的壮举，中国已经完全具备开展深海研究的能力。

然而，亲爱的读者你知道吗？中华人民共和国成立后很长一段时间内，我们的海洋科学工作者总是"望洋兴叹"，只能在近海边上"打转转"，根本无法深入那时而碧波如镜、时而风狂浪高的深海大洋。

"海洋强国"似乎只是一个遥远的梦……

公元2018年仲春时节，山东半岛上的璀璨明珠——美丽而浪漫的青岛，如同一座姹紫嫣红的百花园一样，盛开怒放在波光粼粼的黄海之滨。中山公园红艳艳的樱花笑逐颜开，八大关里的碧桃、海棠争奇斗艳，汇泉广场中的青松翠柏和绿毯一样的草地，鲜灵灵闪亮亮，就连小鱼山、金口路周边住户人家的花墙栅栏间，一簇簇粉红色的蔷薇、鹅黄色的迎春探头探脑地挤了出来。真个是：满园春色关不住，一枝红杏出墙来……

我提着简单的行装——其中最主要的就是一台笔记本电脑和一些海洋书籍，兴致勃勃地穿过这春意盎然、一派生机的城市，来到了此行的目的地——中国科学院海洋研究所。综合处处长刘洋和主任科员王敏，热情地把我接到了位于3号楼的党政办公室，代表王凡所长、王辉书记表示欢迎——两位主要领导人正在北京开会，择时专门会见并接受采访。而后，他们与我坐下来详细洽谈，介绍情况，安排日程和工作计划。

我自从全身心地投入海洋文化事业之后，一心扑在研究与创作上面，几年来有关海洋的作品不断涌现：在青岛建制 120 周年之际，我发表在《人民日报》上的散文《青岛的记忆》，以古观今，托物言志，写出了一个小渔村的沧桑变迁，获得了第五届冰心散文奖；以海洋研究所郑守仪院士经历为主，写成的传记文学《海洋之心》，讴歌了海洋科学家的献身精神；尤其是我跟随载人潜水器"蛟龙"号远赴太平洋科学考察近两个月，历经台风大浪考验，归来后写出的长篇报告文学《第四极——中国"蛟龙"号挑战深海》，深获好评，入选 2016 年中国优秀报告文学作品排行榜，荣获山东省"中国梦"征文一等奖。从而奠定了我不怕风浪、勇赴大洋，成为一名海洋作家的坚实基础。

当中国科学院、中国作家协会高瞻远瞩，组织撰写"创新报国 70 年"报告文学丛书向中华人民共和国成立 70 周年献礼，挑选能够反映新中国海洋科研历程的作家时，自然而然将这项重任放在了我的肩上。毫无二话，我衷心感谢各级领导和大家的信任，欣然应邀深入海洋研究所，与负责党务行政宣传工作的综合处接洽后，开始了又一次难忘的海洋文化航程。

说起来，我与刘洋处长是老朋友了。他老成持重，可实际年龄并不大，属于年富力强的中层干部。早在两年多以前，海洋生物学家郑守仪院士邀请我前往她的家乡——广东省中山市三乡镇，参观考察她的科研成果——放大雕刻的海洋有孔虫模型雕塑园时，研究所的陪同人正是刘洋。我们一同度过了一段愉快而有意义的南方之旅。当时，他听说我曾经乘上"蛟龙"号工作母船"向阳红 09"船，亲临"蛟龙探海"现场，写出了一部颇有影响的海洋报告文学，立即爽快地表示："我们所的'科学'号考察船十分先进，每年都会去太平洋科考，欢迎你也来体验采访啊！"

"好啊，我很想再到深海大洋走一趟。"

本来以为是一句客气话，不料如今变成了现实。在刘处长的办公室里，我们笑着谈起这段往事，都感觉到似乎早就约好了似的。按照我多年的采访体会和写作习惯，要想写好一部写人记事、真情实感的报告文学作品，必须亲临现场实地考察一番，因而随乘"科学"号考察船就安排在采访日程中了。

简要洽谈之后，刘洋处长安排办公室的王敏领我走走看看，大致熟悉一下环境。年约30出头的小王是一位面容秀丽的女科员，一头乌黑的短发，戴着一副近视眼镜，热情干练。她陪同我相继参观了海洋研究所史成果展厅、海洋生物标本馆、海洋生态与环境科学重点实验室、海洋环流与波动重点实验室、文献信息中心、餐厅与研究生公寓楼等等，使我对新中国第一个海洋科研机构有了初步的了解和认识。

我们走进一座科研楼时，在一楼大厅看见几位慈祥而睿智的老人：有的微笑着透着愿与每个人交朋友的神情，有的充满期待地望着来来往往的年轻学子，也有的凝神静气似乎还在思考什么科学问题……走到他们面前，我不禁肃然起敬，放慢了脚步，久久地凝望着。啊，那是放大镶在墙壁上的一排历年在本所工作的中国科学院、中国工程院院士的照片！他们都是海洋科学家，是我国海洋科研事业的先驱和柱石！

照片上的科学家一共是九位：童第周、曾呈奎、毛汉礼、秦蕴珊、刘瑞玉、郑守仪、胡敦欣、侯保荣、穆穆。其中前五位已经离我们远去，离开了他们奋斗一生的海洋事业，可是他们的传奇人生、他们的精神力量、他们的人格魅力必将永久地留在这片土地上和蔚蓝色的海洋里。他们就像天上的恒星一样，夜夜闪亮在幽深的天空中，照亮我们前进征途上的星辰大海……

楼道走廊两边，分门别类镶嵌着海洋知识介绍和科研项目展板，图文并茂，琳琅满目。其中，一块铭牌映入了我的眼帘，上书几行大字："耕海探洋 唯真求实 博学创新 厚德致远 科技报国 创新为民。"这是中国科学院海洋研究所的所训啊！也是一代代海洋科学家终身为之奋斗的信念和理想！

蓦地，写在前面的那四个字如同电光石火一样，闪过我的脑海：耕海探洋！好啊！大气磅礴，生动形象，完全可以作为长篇报告文学的书名，同时彰显了这部反映海洋科学事业纪实作品的主题思想！

走出海洋所的大门，我回身久久凝望着这座朴实无华而又丰富多彩的大院——它坐落在青岛最美丽的海滨之一，身后是中山公园、汇泉广场，身前是八大关风景区、第一海水浴场，红瓦绿树银浪涌，蓝天碧海金沙滩。景色绮丽，游人众多，闹中取静。面对着蓝色的大海波涛，潮起潮落，年复一年，科研人员们心无旁骛，精益求精，默默工作着，为了祖国的海洋事业奉献青春和热血。

从某种角度上说，他们就是这个时代里最可爱的人啊！

那座20多层的高楼上，从上到下书写着一行草书大字：中国科学院海洋研究所。那一排排实验楼、办公室外墙上，镌刻着中科院海洋研究所的标志和英文缩写：IOCAS。此时此刻，我又忽发奇想了——瞧，这就是作家的职业"毛病"或称"习惯"，形象思维常常不经意间冒出来：

整个海洋所大院仿佛是一艘巨型的科学考察船，最高的大楼形似驾驶台和主桅杆，位于南海路大门前高高飘扬着的五星红旗，正如在公海航行舰船上的国家象征。每座办公楼好像一个个舱室或实验室，而一位位科研人员就是船员、水手和科考队员，驾驭着它在波涛起伏的科学海洋里航行、考察和科研，为共和国的经济社会发展、为中华民族的伟大复兴奋发拼搏，勇往直前。

这是真正的"科学"巨轮！

这是中国"科学"号，正在劈波斩浪，驶向深海大洋。如今，我作为一名科考队员，将随同走进"深蓝"，迎来一段不平常的航程……

第二章　探寻海洋的奥秘

Chapter Two

一、人与海洋

生命起源于海洋。

海洋是人类的摇篮。

航天员从宇宙飞船上观察茫茫太空，非常容易地将人类赖以生存的家园——地球，与其他天体星辰区分开来。因为只有地球是一颗蓝色的星球，那是一望无际的蔚蓝色的海洋，覆盖着地球 71% 的表面积。从这个意义上来讲，似乎叫它水球更为合适，而陆地则像是点缀在浩瀚海面上的一个个海岛……

是啊！蓝色海洋敞开博大而温暖的胸怀拥抱着万物生灵，为苍茫大地提供了物种生存的平台和营养。她以其独特的神奇波涛呼风唤雨，吞云吐雾，调节自然气候，孕育海陆生命，储藏海底矿产，沟通商贸航道。无数事实证明：在人类进步的文明发展史上，到处闪耀着晶莹剔透的蔚蓝色。难怪古往今来人们反复强调：谁拥有了海洋，谁就拥有了世界！

我们中国拥有漫长的海岸线，仅大陆岸线就有 18000 多公里。又有 6000 多个岛屿环列于大陆周围，岛屿岸线长 14000 多公里，它们绵延在渤海、黄海、东海、南海的辽阔水域并与世界第一大洋——太平洋紧紧相连，这就为中华祖先进行海上活动、发展海洋事业提供了极为便利的条件。然而，最早的"探索开发""研究利用"海洋，还是为了解决"民以食为天"的吃饭问题。

在距今数千年甚至上万年的上古年代，一片洪荒，刚刚进化而来的人类过着茹毛饮血、兽皮为衣的日子。每天一睁开眼就如同鸟兽一样，四处觅食，填饱肚子。生活在沿海的原始人发现退潮之后的海滩上，贝类和海藻可以食用，纷纷拾取果腹充饥。后世考古竟挖掘出堆积如山丘一样的残留贝壳及部落遗迹，称之为"贝丘遗址"。

潮起潮落，云卷云飞。人们在向大自然索取生存之道的进程中，又学会了捕鱼而食、煮海为盐。古代文献《山海经》记载："捕鱼水中，两手各操一鱼。"《庄子》一书中也说："投竿东海，旦旦而钓。"由此可见，中华先民们早在"盘古开天、女娲造人"的神话传说中，就懂得了"靠山吃山，靠海吃海""以梦为舸，向海而生"的道理。

不过，进行海上活动，无论是捕鱼晒盐，还是交通往来，首先就需要有船只，这是海洋科技的第一步。我国的造船史绵亘数千年，早在远古时期就开始了。

生命之源在于水。

原始人生产水平很低，水是生存的必要条件，逐水而居，渔猎为生，在和大自然搏斗的过程中，逐步观察了解了大自然的特性。那么，先民们究竟在何时何地创制了舟船？已很难考证，至少在新石器时代（约10000年前—4000年前），祖先就广泛使用了独木舟和筏，并以其非凡的勇气和智慧走向海洋，为我国的航海业奠定了基础。

那时的人们饲养牲畜，将兽皮充气后制成浮具——皮囊。"伏羲氏始乘桴"（桴就是筏），进而"并木以渡"。据晋郭璞注《尔雅·释水》的解释，木筏为簰，是大筏，竹筏为筏，是小筏。即将几根木头或竹子捆起来，以筏济物，乘筏渡河。据考证，筏就是新石器时期我国东南部的百越人发明的。筏是舟船发明以前出现的第一种水上运载工具。

当人类进入新石器时代以后，已能制造石斧、石锛等生产工具了，也能人工取火了。火和石斧使人能制造独木舟。在遥远的古代，人们发现树叶、树干在水里会漂浮，树干越粗大，其所能负荷的重量也越大。同时，圆柱形的树干在水里会翻滚，人在上面坐立不稳，无法从事生产活动。只有用石器将树干削平，涂上湿泥，点火烧掉中间部分，再用石斧砍削才能乘坐行驶。

文献记载说是"番禺始作舟"，又说是黄帝的两个大臣"共鼓、货狄作舟"，或说"巧垂作舟"。这些都说明了舟不是一人发明的，而是在很多地方都有人参与其中。1973 年在浙江余姚县河姆渡村发现了一处距今 7000 年的远古居民遗址，其居民曾驾驭舟楫从事生产活动。与《周易》所说"刳木为舟，剡木为楫……致远以利天下"互相印证。

后来的船型底有平底、尖底，很可能是由独木舟的船型发展而来的。河姆渡、跨湖桥、淹城、绰墩山等遗址中，先后挖掘出由整段树木凿成的独木舟。这些 5000 年至 7000 年前的遗物，居然保存完整，不能不让人惊叹。刳木为舟，意味着我们的先民宣告了对河流的征服，在战胜波浪的同时，也战胜了内心世界滋生的畏惧。

1958 年在江苏淹城出土的一条独木舟，舟形如梭，两端小而尖，尖角上翘，属于尖头尖尾独木舟一类。外壁光滑，木纹依旧，内壁布满焦炭和斧凿斑斑痕迹，这是古代先民经过数十次用火烤焦后再用斧凿加工成的。经碳 14 测定，它距今已有 2800 年历史，属西周时期遗物，是我国目前发现的最古老完整的独木舟，号称"天下第一舟"。

人类学会了以舟代步，双脚被延伸了，眼界也拓展了。他们常常坐在独木舟上去湖里捕捉鱼虾，满载而归时，就互相比赛，看谁捕捉的鱼虾多，看谁将独木舟划得更远。有了闲暇，精力充沛的小伙子们不甘寂寞，就开始比赛划船的速度，以赤裸的肌肉和雄健的力量来博得少女们的青睐。船儿一旦被人们所创造所驾驭，它就超越了交通和生产的职能，笼罩上浓郁的文化气息。

当然，独木舟不是中国独有，国外一些地区也发现了不少的独木舟。其中印第安人的独木舟和波利尼希人的双体独木舟比较有名。印度有种独木舟，其船侧装有可以放置货物的横木板。新几内亚的独木舟可以几条横排在一起，上面用横梁固定，横梁上铺坐席，还装有风帆，可以航海。

独木舟后来演变成木板船和木结构船，直至今天的各类船舶。可以这样说，没有独木舟，就没有现代舰船。筏和独木舟是远古祖先最简陋也是最重要的渡水运载工具。它们成为我国乃至世界古代造船技术中两大船型系统的雏形。有了渡水工具，远古祖先就得以进行海上捕捞和迁徙航行了。

从某种意义上说：这等于是最早的"科学考察船"，载负着为求生存而求索的前辈"海洋学家"，搏风踏浪，探秘海洋……

时光转到距今 2500 多年前的春秋时代。

某日，通向齐国的大道上一阵尘土飞扬，车轮滚滚。一位公子模样的人端坐车内，手搭凉棚急切地向前张望。突然，一枚箭镞飞来正中其身。只听他大叫一声："啊！我中箭了！"口吐鲜血倒在车内。

不远处的草丛内，那射箭的刺客冷笑一声，迅疾起身跑得无影无踪。而此时中箭的公子停止呻吟，催促着车夫快马加鞭夺路狂奔。

原来，这正是历史上有名的齐国公子纠和公子小白争夺王位的一幕。公子纠谋臣管仲企图射杀小白，不料一箭射在他的带钩上。小白咬破舌尖假装中箭赢得了时间，抢先回国继承了王位，即是大名鼎鼎的齐桓公。

本来放暗箭的管仲将被正法示众，深明大义的鲍叔牙却向齐桓公举荐："一箭之仇实乃各为其主，如得管仲可为国君射天下！"果不其然，桓公不计前嫌拜管仲为相，在其精心辅佐下，"弱齐"逐渐变成"强齐"，"九合诸侯，一匡天下"，成为春秋第一霸主。而管仲也成为春秋第一名相，世称管子。他所实施的强国政策首要就是发展海洋经济。

地处东夷——今之山东半岛的齐国依山傍海，条件得天独厚。初时，齐桓公问计于管仲："何以富国？"管仲答曰："唯官山海为可耳。"意指由国家组织开发海洋资源，就能民富国强。在当时来讲就是"兴鱼盐之利，通工商之便"。齐桓公深以为然，从此官府垄断了海盐生产和运输销售，煮盐冶铁，舟楫往来，齐国日渐强盛起来。

由此可见，早在几千年以前，我们勤劳智慧的祖先就找到了开发利用海洋、增强国家实力的途径。此后，秦始皇数次东巡至琅琊台，两遣徐福率童男童女东渡寻药，甚而弯弓射杀阻挡航路的大鲛，均说明其试图征服海洋的壮志。汉代，人们不但驾船出海捕鱼，还在南海里采捞珍珠、珊瑚。三国孙权更是大规模航海的倡导者，东吴的船队北上航行到辽东，南下至广东南海，并开辟了到我国台湾以及朝鲜、日本的航线。

春秋五霸之首齐桓公实施的"官山海"政策，一直传承延续下来。在以后封建社会统治者的安邦治国中，盐业均是国家重要的财税来源。唐代时明确指出："天下之赋，盐利居半，宫闱服御、军饷、百官禄俸皆仰给焉。"

　　这充分说明海洋在人们生活中不可或缺的重要性。它与所有自然界的现象一样，既有风暴袭来大浪滔天的恐怖，又有资源丰富造福人民的实惠。关键就看你怎样去认识、去实践了！

　　历史的航船兜兜转转，曲折向前，驶到了明王朝，我们中华民族的海洋事业达到了世界的高峰。从长江口起航的中华船队，浩浩荡荡，遮天蔽日，在 15 世纪的海洋上称雄四方……

二、中华"宝船"

公元 1405 年，正是明朝永乐三年。

在离都城南京不远的长江刘家港（今江苏太仓）码头上，一艘艘新建造的远海航船，按规模大小整齐列队，帆樯高扬，旌旗猎猎，伴随着一阵阵震天价响的鼓号齐鸣，依次起锚开航了。

中间一艘豪华高大的楼船上，站立着一位身披红黑两色披风、头戴高耸朝天冠的中年官员。他面白无须，眉目清秀，却威武异常，特别是一双剑眉亮眼，显得是那样的帅气和精神。他就是我国古代伟大的航海家郑和。他所乘坐的"旗舰"名为"宝船"，正在执行永乐皇帝朱棣的命令：率领皇家舰队出海访问，宣扬明朝国威、结交海外列国。

"爱卿平身，此去干系重大，望谨慎行事，早日平安归来！"

"吾皇万岁万万岁，我大明圣君仁爱天下，福泽四海，臣等定当殚精竭虑，不辱使命……"

由此，中外航海史上盛况空前的壮举——"郑和七下西洋"，拉开了序幕。《明史·郑和传》说："永乐三年六月（永乐帝）命和及其侪王景弘等通使西洋。将士卒二万七千八百余人，多赍金币（以次遍历诸番国）。造大舶，修四十四丈、广十八丈者六十二。"

这就是说，当永乐皇帝登上宝座的第三年便下诏，部署郑和及其副将王景弘等，组成了27800多人的庞大船队，驾乘数百艘大船——若按今天长度计量单位"米"来换算，当时的"大舶"应长约150米、宽约60米。携带许多金银财宝，遍访海外诸国。因是从东海转到福建长乐开洋，经南海穿过马六甲海峡，进入印度洋，一路向西，直抵非洲东岸的索马里等地，所以史称"下西洋"。

郑和宝船"海舶广大，容载千余人，风帆十余道"，相当于现代八千吨以上级的轮船。在此之前，海洋上从来没有出现过如此壮丽的景象：上百艘大船"人"字形排开，上千面白帆张起，蔚蓝色的海面犹如布满片片白云的天空。此时的明王朝完全可以说，拥有世界上最强大的舰队和海上力量，堪称15世纪的航海强国。

由此，也带来了一个个谜团：永乐帝为什么要命令郑和组织这样一支船队出洋？他们出洋后到了哪些地方、做了什么事情？中国人既然先于欧洲人近一百年走向海洋，为什么没有像哥伦布、麦哲伦那样开拓疆土，继而掠取财富成为崛起的大国？

斗转星移，风云变幻，一连数百个春夏秋冬过去了，一代代学者、专家、志士仁人，怀着强烈的报国心，满腔火热的赤子血，站在西太平洋嶙峋而绵长的海岸上，望着浩瀚无际潮起潮落的蔚蓝色海洋，一一列出这世纪性的问题，苦苦寻找其中的来龙去脉……

事实上，明朝自洪武年便颁布海禁令：禁止民间贩洋往番。这使东南沿海"商旅阻遏，诸国之竟不通"，百姓市无番货，且使帝国府库空虚。明成祖派遣船队出海贸采奇货珍宝，可使经济贸易与帝国政治"完美"地结合在一起。同时，在永乐帝朱棣心中亦有寻访建文帝使命。据《明史》记载："成祖疑惠帝亡海外，欲踪迹之……"

那么，这项远航重任交给谁来执行呢？永乐皇帝的目光将朝中的文臣武将巡视了一遍，最后锁定在一位领班太监身上。这就是郑和！

他，生于元末（1371 年）的云南昆阳—即今天的昆明晋宁一个回族家庭里，姓马，小名三保。他的祖父和父亲曾经历尽艰险，不远万里去天方（沙特阿拉伯的麦加）朝觐，这在小三保的心中，早早种下了一颗漂洋过海的梦想种子。在他 10 岁那年，明太祖朱元璋挥师平定云南蒙元残部梁王时，三保被乱军掳去并遭受阉割，进入宫中当了一名小太监。也许是少年时期蒙受的这一人生大不幸，磨炼了他此后坚忍不拔的毅力。

小三保聪明伶俐，讨人喜爱，明太祖将他送给燕王朱棣做侍童。随着岁月的流逝和生活的磨砺，他长得高大健美，精明强干，深得燕王的信赖。长达三年争夺皇位的"靖难"之役，马三保以勇敢、机智立下了赫赫战功，被燕王赐名为郑和，提升为内宫太监的首领，时人也称其为"三保太监"。永乐皇帝欲"超三代而轶汉唐"，凭借明初国力强盛，扬威于海外，自然要挑选文武双全且忠诚可靠之人。

海洋就这样向郑和张开了宽阔的胸怀，郑和就这样迎风踏浪走进了历史。他率领的是一支无敌于海上的舰队，在他存在的那个年代，其他任何一个国家的舰船在其面前都会相形见绌。从 1405 年冬至 1409 年，郑和连续三次率队出洋，至占城（今越南），路过满剌加（马来亚古国），向西到苏门答腊，入印度洋，经翠兰屿、锡兰（今斯里兰卡）、古里返航，带来了海外诸国贡使，强化了那条辽远而通畅的海上丝绸之路。

此后几年，他的船队又连续进行了几次远航，最远到达东非。据说曾有一艘航船在索马里海岸触礁沉没，部分船员冒死游上岸留了下来，在当地娶妻生子。至今六百多年过去了，那里人还有中华血脉的基因。

而第七次，也是郑和最后一次下西洋，则是在8年以后，因永乐皇帝去世，仁宗朱高炽登基，诏令停止下洋。直到宣宗即位，想起祖父当年"万方玉帛风云会，一统山河日月明"的盛况，才又派郑和出使西洋。这时郑和已是花甲之年了，且有病在身，但大海的召唤对他来说是那样的富有吸引力，所以他仍然强打精神，点齐昔日旧将扬帆出海。

这次的航程基本上与第三、四次相同，远行前还在江苏太仓、福建长乐、湄州岛大祭天妃宫，并树碑立传。这与其说像是祈保航程平安，不如说更像是对往事的纪念。宣德八年，船队尚在归途中，郑和不幸身染重病，逝于南印度古里国，殉职于岗位上。一个盛夏的黄昏，全体船员将士整齐列队，满面哀容低声饮泣，跟随郑和多年的副将王景弘跪在灵柩前，轻轻地剪下郑和的一缕头发，连同他的靴帽用布一层层包好，说道："郑统领安息吧，我们只能带你的灵魂回家了……"

随着一阵悲凉的鼓号，为大明王朝带来荣誉和宝物的郑和，永远留在了异国他乡。他的部下们带着他的头发与鞋帽回国了，而他的宏大事业也随着他的离去烟消云散。因其任务不是开疆拓土，有大臣上奏此举劳民伤财，皇帝不久下诏令停止。于是，远洋船队最后一次驶入太仓刘家港后，只能永远停泊在那里，在江南那片温润的港湾里慢慢腐烂。

然而，几乎在一个世纪之后，西方的船队却勃然兴起，书写了人类航海探险的新篇章……

三、麦哲伦们的"疯狂"

在浩瀚的西太平洋菲律宾马克坦岛的海岸边，矗立着一块巨大的岩石，上面是一尊高大的青铜塑像。他挺胸抬头，目视远方，左手持盾牌，右手持一柄大朴刀，上身赤裸，腰系土著短裙。他那愤怒的眼神，警惕地注视着波涛汹涌的海面，威武雄壮，凛然不可侵犯。

这座青铜像底座上刻有几行醒目的铭文："1521 年 4 月 27 日，拉普拉普酋长及其率领的战士在此击退了西班牙侵略者，并杀死酋领费迪南多·麦哲伦。因此，拉普拉普成为第一个用武力驱逐欧洲侵略者的菲律宾人。"

他，在呼啸的海风中岿然不动，在金色的阳光中熠熠生辉。他是象征着菲律宾尊严的民族英雄。每当游人走近他的身旁，默念着铭牌上的说明，无不肃然起敬。

而离此像不远的地方，还有一座麦哲伦神坛，呈四层宝塔形，底下三层是长方体，最顶层是锥形，锥顶一个圆球，象征麦哲伦一生的事业，塔身正面刻着麦哲伦的名字，反面也有一行文字："费迪南多·麦哲伦，1521 年 4 月 27 日，死于此地。他是在与马克坦酋长拉普拉普的战士们交战中受伤死亡的。"

瞧，真是一种难得一见的奇观，两个不共戴天的敌对者竟在同一个地方得到纪念。这是真实的历史，也是客观的评价。因为对同一个人，对同一件事情，从不同角度会有着正反两面的认识。英雄有英雄的不足，"强盗"有"强盗"的功绩。此事符合唯物辩证法的原理。

在世界航海史上，麦哲伦的名字如雷贯耳。他与早年的欧洲航海探险家——历经艰险发现了美洲新大陆的哥伦布，战风斗浪寻找通往印度航路的达·伽马，以及三次探索太平洋、首批在澳洲登陆的库克船长一样，是 15 世纪享誉世界的大航海家和开拓者。他的赫赫功绩是发现了连接大西洋和太平洋的麦哲伦海峡，率船队首次环球大航行，证明了地球是圆的……

然而，他的悲剧在于企图以殖民者的姿态，征服太平洋海岛上的人们，结果好大喜功，自不量力，遭到了当地土著人拼死反抗，以至于命丧大海。

费迪南多·麦哲伦，1480 年生于葡萄牙北部一个破落的骑士家庭。他 10 岁左右进入王宫服役，充当王后的侍从，16 岁时进入葡萄牙国家航海事务厅，逐渐熟悉了航海事务的各项工作。他是"地圆说"的信奉者，早在 1517 年就向葡萄牙提出了环球航行计划，但是没有得到支持。

今天的人们都知道地球是球形的，而古代中国人认为"天圆地方"，欧洲人则把大地看成一个平面。在古希腊人绘制的地图上，海的尽头画有一个巨人，手中举着一块路牌，上面写着：到此止步，勿再前进。可麦哲伦有自己的观点，坚信大地是圆的，在本国得不到支持，便向西班牙游说组织环球航行去探个究竟。

一拍即合，当时西班牙国王为了获得更多财富，正想向海外发展，于是慷慨解囊，大力支持麦哲伦的航海探险，为他装备了远航探险船队。1519 年 9 月 20 日，麦哲伦率领 5 艘远洋海船、200 多名船员驶离了西班牙港口。经过 4 个月大西洋的惊涛骇浪，他们越过佛得角群岛，在圣胡利安港里过冬。

转过年来，探险船队沿着南美洲海岸航行，发现了一条海峡，两岸峭壁林立，风急浪高。船队驶入其间，发现了两条水道，麦哲伦让"圣安东尼奥"号和一艘海船向东南航行，他自己乘坐的旗舰"特里尼达"号带领另一艘海船向西南航行，结果发现了一个海角。麦哲伦高兴得掉下眼泪。这个海角后来被命名为"合恩角"。

此时船队只剩下 3 艘风帆船，麦哲伦以顽强的意志，指挥船员们继续航行。1520 年 11 月初，他们沿着南美洲大陆东岸南下，来到了一个荒岛礁石成群的地方。风大浪高，急流汹涌，海水中还常漂浮着巨大的冰块。经过数十天搏斗，船队终于走到水道的尽头，前面是一片宽广的海面。这表明他们已通过海峡，进入了一片浩渺的大洋，由于这里风平浪静，故取名太平洋。

为了纪念麦哲伦的功绩，后人把这个海峡命名为"麦哲伦海峡"。麦哲伦穿过海峡的时候，看到南侧的岛屿上到处有印第安人燃烧的篝火，便给这个岛屿起名叫"火地岛"。在胜利激情的鼓舞下，他和伙伴们横越太平洋西行。1521 年，麦哲伦的船队终于到达了菲律宾群岛中的宿务岛。

本来他的使命是开辟一条通往东方的新航路。可当他发现岛上的土著居民都虔诚地崇拜木偶神像，顿时热血沸腾，俨然以卫道者的身份出现，立即调动武士，强令当地土人的酋长和臣民皈依天主，信奉基督教。然而，邻近的马克坦岛头领拉普拉普却置之不理，依然我行我素。麦哲伦火冒三丈，决定实行一次"讨逆"行动。

在麦哲伦看来，他的对手毫无战斗力，而且没有精良的武器装备，捕杀他们将易如反掌。1521年4月27日那天，他留下了一些有战斗经验的伙伴，同时也拒绝了几位部落头领主动提出的参战要求，匆匆地募集了一支60多人组成的武装力量，分乘几艘小艇，气势汹汹地向马克坦岛进军。

鲁莽和轻率，从来都不是军事指挥官的良好品质，它只能导致战斗的失败。事实证明，拉普拉普指挥的士兵都是一些剽悍善战、勇武过人的英雄，而麦哲伦的"讨逆军"恰恰是一伙临时拼凑起来的乌合之众，不堪一击。麦哲伦为这次轻敌付出了生命的代价。

当年跟随麦哲伦登陆马克坦岛的队伍中，有一个名叫安东尼奥的随船文人，他留下了马克坦之战仅有的一份目击者笔录：

清晨，由于水下岩石的障碍，船只无法更靠近岸边。我们留下了11个人保卫船只，余下49个人跳入齐大腿深的海水，蹚着海水走了足有两箭地上了岸。岛上的土著已经组织好了3个兵旅，总数超过1500人。见我们上岸，他们大声叫喊着向我们发起进攻。我们的步枪手远距离射击了近半个小时，没有能遏止住他们的攻势。土著们认出了船长（麦哲伦），一伙人朝他扑来，两次打落了他的头盔。一个人的竹矛刺在船长脸上，船长回手用标枪杀死了他，标枪抽不回来，留在了死者身上。船长拔佩剑，刚拔出一半，手臂被另一竹矛刺中，土著们一窝蜂拥上来，一个挥大砍刀的人砍伤了船长的左腿，船长面朝下扑倒在地……

伟大的航海家麦哲伦血溅荒岛……

此后，船员们将三艘船合并成了两艘船返航，历经磨难，只有

“维多利亚”号绕过了好望角。1522 年 9 月 6 日，在出航近 3 年后，麦哲伦船队终于回到了西班牙，但 5 艘船只回来了 1 艘，256 人只回来了 18 人。值得庆幸的是，他们完成了人类首次环球航行的壮举。

麦哲伦死得毫无意义，可他的航海对人类做出了巨大贡献：从地球形状、周长的确认，到国际日期变更线的建立；从南半球物种的发现，到神秘的麦哲伦星云的精确描述。应该说：这是一次艰辛而胜利的海洋调查活动，所取得的成果相当丰硕，至今人们还在享受着其中的福利。

但是，他的伟大历史功绩却不能掩盖他的个人悲剧，他的血腥暴行也不能因此而博得同情和谅解。麦哲伦这个名字所带来的全部荣耀，都无法取代拉普拉普与他的战士捍卫自己家园的权利。这个道理至今适用于所有的国家、民族和每个人……

值得一提的是：无论是麦哲伦，还是哥伦布，他们远航探险所使用的海图，竟来自于中国航海家郑和的船队。

公元 2002 年 3 月，曾担任英国皇家海军潜艇指挥官的加文·孟席斯，在英国皇家地理学会演讲厅，将他经过 14 年研究后得出的中国人早于欧洲人发现美洲的成果公之于世。电视台及 70 多家报刊迅速将他的演讲传遍世界各地，引起了广泛的震惊。

为了研究这一课题，孟席斯曾沿着那些中世纪欧洲航海家的航线，周游了世界。在此过程中，他搜集到一些 14 世纪初、15 世纪末绘制的古世界地图：北美洲、加勒比海区域、南美洲、非洲、印度、南极洲、西伯利亚、澳大利亚、中国和远东、加拿大、南非等，都标示出了较准确的位置。

“这表明：欧洲探险者使用的是他们起航前就已经画好的世界地

图——哥伦布、达·伽马、麦哲伦、库克等人的日记就是最好的证据。"加文·孟席斯说。

此后，他又引证《明实录》《明史》《西洋番国志》《异域图志》等史籍有关史料，参照有关文物资料，从他熟悉的航海技术着手，经过分析断定：只有中国人才能做到这一点。这些世界地图是通过郑和船队的环球航行，由其建立的各观察站经纬度测算后绘制而成的。

为此，孟席斯写作出版了《1421：中国发现世界》一书，提出自己的观点：明朝郑和所率领的船队，首次环游了世界，比哥伦布早72年发现新大陆，比葡萄牙大航海家麦哲伦早了近1个世纪。这些享誉世界的大航海家所依据的路线图，均源自郑和在1421—1425年所绘的航海图。这一学说震惊了整个世界，当然还有待于进一步论证。然而，我们的先人郑和曾经率领先进而庞大的船队，深入大洋，远航海外，处于世界航海的领先地位，却是不争的事实。

十分可惜，我们曾无限接近于成为世界上最为强盛的海洋国家，并有可能将伟大的文明传播四方，写出另外一种世界史。然而，明帝国的海洋事业却在达到辉煌的顶峰后突然消失了，如同一滴水珠被烈日烤得从地面上蒸发一般，消失得那么迅速与彻底。"船员被遣散，船只任之搁置废烂，航海图被兵部尚书刘大夏焚毁。"

建立在黄土文明上的古老王朝，依然是内向和自负的，尽管出现了空前强大的舰队七下西洋，但重点只是宣示国威，万邦来朝，这样的外交远航，劳民伤财，自然无法得到大多数人的支持。而西方航海家——"疯狂"的麦哲伦们，则以海盗般的精神和劲头去探险，却是为了开疆拓土、富国强兵。

海洋是地球之母，没有海洋就没有生物，没有我们人类。浩瀚的海洋分布于地表的巨大盆地中，储藏着地球 97.5% 的总水量，栖息着 20 多万种生物，蕴藏着全球 80% 的蛋白质和 75% 的石油天然气，不但过去可"兴渔盐之利，通舟楫之便"，是人类文明的摇篮，现在也正日益成为国际竞争的"新高地"，成为全球经济增长的最大空间。

我国是一个海洋大国，大陆及岛屿海岸线长达 3.2 万公里，除拥有 960 万平方公里的陆地国土外，还有 300 多万平方公里的"蓝色国土"，包括内海、领海、毗邻区、专属经济区和大陆架，蕴藏着极其丰富的资源，如能源、金属矿物、化工原料、珊瑚礁、海柳等。目前已探明的资源有：

①面积广阔的浅海滩涂资源；② 160 多处优良港湾；③繁多的物种，记录在案的有 2 万多种；④蕴藏量达数百亿吨的油气田；⑤矿床 800 多个；⑥含有丰富盐和其他化工原料的海水；⑦潮汐、波浪、海流、盐差和温差等巨大的可再生能源等。未探明的资源还有很多，如埋藏在深海底下的甲烷，被称为"可燃冰"或"天然气水合物"，能够让人类使用上几百年。因此，科学家认为 21 世纪人类将回归海洋，这是一个海洋世纪。

资源、环境问题仍是制约我国经济和社会发展的瓶颈。电力不足，石油短缺，淡水匮乏，农田减少，无时不给崛起之中国以巨大的压力。海洋是沿海国家合法拓展的最后国土空间。直面海洋，走向海洋，开发海洋，兴海强国，是我们保持经济可持续发展的必然选择。

一种文明如果是为了获得无穷欲望的满足，而毫无顾忌地掠夺和征服自然，那么环境污染与生态危机就不可避免，发展的健康性和持续性就失去了根基。海洋资源开发必须与环境保护协调发展，只有这样，才能提高资源利用率，减少环境损害，构建人与海洋的和谐关系，海洋经济才能健康发展，才会实现民族复兴的"中国梦"！

而这一切，都要建立在海洋科学研究的基础上。从某种意义上说：海洋科研是人们认识海洋、利用海洋、打开神秘海洋之门的"钥匙"……

四、"挑战者"的挑战

"勇敢的探索者，前进吧！"

"放心吧，我们一定会如期返航的……"

公元 1872 年 12 月 21 日，在英国著名的海滨城市朴次茅斯港码头上，一艘三桅蒸汽动力帆船升火待发，粗大的烟囱里冒出缕缕浓烟。这是伦敦皇家学会组织的全球科学考察船即将启航了。

此船身长 68.9 米，排水量 2300 吨级，为木壳三桅纵帆混合动力——也就是说，除风帆外，还装有一台额定功率 1200 马力的蒸汽机，航海性能与应变能力俱佳。它原是英国皇家海军的一艘军舰，在几位科学家的提请倡议下，租借给皇家学会，装备了独立的博物学和化学实验室，专为海洋科学考察使用，命名为"挑战者"号。顾名思义，就是向未知领域进行挑战。

这是世界上第一艘用"挑战者"命名的科考船，彰显了人类不惧风险、不怕困难的探索精神。后来，其他行业一些体现勇气和决心的活动，往往也沿袭这个名称。比如北美破冰船"挑战者"号，美国航天飞机"挑战者"号，还有卡梅隆单人勇闯马里亚纳海沟的"深海挑战者"号……

　　虽说人类掌握远洋航行的技巧已有千百年，可是远离海岸与海面的深海，对那个年代的人们来说还是一个谜，只能依靠间接资料、经验与想象力去假想。为探索这个未知的陌生世界，各国政府和有志之士摩拳擦掌。不过，全球范围的海洋科考需要绝对的海上实力、雄厚的资金支持，以及出类拔萃的人才和钢铁般的意志。在那时，能集这些于一身的，就只有号称"日不落"的大英帝国。

　　苏格兰博物学家维韦尔·查尔斯·汤普森应运而生。他1830年出生在苏格兰西洛锡安，父亲是供职于东印度公司的医生。汤普森15岁进爱丁堡大学攻读药学，两年后加入爱丁堡植物学会，是苏格兰植物学大家约翰·赫特·巴尔弗的得意门生。毕业后任阿伯丁大学植物学讲师，一年后被聘为教授。

　　教坛耕耘20载后，40岁的汤普森被爱丁堡大学聘为博物学讲座教授。此时他的关注点已经转移到深海生态领域，因为挪威神学家兼生物学家米哈伊尔·萨西于1850年对本国峡湾海域进行的疏浚实测证明，水深820米处仍有大量活跃生物。那么大海究竟能有多深？在海底生活着怎样的动植物？他联合其他科学家四处呼吁、积极申报组队进行环球海洋科学考察。

　　1870年，英国皇家学会批准了汤普森等人的请求，拨给20万英镑的巨款，资助海上科考活动，还通过海军部租借了一艘护卫舰，这就是日后名垂青史的"挑战者"号。舰长为乔治·纳雷斯上校，麾下20名军官和200余名船员。科考队则由汤普森亲任队长，带领5位科学家随船探险。为记录沿途所见，他们还聘请了瑞士语言学家兼画家约翰·詹姆斯·怀尔德为官方画师，留下这次不平凡航行的真实画面。

　　三桅帆终于高高地扬起来了，船上烟囱大口大口地喷吐出一阵阵浓烟，岸上的人们纷纷摘下头上的礼帽，拿在手里挥舞着、欢呼着。"挑战者"号渐渐地驶离了码头，开始了波澜壮阔的环球科学考察航程……

古今中外，人们对于海洋始终充满了好奇。从最早的"精卫填海""龙宫探宝"神话传说，到《海的女儿》《海底两万里》的童话故事和科学幻想，都在探求深深的海水下面是一个什么世界，那里面隐藏着多少难以解释的奥秘和丰厚的宝藏。

于是，便有一批批"敢吃螃蟹"的人冲向大海，试图打开那闪着神秘蓝光的海洋之门。前面提到过的那些航海家哥伦布、麦哲伦们，驾驶着多桅帆船，开辟了发现新大陆的大航海时代。当然，如此远航只能说是开疆拓土、跑马圈地的行为，还算不上真正认识海洋、探求海洋的考察与科研。

人类研究海洋的历史非常悠久。从海洋科学发展的历程看，可以划分为 3 个历史时期。史前到 18 世纪末，是海洋知识逐步获取和累积的时期；19 世纪到 20 世纪 50 年代，是海洋学的建立和发展时期；自 20 世纪 50 年代末以来，为海洋科学考察在全世界范围内向深度和广度发展的时期。

从 15 世纪起，欧洲资本主义的产生发展，刺激了海洋航海探险活动的进行，直至 17 世纪，是人类历史上的海洋探险时代。此后，科学考察的成分逐渐增多，18 世纪库克船长的航海已属于科学考察的范畴。他是继哥伦布、麦哲伦之后在地理学上发现最多的人，并且在海上精确地测量经纬度，取得了大量表层水温、海流、大洋测深及珊瑚礁等科学考察资料。

在这个阶段，海洋探险取得的成果，极大地丰富了人类的海洋知识，为海洋学的建立准备了基本条件。据史料记载，主要成果有——

在大洋流系方面：1497年，意大利J.卡博特航行到纽芬兰，发现了拉布拉多寒流；1513年，西班牙A. de 阿拉米诺斯发现了墨西哥湾流；1595年，荷兰J.H.范·林斯霍特编成了最早的航海志，叙述了大西洋的风和海流；1686年，英国E.哈雷系统地研究了主要风系与主要海流的关系，后又阐述了海洋蒸发现象；1770年，美国B.富兰克林制作并出版了墨西哥湾流图；1799年，德国A.von 洪堡发现了秘鲁寒流等。

在海洋潮汐研究方面：1687年，英国I.牛顿用万有引力定律对潮汐性质做了精辟解释，奠定了海洋潮汐研究的基础；1740年，瑞士D.伯努利提出平衡潮学说；1775年，法国P.-S.拉普拉斯创立潮汐动力学理论等。

在海洋生物研究方面：1551年，法国P.贝隆等人解剖了海豚并进行了一系列的研究；1596年，中国屠本畯撰写出海洋水产动物志《闽中海错疏》；1674年，荷兰A.van 列文虎克最先发现海洋原生动物；1685年，英国M.利斯特出版《贝类学大纲》；1754和1758年，瑞典林奈出版了《植物种志》和《自然系统》（第10版），为动植物分类学奠定了科学基础。

在海图方面：有中国的《郑和航海图》；哥伦布的部下J. de La 科萨绘制了美洲海图；1521年出现了与现代海陆分布相近的世界海图；1569年G.墨卡托发明正轴等角圆柱投影制图法，奠定了航海制图的基础；1678年印度洋海洋图出版；1737年海底等深线图出版；1744年陈伦炯在《海国见闻录》中附有一张中国沿海全图。

在海水盐度和蒸发方面：1670年，英国R.玻意耳在研究海水中盐度与密度关系基础上发表《海水盐度的观测和实验》，开创海洋化学的研究；1772 年，法国 A.L. 拉瓦锡首先测定了海水成分，发现水是氢和氧的化合物。

在海洋研究的技术和手段方面：这一时期也先后发明了一些仪器和工具，如自记最低温度深海水温计、测深器、采水器和最低最高温度计等。

从 19 世纪初到 1872 年，随着社会文明的进步和科学技术的发展，这时的考察活动已不同于第一个时期的航海探险，而是明确以海洋科学考察为主，取得了一些极为重要、影响深远的成果。比如——

1831—1836 年英国"贝格尔"号环球探险：历时 5 年，经历了大西洋、印度洋和太平洋。英国著名科学家、生物进化论者达尔文参加了这次考察。根据其中所获得的资料，达尔文解释了珊瑚礁的成因，提出了有关海底运动的论述，并于 1859 年出版了《物种起源》。这次考察所获得的资料，由船长罗伊和达尔文整理编纂成《"贝格尔"号航海报告》（4 卷）。

1839—1843 年英国罗斯的南极海域探险：罗斯在南纬 27° 16′、西经 17° 29′海域测得 2425 英寻（约 4438 米）的深度，创造了当时深海测深的纪录。同时，罗斯在南极海域的深海生物取样中，发现了与数年前在北大西洋发现的同样的海底生物，从而提出了整个大洋的底层水具有相同特性的结论。此外，他还发现了南磁极。

1842—1847 年，美国海军上尉莫里系统地研究了大洋的风和海流，并根据这些记录绘制成海图，于 1855 年出版了《海洋自然地理学》，为人们提供了第一部海洋学经典著作。于 1854 年出版了第一幅北大西洋海盆的水深图，为铺设大西洋海底电缆提供了科学依据。

此外，英国海洋生物学创始人福布斯对西欧、南欧、北非等海域的生物进行了多次考察和研究。他按照不同的深度将爱琴海分成 8 个带，第一次提出海洋生物分布的分带概念；认为深度越大，生物越少，550 米以下为无生物带。1836 年，爱伦贝格发现欧洲大陆的许多岩石中都含有硅藻、海绵和放射虫等海洋生物残骸，认为生物大量沉积海底是形成这些沉积岩的原因，指出这样的沉积物现在还在形成。

1860 年，英国"斗犬"号（Bulldog）在从地中海 2200 米深处打捞上来的电缆上，发现附有大量珊瑚类生物和软体动物。这打破了福布斯关于"海中 550 米以下是无生物带"的结论。1868 年，英国"闪电"号（Lightning）在设得兰群岛和法罗群岛之间海域 1100 米深处采集了大量的生物。1869—1870 年，英国"豪猪"号（Porcupine）在爱尔兰西部、比斯开湾和法罗水道一带 1800—4464 米深水处取样 16 次，获得了相当多的生物样本，尤其是采到了被认为是白垩纪以后已经绝种的海胆。1872 年，汤姆森根据上述考察结果，撰写了当时权威的海洋学著作《深海》……

这些考察大多是航海探险附带进行的。直到前面提到过的 1872 年 12 月 21 日，那艘名为"挑战者"号的木制机帆船启航，才是世界上首次真正意义上的环球海洋科学考察。

名副其实，"挑战者"号是一次人类向大海的挑战。

经过半个月的航行，翌年 1 月，它驶入葡萄牙首都里斯本，国王路易斯一世闻讯喜出望外，亲临港口登舰慰问。这也难怪，因为这位国王本身就是个特别关注海洋生物的博物学家。之后，"挑战者"号通过直布罗陀海峡，绕经伊比利亚半岛一路向西，跨越大西洋进抵维珍群岛，随即北上百慕大群岛，再向东折返，经亚速尔群岛再度横越大西洋抵达马德里，而后径直南下佛得角、好望角，于 1874 年 2 月靠近了南极圈。

在冰山出没的危险极地小心航行月余后，"挑战者"号调整航向往东，于 4 月抵达澳大利亚，进而造访新西兰，再取道汤加、斐济。入秋，它开始转向西北，航向中国，并于 11 月抵达香港。在那里，纳雷斯上校离舰去参加英国政府组织的北极探险行动，弗兰克·图尔·汤姆森接任舰长一职。补充给养后，他们于 1875 年初离开香港，经巴士海峡驶向怒涛翻滚的太平洋，入泊日本横滨时恰好赶上樱花盛放的美景。6 月，从日本启程横越太平洋，经夏威夷群岛、胡安·费尔南德斯群岛，在同年的最后一天入泊佩纳斯湾。

1876 年初，"挑战者"号绕行南美洲南端，1 月底到达福克兰群岛后向北驶向乌拉圭，2 月末离开蒙得维的亚，再度驶入大西洋，经亚松森岛开赴佛得角。在佛得角稍事休整后，"挑战者"号踏上归途，经西班牙的比戈，取道比斯开湾航向英国。1876 年 5 月 24 日，"挑战者"号抵达汉普郡的斯彼得海德海峡，圆满完成为时三年半的远航科考任务。

具体算来，"挑战者"号在海上度过了 713 个日日夜夜，共航行 68890 海里（127580 公里），测绘了大部分已知海域的海底略图，设置 362 个取样观测站，测深 492 次，海底取样 133 次，发现 4700 个全新物种及亚种。其中，利用配重麻绳测深是科考队的核心工作之一，为此，他们在出发前准备的意大利麻绳足有 180 公里长。

这一工作最激动人心的时刻，是在 1875 年 3 月 23 日。这一天，科考队在位于关岛与帕劳之间太平洋洋面的第 225 号观测站实施测深，测得深度竟有 4475 寻，也就是 8184 米，成为有史以来人类发现的海底最深处。后来，人们又运用现代测深技术予以重新勘测，测得实际深度约为 10911 米。为纪念"挑战者"号，这处位于马里亚纳海沟南端的恐怖裂隙，被命名为"挑战者深渊"，它至今仍是人类已探知的地表最深处。

同时，"挑战者"号远航也是当时计划最周密、成本控制最佳的远洋科考范例。启航时包括船员和科考队员在内的 243 人中，回航时剩下 144 人。在航行期间，全舰共死亡 7 人，26 人因伤病或其他原因下船，其他减员则是在各港口应皇家海军征召离去所致。考虑到当时的技术水准和航行所经危险区域之多，这样的减员率可以说是非常之低。

科考队回国后受到热烈欢迎，队长汤普森获女王封爵，但对他来说，旅程还没有结束，海量科考标本、资料需要整理分类，以便留存后世。自 1877 年起，汤普森和科考队另一位科学家约翰·默里领导一个编辑班子，开始整理《"挑战者"号航海考察科学成果报告》。编纂工程浩大费力，从 1880 年起才陆续付梓。1882 年，汤普森壮志未酬，带着辛酸遗憾溘然长逝。默里继承挚友遗志，竭尽全力主持编纂，终于在 1895 年将洋洋 51 卷科考报告全部出齐。其中，动物学分册就有 40 卷，植物学分册 2 卷，物理化学分册 2 卷，概述 5 卷，另附 1 卷专述深海沉积内容和 1 卷彩图集，总计约 4 万页。

值得一提的是，"挑战者"号还带回大量照片。如前所述，除用作档案资料外，其中很多样本照片是专为随船画家约翰·怀尔德准备的。《"挑战者"号航海考察科学成果报告》是人类历史上第一部环球海洋科考文献，综合性展现了行星地球的海洋真貌，以及生态与人文的密切关系，至今仍是博物学领域的珠玉之作。此时距"挑战者"号回航英国，已过去了近 20 年。

"挑战者"号的远航壮举和科研人员焚膏继晷的报告编纂工作，正式宣告海洋学的诞生。默里在科考报告中盛赞其为"我们这颗行星上，自 15 世纪和 16 世纪的大航海壮举以来最伟大的知识性探索"。

他所言不虚。"挑战者"号采集的样本目前被保管在伦敦的英国自然史博物馆，对其中一些标本的研究工作至今仍在进行。

科考报告的原本被分散收藏在南安普顿的国家海洋学中心和泰恩－威尔郡的海研所。尽管已是百余年前编纂而成的文献，但其中大部分内容直到今天还在为人们参考使用，可谓不朽之作。它也激励着科研领域的后起之秀。《"挑战者"号航海考察科学成果报告》出版后，美国和德国陆续派遣科考船对太平洋和大西洋进行考察，科学探险的大时代就这样在竞争中拉开大幕。

"挑战者"号考察激起了各国海洋科考的热潮，德国"羚羊"号（1874—1876）、俄国"勇士"号（1886—1889）进行了环球考察，奥地利"极地"号（1890—1898）在红海和地中海考察，美国"布莱克"号（1877—1886）在加勒比海考察，但其中最为著名的是挪威海洋学家 F. 南森的北极海探险。

1893—1896 年南森率探险船"前进"号进行北极海（即北冰洋）漂流考察，取得了 3 项主要成果：①南森和 V.W. 埃克曼共同研究，阐明了"死水"现象的发生是内波作用所致。②发现在深海海域，风向与表层流的流向不一致时，风海流较风向偏右 30°—40°；根据"前进"号测量结果，埃克曼于 1905 年建立了著名的风海流理论。③发现盐度较高的大西洋水潜入了北冰洋的中层，而在北冰洋 -1.5℃ 的中冷水下方 360—460 米深处，潜入了温度为 1℃ 的大西洋水。根据这次调查，南森发明了颠倒采水器，一直沿用至今。探险结束后，南森及其同事撰写了《挪威人的北极探险》（6卷），阐述了北冰洋的流动状况，海冰生成、发展、破坏以及融化的过程。

从20世纪初期到中期，综合性海洋考察普遍开展，各种电子技术和近代科学方法得以采用，极大地促进了海洋调查的深入和发展，进而推动了海洋学的进步。海洋学成为一门独立的科学，其标志是德国"流星"号（Meteor）考察和H.U.斯韦尔德鲁普等的名著《海洋》（3卷）的问世。这一阶段较为重大的事件还有：1902年国际海洋考察理事会（ICES）的成立，瑞典"信天翁"号（Albatross）考察、丹麦"铠甲虾"号考察和苏联"勇士"号考察等。

1925—1927年，德国"流星"号考察船对南大西洋进行了历时两年零三个月的调查，这是继英国"挑战者"号之后的又一次划时代的科学考察。它以海洋物理学为主，采用了各种电子技术和近代科学方法，以观测精确著称。它首次应用电子回声测深仪，获得了7万个以上的海洋深度数据；首次清晰地揭示了大洋底部起伏不平的轮廓；揭示了海洋环流和大洋热量、水量平衡的基本概况。共出版了16卷考察报告，包括海底、海洋物理、海洋化学、海洋生物、海洋气象，以及内波观测等内容。

1929—1935年和1937—1938年，"流星"号还分别在冰岛海域和东北大西洋进行了调查，弄清了极峰带的复杂海况。通过几个国家反复的同步调查，清楚地绘制出墨西哥湾流的续流。

1947—1948年，瑞典国立海洋研究所所长H.彼得松率领12名科学家乘坐"信天翁"号考察船进行深海调查。历时15个月，航程13万公里，重点进行了大西洋、太平洋、印度洋赤道无风带的深海观测，以填补英国"挑战者"号调查船无法在无风带区域进行深海观测的空白。"信天翁"号调查观测了南北纬度20°以内的赤道海流系，研究了深海的光学性能。同时使用活塞式柱状采样器，可取长23 米的岩心，发现深海沉积层中有第四纪气候变动旋回的记录；利用地层剖面仪调查了大洋沉积物的厚度；用放射性同位素测出沉积物的生成年代和沉积速率。此外，在浊流、底水化学、海底地壳热量测定等方面也有所贡献。"信天翁"号调查，为深海地球物理研究开创了先例。

此外，为了进一步研究深海生物，丹麦"铠甲虾"号调查船于1950 年 10 月至 1952 年 9 月，周航世界进行海洋调查。考察队在海底取样时，使用了 12000 米长的钢丝绳，从大于 10000 米深的菲律宾海沟的底质中，采集到大量的活体微生物。1951 年 7 月，在 10190米深的海底石块上和附近海域采集到白色海葵、美丽的红虾、发光鱼、水母、沙蚕类动物等，证实在 10000 米的深处也栖息着生物；从 3400—7200 米的深海采集到大量乌黑的鱼、青白的海星、海参、虾、长腿蟹等珍贵生物，还采集到被人们认为早已绝种的"活化石"新蝶贝。根据采集到的样品，他们发现生活在大于 7000 米深的超深海动物，与来自于 2000—3000 米深的海域和大陆坡的动物种不同，能够适应巨大的水压。

1958 年，苏联"勇士"号科考船主要在太平洋考察。他们进行了测深，更正了远东近海和太平洋水深图，还发现了一些断裂带、海底山脉、海山等。在马里亚纳海沟发现了世界最深的查林杰海渊为 11034 米；在千岛 - 堪察加海沟发现了深海渊（10382 米）；在考察中取得了 40 米长的海底柱状样品，分析研究了长达 1000 万年的地质史；发现了深层水在不断流动，并在 1000—3000 米的深度上测量到速度高达 30 厘米 / 秒的强大层流；弄清了深海水强烈的垂直混合和数公里规模的浮游生物的垂直移动。

在这个阶段还有美国"卡内基"号、"鹦鹉螺"号、"贝尔德"号、"地平线"号，挪威"莫德"号，德国"高斯"号，丹麦"丹纳-Ⅰ"和"丹纳-Ⅱ"号，法国"法兰西人"号和"帕斯"号，英国"发现-Ⅰ"和"发现-Ⅱ"号、"斯科列斯比"号、"挑战者-8"号，苏联"西比利亚科夫"号和"谢多夫"号破冰船、"罗蒙诺索夫"号、"鄂毕"号等在从事海洋考察活动。

在海洋考察的基础上，海洋学研究和理论取得了很多成果。例如，摩纳哥阿尔贝大公一世的《大洋水深图》（1904），V.W.埃克曼的风海流理论（1905），A.L.韦格纳的"大陆漂移说"（1912），A.霍姆斯的"地幔对流说"（1929），S.埃克曼发表《海洋动物地理学》（1935），H.H.赫斯发现海底平顶山（1946），C.E.佐贝尔出版《海洋微生物学》（1946），H.U.斯韦尔德鲁普的大洋环流理论（1947）等。其中斯韦尔德鲁普等人撰写的巨著《海洋》对这阶段的成果做了较全面、深刻的概括。

这些海洋科考活动，涉及海洋生物学、地质学、化学、物理学、动力学、矿物学等多方面。科学家们分别采用回声测深仪、柱状采样器等设备，在成百上千个站位上进行了水文观测、深度测量、物理试验、洋流调查、生物分析、矿物勘探，采集了众多生物标本和样品，绘制了等深线图，获得了大量数据，使人们对海底地貌、沉积物分布和生物与环境之间的关系，有了进一步的了解。

由此可见，海洋科考活动对于人们认识海洋、探索海洋至关重要。而其中搭载科学家和设备的科学考察船功不可没。它为海洋科研提供了大显身手的用武之地，是科研人员生活工作的"海上活动实验室"。

然而，对于有着漫长海岸线和悠久航海史的中国来说，因为长时期以来战乱频仍、积贫积弱，且重陆轻海的观念占据主导地位，海洋科研事业步履蹒跚、艰难前行……

五、新中国海洋科学的"摇篮"

新中国从西柏坡走来。

公元 1949 年 3 月 23 日上午 11 点左右,在河北平山县西柏坡村头,11 辆吉普车、轿车,还有一长队大卡车,齐整整地排列在那里,准备就绪,整装待发。中共中央毛泽东主席站在车前,转身意味深长地对副主席周恩来说:"今天是我们进京'赶考'的日子!"

周恩来会意地点点头:"是啊,我们应当考个及格,不要退回来。"

毛泽东稍稍沉思了一下:"退回来就失败了。我们决不当李自成!"

接着,按照警卫人员的安排,领导人们穿上塑料雨衣,戴上挡风眼镜上车。中央办公厅主任杨尚昆一挥手,轰隆隆,马达轰鸣,车轮滚滚,长长的车队向着古都北京进发……

由此,中国共产党人的工作重心从农村转向了城市,转向了国家经济建设。万事开头难。工业、农业、国防、治安、文化、教育、金融等等,从党政建设、城市管理到恢复生产、发展各项事业,几乎都是从零开始,白手起家啊!

就在这千头万绪、百废待兴的时刻，新中国的缔造者们还是牢牢抓住了千秋大业的根基——科学！在现代社会里，无论是军事斗争，还是繁荣经济，都绝对离不开科学技术的进步和发展。这是一个团体、一支部队、一个国家强大的根本所在。

中共中央刚刚进驻当时还称北平的北京，在负责组建新中国政务院的周恩来副主席主持下，即开始酝酿成立中国科学院，统一领导管理全国的自然科学事业。而首任院长则历史性地落到了著名作家、诗人、考古学家、历史学家郭沫若先生肩上。具体工作则由陆定一、钱三强和丁瓒等人参与，共同起草《建立人民科学院草案》，确定中科院基本框架。

那是一个热火朝天、只争朝夕的年代。中共中央坚持统一战线，致力于发扬"五四"以来"民主与科学"的新文化传统，而科学家们则意识到了自己是新中国主人翁的地位，英雄有了用武之地，满怀振兴科学振兴中华的爱国热情，精诚团结合作，积极为发展新中国科学事业尽献才智。

1949年9月27日，在中华人民共和国成立的前4天，中国科学院就正式宣告成立，可见共产党人对科学界的高度重视。10月19日，中央人民政府任命郭沫若为第一任中科院院长，李四光、陶孟和、竺可桢为副院长。首批接收了原北平研究院总办事处及所属的原子学、物理学、化学、植物学、动物学和史学6个研究所，掀开了中国科学研究的新篇章。

此前7月份，在中共中央指导支持下，由当时的中国科学社、自然科学社、科学工作者协会和老解放区的东北自然研究会联合发起，召开了全国自然科学工作者代表会议筹备会。目的是加强科学界的团结，总结科学工作经验，以更好地为国家建设服务，同时为即将成立统一的全国科学组织做准备。与会代表共有 205 人，都是分布在各地的国家科技界精英人才。

两位海洋界的重要人物应邀参加了这次会议，写下了新中国海洋科研浓墨重彩的一笔。他们就是著名生物学家、教育家、中国实验胚胎学的主要创始人童第周和著名海洋生物学家、中国海藻学奠基人之一曾呈奎。当时两人都在山东大学（驻地青岛）任教授，同时进行生物科学的研究工作。

他们既是国内首屈一指的生物学大家，又是志同道合的朋友和同事。抗战胜利后的 1946 年，国立山东大学在青岛复校，原籍浙江鄞县的童第周出任动物学系教授、系主任和山大海洋研究所所长，他的夫人叶毓芬在同系任教。为了提高教学质量，童第周受校长赵太侔委托广揽人才，想到了十年前曾在山大当过教师、现在美国斯克里普斯海洋研究所工作的曾呈奎，连夜写信邀请他回国任教，聘他为植物系主任、水产系主任和海洋研究所副所长。就这样，两人携手并肩为海洋科学尽心尽力。

与会期间，他们找到了实际负责筹建院所的著名科学家、拟任中科院副院长的竺可桢先生，殷切地提出了一个设想："我们中国是一个海洋大国，可这方面的研究工作太薄弱了，建议在科学院里设立全国性的海洋研究机构！"

竺可桢是中国现代气象科学的奠基人，青年时期便抱定了"科学救国"的思想，认为我国以农业立国，注意力多在气象与农业关系方面。他生于浙江绍兴，距离海滨并不遥远，深知海洋对于国家经济发展的重要性，当即表示："你们这个想法很好！在研究学科布局时，我们一定争取列进去。"

果然，中国科学院正式成立以后，竺可桢被任命为副院长兼生物学地学部主任，主要负责生物学、地学领域的学术组织与领导工作，积极呼吁筹建海洋研究所。1949 年 11 月 21 日，竺可桢与另一位副院长陶孟和联合复信童第周和曾呈奎："……承示各节，当在专门委员会中提出讨论也。"由于当时海洋科学力量十分薄弱，即使是人数相对较多的海洋生物方面的研究人员，全国也不过 30 几人，因此打算先成立海洋生物研究室，以后逐步扩展。

1950 年 2 月，北方尚在天寒地冻时节，可新中国第一个科学的春天早早降临了。中国科学院计划局在北京召开动生物学研究机构调整座谈会，竺可桢、贝时璋、童第周、陈桢、汤枫松、张景钺、吴征镒、伍文献、罗宗洛、朱洗、张玺、朱弘复、沈家瑞，还有计划局副局长钱三强、联络局副局长丁瓒等人参加会议。研究讨论了中科院接收调整改组原来中央研究院、北平研究院事宜，以及海洋科研机构建设问题，拟议设立中科院实验生物研究所和水生生物研究所，下设三个半独立的科室：一是太湖淡水生物研究室，二是青岛海洋生物研究室，三是厦门海洋生物研究室。

一个月后——3 月 9 日上午，竺可桢副院长来到政务院，向分管科教工作的副总理、中科院院长郭沫若汇报：要编制、定地点、调人员，均一一得到了批准落实。由此，青岛海洋生物研究室拿到了"出生证"，隶属于中科院武汉水生生物研究所。

3 月 13 日，郭沫若院长签发（50）院人字第 19 号令：选派党组成员、植物学所吴征镒，水生生物研究所王家楫，动物学所张玺组成三人小组，前往青岛办理筹备事宜：与青岛市军管会和市政府协商在青岛建立海洋研究机构问题，与山东大学协调调童第周、曾呈奎主持海洋生物研究室建设问题，与童、曾二人商讨成立海洋生物研究室有关事项。

当时，童第周、曾呈奎等教授均在山东大学任教，且一位是动物系主任，一位是植物系主任，可谓是学校顶梁柱人物。为了调动之事，吴征镒等人与山东大学校务委员会主任、后来的校长华岗反复商谈。华岗既是一位老革命家，也是一位功力颇深的学者，爱才心切，起初不愿松口："你看看，二位教授德高望重，新山大离不开他们！"

"是啊，可是国家的海洋科学刚刚起步，更需要两位先生领军啊！"

一时呈现僵持之势，可毕竟双方都是为了国家建设大局。三个月后，华岗专门委派校务委员会副主任赵纪彬前往北京，带着山东大学的新方案向竺可桢汇报：同意调动童第周、曾呈奎到中科院工作，但他们仍需兼任山东大学系主任之职，每周回校担负教学工作，直到学校找到继任者为止。

两全其美，只是辛苦两位教授了。竺可桢得知华岗已经征得了童、曾二人同意，欣然一笑："好！就先这么办吧！"

很快，中国科学院的任命书下达了：童第周任中科院水生生物研究所青岛海洋生物研究室主任，曾呈奎、张玺任副主任。人员有随童、曾两位主任从山东大学调来的张峻甫、娄康后、吴尚勲等人，并请著名生物学家赫崇本教授等兼任海洋生物室研究员。此外，原北平研究院动物所所长张玺，也从北京带来了张凤瀛、赵璞、齐钟彦、刘瑞玉、李洁民、王思庆、王璧曾、马乡同、张枫轩等人。全室共 28 人。

这些人就是新中国海洋科学的开先河者。

当时，吴征镒等人来青岛继商调人员之事，还有先期论证海洋研究室业务和具体建室事宜。于是，送走华岗主任之后，三人小组加上童第周、曾呈奎等五人，便开始了专题讨论。

时年不到 50 岁的童第周作为主持人，德高望重，大家尊称他为"童老"。他个子不高，身材偏瘦，却具有山东大汉性情爽朗、为人真诚的禀性，他作风民主，充分发动大家集思广益。既有思想交锋，又能冷静分析，实事求是地解决问题。当时在院部工作的吴征镒，还是年龄和学术上的"小字辈"，主要倾听大家的发言交流，并兼任王家楫教授的"翻译"——王家楫是浙江奉化人，口音较重，北方人张玺先生听着费劲。经过热烈而坦率的沟通、交换意见，很快便就建室方向、任务、主要人员分配方案等达成了一致。

在此期间，忙里偷闲，童第周、曾呈奎等人尽"地主之谊"，陪同"客人们"参观了山大动物系、植物系，会见了一些老朋友，去鲁迅公园、水族馆、中山公园、栈桥、崂山等风景名胜游览。童先生还设了家宴招待大家，夫人叶毓芬女士不仅是他研究教学的得力助手，还烧了一手宁波味的"生猛海鲜"，给客人们留下了深刻的印象。

接下来，就是到现场勘察"海生室"（海洋生物研究室简称）办公地点和人员宿舍。他们先是看了设在海湾的一座原美军总部房屋，可感到那里太大，又刚由人民海军接管，只得放弃了。而后又找到了位于莱阳路 28 号——离海滨不远的一个小院，二层小楼，旁边还有原"税务司"的宿舍，十分适合，于是商请青岛市军管会和人民政府同意，当即确定了下来……

1950 年的 8 月 1 日，中国科学院水生生物研究所青岛海洋生物研究室正式成立。这一天，正是中国人民解放军成立的日子。表面看来，海洋研究似乎与军队武装不相干，只是为了抓紧时间挂牌，迅疾展开工作而为之，实则蕴含着深刻哲理：有海无防，何谈海洋科学？反过来，科学将极大地促进海防。选择这一天成立中国海洋科研机构，具有重大的意义。

办公地址就设在上文说过的青岛市莱阳路28号。这里原是一家外国人开的旅馆，每逢冬季只留两三个工作人员，房间价格很低。1935年冬天，著名诗人作家卞之琳来青岛从事翻译工作，就住在这里，从房间里能看见小青岛的灯塔。他说："入夜之后，小青岛灯塔上的红灯，一闪一闪，给人以诗的遐想。"

日本占领时期，他们的华北交通株式会社济南铁路局把莱阳路28号当作宿舍，叫"莱阳寮"。

青岛解放了，中华人民共和国成立了，房屋和小院全部空了出来，青岛市军管会和市人民政府拨付给中科院使用。一块硕大的木牌挂在大门口——中国科学院水生生物研究所青岛海洋生物研究室。说起来，这块木牌背后还有个"成人之美"的故事：

那是1946年山东大学复校之时，动物系招考一名绘图员，刚刚19岁的陶田恩自幼喜爱美术，有一定基础，抱着试试看的心态前去应考。主考官正是系主任童第周，看到他年轻好学可塑性强，且画功不错，当场录取了。报到时，童主任关切地说："房子和家具都安排好了，你可立即搬进合江路1号山大教工宿舍。"

"谢谢童先生，谢谢……"对于一直流浪在外的青年学生来说，遇到这样的机会和老师，真是一步登天了，小陶的眼睛情不自禁湿润了。

当时，办公条件比较艰苦，动物系主任室就是一个里外间，童第周和夫人叶毓芬在里边办公做科研，小陶就在外间画图、打字。童主任夫妇把陶田恩当作自己孩子看待，生活上关心，工作上教诲，使他逐渐成长起来。

中华人民共和国成立后，陶田恩调到青岛美术专科学校当教师，一位刚从美专毕业的女学生阎虹接替他当了绘图员。当中科院青岛海洋生物研究室成立时，童第周想到小陶美术字写得好，就让阎虹去找他，用正楷黑体写了第一块"中科院海生室"大木牌。借此契机，两个志同道合的年轻人熟识并谈起了恋爱，一年后，由童第周亲自主婚，他们结成了终身伴侣，一时间传为佳话。

木牌牢牢挂在了莱阳路 28 号，这里成为新中国海洋科学研究的"摇篮"。

"海生室"距离著名的汇泉广场和第一海水浴场很近，环境优美，风景迷人，旁边就是全国第一个水族馆，存放着丰富多彩的鱼虾类活体和标本。在办公室里一抬头，就能望见波光粼粼的大海，真是研究海洋科学的好地方。

当时要从北京动物研究所调的人较多，个别人担心生活不习惯，有些犹豫。童第周和曾呈奎借去京开会时，前来看望大家，解疑释惑。那一天，童主任特意让张玺副主任召集准备前往青岛的科研人员开会。他热情地说："青岛研究海洋生物具有极好的条件，你们到青岛可以大有作为。现在我们已准备好莱阳路的 2 座楼房作为研究室和标本室，在附近金口路也准备了 2 座小楼做宿舍。青岛是个好地方，康有为的晚年就是在这里度过的。欢迎你们的家属去安家，我们共同努力将海洋生物研究室办好。"

"是啊，童先生说得不错。青岛我去过几次了，又漂亮又凉爽，好像天天在度假啊！"北京动物所老所长张玺赞同道："研究海洋生物，应该到海滨城市去，再说还可以时常吃到螃蟹大虾，比北京便宜多哩！"

哈哈，一句话引得大家笑起来。随后，他们就动手将本所有关海洋生物的书籍、标本和仪器、药品等装箱托运，于1950年10月在张玺主任的带领下，转移到了青岛，参加"海生室"的建设和研究工作。

中国海洋科研事业掀开了崭新的篇章。"海生室"是新中国第一个专业海洋研究机构，她的成立标志着中国现代海洋科学全面、系统、规模化发展的开端。建室初期，主要开展海洋动物实验胚胎学和海洋动、植物分类学研究，小范围的海洋生物资源调查，经济海藻生活史及人工养殖研究等等。

后来根据中科院的部署，为适应海洋科学的发展，1954年1月1日，中科院决定扩大青岛海洋生物研究室业务范围，并改建制，直属中国科学院领导，更名为中国科学院海洋生物研究室。人员增至78人，主任、副主任还是童第周、曾呈奎和张玺，李荣镜为党支部书记。10月28日，海洋生物研究室建立并执行室务会议制度，参加会议人员有童第周、曾呈奎等五人。

1年后——1955年10月20日，中科院第45次常务会议批准海洋生物室第一届学术委员会组成人员。童第周任主任，曾呈奎、张玺为副主任，毛汉礼、朱树屏、张玺、张孝威、曾呈奎、童第周、赵九章、赫崇本、郑重为委员。

1956年8月8日，根据《中国科学院1953—1957年计划纲要》中的1957年扩充海洋生物研究室为海洋生物研究所（设青岛）的规划方案，海洋生物研究室召开副研究员以上人员会议，讨论通过了建所方案。1957年8月22日，经国务院批准，中科院以（57）院厅秘字第0956号发布《关于通告成立民族研究所筹备委员等机构》的公告，其中宣告中国科学院海洋生物研究室扩建为海洋生物研究所。

童第周任所长，曾呈奎、张玺、孙自平任副所长，党总支书记由孙自平兼任。

在此基础上，1959 年 9 月 1 日，海洋生物研究所再次扩建，更名为中国科学院海洋研究所，去掉了"生物"二字，把单学科的海洋生物研究所扩充为多学科综合性的海洋研究机构。童第周任所长，曾呈奎、张玺、高墨华、孙自平任副所长，高墨华任党委书记，1962 年后由孙自平接任。

中华人民共和国成立 10 周年了，海洋科研机构也走过了 9 年的历程，先后筹建了烟台工作站、厦门工作站、舟山工作站、大连工作站、南海海洋研究所（由张玺兼任所长）。1961 年之后，中科院的长春地质研究所、山东分院海洋化学研究所、哈尔滨地球物理研究室等先后并入海洋研究所。

这样看来，人们称她是新中国海洋科学研究的"摇篮"和基地，一点也不为过。从此，规范、科学、全面的海洋学综合研究，就在共和国的渤海、黄海、东海、南海四大海域展开了……

第三章　大海给了一个"下马威"

（作家远航日记之二）

Chapter Three

2018 年 7 月 10 日　星期二　阴有雨
成山头海面

昨天下午，"科学"号航行到了外海，风大浪高，船舶摇摆角度也随之加大了，人在舱室站都站不稳，而且胃肠内感到一阵阵恶心，有种想呕吐的感觉。啊！难道我也晕船了？或许是刚上船尚未适应，一会儿就好了，我想尽力控制住。

可是，船体越来越晃动，坐在椅子上都东倒西歪、天旋地转，刹那间一股腥味涌上口腔，我内心大叫不好！无论如何是压不住了，跳起来跑向卫生间，还没有瞄准马桶，一口胃容物冲口而出，哗地喷在地上。哎哟哟，可惜了我中午吃的红烧鱼啊！

这还不算完，紧接着又是一口喷薄而出，直到胃里没有存货了，才算消停下来。我赶紧用卫生纸、拖把清理干净，慢慢回到桌旁坐下，长舒了一口气，竟然感到一阵清爽。

想想真是不可思议，那年我随"蛟龙"号工作母船到了太平洋，还遇到过几次台风，都没有晕船，为此经常沾沾自喜，向别人夸口。如今这是怎么了？刚上船就出了"洋相"！接下来的几十天将怎样过啊？采访写作任务怎样完成呢？我不禁产生了畏惧心理。但我毕竟是个要强好胜的人，也经历过一些风浪，绝不能有打退堂鼓的想法，甚而都不能让其他人知晓。晚餐时，我没有一点食欲，只拿了几根香蕉便回了房间。当收到全体队员开会的通知时，我还是强打精神拿着笔记本，装作若无其事的样子来到了会议室。

会上，由首席科学家张鑫研究员讲了本航次主要工作，强调了船舶纪律，安全第一。其他几位助手从生活工作上讲明注意事项，提醒大家适应船上特点。好嘛，这时才知道：不仅仅是我，刚才一阵颠簸，还有不少队员也晕了船，吐得一塌糊涂，至今仍有几人躺在床上起不来呢！据船员介绍：初次上船或者隔一段时间上船的人，遇上风浪大都要经历这样的"下马威"，过两天就好了。但愿如此……

早晨醒来，感觉船的摇摆幅度小了些，打开舷窗的窗帘，看见外面还是阴雨连绵，波翻浪涌，但船体却原地不动了，只是随着浪涛起伏着。蓦地想起来：昨天听张首席说当晚行驶到威海成山头海面，暂时驻泊进行海底地质取样，看来这是夜里人们还在睡觉的时候，船员已经驾船到了目的地停下了。

船上严格遵守开饭时间，早7点、午11点、晚5点，到时候值班船员只在驾驶室喇叭上喊一声："开饭了！"人们便及时来到餐厅用餐。整个就餐时间只有1个小时，过时不候。昨天晚饭时，我一是因为刚刚吐了几口，没有食欲；二是从未有那么早吃晚饭的习惯，6点多才进餐厅，已经空空如也了，只好拿了点水果了事。后来想想船上都是集体生活，十分有规律，早用餐是为了早工作。

可能是昨天下午晕船的不少，大部分人还躺在床上睡觉休息，前来吃早饭的人不多，特别是女队员来得更少。我一问才知道：有一半队员都晕了、吐了。这是何故？原来除了初次上船缺少适应以外，还有昨天下午为了赶路，航船特别加速了，加之海风增大，摇晃尤其厉害，很多人包括我这个经历过深海体验的人都受不了。所以他们什么也不想吃，只求同伴带点水果或饼干回去。

饭后我来到后甲板一边散步一边观察，只见几位年轻队员坐在那里发呆，便过去问他们做什么。其中一位瘦弱的女队员名叫张文燕——昨天我刚上船时，曾向她打听联络人连超，她说他可能正忙着，一时不好找。我说分配我在505房间，不知在哪儿。她热情地说我带你去吧。由此，感到这是位善良热情的姑娘。这时她却脸色苍白无精打采的。原来他们都是晕船晕得难受，感觉二楼口这里稍微平稳一些，而且风凉清爽，干脆跑到这里透风了。提起晕船呕吐的事，他们说很多人都吐了，有时都来不及跑卫生间，清理起来很麻烦。说着小张竟从衣袋里掏出一只塑料袋，看，我们都准备了这个，万一跑不及就吐在里边。呵呵，看来晕船都晕出经验来了！

本来按照计划要做地质取样，可天空还是风雨交加，海况也十分不好，科考队员们休息待命。我则趁此机会来到船长舱室，与他交谈——因船舶不航行了，驾驶台上轮流值班，他就有了空闲时间。船长名叫孙其军，老家在潍坊。用他的话说："我是老潍县人，就是郑板桥当知县的那个潍县，现在的年轻人不大知道这个县了。"

船长室是个里外间，较为宽敞，里边是卧室，外间办公兼会客。他热情地招呼我坐下，倒上了一杯热茶，一见我拿着笔记本摆出采访的架势，却有点紧张，说自己不善言辞，从小就语文不好，人多了不会说话。我连忙表示随便聊聊天，并将本子放在一边。"好啊，聊天可以。"这样他才自然起来，我也了解到了他的身世与工作情况。

孙其军是农民的儿子，兄弟五人，他是老小，本来一直在家上学，谁知上初一的时候，母亲因病去世，家里生活困难，辍学在家了。无事可做不行，他便去帮助哥哥放羊带孩子，还学会了挤羊奶喂侄儿。这样干了一年，哥哥们凑钱让他复课上学。潍县中学里有位英语老师讲课好为人又好，十分关心孙其军，将他带出了好成绩。这一下提高了孙其军的学习兴趣。他数理化学得不错，可正如他所说，偏科严重，最怕写作文。1989年他参加了高考，一举通过了本科线，只是语文刚刚及格，被大连海运学院航海系驾驶专业录取。4年毕业后分配到了中科院海洋研究所，一直干到现在。

他在所里的几条科考船上都当过船长，经历丰富。当我问他有什么印象深刻的事例没有，他想了想，拿出一盘视频资料，说是某次去西太平洋科考时遇到了特大风浪，跟随的央视记者拍摄了一段，放出来让我看：伴随着歌曲《怒放的生命》，铺天盖地的风浪打上船头，惊心动魄，威武豪迈。

正在这时，喇叭广播让新上船的人都去餐厅照相——这是例行公事，每个航次所有人员都要穿上工装照张免冠相，以备存档。我马上告辞，回去换工作服。

中午用餐时，看到了随船拍摄《加油！向未来》节目的央视摄像记者，年轻健壮的鲍仁坤——大家爱称他"鲍鱼"，坐在那里无精打采的。一聊才知道：他昨天晕得厉害，吐了3次，早饭也没吃，一直躺着呢。我打趣地说："你这么壮还晕船啊？""嗨，这跟壮不壮没关系，是我的平衡机能不好。""那也不能不吃饭，要保持一定体力才行，而且也不要老躺着，活动起来会很快适应的。"他摇摇头，吃了一点简单东西，说还是回去躺着舒服……看来，心理作用还是很大的。

如今普遍使用微信，从一上船起本次科考队就建立了微信群，命名为"2018出海群"，张首席第一时间把我拉了进去，什么通知都在群里发一下，人人尽知。准备午休时，我看了一眼微信群，科考队长王敏晓发信了："下午 2 点 5 楼会议室安全培训，请大家安排好自己的工作，准时参加。请相互提醒。"从一上船我就把自己当作了一名普通队员，严格遵守各项纪律和规定，马上把手机定在了 1 点 30 分起床。

2 点钟，我准时走进了会议室，听取了负责安全、救生工作的三副介绍登船注意事项和安全知识。本来还要进行穿救生衣、上救生艇的安全演练，只因外面一直下雨，改在晴天时再办。与此同时，辅助科考的工程技术部主任姜金光、科考队长王敏晓等人又讲了几条工作须知。其中发生了一件小事，引起我的注意：三副说发现有队员拿了备用消防水带使用，这是不允许的。需要水带时可以找他借用，不能动用应急箱里的备用带。这时，首席科学家张鑫严肃地站起来：谁干的？不能有第二次发生了，切记！

最后，孙其军船长也说了几句：欢迎大家登上科学轮！希望把这条船当作自己的家，同舟共济……

会后，雨小了，张首席说按计划做好取样准备。我了解到：本来此行全称为"中国科学院海洋研究所'科学'号海洋科学综合考察船 2018 年度热液冷泉调查航次"，具体是对西太冲绳海槽热液区、我国南海冷泉区进行一系列调查与研究。但在临行前，天气预报 7 月 11 日左右，"玛莉亚"台风逼近浙江、福建一带，正好拦在我们的航路上，需要避风。于是，临时决定起航后不向南航行，而是向东北行，在成山头外海驻泊，结合地质室的沉积物取样任务，实地验证海洋所新近研发的可视可控夯击式重力活塞取样器"开拓 3500"，充分利用科考船出海的每一个船时。

为什么选取这里呢？据说古时这里曾是黄河入海口，后来改道才从今天山东西北部入海。咦？黄河曾流经胶东半岛的威海一带，我还是头一次听说。看来，对于黄河我们还有很多未知的秘密需要探求。

这是本航次第一次作业，我一定要好好观察一下。于是，开完会我就按要求穿戴好工作服，戴上安全帽来到了后甲板。几名队员正在做着各项准备，身材不高、生着一副圆圆脸的队员介绍说：我们争取在这里创造一个纪录！这引起了我的兴趣：什么纪录？原来当年中科院海洋所曾在台湾海峡南部采用重力活塞取样到了15.25米深度，全国第一。这次争取打破它，计划如果土层合适，取到16米左右。可是海况一直不好，船摆还是很大，为了作业安全，张首席决定晚饭后看天气再干。

当晚，风力转小，有关作业人员集合到后甲板，准备用绞车吊放"开拓3500"。我看了一会儿，感到一时半会儿还干不完，就回到房间抓紧写当天的日记，想到明天再问他们结果。祝愿他们创造取样深度的全国新纪录！

2018年7月11日　星期三　多云转晴
成山头海面

早饭时遇到了科考队长王敏晓——他是一位80后，身材不高，体形微胖。我问他昨天项目进展如何，才知道，因海况一直不太好，而且天色越来越暗，张首席决定暂停，第二天酌情再做。

这是正确的，在后甲板上用绞车下管作业，船体老晃动是不行的。安全第一。今天看来转晴了，天空不再阴沉，偶尔还出现了太阳光，科考队的重点工作就是继续昨天的作业。果然，微信群里发出了信息：早饭后B组人员都到后甲板工作。我也及时穿上了工作服、工作鞋，戴上了安全帽——这是必需的，只要上后甲板作业区，就要换这身行头，带上手机来到了后甲板。记得上一次在"向阳红09"船上，我都是专门带上照相机的，如今的手机像素很高了，甚而号称"拍照手机"，效果很好，又很方便，完全取代了普通相机。

8点钟，各项准备开始。一些身穿橘红色工装、头戴蓝色安全帽的队员们忙碌起来，有的在调试绞车，有的在整理钢管，有的在拉缆绳，控制住机械的平衡。以船载实验室主任带领人员为主操作，而科考队员则根据情况做好配合。因为采取海底沉积物需要用一台名叫"中科海开拓——3500深海可视化可控轻型沉积物柱状取样系统"的设备,平常放在船上由工程技术部管理,需要采样了,便由他们结合作业项目施放下海。

这台设备是海洋所海洋地质室阎军研究员团队研发的可控可视夯击式重力活塞取样器系列之一,采用夯击方式进行沉积物取样是国内外首创。其取样钢管接口方式也打破了原先的螺丝旋转连接模式,设计成卡扣式的,解决了由于泥沙引起的旋转不动和滑丝等问题。钢管的长度可根据需要任选,一般采用4米为多,旋转吊车吊起钢管,由两名队员对准管口,一节节地连起来,里边再套上塑料透明衬管,这样收集起来的沉积物样品一目了然。由于是本航次第一次海试作业,许多队员都是新手,对设备不太熟悉。等到基本准备好以后,大喇叭响起了"开饭"广播。张首席决定先固定住设备,吃完饭再正式作业。

午餐后,按我的习惯是要午睡一会儿,才有精神,看了一会儿电视——真不错,由于现在还在近海,房间电视可以看到四个台,就上床躺下。尽管是在停泊中,船还是在海浪的作用下摇摆着。我就像睡在吊床上一样,感觉一会头重一会脚轻的。好在几天来已经适应,很快就睡着了。起来一看,两点半了,赶快爬起来换上"行头"去了后甲板。结果发现人们在收拾东西,原来在我午休时,他们已经干完了,甲板上摆着两条黑乎乎的泥管子,这就是取上来的海底沉积物样品。我连忙拍了几张照片,感到没有目睹作业过程,有些遗憾,暗想下次可不能错过了。

晚上6点,科考队在4楼会议室开例会,我早早带上笔记本前来,想把下午漏掉的内容补充进来。会上,张首席首先简略讲了今天作业的情况,而后重点布置下一步到冲绳海槽区的任务。会后,我又专门来到他的房间，请他详谈一下这次作业。他说完成了试取样，但效果一般。用绞车把"开拓 3500"送到距海底 5 米时，运用自由落体和活塞原理将钢管直插海底，由于此地是古黄河入海口淤泥层，一下子就下到了 14 米左右，然后他们又启动电夯机夯了几下，打到 16 米深。预想取样率会达到 75% 到 85% 左右，实际取上来才达到了 50%，只有 8.5 米的沉积物样品，这可能和沉积物过软和下放速度过快有关。

张鑫要求高，感觉效果比预计小，就要找原因。当然这也达到了本航次的取样要求：按照作业规范，只要 4 米样品就行了，主要用来研究海底泥沙运移。

谈完了，我回到房间，又上网查找了一下"科学"号和海洋科研史，结合张鑫所谈情况，产生了写作此书的新想法：就以"科学"号科考为经线，以海洋所发展史为纬线，编织一篇大文章，这样既集中笔墨，又不至于泛泛而谈、主次不分。这可能是我今天所得到的最大收获……

2018 年 7 月 12 日　星期四　晴
西太平洋海域

出航 4 天了，今天终于乌云散尽，雨过天晴。

按照航行计划，从昨天晚上开始，"科学"号起航驶向第一个作业海域——西太冲绳海槽。其实这里应叫作琉球海沟，因为早年它是中国番属国——琉球群岛，后来让日本侵占，将其中一个大岛改称"冲绳岛"，地图标识为"冲绳海槽"了，而整个群岛还是称"琉球群岛"。由于今年第 8 号台风"玛莉亚"刚刚过去，还存在着涌浪余波，船速不宜太快，以 10 节左右的速度顶风行驶着。

我住的 505 房间就位于 6 楼的驾驶台下边，很近很方便。吃完饭不能就待在房间里，干脆走上驾驶台四处看看，与船员水手聊聊天，也等于随机采访了。果然，早饭后是三副和实习生值班，正好船长也在那儿填写航海日志，我想让他们详细介绍一下舱内设备。年轻的三副是烟台人，毕业于青岛远洋船员学院，穿着一身洁白的海员服，说话办事十分利索。他主动说：船长忙着，我给你说说吧。而后，便领着我在驾驶室里四处参观起来。

驾驶室是按照船舶驾驶的最高等级——1 人驾驶桥楼设计的，中央是主操作台，有各种显示器、雷达、海图等。左右两边各有一个小操作台，功能与主台基本一样，便于靠港时观察操作——右舷靠港，就使用右台，反之使用左台。它们身后各有一个海图和发报处。最后边是一个动力定位系统——这是"科学"号先进的功能之一，可以利用艏侧推和尾桨主动控制船舶的位置和方向，在风浪中也不漂移，茫茫大海中可以将 100 米长的船控制在 0.3—0.5 米的偏移范围之内，方便科考队在站位点作业……

接着，我想现在是航渡时间，除了船员之外，科考队都在休息，干脆利用这个时间去采访一下有关人员。首先我找到工程技术部副主任，也是船上实验室主任姜金光，与他谈了近 2 个小时，获得不少素材，其中最有价值的是看到了一些他们工作的视频，对于写作很有用处。

下午 2:30，全船进行消防逃生演习。本来一上船就该办此事，只是因天气一直不好，风雨交加，才拖到今天。随着几声尖利的汽笛声，全体人员身穿工作服外套救生衣，依次来到了 5 楼后甲板。居住在左舷的人员为 1 号队，乘坐 1 号救生艇；右舷人员为 2 号队，乘坐 2 号艇。我的舱室是在右舷，自然就是 2 号队了。大家分成两排站好，分别由大副、二副点名，队员们互相检查救生衣和救生设施——手电筒和哨子。然后，由三副和实习三副演示穿防寒救生服。这是一套带头罩和靴子的连体服装，如果不学一学，很难顺利穿进去。万一发生海难，人在冰凉的海水里就全靠它来保持体温了。

随后，依次进入救生艇——这是发生紧急情况时，船长发出弃船口令后的唯一逃生机会。我随着大家钻进去，按照顺序先占两头均匀地坐在两侧，以防偏沉侧翻。大副说明：这里可乘坐 40 人，稍挤一点，里边放有可使用 7 天的水和食品。届时听从艇长统一指挥，分配水和食物，争取都能获得救生机会。尽管正常时不会出现这种危险，但每次上船这种演练还是必需的。当年我在"向阳红09"船上，也有过此经历。我抓紧时机请人拍了几张照片，算是"科学"号上的另一种体验。

晚饭后，我照例登上驾驶台，这次是大副在值班。他名叫梁喜祥，老家在河南洛阳，2007年考上了大连海事大学驾驶专业，与孙船长等人都是校友。小伙子很热情也很健谈，向我讲述了一些船上的故事，新奇而有趣。

他在2012年"科学"号试航时就来了，当时是三副。那年冬天试航到西太平洋海域，突遇特大气旋，风狂浪高，船体摇摆到二十五六度，一个月的船时，几乎摇了20多天，人在床上根本躺不住，东倒西歪。最惊险的是试航期间主机突发事故，全船断电，一个大浪打来，船体腾空，又突然掉到深水里，船舶瞬间失控。

这是十分危险的，断电就意味着没了动力，而船在大浪中如果被风吹偏则无法正位顶住风浪，会发生侧翻。因为在海上行驶，再大的风浪过来，只要使船体始终迎风或顺风就不要紧。千万不能侧对风浪，那年长江上的"东方之星"号游轮，就是被突如其来的一阵侧风吹翻，造成多人伤亡。所以，失去动力的"科学"号命悬一线。好在轮机长带领机工们一阵忙碌，十几分钟后，重新开车成功，全船才恢复了正常。

类似事情，在船员们身上都有不少，看来我在闲聊中会得到许多生动的素材，甚至比专门采访还好。对，以后多找他们聊天，也是体验生活的一种方式……

第四章　浪花里的科学家

Chapter Four

一、童鱼：克隆先驱

上个世纪的 1997 年的某天，一头浑身洁白、长着细长的弯弯曲曲羊毛的小绵羊成了全世界瞩目的明星。它的名字叫多莉，是用著名乡村歌手多莉·帕顿的名字命名的。它不是一只普通的绵羊，而是从苏格兰爱丁堡市郊的罗斯林研究所里克隆出来的，没有经过传统的受精孕育，即无性繁殖出来的。

真是破天荒了！这项研究不仅对胚胎学、发育遗传学、医学具有重大意义，而且富有丰厚的经济潜力。克隆技术可以用于器官移植，造福人类；也可以通过这项技术改良物种，给畜牧业带来好处。然而，你可知道，我们中国科学家早于多莉羊 20 多年就已经成功地运用克隆技术，克隆了数尾金鱼，世人称其为"童鱼"！取得这项惊世骇俗成果的，就是中国科学院海洋研究所所长童第周。

十分可惜的是，由于种种原因，当时没有及时在国际最高科学杂志发表论文，没有公开亮相，也就没有像多莉羊一样引起巨大的轰动。但，圈内人都知道，这是一项划时代的研究项目。童第周堪称全世界克隆技术的先驱者之一。

事实上，童第周先生不仅仅创造了生物科学的巅峰——"童鱼"，更是中国海洋科学研究的创始人，经他手创立、培养起来的海洋科研院所和海洋科学家，遍布全国许多城市。每当谈到海洋科学之时，人们总会首先想到那位个子不高、身材瘦弱的童先生……

1902年，童第周出生在浙江宁波鄞县唐溪童村一个私塾先生家里。虽然家境不富裕，但从小可以跟着父亲读私塾，早早就识字学到了一些知识。父亲常常给儿子讲古人刻苦读书的故事，讲学海无涯，一定要持之以恒的道理，还写了"水滴石穿"四个字，挂在童第周的书桌旁。

这是父亲对儿子的勉励和期盼，而童第周正是身体力行地实践着这种精神，抓住每一分钟、每一秒钟，以顽强的毅力向着科学的顶峰登攀。可在私塾里，他只学了一些文史方面的知识，这远不能满足对知识的渴求。直到他17岁那年，在哥哥的帮助下，童第周进入了宁波师范预科班。这里不用交学费，还管食宿，穷人家的孩子能在这儿上学，是很幸运的。童第周十分高兴，他抓住这个得之不易的机会，勤奋刻苦、努力学习。

他在内心深处，为自己确立了一个更高的目标——考上宁波效实中学。这是当地第一流的学校，毕业生一般都能进入大学。效实中学对英语要求很高，还十分重视数理基础，而这几门课恰恰是童第周的薄弱环节，特别是他还从未学过英语。自从确立了考试目标之后，童第周更加用功了，自学英语，强化数理，常常学到深夜。

然而，童第周初中毕业那年，效实中学不招一年级新生，只招三年级插班的优等生。这可怎么办呢？亲友们都大摇其头，可童第周却不改初衷，再难再苦也要考上去。靠着"水滴石穿"的精神，铁杵也能磨成针。童第周咬紧牙关刻苦用功，最后竟榜上有名，只不过成绩是倒数第一。面对成绩单，他流下了泪水，既有终于成功的喜悦，又有分数较差的难过……

一定要赶上去，童第周暗暗下着决心。一天深夜，教数学的陈老师办完事情回到学校，发现在昏黄的路灯下有个瘦小的身影在晃动。陈老师想：深更半夜的，谁还不回寝室就寝呢？他带着疑问走过去一看，原来是童第周正在借着路灯光演算习题。

"这么晚了你怎么还不休息呢？"

"陈老师，我要抓紧时间把功课赶上去，我不要倒数第一名。"

望着童第周瘦小的身躯，陈老师关心地劝他回去休息就走了。可是走出不远，回头一看，童第周还站在路灯下捧着书本学习。陈老师被深深地感动了，完全理解和赞赏童第周的志气，为自己有这样的学生感到自豪。

期末考试到了，童第周又成了全校关注的对象。他终于靠自己刻苦的努力，使各科成绩都达到了 70 分，其中几何得了满分，引起了全校的轰动。就这样，到高三期末考试，他的总成绩名列全班第一。校长陈夏常无限感慨地说："我当了多年校长，从来没有看到过进步这么快的学生！"

后来童第周回忆自己的童年时感慨地说："在效实的两个'第一'，对我一生有很大影响。那件事使我知道自己并不比别人笨，别人能做到的，我经过努力也一定能做到。世上没有天才，天才是用劳动换来的。"

高中毕业了，童第周以优异的成绩考入了复旦大学，成为复旦的高才生。1930 年童第周在亲友们的资助下，远渡重洋，来到比利时的首都，进入布鲁塞尔自由大学。在著名生物学者勃朗歇尔教授的指导下研究胚胎学。当时，他发现有的外国留学生对中国人抱着一种藐视的态度，同寝室一个外国学生就公开说："中国人太笨了。"听到这些，童第周再也压抑不住满腔的怒火，站起来对他说："这样吧，我们来比一比，你代表你的国家，我代表我的国家，看谁先取得博士学位。"

研究胚胎学，经常要做卵细胞膜的剥除手术。有一次做实验，教授要求学生们设法把青蛙卵膜剥下来，这是一项难度很大的手术，青蛙卵只有小米粒大小，外面紧紧地包着三层像蛋白一样的软膜，因为卵小膜薄，手术只能在显微镜下进行。许多人都失败了，他们一剥开卵膜，就把青蛙卵也给撕破了。只有童第周一人不声不响地完成了这项实验任务。

勃朗歇尔教授知道后，特地安排了一次观察实验，把学生们都找来看。实验开始了，童第周不慌不忙地走到显微镜前，熟练地操作着。人们看到，他像钟表工人那样细心，像绣花姑娘那样灵巧，像高明的外科医生那样一丝不苟。在显微镜下，他先用一根钢针在卵上刺了一个小洞，于是胀得圆滚滚的青蛙卵马上就松弛下来，变成扁圆形的，再用钢镊往两边轻轻一挑，青蛙卵的卵膜就从卵上顺利地脱落下来了。

"成功了！成功了！"同学们涌上去祝贺，勃朗歇尔教授更是激动万分，这是他搞了几年也没有搞成的项目啊！他抑制不住内心的喜悦，连声称赞："童第周真行！中国人真行！"童第周剥除青蛙卵膜手术的成功，一下子震动了欧洲的生物界。4年之后，童第周通过了答辩，被比利时的学术委员会授予博士学位。

在荣获学位的大会上，童第周激动地说："我是中国人，有人说中国人笨，我获得了贵国的博士学位，至少可以说明中国人绝不比别人笨。"在场的教授纷纷点头，有的还伸出大拇指。这年他才32

岁。而那位同寝室的洋学生却一篇论文也没有，更谈不上当博士了。

此后，童第周到英国剑桥大学作短期访问，谢绝了国外高薪职位，于 1934 年年底回国效力，在青岛任山东大学生物系教授。抗日战争爆发了，他随学校内迁到四川万县，教书之余，继续着胚胎学研究工作。抗战胜利后的 1946 年，童先生随山东大学返回青岛复校，任生物系教授、系主任，他的夫人叶毓芬也在同系任教。其间，他写信邀请在美国的曾呈奎教授回山大任教，从而书写下二人亲密合作发展中国海洋科学的感人篇章。

然而，已经爆发内战的中国，安放不下一张平静的实验台了。1947 年 6 月 2 日凌晨，山大学生不满国民党反动统治的倒行逆施，爆发了“反饥饿、反内战、反迫害”的示威游行和签名运动。童第周第一个在抗议书上签了名，坚决站在学生一边。

当时，他们夫妇与曾呈奎等都住在鱼山路山大第一教授宿舍，看到学生队伍从学校大门出来，被反动军警开来的大卡车堵在路上，军警挥舞着刀枪毒打抓捕学生。童第周和教师员工们十分愤慨，严词痛斥。曾呈奎则跑回宿舍取来照相机，在童先生夫妇掩护下抢拍了一些军警打人的照片。

由于当局对新闻界实施高压政策，市里的中文报刊不敢登载“六二事件”消息和照片，只有一家英文版《民言报》如实予以报道了。童先生自费购买了一大批报纸，与曾呈奎等教师员工书写信封，跑了几个邮局，寄给各个大学的教授和社会知名人士，得到了全国各地的声援。他还不顾危险前往警备司令部交涉，要求立即放人，否则罢教。迫于外界的强大压力，国民党政府不得不释放了被捕学生。此后有人告诉童第周，他被特务列入了黑名单。童第周只是淡淡一笑。在浓浓的黑暗中，他热切地盼望着光明早日到来。

1949 年，中华人民共和国成立前夕，正在美国耶鲁大学任客座研究员的童第周谢绝了高薪挽留，克服了种种阻力，再次回到了山东大学，任生物系主任、校海洋研究所所长，进而投入了建设新中国第一个海洋科学研究机构的工作中。这一年他 48 岁。距 1934 年获得比利时大学博士学位回国已经过去整整 16 年了，最好的年华都在动荡不安的时代里过去，如今终于可以专心致志搞科研了，童第周百倍珍惜。

莱阳路 28 号那间十平方米的办公室兼实验室，是童第周最喜欢待的地方。当时，他不但担任海生室的第一任主任，全面负责海洋生物研究工作，还在华岗校长的坚持下，于 1951 年出任了山东大学副校长。这个时期，承担着繁重行政和科研任务的童第周，仍坚持给学生上课。教室里满堂的学生，倾耳静听着童先生那富有哲理的学术思想，印象极为深刻。

与此同时，他一刻也没有放下手中的显微镜，利用青岛文昌鱼、海鞘和鱼类为材料，进行了一系列的实验胚胎学研究。童第周利用在生物进化史上具有重要地位的脊索动物文昌鱼的卵子发育的规律，精确地绘制了预定器官形成物质的分布图，证明了文昌鱼分裂球具有一定的调整能力等，为进一步确定文昌鱼在分类学上的地位提供了重要证据。

春天，大地复苏，是金鱼繁殖的季节，为了探索生物遗传性状的奥秘，从上世纪六七十年代开始，童第周不顾年高、事繁，又进行了新的探索。他与美籍华人科学家牛满江教授合作，选择了金鱼和鲫鱼作为实验材料。实验室里，童第周坐在实验台前像个将军似的运筹帷幄，助手们则紧张地忙碌做着各种准备。这是一场紧张的战斗：童第周想通过这个叫作核酸诱导的实验来验证在科研上的设想。

金鱼排卵了，排出的受精卵比芝麻粒还小。事不宜迟，助手们把已经提纯过的鲫鱼卵核酸快速送到童第周的手边。他迅疾而稳定地用那双灵巧的手，将这些核酸注入了金鱼受精卵的细胞质内，而后密切观察由此繁殖长大的金鱼性状会发生什么变化。金鱼一般在早晨 6 时左右产卵，实验则需一批接一批地进行，因此往往要工作到下午一两点钟，一口气干 8 个小时后，童教授匆匆回家喝下一碗稀饭（他胃不好，此时经常以稀饭作为饭食），而后再匆匆赶回实验室，观察胚胎发育中的每一个细微变化。

"童老，您休息一会儿吧！"一位助手忍不住说道。童第周摇摇头说："应该记住，我们的事业需要的是手，而不是嘴！而且，你们不是和我一样忙吗？"童第周就是这样，以身作则，严格要求自己和他的学生们。

不久，这些由动过手术的受精卵产生的金鱼慢慢长大了，奇迹也出现了。童第周和他的助手们惊喜地发现，在发育成长的 320 条幼鱼中，有 106 条由双尾变成了单尾，金鱼表现出鲫鱼的尾鳍性状！这说明，从鲫鱼卵中提取的核酸对改变金鱼的遗传性状起着显著的作用。

这次实验，证实了童第周先生的设想，他的脸上露出了成功后的喜悦之情。《人民日报》公开报道了这项科研成果，引起极大轰动。著名画家吴作人为此鱼画了一幅水彩画，称为"童鱼"。诗人赵朴初专门题诗曰："异种何来首尾殊，画师笑道是童鱼；他年破壁飞腾去，驱逐风雷不怪渠。"

这两种鱼——童第周课题组诞生的金鱼，与吴作人绘画的"童鱼"照片，一齐被收入英国皇家科学院大百科全书中。可是，当合作者牛满江教授在美国生物科学年会上发布这项成果时，竟因种种原因受到一定程度的质疑，以至于未能获得应有的认可和荣誉。直到 20 多年后，爱尔兰研究院的克隆羊"多莉"问世，才使"克隆技术"轰动全世界。

事实上，当年童第周实验室的那些"童鱼"，至今依然是科学文献中的精品，在国内外学术界产生了深远的影响。他将人类对生物进化和细胞遗传变异的研究推进到了世界前列，开创了人类按照需要而人工培育新物种的历史先河，被誉为"世间克隆第一人"。

当之无愧，童第周堪称中国的"克隆之父"。上世纪 90 年代，他被列入世界 100 位最优秀的科学家之列。

尽管"文革"期间，童第周与许多科学家一样遭受不公正冲击，但他从不气馁，始终坚持光明在前、科学报国的信念。扫除"四人帮"阴云后，童先生又焕发了科学的青春，身兼数职，担任中国科学院副院长、全国政协副主席，但一直没有放下他心仪的生物学研究。

他每年都要前往青岛住上一段时间，看看一手创建的海洋研究所，与后辈们交流座谈，勉励大家："一分时间，一分成果。对科学工作者来说，就不是一天 8 小时，而是寸阴必珍，寸阳必争。"

二、“我是大海的儿子”

奔涌的海浪，劲吹的海风，伴随着激昂的音乐，宽大的银幕上出现了这样一组镜头——

惊涛拍岸的南海边，一位精神矍铄的老人，穿上潜水衣，戴上潜水镜，像年轻人一样跳进大海。在蔚蓝色的海水里，他宛若一条游龙，俯仰自如，鱼儿在他身边畅游，一串串美丽的水泡儿冒起来……

这是中央新闻电影制片厂拍摄的纪录片《喜浪藻》中的一幕。主人公就是时任中国科学院海洋研究所所长、著名海洋学家曾呈奎。那是 1980 年，他已经 71 岁了，仍然亲自率队赴西沙群岛考察，历时 40 多天，并首次发现了对研究光合生物进化有重要价值的原绿藻。

阳光和海风很快使他的面孔皮肤变得黧黑。影片片头介绍说：“有一种海藻，喜欢惊涛骇浪，在礁石上生长，人们给它起名喜浪藻。”

喜浪藻，不正是曾呈奎人生的形象写照么？

说起来，曾呈奎担任海洋研究所领导职务时间最长久。从 1950

年创建"海生室"开始，童第周先生任主任，他就是第一副主任。后来扩建成海洋研究所，童第周任所长，曾呈奎任第一副所长。"文革"结束后的 1978 年，全国科学大会之后，童第周调任中科院任副院长，曾呈奎接任所长，直到 1984 年他以 75 岁高龄卸任之后，还担任了多年的名誉所长。

其间，1951 年，山东大学新校长华岗坚持让童第周出任副校长，甚至说：童先生如来不了，我也不当这个校长了！可此时海洋生物研究室刚刚建立，作为主任事务繁多，童第周只好找也在山大兼职的副主任曾呈奎商量："两边都很重要，这可怎么办好？"

"国家急需培养人才，你应该去！"曾呈奎深明大义，毫不犹豫地表示："我可以把山大植物系主任辞了，多承担一些海生室的工作。"

童第周拍拍老伙伴的肩膀，点了点头，兼任了新山大副校长一职，平常忙于教学、校务，但仍然每周抽出两天时间来海生室搞研究。上世纪五六十年代之后，童第周调任中科院生物学部主任，之后又任副院长，同时还兼任海洋研究所所长，因为长期生活工作在北京，所以实际工作又交给了第一副所长曾呈奎……

如此算来，在中华人民共和国成立之后，曾呈奎的后半生一直负责海洋研究所的管理和研究工作，生命完全献给了海洋科学事业。用他那句发自肺腑的话就是："我是大海的儿子！"

是的，曾呈奎生在海边、长在海边，一生与大海结下了不解之缘。

在中华大地东南濒临东海的地方，有一个四季如春、风光秀美的菱形岛屿，"物华天宝，人杰地灵"，这就是美丽的海滨城市厦门。

1909 年 6 月 18 日，曾呈奎出生于这里的灌口镇李林村，两岁时，父母携全家去缅甸投靠经商的外祖父，之后回国定居在厦门鼓浪屿。说他是在涛声浪花里成长起来的，一点也不过分。

小呈奎 6 岁了，进入厦门鼓浪屿福民小学学习，聪明又刻苦，是个品学兼优的好学生。上中学了，每学期都被评为全班一二名，四年级全校大评比，他成为全校第一名好学生，领到了 10 元大洋的奖励。在考入福建协和大学后，他对农业科学产生了浓厚兴趣，认为用先进的科学可使农业增产丰收，为劳动人民造福，使国家发达强盛，决心攻读农学，还给自己取了名号"泽农"。

殊不知，他并没有在土地上泽惠农民，而是一生在海洋上耕耘。1929 年夏天，曾呈奎从厦门大学植物系毕业，留校当了助教。这里是他的老家，又是他工作的地方，自然充满了感情。教学之余，青年学子曾呈奎喜欢独自在礁石上静坐，在沙滩上漫步，听浪拍沙石的声响，任海风吹拂着面庞，心里常想着科学、人生、国家……民以食为天，谁都得吃饭穿衣，他决心沿着自己"泽农"的宏愿走下去！

正是得益于时常在海滨上散步、畅想，他发现当地人手拿抓钩、铁铲，采集礁石上的紫菜、海萝等藻类海植物，不由得询问起来："采这东西做什么呢？能吃吗？""能吃，回家洗洗，炒菜煮饭都可以的。"这给了曾呈奎很大启发：人们能在陆地上种植庄稼，也应该能到海上去栽培海植物。由此，他决心以海藻研究为起点，开始了"变沧海为桑田"的远征。

1935 年之后，曾呈奎先后在国立山东大学和岭南大学任讲师和副教授。这期间，他只身一人开始了对海藻资源的调查研究。1940 年获美国密歇根大学研究生院奖学金，他赴美攻读，获理学博士学位。紧接着又获该校"拉克哈姆博士后奖学金"，去美国加利福尼亚州立大学斯克利普斯海洋研究所进修物理海洋学和海洋化学，同时开展海藻资源、琼胶原料的研究。

曾呈奎一生有三次重大选择，从而实现了一个爱国科学家到党的科学战士的转变。1946年，37岁的曾呈奎已成为当时美国海藻工业和食品利用方面的领军人物。就在事业如日中天的时候，他接到童第周先生的邀请信：山东大学（青岛）复校，请来任教！他毅然放弃美国优越的工作条件和生活待遇，回国担任了山大植物系主任兼水产系主任。他对人生第一次重大选择的理解是：我的海洋事业在中国。

回国后，曾呈奎一边教书育人，一边从事海洋科学研究，开始了报效祖国并为之奋斗终生的海洋科学事业。但当时的国民党政府对海洋科学教育并不支持。一无经费，二无专职人员，他的科研工作未能真正开展起来。他的"泽农"志愿、"沧海桑田"理想，也只能成为一种美丽的幻想。

青岛解放前夕，国民党政府安排一批科学家去台湾，曾呈奎是其中之一。当时，他远在福建厦门的夫人和子女已被接去台湾，日夜盼望着他也能来团聚。此时的曾呈奎面临着人生的艰难选择：是前去全家团圆，还是留在大陆工作？

一个月明星稀的傍晚，曾呈奎独自一人来到了海滨沙滩，此时海水刚刚退潮，尽管仍有一波一波的浪潮扑向岸边，但好似力竭而衰的斗士一样，喘息着退向远方，除了轻微的水声和海面上的点点星光之外，周围一片宁静。他坐在一块礁石上，远望着静悄悄的海洋，内心里却在波翻浪涌……

思考良久，他终于下定决心：我相信共产党，一定会重视国家科学和教育事业。我绝不跟国民党政府到台湾去！我要在大陆建设新的中国！要知道，这是需要多大的勇气和做出多大的牺牲啊！由于政治的原因，这就等于与至爱的妻儿从此天各一方，甚至终身难以相见！曾呈奎心在滴血，欲哭无泪，可是为了心中大义，他毅然决然地做出了决定。

从而，新中国有了一位海洋科学奠基人，曾呈奎一家却咫尺天涯，再难团圆。正如台湾著名诗人余光中所说："乡愁是一湾浅浅的海峡／我在这头／大陆在那头。"曾呈奎遭到了子女的误解，直到几十年后，也成为科学家的儿子才理解了他的追求与选择，与分别多年的父亲重逢团聚。

这是他一生中的第二次重大选择，充分体现了他对祖国、对人民的挚爱之情，对中国共产党的信任和期望。中华人民共和国成立后，党和政府对知识分子的重视，对科学教育事业的支持，使曾呈奎深受鼓舞，也使他对中国共产党有了更加深刻的认识。他由衷地表示："没有共产党就没有中国的海洋科学事业！"

由此，他开始把加入党组织作为自己政治上的最高追求。这也是他一生中的第三次重大选择。虽然历经"文革"磨难，但严冬过后绽春蕾，拨乱反正后的 1980 年，曾呈奎以 71 岁高龄站在了鲜红的党旗下，成为一名光荣的共产党员。他的海洋人生达到了一个新的高度。

海洋人生，离不开海洋。那还是建立青岛海洋生物研究室不久，童第周、曾呈奎、张玺三位领导人一致认为：必须先查清我国海洋生物资源的"家底"，分门别类，然后才能全面研究，整体规划，进而开发利用。

不用说，对我国海藻资源的调查是由曾呈奎组织的。早在上世纪 30 年代他就单枪匹马进行过此类工作，如今更是志在必得。他带领张峻甫、张德瑞、夏邦美、陆保仁、纪明侯、史升耀等科技人员，不辞劳苦夜以继日，完成了我国沿海的海藻分布和区系特点，以及西北太平洋海藻区划的调查任务，为海藻研究奠定了坚实基础。

与此同时，曾呈奎还在海带研究与生产上大显身手。

1950 年深秋的一天，一位干部模样的中年人和一个戴眼镜的年轻人，拿着一把墨绿色的裙带菜，急匆匆走进成立不久的青岛海洋生物研究室，找到了时任副主任的海洋学家曾呈奎，急忙忙地问："教授，你是藻类专家，你说在青岛养海带行不行？"

"哦！"曾呈奎看了看来人，认出了他是山东水产公司的军管干部薛中和，便放下手头的工作，热情接待认真解答："海带是寒水性藻，青岛海水属于温带，目前养恐怕还不行。"

此前，薛中和曾在较早解放的烟台水产试验场任场长，聘任日本海带专家大槻洋四郎为技师，开始了海带养殖的试验。海带味美价廉又可充饥，富含维生素 C、蛋白质、糖、钙、铁等营养，特别是含碘极高，可以预防大脖子病。但因海带是冷温带植物，中国过去并不生产，而多是从日本、朝鲜和俄罗斯等国进口的。

时光到了 1927 年，日本人在大连寺儿沟修建栈桥，从北海道用货轮拖来了一批玄木筏子，充当建筑材料。当时恰逢海带成熟季节，放出了大量游孢子附着在玄木上，并且逐渐生长起来。这些木筏拖到大连后又在海里停留了一段时间，发育成了小海带。第二年它们又放出许多游孢子，附着在栈桥基石上，继续发育。从此，我国便有了自然生长的海带了。

这些出现在大连海区的海带，引起了人们的注意。海带原产地在日本北海道，那里水温较低——夏季一般不超过 20 度，自然生长的海带很多，到时收割就行了，不需要人工养殖。但要适应温度相对较高的我国海区，还存在着许多问题。负责大连水产的日本技师正是大槻洋四郎，他后来又在烟台进行筏式养殖海带试验，初步取得了成功。烟台解放了，薛中和场长把他聘请来继续试养。

不久，薛中和调任青岛水产公司经理，仍然十分重视海带的研究养殖。他在报纸上看到一篇介绍海带养殖的文章，署名是李洪基，感觉这是一个有见地有抱负的青年，调他到养殖场工作，给日本技师大槻洋四郎当助手。当得知青岛建立了海洋生物研究所，薛中和便兴冲冲地找来了。

"烟台距离青岛这么近，为什么在烟台能养成，在青岛就不行呢？"薛中和不甘心地说。

曾呈奎闻言追问道："烟台在养吗？"

"是的，我亲自参加了养殖，而且已经养成了。你是专家，应当研究研究在青岛甚至以南养海带的办法。"

这给了曾呈奎很大的启发，我们国家有广阔的海域，可是每年还要大量进口海带，以满足人们的生活需要，心里很不安。他对学生说："我们是研究海藻的，看到国家还要进口海带，真是感到羞愧。我们应当努力工作，争取在最短的时间内，让大家吃上我们自己生产的海带。"

自此，曾呈奎组建了海带养殖小组，开始了艰辛而坎坷的研究之路。几年过去了，他与水产部黄海水产研究所所长、著名的海洋学家朱树屏一起筹划、组织，成立了课题组，带领几名年轻人吴超元、刘恬敬、蒋本禹等，陆续出了"海带夏苗培育法""海带陶罐施肥法""海带南移养殖"等多项科研成果，使海带产量大为增加，为我国的海带栽培事业做出了重大贡献。

海带，这种长长的宽宽的水生植物，营养丰富，已是人们餐桌上一道不可或缺的美味佳肴……

"大海的儿子"曾呈奎的人生丰富多彩，他不仅仅是一位海洋生物学家，更是一位海洋战略学家，既创造了许多享誉海内外的成果——尤其在紫菜、海带、螺旋藻、原绿藻等海藻类科研上成就斐然，还为绘制国家宏远的海洋发展蓝图竭尽才智。早在全国第一届海洋科学工作会议上，他就提出请科学家"下海""耕海"，开发海洋。

自著名海洋学家朱树屏提出"水产农牧化"的战略创想后，曾呈奎于1978年再次倡导发展海洋水产应走"农牧化"的道路，对中国的水产事业产生了巨大的影响。他说："所谓海洋水产生产农牧化，就是通过人为的干涉，逐步地改善或改造海洋局部环境条件，为经济生物的生长发育创造良好的环境条件。同时，也对生物本身进行必要的改造以提高它们的质量和产量。"

说到做到，身体力行。上世纪80年代初，在曾呈奎领导下，中科院有关单位分别在山东省胶州湾、广东省大亚湾进行了海洋水产生产农牧化试验，付出了很多心血，均取得了圆满成功。

大亚湾试验站建立在一片山野荒滩上，工作生活条件十分艰苦，而且这里的核电站正在建设，即将投入运营，也可能对水域有一定影响。曾呈奎接到报告，决定亲自前去考察指导。

1985年夏秋之交，他不顾年老体弱，专程来到广东南海边上，与年轻人一样登高爬坡，乘船出海了解大亚湾水域、周边岸带和红树林、核电站站址附近的滩涂情况，告诫课题组同志们："一定要掌握这里的特点，因'水'制宜，发挥大亚湾的优势搞好养殖。"

"是的，我们不搞重复研究工作，特别是不卷入目前的'对虾热'，而是选择罗非鱼的放流增殖试验。尤其要在大亚湾核电站运转后，能够适应水温的增高。"

"好！就要把重点放在前景较好的地方性种类上。记住，鱼类应是海洋水产生产农牧化的主角！"

胶州湾和大亚湾进行的海洋水产农牧化试验取得了丰富的经验，推动了我国紫菜、海带和对虾、扇贝等水产品的养殖产业，取得了极为可观的经济和社会效益。如今，全世界 80% 以上的海带都是我国生产的，以海带为原料的褐藻胶加工业也跃居世界首位。同时，我国已成为全球第二大紫菜生产国，人工扇贝养殖也是第一大户，年产值达数亿元以上。

海洋农牧化如同一股强劲的春风，迅速吹遍了中国南北沿海。渔民们再也不只有出海捕鱼一条路了，而是掀起了养殖、增殖水产动植物的热潮。近年来，对虾、扇贝、海参、鲍鱼、罗非鱼等一向被视为名贵海味的海产品，日渐增多，价格下降，"昔日王谢堂前燕，飞入寻常百姓家"。

上世纪 90 年代的一天，记者就此采访曾呈奎时，他高兴地说："海洋农牧化这条路走对了！我国有十几亿人口，可耕地又日益减少，发展海水养殖事业是解决食品来源问题的重要途径。现在对虾和一些鱼种牧化研究已成熟，可以选择一些海区建起海洋牧场，大幅度增产廉价水产品。"

此时，他已提出了"海洋牧场"的概念，将来会有更大的作为……

1984 年，曾呈奎退居二线，担任中国科学院海洋研究所名誉所长，却仍然活跃在科研第一线。做试验、看标本、写作、审稿、开会、接待、访问、出差，时间安排得满满当当仍嫌不够用，工作到凌晨更是家常便饭。

他的精力充沛是出了名的。年轻时，上楼都是一步两级，下楼腾腾一阵风；平地大步流星，在海滨走岩石如履平地。只有进入图书馆，他是脚尖点地，进进出出毫无声息。

熟悉曾呈奎的人都知道他有个习惯，开会或主持会议时，他常常闭上眼睛，好像睡着了，等报告结束了，旁人正担心如何收场呢，他却忽然睁开眼睛，不慌不忙、滴水不漏地对报告做总结，甚至还说出"一二三"来，做出自己的评价。

有一次，他的学生——年轻的王广策教授去他的办公室，发现他正在办公桌前审阅稿件，身体端坐，双手扶腿，看几行字就闭上眼，双手开始慢慢滑，快要滑到膝盖了，眼睛也睁开了，旋即提笔把刚看过的几行做出修改。再看几行又闭目，再睁开眼睛提笔修改，如此周而复始。

王广策关切地说："曾老，你要是累了就休息一下吧。"

"呵呵，小王，你以为我想睡觉吗？其实我合着眼，比别人睁着眼思考得还深呢！"

看到这一幕的人都瞠目结舌，惊叹曾呈奎好像在打盹休息，实际他没有停止思考；同时又自叹弗如，恨自己学不来这一"绝招"。早年在美国留学时，他就曾被同学戏称为"那个不睡觉的中国学生"。可是人总不能不休息啊，那就抓住零碎时间随时休息。这种"分段休息法"换来的是浑身使不完的劲。

2002年，曾呈奎右臂长出一个恶性肿瘤，住进医院。大夫叮嘱：注意静养，小心观察。一天深夜，陪同的夫人张宜范醒来，发现曾老病床上空无人影，心里不由得陡然一惊。环顾室内，她发现卫生间隐约透出亮光。

夫人耐心等待了几分钟，没有一点动静，赶紧披衣下床。走过去推开门：身着病号服的曾老，正手拿铅笔坐在马桶盖上。原来，曾呈奎惦记着即将召开的一个国际会议，悄悄起来，担心影响老伴休息，就跑到卫生间里修改起学术报告来了。

"报告没改完，实在睡不着。"曾老像犯了错误的孩子似的赶紧解释。几天后，刚刚做完手术，刀口尚未完全愈合的曾呈奎，便带着学生飞赴马来西亚，参加亚太海洋科学与技术大会去了。那年，他已经 93 岁高龄……

曾呈奎在国外留学多年，生活方式多少有些西化。他爱喝咖啡，在国外看英文报纸，爱唱英文歌曲。节奏明快的《扬基之歌》是他最爱唱的一首歌："爸爸带我去兵营，同古丁上尉一起；我看到士兵和小孩，到处都非常拥挤……"

尽管有些西化，可是他未有半点不合群，而是平易近人，和蔼可亲。让秘书做点事情，他会说："请你帮我把这个材料整理一下，有不合适的地方尽管改。"

在生活方面，他的勤俭节约，几乎让人觉得与一个大科学家的身份不符。他起草信函和稿件，基本上都是在裁开的旧信封或来信的空白处、背面书写，而不是用草稿纸。捆绑书籍、资料的绳子，他也要收集起来再次使用。

一顶深蓝色的帽子，曾呈奎戴了 20 多年，帽子的里檐都破得不成样子了。每次戴之前，老伴儿都要给他掖好，恐怕破边儿耷拉下来。他没有时间去商场，老伴儿不得已，就拿一根绳子测量了他帽子的周长，到商场买回一顶。曾呈奎回到家往头上一戴，还挺合适，高兴得不得了。

　　"如果不是亲眼所见，谁也不会相信，曾老这么大的科学家会是这么一个节俭的人，他的节俭让人吃惊！"担负曾呈奎护理工作的保姆郑立妍说。3分钱一张的卫生纸，曾老会把它撕成3份用，你敢相信吗？原来一张卫生纸只能擦一次鼻涕，曾老说太浪费，撕成3份就可以用3次了。这样的小纸巾曾老和夫人已经用了几十年了，曾老很为自己的这项"发明"自豪。

　　然而对他人、对社会他却慷慨大方。曾呈奎一生获奖无数，但获得的最后一项荣誉却不是来自科研领域。在他逝世前的一个月，躺在病榻上的他荣获民政部授予的"全国爱心捐助奖"。他一生俭朴，却从自己的工资、稿费和奖金中累计拿出30多万元捐献给社会慈善事业。

　　"身体有用的器官捐献给社会，骨灰撒入大海，所有书籍和资料全部捐给中科院海洋所。"这是曾呈奎临终前的遗言。2005年1月20日，"大海的儿子"回家了，回归他魂牵梦萦的蔚蓝色的大海……

三、永恒的"海洋之心"

啊！这是一个从未见过的美丽神奇的新世界——

一只只、一群群多姿多彩的海洋原生动物清晰地展现在我的眼前：圆形的、尖型的、长方形的，纯白色的、深褐色的、通体透明的，有的像钉螺，有的像蜗牛，有的像转动的车轮，有的像天上的星星，身上布满了条状、点状抑或年轮似的花纹。随着移动，它们犹如具有了生命似的，无声地、轻盈地、快乐地从蔚蓝的海洋深处浮游而来……

这就是我在中科院海洋研究所研究员、中国科学院院士郑守仪实验室显微镜下看到的情景。刹那间，我的心灵被那种无与伦比、无法言状的美强烈地震撼了！情不自禁地脱口而出赞叹道："太美了！千姿百态，玲珑剔透。"

"你讲得真好！"郑守仪院士和她的丈夫、也是她的助手傅钊先老师笑容满面、异口同声地说："不愧是作家，玲珑剔透，我们还是第一次听到这样的形容啊！"

几句话，一下子拉近了主人与来访者之间的距离。

虽说我们过去从未谋面，但我对她的名字早已如雷贯耳、仰慕已久。初次见面，竟是一位和蔼可亲，如同我的母亲一样的老太太。她个子不高，衣着朴素，瘦削的脸庞上勾画着一道道皱纹，诉说着逝去的不平凡的岁月；唯有那双眼睛，一点儿也不像年逾八十的样子，依然明亮灵动，闪耀着勤奋和智慧的光泽。一走进她那15平方米的实验室，到处是海洋生物的图示、照片、标本、模型及科研仪器，宛如来到了一个琳琅满目的百宝房。郑守仪夫妇正在实验桌前忙碌着。

"来，你先看看这个……"她把我引到一架高倍显微镜前，指点着我调整焦距、睁大双眼，轻轻推动着一块满是沙粒的玻璃，屏息静气地低头观看。于是，就出现了本文开头所描述的一幕。这些精美绝伦的小生灵，就是郑教授一生从事研究并取得非凡成果的对象——海洋原生动物有孔虫。由此，我了解了一位归国华侨、著名海洋生物学家的心路历程……

一架班机从马尼拉国际机场腾空而起，直插云霄，向着中国香港方向飞去。坐在前排靠窗座位的是一位身材娇小、面容秀丽的姑娘，透过圆圆的舷窗，她久久地凝望着渐行渐远的城市，泪珠在眼眶里打转儿，心中暗暗自语："爸爸、妈妈，请原谅女儿的不辞而别吧……"

她是谁？她是向何处飞行呢？

原来，她就是我们本书的主人公之一——旅居菲律宾的华侨子女郑守仪。这是上个世纪1956年初夏的一天，刚满25岁的她被新生的中华人民共和国所感召，毅然放弃了即将拿到的硕士毕业证书，瞒着父母家人，强忍离别之苦，在朋友的帮助下，悄悄地办理了出境签证，只身一人回归祖国投身社会主义建设。

祖国母亲，这个名词对于身居海外的华人来说，不仅仅是诗句里的呼唤，而且是铭记在心中的家园和圣地。郑守仪的祖籍是广东省中山市，早年间父母迫于生活的压力，背井离乡漂洋过海来到了菲律宾，依靠打零工、做小生意度日。1931年，小守仪呱呱落地了，上有三个哥哥，下有两个弟弟，她是唯一的女儿，是父母的掌上明珠。但毕竟在寄人篱下的异国他乡，从小饱尝了"海外孤儿"的苦难。这更令他们心怀家乡，耳畔始终回响着"不能忘祖"。当日寇的铁蹄践踏着中国和东南亚时，郑家还立下了一条家规：不买日货！刚上小学的郑守仪需要本子铅笔，宁肯绕道多跑路，也不进学校附近一家日本人开的文具店。

时光的车轮驶到了1949年10月，无线电波里传来了中华人民共和国成立的消息。郑家人欣喜若狂，父亲更是扬眉吐气，欣然以"醒狮"为题赋诗庆贺："乍觉沉沉梦，昂首试吼声……"次年，郑守仪考进马尼拉商科学校夜校班，又令父亲勾起思虑多年的一件心事：女儿从小在免费的菲律宾公立学校读书，学的是英文、讲的是英语，作为中华儿女，岂能不识中文？！于是他不惜加重经济负担，把女儿送进爱国华侨办的洪光小学作插班生。此时的郑守仪已经19岁了，每天与八九岁的小孩子在一起上课，还有些难为情，可很快就被灿烂的中华文化所吸引了。在这里，她不仅学到了中文知识，而且更加强化了爱国精神，激发了对新中国的向往。

白天学中文，晚上读夜校，郑守仪昼夜兼程。商科学校的老师对她的勤奋好学多有赞扬，说她是"会走路的百科全书"，并在她毕业时建议校方留住她任教英文速记。谁知她只上了第一堂课，就被砸了饭碗。那天，郑守仪高高兴兴地走上讲台，按照惯例向学生自我介绍："同学们好，我叫郑守仪，是纯正的中国人！"

下课后，已经得到汇报的校长把她叫到办公室，关上门说："很抱歉，你不能在这儿工作了！"

"为什么？"

"我们不知道你是中国人。政府有规定，外国人是不能在公立学校任教的。"

郑守仪不由得瞪圆了眼睛，心儿像被针扎了一样痛。可她没有辩解，转身走了出去，更加坚定了决心：将来我一定要回去，报效我的祖国！

此后，她考入菲律宾东方大学，半工半读，刻苦学习。1954 年获得了"商科教育"和"生物学"两个学士学位。同年，免试进入国立菲律宾大学研究生院，专修生物学。她像一块投进知识海洋的海绵，如饥似渴地吸吮着、充实着，为将来报国积蓄着能量。课堂上，导师常常不吝词汇地表扬她，并且断言：用不了两年她就能够拿到硕士学位。这位导师哪里知道，既聪颖又刻苦的郑守仪，在抓紧深造的同时，也在时刻寻觅着回国的机会。

不错，机会总是垂青于有准备的人。1955 年，在华侨中学教书的一位 C 先生率先回国了，来信告诉相熟的郑家姐弟："祖国正在大搞建设，迫切需要人才，欢迎海外学子归来！"好啊！郑守仪欣喜若狂，心儿像小鸟一样扑棱棱飞向了北京，渴望早一天投入祖国的怀抱，当即回信请他联系归国事宜。很快，好消息就传来了：C 先生说中国科学院同意接收，并且委托在菲朋友 H 先生帮助办理护照。这些都需要在保密状态下进行，因为父母就她一个女儿，一旦走漏风声，会难分难舍，甚至还可能受到台湾特务的干扰。好在弟弟绍隆是支持姐姐的，悄悄地偷出户口簿去办有关手续。

不料，那天清早，郑绍隆慌慌张张地跑来说："不好了，姐，昨晚上我放在衣兜里的证件不见了。是不是被妈妈拿走了……"

啊？郑守仪倒吸了一口冷气，难道是母亲发觉了自己回国的迹象，舍不得了？是啊，路途遥遥，关山万重，中菲还没有建交，回国后又是人地两生，老人怎能放心独生女儿离家远行呢！可怜天下父母心啊！H 先生得知遇到了麻烦，关切地问道："那还办不办呢？"

倔强而志向远大的郑守仪归心似箭，毫不犹豫地回答："办！不管想什么办法也要办成。"

就这样，郑守仪终于拿到了出境签证和机票。1956 年 6 月 30 日，一家人像往常一样坐在一起吃早饭，心中有事的她强装笑颜，却暗暗做着最后的告别。等到送走了上工的父亲、哥哥和上学的弟弟，又送走了去菜市场的母亲，郑守仪带上准备好的简单行装，匆匆打车直奔飞机场……

古人说：忠孝难以两全。别看年轻的郑守仪成长在异国土地上，血管里流淌的还是鲜红的中华儿女的热血。面对新中国的召唤，她深藏起浓浓的亲情，毅然决然地离开了父母家人。在香港住了一晚，第二天乘火车经罗湖桥抵达广州。在火车站广场上，郑守仪看到高高飘扬的五星红旗和一幅巨大的宣传画《把青春献给祖国》，眼泪再也止不住，扑簌簌地夺眶而出：祖国啊！我回来就是要把青春献给你啊！

在当代国人的记忆里，20 世纪 50 年代，那是怎样的一个时期啊！百废待举，励精图治，朝气蓬勃，热火朝天……似乎类似的词汇再多，也难以概括周全。新生的共和国，年富力强的一代人，在整个神州大地上卷起了浩浩荡荡的春潮。郑守仪来到首都北京，受到了热情接待，被安排到位于青岛的中国科学院海洋生物研究室（即海洋研究所前身）工作。刚刚在美丽的海滨城市青岛安顿下，顾不上四处看看，她扑到宿舍桌子上，写信给父母报平安并请求谅解自己的出走。

不久，她收到了深明大义的大哥的复信："……你投奔祖国是万分对的。希望你专心从事研究工作，以贡献祖国，将来一有成就，我们更是快慰的。"

满纸勉励与期望，未见一个字的责备，郑守仪不仅为自己的误解而惭愧，同时更为远在海外深深爱着祖国的父母兄弟而骄傲。那颗高悬着的歉疚的心放下了，她走出实验室，横穿过莱阳路到了海边的鲁迅公园，站在一块礁石上，请人给照了一张相片：碧海蓝天，洁白的浪花簇拥而来，一位年轻的姑娘英姿飒爽，明亮的眼睛望向远方，海风吹起她的衣襟，如同海燕张开了飞翔的翅膀……

有孔虫，一个奇特而新颖的名字。

对于大多数普通民众来说，还不太知晓它的来龙去脉，而这恰恰是郑守仪潜心一生并且做出巨大成就的研究对象。它是一种带壳的海洋单细胞动物，平均约有 1 毫米大小，仅像针尖一样，肉眼难以看清楚，却有着 5 亿多年的地质历史。由于它对其所处环境的深度、温度、盐度等反应灵敏，遗骸成为化石，因而它既是研究海洋生态学的良好材料，又对认识开发海洋和勘探石油等沉积矿藏、推断古沉积环境鉴定地层年代具有重要作用。"世界屋脊"珠穆朗玛峰是从海底里"生长"起来的，这一科学论断的依据之一，就是在那里找到了有孔虫化石。所以，人们称有孔虫为"大海里的小巨人"。

关于现代有孔虫分类学与生态学的研究，发达国家已有一个半世纪的历史，而在我国当时尚属空白。祖国的需要就是自己的志向，何况还是她所钟爱的生物学呢！郑守仪乐此不疲地投入了有孔虫的世界。每天就是宿舍—食堂—实验室，三点一线，早出晚归，节假日甚至大年初一几乎都在实验仪器旁度过。年复一年，她以女性的细致和科学家的严谨，孜孜不倦地研究我国渤海、黄海、东海、南海北部以及西沙、中沙、南沙群岛部分岛礁，从潮间带到水深几千米的上千测站的有孔虫。

在别人看来枯燥单调的小虫子，却使她产生了无比浓厚的兴趣。这是与她早年的经历和性情分不开的。小时候，全家住在碧瑶山区农村里，周围是一个大菜园子，虽说生活贫寒而清苦，却也给了郑家兄妹接触大自然的机会。一只小蚂蚁爬过来，一朵牵牛花儿开了，都会引起小守仪的关注。课本上讲到"巴士消毒法"，她就想着试验一下，放了学捡些野草菜叶，放到石板上砸碎，闻闻产生什么气味。看到小鸟飞上天空，她竟也想飞，甚至跑到高台上往下跳，差点摔坏了腿脚。即使这样，晚上睡觉做梦还经常梦到飞起来了——后来，当她上了年纪有了外孙女，却再也梦不到飞翔了。有天郑守仪自言自语："哎，真奇怪，这几年我怎么不做飞的梦了？"正在一旁玩耍的小外孙女插言道："鸟老了，就飞不动了！"哈……逗得一家人大笑。童言无忌，却有一定的哲理。

1954 年，郑守仪免试进入国立菲律宾大学研究生院专攻生物学。有一天，她在导师实验室里看到了海洋中的有孔虫，立刻被这些小精灵吸引了。显微镜下，它们是那样的美丽、那样的奇妙，仿佛是上天派遣来的使者，邀请人们去探寻大海的奥秘。似乎从那一刻起，郑守仪的生命就与有孔虫紧密地联系在一起了。回归祖国来到青岛之后，她更是全身心地投入进去。外国有的，我们要有。外国没有的，我们也要创造！风华正茂的郑守仪没有像其他年轻人那样花前月下的浪漫，不谈恋爱，不去游玩，心中早已与有孔虫"结合"了。她委托海外的亲戚购买图书资料，借相机拍摄各种研究图片，用描图仪绘成平面图，分类定量做好记录，直到今天，她还保存着当年收集的许多有孔虫胶片和大量的计数资料……

"既然我们的研究是空白，我就从最基本的实践做起。"如今，郑守仪对当年的工作记忆犹新，深有感触地说："泥样烘干、称重、冲洗，标本浮选，接着进行分类鉴定、形态描述、绘制形态图等，再对采自不同海域及其部分岛礁上的不同种类的标本一一计数。到目前，我画过近一万幅有孔虫形态图，不仅画了它们的外部形态，还绘制了内部切面形态。用铅笔的深浅明暗显示标本的立体感。"

郑守仪从小喜欢画画，这在研究有孔虫方面派上了大用场。即使年逾八十，她对笔者说着，又随手拿起一支绘图铅笔娴熟地比画起来。

功夫不负有心人。从1960年到1964年，郑守仪与郑执中先生合作，全面、系统地完成了中国海浮游有孔虫分类与生态的研究，发表出版了4篇计6万多字的高水平论文和专著。从生物海洋学角度首次用浮游有孔虫种类及其数量分布规律，确定海流水团分布范围，提出黄海冷水、黄海暖流、台湾暖流和黑潮主干在黄海、东海的分布趋向示意图，以及黄海、东海邻近水域浮游有孔虫生物地理区划；指出南海北部浮游有孔虫的分布反映出南海暖流及其进入北部湾分支的途径。在海洋生物研究领域引起了较大反响，获得了同行专家的高度评价。

为了提高分类研究质量，她既不轻信他人的结论，也不满足于只凭外部形态鉴定种类和传统的磨片方法，而是精益求精，在"深入"上下功夫，不断改进和创新研究手段，不惜花费更多精力和时间，大量磨片解剖观察有孔虫内部形态结构，成功地制作了许多首次向国内外显示的薄切面、半切面以及整体或管道、壁孔等内部形态结构塑模。从而使我国的现代有孔虫分类研究在高起点上后来居上，跻身于国际先进行列。

俗话说：人不可貌相，海水不可斗量。谁能想到，身高刚够一米五、体重不足 90 斤的她，竟在这项国家空缺却又急需的事业里，做出了如此巨大的成就呢！人们称道有孔虫是"大海里的小巨人"，从某种意义上说，这也是对辛勤劳作的郑守仪生动形象的赞美！

"文革"结束之后，郑守仪心情格外舒畅，与远在异国的亲友联系上，请了 3 个月的假，领着活泼可爱的小女儿傅新红，前去探望日夜思念的家人。那时中菲还没有建交，只有取道香港再转机马尼拉。看到她们兴冲冲走出海洋所大院的身影，有的人断言："'文革'让郑守仪吃了那么些苦，受了很多委屈，她不会回来了！"

"不一定吧，她丈夫老傅还在这儿呢！"

"那不会长久，你看吧，过些日子也会把他接出去的。现在没有海外关系的人还千方百计出国呢，她那么好的条件，不走不是傻了吗？"

当郑守仪回到了阔别 20 年的母亲身旁时，悲喜交集。老人拉着女儿、外孙女的手热泪纵横。各自成家的兄弟们也都赶来，一家人团聚一起，共享天伦之乐。只是疼爱她的老父亲没有等到这一天，但临终时还念念不忘："守仪能为国家效力，殊堪欣慰。"面对父亲的遗像，郑守仪心潮翻卷，可以告慰老人的是：她没有辜负期望，没有虚度年华，为国家取得了不小的科研成果！

一晃 3 个月过去了，假期要结束了，母亲还要女儿再住下去，希望她永远留在身边。甚至有亲友帮助找好了工作，待遇十分优厚。

郑守仪呢？没有丝毫的动摇，微笑着摇了摇头："妈妈，我的好妈妈，说实话我愿意留下来陪伴你，可祖国是我们大家的母亲啊！她刚刚摆脱了动荡，又是百废待兴，这个时候我可不能离开啊。我要按时回去，还有很多工作等着我去做呢！"

通情达理的妈妈破涕为笑了："唉，我知道你的心思，不勉强你了！只是以后能够多回来几次看看……"

就像当年初次离家一样，郑守仪一步三回头地踏上了回国的旅程。唯一区别的是，再也不是悄悄地背着家人出走，而是领着女儿，带着大包小包，在亲人们手捧鲜花的簇拥下，高高兴兴地走向机场了。

辗转两天，转乘火车回到青岛，爱人傅钊先早早赶到火车站迎接她们母女。在回家的路上，夫妻俩的话题从探亲，很快转到了有孔虫的研究上。改革开放的春风吹来了，科学事业的春天到来了，矢志不移的郑守仪们怎能不迈开大步、奋力前行呢！

不管担任什么职务，总是有一定任期的，而作为一名科学家则是永远没有期限的。生命不息，奋斗不止。这是郑守仪始终不渝的信条。上个世纪 80 年代后期，为了能够专心致志地研究自己钟爱的"海洋小巨人"，她主动辞掉了青岛市副市长和市人大副主任的职务，只保留着在侨联、民主党派和政协里的兼职。当然，她最珍视的身份还是中科院海洋研究所的研究员……

有朋友不解地规劝道："干吗要辞职啊，只要有副市长的头衔，你办事会很方便的！"

"嗨，在青岛很多人可以当副市长，但研究有孔虫的人却没有几个。我应该把有限的时间多放在专业上。"

她是这样说的，更是这样做的。有孔虫的研究工作相当艰苦、烦琐：要先将海底挖取的泥块烘干，称重，冲洗，再烘干，加试剂浮选浓缩，而后放到显微镜下对有孔虫进行分析、分类、计数，进而通过磨片和解剖等方法，观察其内部结构。此外，还要做文字描述，绘制各种形态图。几十年来，郑守仪日复一日，年复一年，早出晚归，坐在实验室显微镜下观察，伏案撰写，绘制精细的有孔虫形态图……

有记者来访，问道："一周工作几天，累不累？"

郑守仪乐呵呵地说："除了开会等社会活动，我一周7天都在这里工作。时间长了，积压下来的任务很多，能够利用周末的时间多完成一点，就轻松一点。对于我来说，这也是一种休闲。"

周末忙碌在实验室也是一种休闲！这是何等的境界啊！早年著名女作家陈学昭曾创作了一部长篇小说《工作着是美丽的》，把它用在郑守仪身上十分恰当，甚至不仅仅是美丽，而且还是幸福和快乐的！

就凭着这种精神，几十年来，郑守仪辛勤劳作，取得了丰硕的科研成果。迄今完成了上千测站（次）的定量计数工作，较全面而系统地总结了中国海有孔虫区系、生态特性和多项有孔虫参数的分布规律。她的论文《西沙群岛的现代有孔虫》作为集体成果《西沙群岛海洋生物调查研究》的组成部分，荣获1988年度国家自然科学三等奖；专著《东海的胶结和瓷质有孔虫》荣获1989年度山东省自然科学优秀学术成果奖一等奖、1990年度中国科学院自然科学奖一等奖……

2001年，郑守仪当之无愧地荣膺最高学术称号：中国科学院院士。2003年，她又以多年来的坚守执着，以及丰硕的科学成果，获得了国际有孔虫研究的最高奖——"库什曼有孔虫研究杰出人才奖"。

这是自 1978 年设立此奖以来，全世界 13 个国家 26 位学者中第二位获此殊荣的中国科学家。

这些都使她更加感到肩上的担子重了，满怀豪情地投身到科研事业中去。她长期以来一直觉得有孔虫壳体形态精美绝伦且变化多端，称得上是大自然的艺术杰作，具有独特的美学应用价值。然而，因其个体微小，科普宣传场所极少有所展示。如果将有孔虫雕刻成放大模型，就会使人们看清有孔虫的美丽神奇，进入到它那丰富多彩的微观世界里。可这需要一笔不菲的经费啊！

机会终于到来了。青岛市政府为了鼓励新当选的两位院士再接再厉，分别为他们拨发了 100 万元科研经费。这使郑守仪心花怒放：好啊，研发有孔虫模型和雕塑的梦想可以实现了！那些天里，她和丈夫傅钊先热火朝天地行动起来，买材料，买雕刻刀、磨砂机等，每天一吃过早饭就来到实验室，一干就是一天，晚上整座大楼没有人了，夫妻俩才直起腰下班回家……

凭借着对有孔虫形态了如指掌的优势，郑守仪用滑石、陶瓷泥、石膏等材料，对照形态图按比例放大，一刀刀雕刻成形态逼真、可对比鉴定有孔虫属种的立体模型。形态和纹饰较为复杂的要花费四五天或更多时间才能完成一个，有的则要反复几次才能成功。几年来，她亲手雕琢了 250 多个有孔虫属种的放大几十倍乃至上百倍的原始模型。一个个原本只在显微镜下才看得清的有孔虫，如今有的像贝壳、有的像陶罐、有的像哨子、有的像花环，栩栩如生地呈现在大众眼前，成为人们看得见、摸得着的科研教具、科普展品、旅游纪念品和大型雕塑。

这是科学与艺术的完美结晶！这是科学家与"院士画家"郑守仪的心血之作！迄今已经获得了 4 项国家实用新型专利和多项外观设

计专利。世界罕见的挂有120枚有孔虫模型的展架，开始批量投入国内外市场，已有30多个单位购买收藏。

今天的郑守仪院士已是耄耋之年了，仍然精神矍铄，每天与相伴一生的爱人傅钊先忙碌在实验室里。当我慕名前来采访她时，深深领略到了一位著名女科学家的严谨认真与一丝不苟。不仅使我对其一生的科研经历和奋斗精神充满了敬意，同时也倍加感受到她那母亲般的细心和温馨。

正值7月，即使海滨城市青岛也是烈日炎炎，由于我为了遵守时间，走得急了些，到了她的实验室，还是不停地出汗。郑老给我倒了一杯水，目光注意到了我身上那件汗湿的短袖衬衣，关切地提醒道："夏天最好穿纯棉的衣服，对身体有好处。"立时，犹如一股清风吹来，我心里感到一阵由衷的清爽。这是一位多么可亲的老人，又是一位多么可敬的科学家啊！虽说初次见面，心里却一见如故，感到特别的亲切……

采访完毕，郑教授夫妇看出我对那些美妙的小生灵产生了感情，专门赠送了我一套有孔虫彩色照片和一个精心制作的有孔虫模型。那是镶在镜框里的树脂材料制作的放大雕塑：晶莹透亮，呈桃形，上面还有几根腔管，犹如一颗完整的心脏图形。镜框上印着：大海里的小巨人。海洋原生动物——有孔虫（模型），乳小滴虫 ×110，东海（East China Sea）130m。中国科学院海洋研究所 郑守仪。

蓦然，我的脑海里冒出来四个大字：海洋之心！

这是多么珍贵的礼品啊！手捧着这幅雕塑模型，看看身旁的郑守仪院士，我觉得在海洋生物界耕耘了一生的她，不就有一颗炽热的跳动的海洋之心吗?！

在中科院海洋研究所，与"海洋生物研究室"一起发展起来的有很多大家：海洋生物学家张玺院士、刘瑞玉院士、娄康后研究员、吴尚懃研究员，上世纪 50 年代海外回归的物理海洋学家毛汉礼院士、鱼类生物学家张孝威教授、浮游动物学家郑执中教授……

此处我们要重点介绍一下刘瑞玉院士，请看中科院官方网站上的介绍：

刘瑞玉，男，汉族，1922 年 11 月 4 日出生，河北乐亭人，中国共产党党员、九三学社社员，1997 年当选为中国科学院院士。生前任中国科学院海洋研究所研究员、博士生导师，中国海洋湖沼学会名誉理事长、甲壳动物学分会名誉理事长……曾任第六届全国人大代表，山东省科协第二届和第三届副主席，青岛市第八届政协副主席，九三学社青岛市第八届主委，中国科学院海洋研究所第三任所长。

刘瑞玉先生是著名海洋生物学家、甲壳动物学家、中国海洋底栖生物生态学奠基人和甲壳动物学开拓者。负责完成多项国家和国际海洋学、生物学和资源调查研究项目，特别是全国海洋综合调查、中越北部湾海洋综合调查、全国海岸带和海涂资源综合调查等。编绘了我国第一部《渤黄东海渔捞海图——海洋学图集》。开拓并发展了海洋动物多个重要类群（特别是甲壳动物）分类区系研究，著《中国动物志》蔓足类、糠虾类、长臂虾类、口足类等卷及虾类专著 3 部。

内容不长，但从中已看出一代海洋科学大家的风采，他与小虾小鱼为伴了 65 年，距离生命终点还剩几十天时，仍背着双肩包独自穿梭于数个城市参加学术会议。他是院士，也是人生的斗士……

积跬步才能至千里。中科院海洋所前身是海洋生物研究室，自成立起就开始进行全中国海洋生物种类、资源调查与标本采集。上世纪 50 年代，交通不便，沿岸采集要自带行李，在渔村坐牛车一天只走几十里路，因要赶潮水，经常不能按时进餐……

1957 年，我国第一艘海洋综合考察船"金星"号开始服役，科学家们才结束了徒步沿海调查的历史。之后数年，刘瑞玉参加了"全国海洋综合调查"，渤海、黄海、西沙等处的大普查，负责底栖生态的调查研究，一直到上世纪 80 年代，他还积极从事全国、山东省海岸带和海涂资源综合调研项目。

一些年轻人刚来研究所工作时，就听说这里有一村的"渔民"，而"村长"就是刘瑞玉。原来，是指搞海洋生物研究的人员，因为他们像渔民那样时常打鱼捞虾，但不是为了卖钱，而是研究人工养殖，让这些难得的海味"飞入寻常百姓家"。

底栖生物往往生活在海泥里，一网泥打上来，大家不顾脏臭围上去分拣标本，刘瑞玉总是顶着太阳，迎着海风带头干。有一次，凌晨 4 点，他带着几名博士生赶潮寻找鱼类标本，漆黑的码头离小船还有很远的距离，就急不可耐地第一个跳了下去……

"虾兵蟹将"所属的海洋甲壳动物种类，是海洋动物中物种多样性最高的生物类群之一，也是海洋动物学研究的空白领域。刘瑞玉就是这方面的开拓者，几十年风餐露宿，砥砺前行，做出了令世人瞩目的成绩。2007 年 10 月 22 日，国际甲壳动物学会授予刘瑞玉"杰出研究贡献奖"。这代表着甲壳动物学研究的最高荣誉。他成为首个获此奖的亚洲科学家。

不过，他也因要强、直率的性格，以及在某些方面严厉了些，"得罪"了人，以至于有时也产生了工作上的误解和烦恼。当年主持工作的所党委副书记李乃胜，理解他关心他，视他为自己的良师益友。李乃胜是"文革"后上大学的农村孩子，真诚朴实，对这些老先生十分尊重。

生于1957年的李乃胜，是山东潍坊市寿光人，当年得到国家恢复高考的消息时，还在盐场里干活呢！而距离考试不到一个月的时间，他马上翻出旧书加紧复习，竟一下子考上了山东海洋学院地质专业，一家人喜得合不拢嘴。到青岛上学，他才第一次坐火车，背着铺盖卷拿着凑起来的路费，来到火车站花了3.8元钱买了一张车票。碰到一个人告诉他学生可买半价票，立即拿着录取通知书去找售票员。人家说已经卖出了不可更改，这让李乃胜懊恼不已：怎么一出门就"背"了？

不过，在学习上他可一点也不"背"，凭着吃苦耐劳、老实肯干的精神闯过了一道道难关，博得了教师和同学们的赞扬。本来他入学摸底考试成绩是最差的，英语还考了零分，李乃胜不服输不放弃，日夜苦读，排队买饭也拿着英语书背单词，第二年就成了全班第一。他还抢着干活儿，清除垃圾，打扫教室，帮助老教授买煤球、搬家具等等，大家都喜欢这个来自农村的学生，期末他被评为三好学生标兵。

能吃苦，多受累，对于年轻人是很关键的，既磨炼了意志品质，又学到了真才实学。1982年大学毕业，老师和学校领导都推荐李乃胜到中科院海洋研究所工作。他在这里同样以实干精神崭露头角，先后获得了硕士、博士学位，成为研究员、博士生导师。1995年，年仅38岁的李乃胜出任海洋所党委副书记，主持工作，在行政管理方面也显示了身手。

1997年，海洋生物学家刘瑞玉申报科学院院士，按说学术成就完全达到了标准，也通过了初审，可有人却向党委写信"告状"阻挠。李乃胜认真了解情况，发现全是些捕风捉影的事情，便旗帜鲜明地予以驳斥。

后来，青岛市委看出这是位科技人才，通过协商把李乃胜调到市里任科技局局长、党组书记。不管身在何处，他照样心系海洋研究所。那年，青岛市评选科技奖，他发现初选没有海洋生物学家刘瑞玉的名字，打电话询问："刘先生怎么没报材料？"

"啊，我以为是让年轻人申报呢！"

"没有年龄限制，先生的成就有目共睹，完全可以报！"

后来，海洋所抓紧把刘瑞玉的材料报了上来，结果评上了一等奖！刘瑞玉向李乃胜表示："这个奖我领了，可奖金我不要，将来有机会设立一个奖学金吧！"事隔多年，已成为山东省科技厅厅长、国家海洋科学研究中心主任的李乃胜，对此事记忆犹新。

2008 年，刘瑞玉联合全国 40 多位专家编著的《中国海洋生物名录》出版。这部 1627 页的著作，记载了 46 门 22629 种海洋生物，为全人类提供了最新的、可靠的中国海洋物种"户口簿"，这年他已经 86 岁高龄了……

"活一天就要干一天工作！"这是刘先生常说的话。对他来讲最宝贵的就是时间，没有节假日，没有周末，经常加班到晚上八九点钟，许多青年人都自叹弗如。如果他困了，就会趴在沙发上小憩一会，醒来再继续工作。这已是大家最常见到的景象。

2012 年 6 月，已是癌症晚期的刘瑞玉提出：将科技奖金再加上他的积蓄，一共拿出 100 万元，捐给中国科学院大学设立"刘瑞玉海洋科学奖励基金"，奖励在海洋生物学领域成绩优异、取得重要科研进展的研究生。

他委托学生宋林生研究员帮助办理。可他的学生当时都很犹豫，迟迟没有去办，因为大家知道这些钱，是刘瑞玉和老伴多年来省吃俭用积攒的，是不是该留些给子女呢！刘先生却几次打电话找他："你再不联系，我就发火了。"他们这才加紧行动起来。

6月14日，负责办理手续的基金会人员来到医院，请刘瑞玉在捐款委托协议上签字。他当时已经无法下床了，身上插着各种管子，仍然挣扎着坐起来，在病床上用颤抖的手签下自己的名字，同时在捐款时间上写下"随时"两个字，完成了一生中最后的心愿。

这100万元"装"在一个牛皮信封里，有老旧的存折，有多年的定期存单，还有银行卡，上面附着密码……签完字，他欣慰地笑了，冲着工作人员连连作揖，连声说："钱不多，给你们添麻烦了，谢谢、谢谢！"

在场的人，无不为之感动，热泪在眼眶里打转转。

一个月后，刘瑞玉院士溘然长逝，终年90岁……

此外，还有早期进所工作的海洋地质学家秦蕴珊院士、甲壳类生物学家张福绥院士，纪明侯、王荣研究员，新时期成长起来的物理海洋学家胡敦欣院士、漠漠院士，海洋防腐专家侯保荣院士，以及许许多多各专业的专家学者、研究员、博士生等等，为了国家海洋科学事业默默工作着，殚精竭虑呕心沥血，做出了卓越的贡献。

他们有一颗火热而有力的、永恒的"海洋之心"，每一次搏动，都会从深海大洋为我们的祖国和文明世界带来勃勃生机……

四、照亮海面的"金星"

顾名思义，海洋科学家就是研究海洋的，就是年年月月要与大海打交道的。因而，必须有海洋调查船，也称海洋科考船，才能出海工作。这是进行海洋科学考察不可或缺的重要设备，它为海洋科研人员和海洋调查仪器设备提供了场所和平台，是一所深入到科研现场的"海上活动实验室"。

最早的海洋调查船一般是由其他船舶改制而成，如前面章节所述的英国"挑战者"号，就是由军舰改建的，长 68 米，排水量 2306 吨，靠风帆和蒸汽机推进，曾于 1872 年 12 月 7 日—1876 年 5 月 26 日进行世界上第一次环球海洋考察。后来，出现了专为海洋调查建造的船舶，船上装有专业的海洋考察仪器设备。

海洋调查船的主要特点是：

1. 装备有执行考察任务所需的专用仪器装置、起吊设备、工作甲板、研究实验室和能满足全船人员长期工作生活需要的设施，要有与任务相适应的续航力和自持能力。

2. 船体坚固，有良好的稳定性和抗浪性。较好的海洋调查船还尽量降低干舷缩小受风面积，增装有减摇板和减摇水舱。

3. 具有良好的操纵性能和稳定的慢速推进性能。海洋调查船经济航速一般为 12—15 节，但常需使用主机额定低速以下的慢速进行测量和拖网，因而多用可变螺距推进器或柴电机组解决慢速航行问题。为了提高操纵性能，在船首与船尾还安装侧向推进器，或者安装"主动舵"，以及两者兼有。

4. 具有准确可靠的导航定位系统。现代海洋调查船多装有以卫星定位为中心，包括欧米伽、劳兰 A/C 和多普勒声呐在内的组合导航系统。此系统使用电子计算机控制，随时可以提供船位的经纬度，精确度一般为 ±0.1 海里，最佳可达 ±0.4 米。

5. 具有充足完备的供电能力。船上的电站要能满足工作、生活所需的电气化设备、精密仪器、计算机等需要的电力和不同规格的稳压电源。仪器用电需与动力、生活用电分开，统一采取稳压措施。水声专业调查船，尚需另设无干扰电源。

此外，按照海洋调查的任务和用途，大体可分为综合调查船、专业调查船和特种海洋调查船。

综合调查船上的仪器设备系统，可同时观测和采集海洋水文、气象、物理、化学、生物和地质基本资料和样品，并进行数据整理分析、样品鉴定和初步综合研究。必须具有优良的稳定性、操纵性、续航能力、自持能力，防摇防震防噪声干扰以及供电、导航、低速等性能。

专业调查船则船体较小，任务单一。常见的有海洋水文调查船、海洋地质调查船、海洋气象调查船、海洋渔业调查船、海洋水声调查船、海洋地球物理调查船和打捞救生船。

特种海洋调查船有：航天远洋测量船，接收卫星或宇宙飞船等太空装置发来的信号，并可向太空装置发布指令等；极地考察船，为考察两极而建造的，船体坚固、破冰能力强、防寒性能好。深海采矿钻探船，具有海底采矿、打捞、铺设海底管线和海洋调查多种功能……

由于建造海洋调查船和支撑其正常运转，耗资巨大，技术要求较高，长久以来，全球仅有少数几个国家才有这种能力——建造专门从事海洋调查的船只。上世纪五六十年代之后，世界各临海国倍加重视对海洋的研究、开发和利用，海洋调查船也相应建造得多了起来。而在中华人民共和国成立之前，整个中国的海洋科研十分落后，海洋科学家少之又少，海洋调查船也就无从谈起了。

自从中科院海洋生物研究室成立以来，科研人员们面临去海上调查、取样、测量等问题，怎么办呢？只好租用渔船或机帆船出海，使用极其简陋的工具和简单的方法作业，只能满足最初步的工作需要。

用一位早已退休的老科学家的话说："当时，海洋地质和生物的取样基本就是靠一张网，要测量海水的温度、盐度、深度，只能在钢丝绳上绑若干个温度仪……渔船上没有什么定位、导航设备，科研人员除了一个指南针外，大海定位全靠肉眼观测太阳。如果没有太阳，就有迷航的可能了。"

在共和国初建的年代，岂止是海洋科研啊，就连我们的人民海军建设都是一张白纸、从零开始呢！蓦然间，这使我想起了新中国首任海军司令员肖劲光回忆的一件往事——

那是 1950 年的一天，肖劲光等人从胶东半岛的威海前往刘公岛视察，竟然没有一艘军舰抑或炮艇可供使用，随员只好租了一条海边的渔船请首长坐上去。负责驾船的老渔民得知这位是海军司令，疑惑地问："你当海军司令的还用我们渔船啊？"

肖劲光闻言十分感慨，指示随员说："记住今天：中国人民解放军海军司令员肖劲光，租用渔船视察防务。"

是啊，我们新生的共和国就是这样启航的……

在这种条件下，我国第一代海洋科学家们想方设法，努力开展工作，除建立了4个海洋生物研究组之外，还设立了1个海洋环境研究组，由副主任曾呈奎兼任组长，成员有娄康后、任允武等人，并聘请山东大学著名海洋学教授赫崇本兼任研究员。第一个课题就是"海洋环境与生物关系的研究"。

他们在胶州湾内外设置了6个综合观测站，每月逐站巡回观察一次，这为我国日后进行综合海洋调查积累了宝贵的经验。1954年，著名物理海洋学家毛汉礼博士由美国回来，童第周与曾呈奎相商，当即请他担任海洋环境研究组的组长，也就是说除生物之外的研究学科，都归到这个组里来，使他大有用武之地，迅速将这个组发展成为具有海洋物理、化学、地貌、海洋技术等综合研究能力的大组，为发展壮大海洋研究所打下了基础。

上世纪50年代中期，随着第一个五年计划的实施，党中央发出了"向科学进军"的号召，国务院成立了科学规划委员会。1956年，由周恩来总理主持制订的《1956—1967年国家科学技术发展远景规划纲要》（简称"国家12年科学规划"），将其中的"海洋综合调查"正式列为其中第七项任务。当时，人们都简称它为"07"任务。为此，成立了国家科委海洋组，组长是海军副司令员罗舜初，常务副组长是海军某部长律巍，组员由来自各有关单位的负责人或专家组成，其中有童第周、曾呈奎、赵九章、张乃召、赫崇本、毛汉礼、刘好治等人。

国家科委海洋组成立后,先后在北京西郊宾馆和昆明湖龙王庙饭店开过两次会,讨论落实的办法。著名的地球物理学家赵九章率先提出在北黄海和渤海湾搞"多船同步观测"的建议,大家一致赞成,各方都表示全力支持。这就迫切需要专门的海洋调查船。

这天早晨,太阳刚刚升起,中南海西花厅院内海棠花开了,施放出一阵阵浓郁的芬芳。忙碌了一夜的周恩来总理走出办公室,两手叉腰,深深呼吸了一口新鲜的空气,见秘书小童快步走来,手里拿着一份厚厚的文件夹。

"总理,又是一夜没睡,这可不行啊……"

"没事的。今天的文件来了,快给我看看。"他说着,接过文件夹翻看着走进办公室:"哦,这是关于海洋方面的。"

原来,这正是童第周、曾呈奎他们联名给国务院写的一份报告:主题就是海洋调查工作急需解决船只问题,没有海洋调查船将严重影响海洋科研事业……

周恩来总理认真看着,眉头渐渐微锁了起来。他默默思考了一会儿,拿起一支红蓝铅笔,在上面批示:此事刻不容缓,请与交通部海运局协商解决。

是啊,由于历史的原因,海洋装备、科学技术和海洋文化等均十分落后,加之帝国主义的封锁,只能困守在第一岛链之内。必须改变这种状况,日理万机的大国总理高度重视与关切海洋科研,但也知道以目前国内力量,还无法设计建设专用科学考察船,只能利用现有船只改造而成。

"太好了!我们有船了!"童第周接到国务院转来的批复文件,喜不自胜,立即告知两位副主任曾呈奎、张玺和综合组长毛汉礼等人,组织人员具体接洽。从美国归国不久的物理海洋学家毛汉礼,在国外曾做过海洋调查，了解这方面的情况，义不容辞地承担了"要船"的任务，几次三番奔赴上海落实。

理解了此事的重大意义，交通部上海海运局毫无二话，立即行动起来。经过一番严谨细致的研究商讨，他们决定将还在运营的海轮"生产三号"改装，无偿调拨给中科院海洋生物研究室，并且选派一批经验丰富的优秀船员随船前来工作，船长就是技术精湛、经验丰富的戴力人。

这是一艘远洋救生拖轮，船长 54.9 米，总吨位 930 吨，满载排水量 1700 吨，航速 13 节。本来它是美国于 1918 年建造的军用救生船，第二次世界大战期间援助中国国民党政府的。原来的动力是蒸汽机，燃烧的不是煤而是重柴油，正常航行每天需用 14 吨重柴油。平时看不到烟气升腾，只是在起航或突然加速时，由于油与空气混合暂时不足，才会冒出一阵黑烟。这在当时来说，还是比较先进的蒸汽机铁船。那时没有大马力内燃机，轮船或列车都是用煤来燃烧蒸汽机，带来航行奔驰的动力。因此曾有一个时期称轮船为"火轮"，机车叫"火车"。

别看它是一艘有着 30 多年船龄的老船，可整体构造和轮机设备还是像"年轻人"一样结实可靠。1956 年移交给海洋研究所，就地安排在上海中华造船厂进行改装。冬去春来，直到第二年初夏全部完成，焕然一新，船上设有物理、化学、生物、地质等 6 个实验室和 1 个气象观测室，可分别进行有关海洋的各项研究。另外，还配备了 5 部浅水电动绞车和相应的吊杆，铺位增加到了 80 多个，设有自记水温计、无线电测向仪等新式仪器。在当时来说，这些设备是国内最完善的，适用于浅海综合性调查。

其间，海洋所的毛汉礼等人付出了大量心血，除了实地考察监造之外，还抓紧时间办班培训人才。他亲自上课，编写了《海洋学的任务、发展和现状》讲义。他说："海洋学的总任务，就是研究海洋中各种自然现象与自然资源的本质及其变动规律，使海洋能更好地为人民服务……海洋水产只求一时之利，以竭泽而渔的错误办法来增加产量，将会遭受严重的损失。"

"石油为浅海海相的产物，据估计，目前地球上尚未开采的石油资源，有半数左右藏存在水成岩的岩层内。探勘海底石油这项工作，应由石油地质学家、地球物理学家、海洋学家以及工程师们密切合作……"

这些具有先见之明的论断，在当时起到了极为重要的作用，为我国开展正规的海洋调查做了基础性的工作。

1957 年 6 月 4 日，那艘原来的"生产三号"救生拖轮改造完毕，摇身一变成为科学调查船昂首出厂，可以执行海上考察任务了。名正才能言顺，世界各国科考船都有独特的船名，我们给这艘"独生子"起个什么船名呢？既要响亮新颖，又要寓意深刻。从几位所长副所长、研究室主任到各个部门的研究员，思来想去，反复斟酌，最后确定就叫"金星"号！

好啊！金星，"金星"号，"金星"轮！

仰望星空，金星是人类肉眼所能看到的最亮的行星，在无月的晴夜，甚至可以看到金星照射下的物体影子。宇宙中除了太阳和月亮外，金星是最美的天体了。因此，西方人用美神维纳斯的名字来称呼它。而我国古人则称它为"太白星"或"太白金星"。同时，金星还是我们共和国旗帜上依次绣上的五星标志，象征着新中国海洋科学的未来一片光明。

1957 年 6 月 28 日，"金星"号海洋调查船一声汽笛长鸣，缓缓驶离青岛港，前往渤海海域。中国科学院海洋研究所考察队随船出海作业，正式开始了我国有史以来的第一次综合性海洋调查。

由此，这冉冉升起的第一颗"金星"，尽管孤单，却也开始照耀着新中国海洋科学研究的航程……

五、海洋大普查

打开中国地图，在东北方向有一片浩渺的海域，这就是我国四大海洋之一的渤海。它一面临海，三面环陆，北、西、南分别与辽宁、河北、天津和山东三省一市毗邻，东面经渤海海峡与黄海相通，辽东半岛和山东半岛犹如伸出的双臂将其合抱，构成首都北京的海上门户。放眼眺望，渤海形如一只由东北向西南微倾的葫芦，侧卧于华北大地。

渤海海峡口宽 59 海里，有 30 多个岛屿，其中较大的有南长山岛、砣矶岛、钦岛和皇城岛等，总称庙岛群岛或长山列岛。整个海域由北部辽东湾、西部渤海湾、南部莱州湾、中央浅海盆地和渤海海峡五部分组成。面积 77000 平方公里，平均深度 18 公尺，沉积物以淤泥和粉沙淤泥为主。由于辽河、滦河、海河、黄河等带来大量泥沙，海底平坦，饵料丰富，是国内大型海洋水产养殖基地，盛产对虾、黄鱼。

据史料记载，西周时期，中国海还不存在具体海区的名称，凡是能见到的海面，一律都称为"海"。随着经济的发展、居民的增加、渔业的兴起，以及沿海一带海洋灾害的不时发生，人们开始把海域加以命名区分，便于说明管理。位于东部和南部的一目了然，称为东海、南海，山东半岛海面由于黄河带来了黄色泥沙，即称黄海。而在古代位于京冀辽等地设立有"渤海"为名的郡国，那么这片海域就叫作渤海了。

它完全是我国的内海，也称渤海湾。"金星"号首选的科学考察对象就在这里，项目名为"渤海及北黄海西部综合调查"。科考队以海洋生物研究所人员为主，加之有海军、水产部、山东大学海洋专业的人员，分为鱼类、浮游生物、海洋地质、海洋物理、化学等几个学科小组。海洋物理学家毛汉礼亲自带队，主持调查。随船观察指导工作的，还有从菲律宾回国研究浮游生物的郑执中、底栖生物学家刘瑞玉等专家学者。加上数名船员水手共五六十人，按照预先选定的观测点，逐一停靠，开始了新中国第一次综合性海洋科学考察。

每到一个站位，"金星"号抛锚稳住之后，科考队员首先要测量不同深度的海水温度，就是在垂下的钢丝上，按照一定水层的需要，安装上一个个带有"颠倒温度计"的采水器。中华人民共和国成立之初我们尚无能力制造这种仪器，只有通过香港到英国去购买。且因政治形势所限，与资本主义发达国家没有外交关系，缺少外汇，买一支这样的"玻璃颠倒温度计"，需要用一千多斤小麦去换。

科学技术落后，就要受制于人。就拿测量海水温度这样简单的事情来说，还要依赖外国，动不动让人家卡脖子。科考队员们得知此情都非常气愤，纷纷表示："在中国共产党和毛主席的领导下，'三座大山'都被推翻了，难道这小小的玻璃颠倒温度计，咱们就不能征服吗？！建议国家组织攻关，一定要为新中国争口气！"

这是海洋科研必不可少的仪器，海洋所童第周、曾呈奎、张玺等领导积极向上反映，引起国家领导人的高度重视，不久专门召集全国有关科学技术人才，在上海某厂进行研制。经过几个月的连续奋战，充分发挥大家的聪明才智，终于制造出合格的玻璃颠倒温度计。据说，后来英国制造商发现不买他们的仪器了，来信催促。有关方面豪迈地去信说："谢谢！这种产品我们有了自己的品牌。你们需要多少，现在也可以卖给你们……"

好啊，在那个年代，正是这种独立自主、奋发图强、勇于创新的革命精神，激励着新中国的各项事业生机勃勃地发展起来。海洋科研考察也不例外。当时，海军改装了两艘军舰——拆卸大炮，安上绞车，黄海水产研究所也派出一条实验船，加上中科院海生所的"金星"轮共 4 条船参加调查，由海军统一组织和指挥。

初秋时节，"金星"号科考船驶向黄河口外面的一个观测点，海面上逐渐风平浪静，漂浮着密密麻麻、大小不一、形态奇妙的海蜇群体，就像是晾晒在蓝色海面上的大蘑菇。科考队员们都跑到甲板上，饶有兴致地观看这一奇观。

海蜇属于随波逐流的浮游动物，迎着海流，撑着蘑菇伞，伞的后面就是海蜇头，头的中心是嘴，嘴的外围生长着密密丛丛可以引诱捕食小鱼小虾的彩色爪子。这些爪子因种类不同，有长有短，有的像"嫦娥奔月"，有的像"天女散花"……

远望黄河口，孕育了中华民族的黄河昼夜不停、浩浩荡荡地将金黄色的河水，汇入蓝色的渤海湾，形成了鲜明的对比。在这黄河水与蓝海水交融的广阔海域，也是鱼、虾聚集繁殖的最好场地。因为黄河水带来很多的腐殖质，有利于浮游生物的快速繁殖。浮游生物又是刚孵化出来的小鱼、小虾的必备食物，而这些小鱼、小虾又成为大鱼的食物。

　　大自然中具备相互依存的正常"生物链"，如果破坏了其中的某个"环节"，就要影响整个渔业生态的发展。渔民千百年来流传着一句俗话："大鱼吃小鱼，小鱼吃虾米，虾米吃污泥"——这些污泥就是科考队员研究的浮游生物或植物。

　　当时还有位年轻的苏联海洋专家，带着自己刚研制的新式电子海流计，来到"金星"船上进行航行中"试验运行"：即在船航行时，就可检测到此海域的流速、流向如何。

　　每当他进行试验时，一些科考队员就认真观看：原来是在船尾的海水里施放两根可导电的线绳，拖着两个隔一定距离的电极，用于测量电极之间的导体——海水在地球磁场中流动时产生的电流是多少，从而判定海流的速度。但它本身产生的电流很小，必须用电流放大技术，才能将种种数据描绘在记录纸上。如今早已被更先进的海流计所代替了。

　　不知不觉间，科考船行驶到了预定观测点上，戴力人船长指挥船员抛锚，稳稳停住之后，船上的人们迅速各就各位，观测着自己研究的科考项目……

　　渤海湾海域的科考任务完成以后，"金星"号立即返回青岛，将各研究组采集的第一手资料、数据和标本，运到海洋研究所各实验室研究使用。同时，船上再补给足够的必用品，准备下一个航次到黄海海域考察。

　　在路经成山头东面的急流海域时，队员们幸运地看到一对对大鱼翅露出水来，就像是小船的风帆在海面上划行。渔民叫这种大鱼为"对子鱼"，因为都是一雄一雌在急流中生活。此时，就有两条这样的大鱼，一左一右紧随在船尾畅游。大家挤到后甲板上兴高采烈地观看，它们都有一丈多长，灰褐色的流线型鱼体，光溜溜的游起来像是在玩耍，也像是在欢送"金星"一程又一程……

年轻的队员周永文老家在荣城葛家村，距离海边很近。当"金星"号航行到葛家村附近海域时，他站在甲板上，踮着脚尖伸长脖子向西眺望，希望能看到村口的人们，有没有自己的老母亲。如果恰巧能看到，他会挥挥手说：娘，我正在祖国的"金星"号上呢！

这时，待人热情的戴力人船长走了过来，问道："小周，看什么呢？"

"哦，我的老家就在西岸的葛家村，看看街口上有没有我的母亲。"

戴船长笑了："隔海有十多里地远，哪能看得清楚？来，用我的望远镜，好好看看吧！"

说着，他将手中的望远镜调好焦距，并教给小周如何使用。

周永文十分感激，连忙接过来举在眼睛上：嗬，科学就是厉害，似乎一下子将远方的葛家村拉到眼前，甚至自家门前东面的大槐树都看得清清楚楚，确实有人在走动，或许正在看驶过的"金星"号。遗憾的是没有看到母亲——那时没有电话，更没有手机，无法预先联系，毕竟看到了家乡，小周心里还是很高兴和激动的。

不一会，科考船航行到"俚岛港"的东方，周永文将望远镜交给了戴船长，真诚地表示了谢意。而那两条紧跟船尾的大鱼，似乎是完成了欢送任务，调头回游到成山头东面的"急流海域"去了。因为这一带沿海是大群的鱼、虾、乌贼洄游的水道，所以不但是捕鱼的良好渔场，也是这些大鱼、海豚等来猎取食物的宝地。

值得一提的是：某个国家的飞机或舰船也像"大鱼"似的跑来凑热闹，只不过远不如鱼们友好迎送，而是监视干扰我们的"金星"号。当科考船在黄海海域做科考观测时，有时就飞来侦察机，围着我们"金星"低飞，盘旋拍照。这是从韩国飞来的美国侦察机。抗美援朝战争之后，美军驻扎韩国，常用军舰、飞机侵犯我国黄海、东海一带的领海领空。

理所当然，我国政府一次次提出严正警告。并且从那之后，每当"金星"科考船驶向科考观测点时，天上就有我国人民空军的两架喷气式战机高高地盘旋，海上也派有人民海军的两艘军舰，远远地伴随在海洋科考船左右，保驾护航。这时科考队员们感到的不仅仅是安全，更是一种无比的自豪和扬眉吐气……

开发海洋、利用海洋，必须首先认识海洋，而认识海洋的主要手段就是进行海洋调查。由此所获得的资料和标本是研究海洋、正确认知海洋，以及有效地管理与保护海洋的基础资料。

1957—1958 年，在国务院科学规划委员会海洋组的领导下，中科院海洋生物研究所、中国人民解放军海军、水产部和山东大学在渤海、渤海海峡和北黄海西部，联合进行了多学科同步观测，较系统地调查了此海区的水文、生物、化学和地质特征，掌握了多种海洋要素的相互影响和一些变化规律。

中科院海洋生物研究所根据同步观测资料和同期内"金星"号调查船获得的数据，编写了《一九五七年六月至一九五八年八月渤海及北黄海西部综合调查报告》。这次调查标志着中国海洋调查由单一学科向多学科综合性调查转化，是全国海洋普查的预演和序幕。

紧接着，1958 年春夏之交，在国家科委海洋组的规划和组织领导下，开始了名为全国海洋综合调查的全国海洋普查。这是中国历史上第一次全面、系统、详尽地调查我国近海情况，摸清家底，掌握数据，史称"海洋大普查"。

主要目的是：编绘海洋物理、海洋化学、海洋生物和海洋地质地貌等图集、图志；撰写调查报告、学术论文；制定海洋资源开发方案；建立海洋水文气象预报、渔情预报系统；为加强国防和海上交通建设等提供必要的基础资料。

风景秀丽的青岛，不仅是有名的海滨旅游城市，也是海军北海舰队司令部、中科院海洋研究所、山东大学海洋系（中国海洋大学前身）等诸多涉海部门的驻地，是海洋科研的大本营。1958 年 5 月 7 日，在这里举行了第一次普查会议。主持人是国家科委海洋组常务副组长律巍。

会议一致决定，从下半年开始扩大调查范围，进行全国沿海地区的海洋普查工作。为此成立了由海军、中国科学院、水产部、交通部、中央气象局、山东大学等部门 8 名人员组成的全国海洋普查领导小组，组长律巍，副组长曾呈奎（海洋生物所副所长）、赫崇本（山东大学海洋系主任）、王云祥（水产部海洋渔业司副司长），毛汉礼（海洋所物理室主任）等为成员。并组成由毛汉礼为组长，管秉贤、任允武为成员的技术指导组。领导小组下设海洋普查办公室和 3 个海区（黄海渤海区、东海区、南海区）调查领导小组。

海洋普查办公室是全国海洋普查领导小组的常设机构，下设几个专业研究组，其中任允武任调查技术研究组长、管秉贤任海流组长、秦蕴珊任地质组长、顾宏堪任化学组长、郑执中任底栖生物组长。参加全国海洋普查的调查队员先后有 600 多人，来自海军、中央气象局、中国科学院、水产部、山东大学、厦门大学、华东师范大学等系统和单位，并且选调了一批即将毕业的大学、中学学生参加海洋调查。

在全国海洋综合调查的 11 个项目中，中科院海洋研究所承担了

9项，分别为：①黄海、东海、南海潮流的大面积预报；②黄海、东海、南海航用海流图的编制；③中国海海水密度和飞跃层的分布及其季节变异；④中国海主要水团发生、发展规律的研究；⑤中国海溶解氧、磷酸盐等重要化学因子分布规律的研究；⑥中国海底形态和现代沉积物的研究；⑦浮游生物的主要种类数量分布的调查；⑧底栖生物量主要经济种类的分布及季节变化的调查研究；⑨ 中国海岸地貌调查。

由此可见，中国科学院海洋研究所在这次大普查中的地位和作用。1958年9月15日，黄海、渤海调查队和东海调查队的船只分别从青岛和上海出发，揭开了全国海洋大普查的序幕。

其范围包括我国大部分近海区域。在28°N以北的渤海、黄海、东海海区，布设了47条调查断面，333个大面积巡航调查观测站和270个连续观测站；在南海海区内布设了36条调查断面、237个大面观测站和57个连续观测站。另外，在浙江、福建沿海的两个海区内布设了8条调查断面和54个大面观测站，进行了8个月的探索性大面调查。由于受当时条件的限制，东海区台湾省附近和南海区大片海域未能进行调查。

这次全国海洋综合调查是我国有史以来规模最大的一次海洋普查，在我国海洋科研发展史上占有重要地位。这不仅是因为它改变了我国缺乏基本海洋资料的局面，更是因为这次调查的组织和实施凸显出中国特色的大协作、大联合、集中力量攻关办大事的社会主义优越性。这是毛泽东"集中力量打歼灭战"思想的活学活用，与我国"两弹一星"的研制路数一模一样，见效快，成果大，影响久。

多年后的2008年12月29日，在中科院海洋所学术会议报告厅内，高朋满座，济济一堂，其中不少是白发苍苍的老先生。一个具有特别意义的会议正在隆重举行。主席台上方悬挂着一条鲜红的横幅，上面写着"中科院海洋所纪念全国海洋综合调查 50 周年暨改革开放 30 周年大会"。

岁月悠悠，从 1958 至 2008，那影响巨大的全国海洋大普查，转眼间已经过去了整整 50 年。许多当年风华正茂的青年人已经霜染须发，满脸皱纹，还有一些走完了自己不平凡的人生旅程。可是经过惊涛骇浪的洗礼留下的数据、资料、标本，仍然焕发着灿灿的光彩。

曾经参加过那第一次全国海洋综合调查的秦蕴珊院士、刘瑞玉院士、胡敦欣院士和部分老科学家，与年富力强的新一代中青年科学家、研究员、博士生们出席了会议。时任中科院海洋所所长、党委书记孙松首先致辞。他强调说："1958 年 9 月 15 日开始的全国海洋综合调查，是划时代的全国海洋调查，影响至深至远，意义至重至大，值得我们永久纪念。"

在会上，出席会议的院士和老科学家们分别回顾了当年劈波斩浪、奋勇拼搏的艰苦场景和取得的重大成果，历数了我国海洋科研事业发展中的重大事件，讲述了其中的发展轨迹，展望了宏远的未来蓝图。

最后，在一阵热烈欢快的音乐声中，孙松所长代表所党委和全所人员，对 50 年前参加过第一次全国海洋综合调查的 76 位老科学家进行表彰，颁发了纪念章和证书。

不久，一位后来取得丰硕科研成果的研究员王荣，专门写下了一篇回忆文章，详尽讲述了他所经历的海洋大普查的日日夜夜。在此节选引用一二，以飨读者。说明一下：仅作了少量字词改动，基本原汁原味，这从某种意义上来说，再现了当年科研人员的海洋普查工作和生活，比作家依据采访而来的描写更为生动、真实、有趣——

1955 年我参加工作时，我国的海洋学研究刚刚起步。研究海洋生物居多，活动范围限于潮间带和近岸。1957 年我国第一条海洋调查船"金星"号（由当时上海海运局的"生产三号"改建）投入使用，才有条件走向海洋开展真正意义的海洋调查和研究。但国家经济建设和国防建设急需海洋学资料，单靠科研单位慢条斯理的工作满足不了国家的急需。国家科委海洋组做出重大决策：组织全国力量搞一次全国范围的综合性海洋调查（以下简称海洋普查），打一次海洋学界的人民战争。由海军、中国科学院、水产部、交通部、中央气象局、高教部组成领导小组，全国一盘棋，统一指挥、调配各单位的人员、仪器设备和船只。一切是无条件的和无偿的。

全国共划分为 7 个测区。渤、黄、东海 4 个测区先做，从 1958 年 9 月开始至 1959 年 12 月；南海 3 个测区，从 1960 年 1 月开始至 1961 年 3 月开展。每个月七八条船同时出海，在几百个网格式的测点上同时进行气象、水文物理、化学、地质和生物的全面观测和取样，同时结合渔业试捕评估渔业资源。一线人员上千人。如此大规模的海洋调查是空前的、壮观的和鼓舞人心的。

有关全国海洋普查有过不少报道。不久前徐鸿儒先生还在《科学时报》上撰文纪念 50 年前中国海洋学界的这一壮举。作为一个参加者，我只谈我所经历的工作和生活侧面。我们单位（中国科学院海洋研究所）参与了所有学科的工作。生物是我们所的强项，浮游生物和底栖生物由我所全面负责，包括筹备、海上调查、资料分析和报告编写。浮游生物每月调查，底栖生物每季度调查一次，我参加浮游生物方面的工作。

　　我从来没组织过这么大规模的调查，不知道从哪里下手。好在我1955年参加工作后先后参加了烟、威鲐渔场调查和"金星"号在渤海和北黄海的综合调查，积累了一点经验。"蜀中无大将，廖化作先锋"，从制定计划、编写调查规范、培训调查队员到组织实施，都得干。最困难的是调查规范的制定，特别是取样工具和取样方法的确定。思想压力很大，因为工具和方法一旦确定就要长期沿用下去，否则资料没法对比。造成失误，损失无法弥补。当时还有一个背景，就是一切向苏联学习。我当时还半脱产地学了近一年俄语口语，准备派往苏联的"勇士"号考察船实习。当时有两种意见：一种意见是不折不扣照搬苏联的一套；另一种意见是根据我们的任务和条件自己设计。毫无疑问，前一种意见省事、省时、不担风险。但苏联采用的网具尺寸都太大，不适用于浅海和小型调查船。后一种意见困难多，而且担风险。我是坚持后一种意见的。意见被采纳了，任务也落到了我头上。

　　浮游生物取样需要有网具和采水器。采水器就用当时普遍采用的Nansen采水器，国内已可以生产。关键是确定网具。首先考虑的是，这次调查主要是定点观测。为了能够与水文物理、化学等项目同步观测，浮游生物取样也应采取定点垂直（从海底到海表）拖网。水平拖网和斜拖网不现实。当时国际上浮游生物采集网具五花八门，什么Pacc网、Hansen网、Nansen网、Judy网等，没有统一标准。参考了国外的网具，我们根据任务要求、海区和调查船条件，设计了3种分别采集大型、中型和小型浮游生物的网具。试验定型后，也就是现在国家颁布的"海洋调查规范"中的3种浮游生物网具。

　　由于任务急没有时间和条件做水槽试验，只好直接在海上试验。1958年春夏我在"金星"号上待了4个月。除执行"渤、黄海综合调查"任务外，只要有空就做网具试验。航次间隙，选一个水深的地方，在风平浪静和平潮的时候，用电动绞车在不同的拖速下做垂直拖网，记录拖曳距离、时间、滤水量和捕获量等数据。上上下下数百次，总算在海洋普查开始前把网具确定下来了。半个世纪了，实践证明这三种网具完全满足我国近海浮游生物取样的要求，而且便于操作。结合闭锁器的使用，它们还可以进行垂直分层拖网。不仅被我国确定为浮游生物取样的规范网具，后来还被"四国（中国、苏联、朝鲜、越南）渔业会议"接受为浅海调查统一网具。

人手又是一大难题，到哪里找这么多调查队员呢？高教部同意抽调了一批高校（上海水产学院、厦门大学、山东大学、华东师范大学等）生物系毕业班的学生参加调查。我所也临时招收了一批中学生做业务辅助工作。他们对海洋调查一无所知，只能先搞培训。我们自然就是老师，除了浮游生物调查需要的基本常识外，连如何规范地写阿拉伯数字、什么是有效数字都得讲。普查结束后这批学生回校继续上课，毕业后大都分配到教学和科研单位，成为海洋学界的骨干力量。如此大规模的调查没有规范是不可思议的，编写调查规范也是一项重要工程。一切都是逼出来的。

普查开始后，我被分配到东海海区负责浮游生物调查。驻地在舟山的沈家门。去时空荡荡的一座二层楼，被当地人称作"海军码头"。一切白手起家。先到旧货摊上买了些八仙桌、太师椅将就着办公和实验用。接着采购器材加工设备。最缺的是显微镜和解剖镜。进口来不及，也没那么多外汇，只能到处借。借到的大部分是老古董，模糊不清，双筒镜两个视野不重合，看一会儿就头晕。没有专业调查船（"金星"号放在渤、黄海区），东海用的大部分是拖网渔船、运输舰或登陆艇。浮游生物取样只能用起渔网用的卷扬机，吊杆也是自己加工临时安上去的。没有起吊设备的船（军舰）就只能用手摇绞车，网具重需要 4 个人摇，好在有水兵们帮忙。外业的困难还好解决；内业，主要是样品分析，就更困难了。我是搞浮游动物的，东海浮游动物种类组成复杂，既有温带种也有热带种，既有近海种也有大洋种，从原生动物到脊索动物何止千种。种类鉴定是最大的难题。由于缺少文献，种类鉴定也只能尽力而为。不能鉴定到种的就先用 sp 标注，连属也定不了的，就定到科甚至目，等将来回青岛后再进一步鉴定。在显微镜和解剖镜下鉴定、计数是苦差事。一天下来头昏脑涨。我的视力读大学时是 1.5，普查结束成了 400 度近视。样品是用福尔马林（主要成分是甲醛）固定的，没有任何防护，熏得我直流眼泪。当时也不知道甲醛致癌。

　　每月一次海上调查，是异常艰苦的。渔船上哪有实验室？只能在船舱里搭几张木板就算实验室了。鱼腥味加柴油味不晕船的也晕了。东海区每月 4 条船同时出海，船小，每条船只能安排 10 名左右的队员。浮游生物调查只给 1—2 个名额。一般生手上两人，我是老手每次都是一个人顶下来。记得有一次随"沪渔 404"出海，那是条 200 吨左右的混合式渔船，我的铺位在船尖舱里，风浪大，晕得特别厉害。胃里的东西吐完了吐胆汁，胆汁吐完了开始吐血。我知道必须吃东西，不然身体会垮。跌跌撞撞爬到厨房找些锅巴泡一泡吃。吃了吐、吐了吃，就这样撑着。一个站位工作下来浑身湿透，回到铺位穿着雨衣水鞋就躺下了，手电筒垫在腰下面也顾不得拿走。不能轮班，每个测站都要起来，只能利用 2 个测站之间航渡的间隙休息。测站的间距近海为 15 分（经纬度）。航渡时间只有一个半小时，往往是处理完样品做好记录刚躺下，下一个测站就到了。一个航次下来体重要掉十几斤。有的队员晕船特别厉害，甚至产生恐惧感。实在坚持不了，也只好让他离队。

50 年代海上并不平静，还有"敌情"。最经常碰到的是美军侦察机，飞得很低，盘旋拍照。我们不理它，继续干我们的。个别胆小怕事的也有。我们曾调用上海某单位的一条船，出海前船长叫水手把船上所有标语刷掉，其中包括"打倒美帝国主义！""我们一定要解放台湾！"之类。到了公海叫船员把船尾的国旗收起来。这件事被作为没有骨气的例子在全队通报批评。尽管 50 年代所用的仪器设备现在看是原始和落后的，但队员们严格的科学态度和精益求精的精神值得称道。记得有一次某船漏测了一个样品，返航后才发现，队长愣是叫船长开回去把样品补上。

虽然我在沈家门只待了 8 个月，那段日子却终生难忘。清一色的年轻人，积极、热情、活泼。我们浮游生物组十来个人，我这个"老大哥"（学生们称我王先生）也不过 24 岁。队长、政委都是现役军人。作息军事化，早上要出操。住得很差，几十个人住一个大房间，上下铺。但伙食很好，为了保证营养我们吃舰艇灶（自己得缴 4 毛钱的基本伙食费和粮票）。工作紧张，但很愉快。除白天 8 小时，晚上只要没有特殊安排大家都在加班加点地干。唯一的文娱生活是，如果附近部队放电影，大家就排着队扛着板凳去看露天电影。为了集中精力搞工作，普查队约法三章，不准谈恋爱（现在看不近人情）。少男少女在一起难免产生感情，我们所的一位研究实习员同一位华师大的女学生谈起了恋爱，劝说不听，甚至做出了越轨的事。结果被通报批评，遣送回原单位。

尽管我们这个单位不算什么正规部队，但半数是现役军人，归海军舟山基地管。部队嘛，就得按部队传统与驻地老百姓搞军民团结。周末经常参加干农活，搞联欢。当地农（渔）民也邀我们去看他们自排自演的戏。大概是越剧，古典的，成大本的，一出戏从头到尾要演四五个小时。当地人看得津津有味，可这些大城市出来的学子们欣赏不了，于是想溜号。为了维护军民团结，队长在后面堵着，上厕所要请假，并提醒不要打瞌睡……

普查野外工作结束，取得浮游生物样品 3 万多号。每个样品都蕴藏着大量的生态学和生物海洋学信息，在普查队时只能粗略地分析。后续的工作花费了很长时间。一是工作量大人手少，二是正好赶上1959—1961"三年困难时期"，大家都在饿肚子。经济情况稍微好转，紧接着是"四清运动"和"文化大革命"。尽管如此，我们还是把普查报告《中国近海浮游生物的研究》（全国海洋综合调查报告，第 8 册）完成出版。同时出版的还有《渤、黄、东海渔捞海图》《全国海洋综合调查图集》和《全国海洋综合调资料汇编》等。这些成果至今仍然是我国最宝贵的海洋学资料和研究成果。尽管当时调查手段相对落后，但从样品的质量、完整性和系统性，以及样品分析鉴定的精确性看，当今的调查都很难与之相比。近几年也有不少调查，但大多是分散的，最多是季度的调查。1958 年的全国海洋普查是唯一的一次大面积的逐月调查。其可贵处还在于，50 年代海洋环境基本没有受到污染，渔业捕捞强度也不大，应该说还是代表了我国近海海洋生态系统的正常状态。也就是说，要了解在全球变化中中国海发生了什么变化，普查资料可以作为参比。不仅有数据，而且这 3 万号的浮游生物样品至今完好无损地保存在海洋研究所的标本馆里。这是极其宝贵的财富。坦率讲，尽管研究报告和图集等已经发表，样品中包含的科学信息远没有都挖掘出来。但愿这批样品能完善地保存下去。

50 年过去了，当年的年轻小伙子变成白发苍苍的老者。全国海洋普查的业绩虽不能与"两弹一星"相比，但其精神是一致的。它在中国海洋事业的发展史上书写了重重的一笔……

这篇回忆文章的作者王荣先生，后来成长为国内外著名的海洋生物学家，亲身经历的讲述，给后人留下了一页栩栩如生、弥足珍贵的海洋普查史料。

1960 年 1 月，全国海洋普查工作重点转入内业，即整理调查资料阶段，年底结束，共获得各种资料报表和原始记录 9.2 万多份，图表（各种海洋要素平面分布图、垂直分布图、断面图、周日变化图、温盐曲线图、温深记录图等）7 万多幅，样品（沉积物底质表层样品、地底垂直样品、悬浮体样品及其他地质分析样品）和标本（浮游生物标本、底栖生物标本）1 万多份。国家科委海洋组办公室对这些资料进行整编，于 1964 年出版了由毛汉礼主编的《全国海洋综合调查报告》（10 册）、《全国海洋综合调查资料》（10 册）和《全国海洋综合调查图集》（14 册）。

根据全国海洋普查的实践，国家科委海洋组对海洋调查中临时制定的规范进行了全面修改、补充，于 1961 年编辑出版了我国第一部正式的海洋调查规范——《海洋调查暂行规范》，规范了我国此后的海洋调查。

首先进行的是近海标准断面调查。1960—1962 年由中央气象局负责，1963—1965 年由中科院海洋研究所负责，1966 年以后由国家海洋局负责。近海断面监测是在中国近海水域布设了多条标准断面，定期开展水文、气象和海水化学等要素的观测，为研究主要海洋现象的季节和年际变化以及异常海况等提供宝贵的基础资料，在海洋科学研究、海洋环境预报、渔业生产及国防建设等方面发挥了重要作用。

此前，我国只有海洋生物学有一些相当薄弱的研究工作；全国海洋普查培养、锻炼、造就了一大批海洋科技人才，形成了一支庞大的海洋科研队伍，所以不仅海洋生物学得到极大的加强，也促成了物理海洋学、海洋物理学、海洋化学、海洋地质学等主要分支学科的建立，促进了我国完整的海洋科学学科的发展。

与此同时，全国海洋普查还促进了我国众多重要海洋机构的建立。在普查中，1959 年 1 月，中科院海洋生物研究所扩建为中科院海洋研究所；1 月，中科院南海海洋研究所在广州成立；3 月，我国第一所海洋综合性理工大学——山东海洋学院成立。特别是，它还直接促生了国家海洋局的成立。

全国海洋普查后，国家科委认为国家应当有一个海洋发展规划。1962 年组织了一些海洋科学专家编制《1963—1972 年海洋发展规划》，编写工作委托曾呈奎主持。1963 年 3 月和 5 月国家科委海洋组在青岛和北京香山召开会议，讨论《1963—1972 年海洋发展规划》草案。参加会议的代表为中科院海洋研究所、山东海洋学院、水产部黄海水产研究所、厦门大学、华东师范大学、南京大学、南京水利学院、南京海洋地质研究所、中央气象局、海军航保部、中科院地理研究所等全国范围内涉海专业的科研单位专家、学者、教授及有关部门领导。

国家科委海洋组组长、海军某部领导袁也烈将军，国家科委海洋组副组长、国防科委某部领导于笑虹将军，海军航保部律巍部长，中央气象局姚兴礼局长，国家科委海洋组办公室刘志平主任、松文副主任，国家科委孙学勤处长等同志也到会并参加讨论决策。会上，大家希望专门成立一个机构，进行海洋调查观测，规范海域管理，为涉海单位提供服务。

起初，有关部门考虑由海洋研究所兼做这项工作，童第周、曾呈奎等人得知此事，纷纷摆手摇头，婉言拒绝了。他们的理由是："研究所就是做科学研究的，如果加上了行政管理，两方面都会受到影响……"

言之成理，会议代表们进一步商讨，一致认为应该成立专门的中国海洋事业政府机构，统一管理全国海洋行政方面的工作。会议决定由曾呈奎、赫崇本等29位海洋科学家联名写信给党中央、国务院，建议成立国家海洋局。

1964年2月11日，中共中央正式批准在国务院下设立国家海洋局，1964年7月22日，第二届全国人民代表大会第124次常委会议批准。9月1日，国家海洋局印章正式启用，开始对外办公。10月31日，国务院第148次全体会议通过：任命齐勇将军为国家海洋局局长，刘志平、周绍棠为国家海洋局副局长。

国家海洋局的成立，是中国海洋事业发展史上的里程碑，是中国海洋科学和海洋管理史上的重要一页，标志着新中国从此开始走向经略海洋的时代。

此后，国家海洋局陆续在青岛、上海、广州设立了北海、东海、南海3个分局，还分别在青岛、杭州、厦门、天津、大连等地组建了综合性的第一、第二、第三海洋研究所和专业研究机构或中心。

全国海洋普查促进了我国海洋文明的建设，发展了中国特色的海洋文明，与黄河文明相结合，为进一步建设海洋强国做出了积极贡献……

第五章　西太平洋的热液
（作家远航日记之三）

Chapter Five

2018 年 7 月 13 日　星期五　晴
西太平洋某海域

天气越来越好了，终于看到了难得的蓝天白云、太阳高照。海面上风平浪静，海水显得特别的湛蓝，蓝得犹如一片片蓝水晶、蓝宝石，让人迷醉、心旷神怡。一只只海鸥伴随着考察船，上下左右翻飞，宛如依依不舍的友人，一直相跟着送行。

本航次"科学"号驶向目标海区时，因还受台风影响波翻浪涌，只是开动了一台主机，以较慢的速度前进。即使这样，船身还是摆幅不小，有些队员仍然晕乎乎的。而现在船长下令打开了双机加速，因了海况良好，也不感到颠簸摇晃了。从早餐开始，一些不常吃早饭的人都来了，精神好了许多。首席张鑫打趣地说："看来刚出来晕船也有优势，把该吐的都吐了，到了地点就好干活儿了。"

经过一夜一天航行，我们的"科学"号于下午 4 点左右驶到了预定的作业点 —— 西太平洋某海域，"发现"号无人缆控潜水器（ROV）随即准备下潜。当时，我正在深海中心高工连超房间里采访 —— 这位高大健壮的年轻人，是"科学"号上的"元老"，对其设备性能了如指掌。得知实验人员开始做准备工作了，我马上中止，回去穿好工作服来到后甲板上。

"发现"号已经揭掉防护罩，开动了专用绞车，随着机声隆隆，四方形的无人缆控潜水器高高起吊，沿着左舷向海面移去。这使我联想起了4年前跟随"蛟龙"号科考时，现场观看布放入水的情景——因为那是载人无缆潜水器，操作起来更为复杂一些，需要由船舶尾部大A型架起吊摆放到甲板外海面上，再由"蛙人"驾驶小艇靠上去解开挂缆，潜航员再操作下潜。而"发现"号则在这方面相对容易一些，只需用绞车吊起来放到海面上，然后一节一节放缆就可以了。

这根钢缆外面是钢丝编织，内部则是供电、通信传输线路。只是为了在钢缆的末端增加浮力，不至于使缆绳缠绕打结，入水前由工作人员在缆的末端50—100米处绑上6—10个浮力球。可惜在操作时，他手下一滑，一个浮力球掉落到海里："哎呀，可惜！"有人惊叹了一声。不过还好，人是安全的。

一切就绪，绞车匀速旋转，钢缆一米一米地放下去。刚才还在碧蓝海水里时隐时现的"发现"号眨眼间不见了，海面上只见一根黑色的钢缆唰唰地钻进水下。我抓紧用手机拍了几张照片，下楼走进了设在甲板上的用集装箱改装的操作室。只见里面布满了各种仪器仪表显示屏，张首席和王队长都在旁边坐着，主操手吴岳正在聚精会神地操作。第一个潜次任务是：寻找这个站位的热液口、生物取样，研究特殊环境下生物成长的奥秘。

当仪器显示到达海底1000多米时，吴岳操作"发现"号沿着过去标定的航迹，一点一点地搜寻着。照明摄像头同步传来的画面上，一层层泥沙泛起，那是"发现"号推进器搅动起来的，犹如漫天飘舞的雪花，占满了整个屏幕。间或出现一只只小螃蟹、铠甲虾，还有游来游去的鼠尾鱼。蓦地，海浪推动船体晃动了一下，我猛然感觉似乎身在"蛟龙"号里一样，正在潜到海底悠然自得地漫游观察。

终于，视频画面里出现了一堆堆类似喀斯特型的礁石丛，其中一个山头样的高点上冒出了一簇"火焰"，随着海流晃动着，在幽暗的海底里显得分外耀眼。我惊叹了一声："这是海底火山口在喷发吗？"张首席说："不，那是含有多种矿物和溶解气体的水柱，也就是热液。因为刚出来温度极高，所以显得特别亮，很快冷却到与周围水温一致，它就暗淡无光了！我们研究它可以探求生命与环境的关系。"

哦，这是科学的解释。可对于我这样一个善于形象思维的文化人来说，感觉它就是一团火焰、一支高扬的火炬！在无边无际的海底里熊熊燃烧着，为寒冷黑暗的世界送上光和热。尽管只有豆大的一粒星星之火，但可以给未来人类带来无限的科学的希望……

随着摄像头的移动，我们看到热液口周围生存着一片片铠甲虾，舞动着一条条毛茸茸的螯。在我看来，它们极像螃蟹，不知为什么科学家把这种深海生物叫作"虾"。忽发奇想，我问道："有谁吃过没有？什么滋味呢？"有人乐了："还没人敢吃呢，要不许老师先尝尝？""啊，不行，我可不敢当第一个吃螃蟹的人。不过，大海里的生物资源会给人类提供丰富蛋白质的，如果证明了这种虾可以食用，打出深海美味的广告，一定会赚大钱的！呵呵……"

说笑着，负责生物科考的王敏晓队长，指点着机械手操作员看着屏幕开始采样了。他中等个头身材略胖，人们爱称"小胖"，妻子曾专门为他买了减肥产品，可他说不管用，还不如多出几次海呢！别看外表粗壮，他内心却很细致，不慌不忙地安排着团队运作。

王敏晓原籍青岛，父母早年支边来到青海，他就出生在那里，虽说地名都带一个"青"字，可自然环境不能同日而语。后来他上学又回到老家，2004年考上海洋所的研究生，导师是后任所长的海洋生态学家孙松，从此跟着他的团队兢兢业业研究工作。这个航次的任务相当重要，与热液系统交叉研究特殊环境下的生态与人类的关系，所以王队长特别看重生物样品。

眼下，他正指挥着机械手操作员挑选心仪之物呢：这一堆个头不小，抓它。而那位操作员像一个艺术家似的头上蒙着一块蓝绸子，坐在那里凝神静气握着手柄，似乎摆弄着什么乐器，操作机械手举着一节类似吸尘器的吸管靠近小山头，巨大的吸力将小鱼小虾、泥沙石块，还有不少含有各种气体的海水吸进去，装到"发现"号上携带的一只只采样瓶中。等到升上来后，再分配到研究人员手中仔细分析。

无人缆控潜水器有一个优点，那就是下潜时间长，因为它是由母船上供电，又无须考虑人员的耐受力，可以长时间在水下作业。这一次首潜热液口观测以及生物取样，确定需要10个小时，算起来要到后半夜才会提升上来。于是，我想不能再等了，抓紧回到舱室写下今天的感受，明天再看样品吧……

2018年7月14日　星期六　晴
西太平洋某海域

又一个周六到了，如果在家里那是休息的日子，如今我们在考察船上，根本没有什么星期天的概念。只要到了作业海区，天气又好，从首席、队长到每一个队员均全力以赴投入科考工作。

清晨当我还在梦中的时候，忽然被一阵电话铃声惊醒了，拿起桌上的座机话筒一听，传来大副的声音："许老师，你不是说想看日出吗，现在天气很好，太阳马上出来了。另外，××飞机也过来了！"

哦！我立刻精神起来：昨天在驾驶台与大副聊天时，说起来很喜欢海上日出，有机会要看看。同时，听说每次我们来到这片海域，因为距离××岛很近，他们的飞机舰船都会过来侦察干扰，而现在还没看见呢！大副表示有机会就及时通知我。没想到，这么快就遇到了。我马上回答：好好，我这就过来。

放下电话，我以最快的速度穿好工作服，带上拍照手机，走上了驾驶台。果然，东方水天连接线上，铺满了一片火烧云，周围灰黑的云团好像不愿离去的夜幕，拼命遮挡着，金红色的光线像一把把利剑穿透进来，不一会儿，就把它们切割得七零八落，好似四散逃开的残兵败将一般。一团圆圆的亮亮的火球跳了出来，光芒万丈，辐射到整个穹庐似的天空。我抓紧拍了几张风景照片，又请值班船员为我和海上日出留了影……

可是，我还没有看到××国的飞机。大副说刚才过去了，一会儿还会飞回来。果然，我刚给日出拍完了照片，就看见一架小型飞机出现在前方，飞了一会儿，转向又朝着"科学"号飞来。看来，它就是在这里兜圈子。而且还不断地通过无线电甚高频呼叫：这里是××国专属经济区，这里是××国专属经济区，你船不宜在此停留，请尽快离开、请尽快离开。谢谢！

大副抓起话筒，用英语回复道：这里是中国海洋调查船"科学"号，我船于7月13日到22日在此海域进行作业，相关事宜已通过我国相关部门告知贵国政府，请不要干扰我船正常作业。谢谢！

连续几遍，一个问一个答，飞机一直转着圈飞，我们岿然不动。他们是从哪里来的？离这儿远吗？我问。大副说不远，就是××辖区过来的，离这儿也就几十海里。过不久，他们的船也会来的，这几年已经形成套路了。正说着，开饭了。我连忙告辞走下驾驶台。

上午，按照昨天晚上例行办公会决定，首先进行电视抓斗操作。即通过昨天"发现"号在1000米水下探测，除了起吊出水取出一些生物、水样之外，还由此次的科考队长、生物专家王敏晓定位了一个取样点，那里有大量的铠甲虾、贻贝和管状蠕虫等底栖生物，可以用抓斗大把大把地抓上来，再具体分析研究。

电视抓斗是上世纪90年代革新改造的一种取样工具。过去只是简单地把工地挖泥机用到海底，盲目地眉毛胡子一把抓，抓到什么是什么，上来再挑拣分析。现在将它与电缆摄像设施连接在一起，就像安装上了眼睛，海底世界一览无余，想抓什么再抓什么，节省了大量时间和成本，给科学家们提供了极大的方便。

科考船上不管施放什么设备，方式大体相同，就是将其与船上的万米绞车连接起来，而后开动马达，隆隆地提到一定高度，使用A架（实际与陆地上的门型吊车差不多，只是需要大幅度摆臂，因形状与英文A字母相似，所以称A型架，简称A架）外摆到45度左右，将设备放到海里，匀速松开钢缆一米一米地降到海底。在后甲板与之相配的还有折臂吊，因机械设备都很沉重，哪怕挪动一步也需要吊车。只有施放"发现"号无人潜水器，是配备的专用A架。

10时左右，一切准备就绪，电视抓斗开始施放。我走到船后部，及时拍照留下资料。其中最有意思的一张上，海水是那样的湛蓝、细腻，像一匹平滑的高质量的蓝绸子，而黄色的抓斗在里边分外清楚，如同被包裹在里边的黄金块，在水纹的波光里闪着金色的光泽。

不一会儿，抓斗放到了海底，我连忙跑进俗称"八角楼"的控制室，观看操作员现场作业。张首席和王队长都在那里，指点寻找定位点。与可以自行操作的"发现"号不同，电视抓斗虽然能够看到地点，但不能自己移动，需要母船配合。即看着电视屏幕，调度船员驾船前后左右行驶，以便找到点位抓取样品。

不知是船移动位置太大了呢，还是其他什么原因，一连两个多小时都没找到定位点，只看到海底一些零零星星的铠甲虾、小鱼等，远不如昨天在"发现"号里看到的样品多。所以，必须找到那个点才行。终于，王队长看到了取样点，高兴地说：在那儿，可以定位下抓斗了！

好事多磨，由于寻找定位点花费了不少时间，抓斗上的电池没电了，无法继续作业，必须提升上来充电，这样就安排在午饭后了。中午，由于早上看日出，我破天荒起了个大早，4点多钟就起来了。

现在困得不行，饭后就一门心思补觉。一觉醒来，竟快 3 点了，

下午，我又来到后甲板上，得知电视抓斗充满电再次施放，一下子抓到了很多宝贵的样品，科考队员们高兴极了。而现在，"发现"号又放到海里去了，执行"深海热液拉曼光谱原位探测"任务——将使用一种海洋所张鑫团队自主研发的"深海拉曼探针"，对深海热液喷口高温流体、热液硫化物、沉积物、生物进行深海原位探测。

"拉曼"是一种科学术语，来源于上个世纪印度科学家拉曼，他是第一位获得诺贝尔物理学奖的亚洲人。拉曼 1888 年 11 月 7 日出生于印度南部的特里奇诺波利，天资出众，16 岁大学毕业，19 岁又以优异成绩获硕士学位。后来，使他享有世界声誉的成果正是来自海洋上。对此，流传着一个有趣的故事：

1921 年，拉曼出席了在牛津召开的英国大学会议。会上，他作了精彩的科研报告，备受人们欢迎。在乘船取道地中海回国的船上，拉曼偶然听到一对母子的对话，促成了他科学研究的新转折。

轮船穿过直布罗陀海峡，进入了碧波万顷的地中海。蔚蓝色的海面风平浪静，拉曼信步来到甲板眺望，旁边一位年轻的母亲领着一个八九岁的小男孩，正在谈话。

"妈妈，这个大海叫什么名字？""地中海。""为什么叫地中海？""因为它夹在欧亚大陆和非洲大陆之间。"显然，这个小男孩是聪明好学的，他引起了拉曼的注意。

"妈妈，大海为什么是蓝色的？"碧蓝的海水成了小男孩疑问的对象。年轻的母亲一时语塞，只好向拉曼投去求援的目光。拉曼蹲下身来，亲切地牵着小男孩的手，说："小朋友，海水之所以呈现蓝色，是因为它反射了天空的蓝色。"

在此之前，几乎所有的人都认可了这一解释，它出自英国物理学

家瑞利勋爵，这位以发现惰性气体而闻名于世的大科学家，曾用太阳光被大气分子散射的理论解释过天空的颜色，并由此推断，海水的蓝色是反射了天空的颜色所致。

不知为什么，在告别了那一对母子之后，拉曼总对自己的解释心存疑惑。那个充满好奇心的稚童，那双求知的大眼睛，那些源源不断涌现出来的"为什么"，使拉曼深感愧疚。作为一名训练有素的科学家，他发现自己在不知不觉中丧失了男孩那种到所有的"已知"中去追求"未知"的好奇心，他不禁为之一震！

一回到研究室，拉曼就开始研究海水为什么呈现蓝色的课题。他运用爱因斯坦等人的涨落理论，观察光线穿过海水时的散射现象。通过大量的实验，他发现，在光散射实验中，散射光中有新的不同波长成分，它和散射物质的结构密切相关。1922 年，拉曼发表论文，用细致的分析证明了水分子对光线的散射使海水显出颜色的机理，与大气分子散射太阳光而使天空呈现蓝色的机理完全相同。因而，海水并不是反射的天空蓝色，而是本身的一种特性。此后，他和助手又在其他液体、固体和气体中发现了一种普遍存在的散射效应。

拉曼发现的光散射效应为量子力学和相对论提供了强有力的证据，为全世界的科学研究开辟了一条新的道路。为了纪念拉曼，人们把这种光散射效应称为"拉曼效应"。1930 年，他因此而荣获诺贝尔物理学奖这个世界公认的顶级大奖。

后来，许多科学家根据"拉曼效应"制作出了检测仪器。如今张鑫他们也是这样将其运用到海水探测中，这种仪器简称"深海拉曼探针"。

晚饭后，在一片夕阳中，预料中的××舰船开来了，同时利用甚高频呼叫着：中国海洋调查船"科学"号，这里是××国专属经济区……恰巧又是梁大副在值班，他同样不动声色地予以回应。我从驾驶台后门出去，来到后甲板上，对着落日余晖中的那艘××的工作船拍照。突然，我耳边响起了一首歌：

"西边的太阳就要落山了，鬼子的末日就要来到。

弹起我心爱的土琵琶，唱起那动人的歌谣……"

第六章　从春天启航的"科学一号"

Chapter Six

一、艰难时世

斗转星移，风云变幻。随着时光列车时而疾驰时而缓慢甚至走弯路的行程，我国海洋科研事业亦经历了"碱水里泡三次、烈火里烧三次"般的磨难与考验。

19 世纪 50 年代英国著名作家狄更斯，写了一部长篇小说《艰难时世》，讲述了那个年代异国他乡人们的遭遇。而历经所谓"运动"的神州大地，在 20 世纪 60 年代中期达到了高潮，可以说是遇到了另一种"艰难时世"。尤其 1966 年以来的十年，在极左思潮影响下降临的"文革"风雨，将正在向前发展的经济科教文化，乃至社会各项事业打得七零八落……

正如 1981 年 6 月 27 日中国共产党第十一届六中全会一致通过的《关于建国以来党的若干历史问题的决议》所说："'文化大革命'是一场由领导者错误发动，被反革命集团利用，给党、国家和各族人民带来严重灾难的内乱。"

坐落在远离首都的海滨青岛的中科院海洋研究所，与全国各地各行业一样，也身不由己地卷入了这场荒唐而又可怖的旋涡里。正常的研究教学搞不下去了，专家学者成了资产阶级的"臭老九"，领导干部是"走资派"，被揪出来挂黑牌。两派争斗得你死我活，观点不一造成夫妻反目、亲友成仇，站不完的队，请不完的罪，就像《红楼梦》中对《好了歌》的一段注解："昨怜破袄寒，今嫌紫蟒长；乱哄哄你方唱罢我登场……"

研究所的领导人首当其冲受到了冲击。童第周所长由于兼任中科院的职务，常驻北京，被扣上"反动学术权威"的大帽子，研究室内外贴满了火药味甚浓的大字报。而在青岛负责日常工作的曾呈奎，因是常务副所长，又是著名专家学者，就成了第一号的"大黑帮"分子，被关进"牛棚"，失去了人身自由。归国华侨郑守仪则被认为海外关系复杂，有特务嫌疑。老干部出身为科研人员尽心服务的党委书记孙自平，惨遭迫害，竟被逼得自尽了……

非常时期，艰难年代，真是不堪回首啊！

即使在最灰暗的夜幕下，也总会有带来希望的启明星。海洋所部分科技人员利用一切机会，坚持科学研究，甚至如同中华人民共和国成立前的"地下工作者"一样，悄悄地在科学的海洋里划桨。这段岁月用著名诗人食指《相信未来》诗句来概括，最为生动和形象：

> 当蜘蛛网无情地查封了我的炉台，
> 当灰烬的余烟叹息着贫困的悲哀，
> 我依然固执地铺平失望的灰烬，
> 用美丽的雪花写下：相信未来。
> ……
> 我要用手指那涌向天边的排浪，
> 我要用手掌那托起太阳的大海，
> 摇曳着曙光那枝温暖漂亮的笔杆，

用孩子的笔体写下：相信未来。

正是在这种信念里，一些科学家心中的火焰始终在燃烧。1970年，从"牛棚"里放出来的曾呈奎，仍然被监视劳动，每天拔草扫院子，就是不能干他擅长的科研工作。他十分焦急，苦苦寻找着突破的机会。

这时，社会上流行开了"缺碘"的疾病，医院里长"粗脖子"的病人日渐增多，人心惶惶不安。作为研究海带的专家，曾呈奎知道海带含碘量高，也可作为生产药品的原料，便趁在北京工作的女儿回家探亲之际，给敬爱的周恩来总理写了一封信，说明海带的作用，同时倾诉自己不能搞海洋科研的苦恼。

苦撑危局的周总理正在千方百计扭转混乱局面，尽最大所能保护一批老干部、科学家、艺术家，使国家各项事业逐渐走向正常。他收到了这封辗转而来的信件，记起了在1957年曾接见过水产部长许德珩、中科院海生所所长童第周带队的访苏代表团，其中就有海洋生物学家曾呈奎，立即做了批示：要支持科学家工作！

不久，曾呈奎被"解放"出来，恢复了所领导的职务（任革命委员会副主任），继续科学研究。他深感"洞中才数月，世上已千年"，与国际同行差距越来越大，任重道远，带领大家抓紧一切可以利用的机会，尽量多做些工作。1972年元旦，中国科学院海洋所改由山东省领导，更名为山东海洋研究所，隶属省革命委员会生产指挥部科技办公室。他们要求海洋所经常提供海洋科学情报，便于了解情况联系工作。

这样，所里就成立了情报组，委派善于思考写作的徐鸿儒为组长。他是山东聊城高唐人，从小学习成绩不错，"大跃进"时代被从高中选拔到中科院山东分院电子研究所学习、工作。1962 年各分院撤销，聪明好学的他就被留在了中科院，并辗转调到了青岛海洋研究所。

徐鸿儒就像他的名字一样，"谈笑有鸿儒，往来无白丁"，喜欢读书写文章，结交有文化的学者专家，很快就在新单位崭露头角，还当上了部门的代理党支部书记。不料，"文革"一来却成了黑线人物，与一些老专家老领导一样关进了牛棚。俗话说：患难见真情。他们经受住了各种打击考验，也结下深厚的友情。

70 年代初期，各项事业有了多云转晴的苗头，徐鸿儒在刚刚复出的老领导曾呈奎支持下，大胆工作，带领几个人在档案室扎下了"营盘"，先后创刊出版了《海洋科学动态》《海洋科学译报》和所内的《海洋科学信息》等期刊。一年后，海洋所恢复中国海洋研究所名称，由山东省和中国科学院双重领导，"文革"前曾主办过的《海洋与湖沼》《海洋科学集刊》也复刊了，一时间，形成了一定的学术气氛。

海洋科研的航船正慢慢走出沼泽滩涂，驶向广阔的大海。1974年春，西沙群岛爆发了一场战争，我人民海军取得胜利，牢牢掌握了西沙海域的控制权。

此前，海洋研究所曾于 50 年代调查过西沙的海洋资源，如今为了配合保卫我国领土的完整，进一步开发利用西沙的海洋生物资源，海洋所科研人员不顾危险和艰苦，申请组队前往西沙考察。

说话间来到了 1975 年，"文化大革命"已经进入第 9 个年头。社会上下对"文革"的厌倦情绪不断上升，人民希望社会安定、经济发展的呼声愈加高涨。因此，进行整顿，成为当时中国社会发展的必然要求。也就是在这一年，周恩来总理病重，委托国务院副总理邓小平主持工作，开始了对国民经济进行全面整顿。

邓小平把科技整顿摆到重要位置。1975 年 7 月 11 日，他提出："科学院急待整顿。"经请示毛泽东主席同意，邓小平调胡耀邦到科学院主持工作。

几天后，时任国务院副总理、分管科技工作的华国锋受邓小平的委托同胡耀邦谈话，向其通知中央的任命：到中国科学院任党的核心小组第一副组长，加强领导，搞好安定团结，做好科学发展规划。胡耀邦临危受命，大刀阔斧干了起来，使我国科研工作逐步走上正轨。

为了明确科学院的性质和任务，把科研搞上去，他深入各研究所调研了解情况，反对派性，关心科研人员，做了很多大胆而富有成效的工作。1975 年 8 月 19 日，胡耀邦在部分科学家座谈会上大声疾呼："科研工作搞不上去，没有成绩，那才是最大的错误。""科学院就是搞科学研究嘛！工厂是搞生产的嘛！我们就是要刮搞科研的台风，刮 8 级不行，得刮 12 级台风……对科研事业着急的人，才有党性，才有爱国心。"

那时郭沫若还担任院长、核心小组组长，但年老多病，具体工作即由第一副组长胡耀邦负责。10 月 24 日，中科院共青团举办纪念红军长征 40 周年的大会，胡耀邦专门作了《实现四个现代化是新的长征》的报告，这是他在科学院中最鼓舞人心最感人的一次讲话，响亮地提出"要进行一个新的长征"的口号。他说：

"我们今天在座的同志们，是'四个现代化'中间的一分子，科技战线上的战士，要在本世纪末实现'四个现代化'，把我们可爱的祖国建设成为伟大的社会主义强国……

"25年后的今天是2000年，那时要开这样的大会，要请立下丰功伟绩的同志上台，请你们讲实现'四个现代化'的新的长征故事。我们这些人呢？那时也许呜呼哀哉了！我想挣扎一下。假如我能挣挣扎扎地活到那一天，我就靠我的孙子孙女，用小车子推着我来坐在一个角落上，别的不要求，只要给我一两颗烟就可以了。那时我将看到坐在台上的、为祖国'四化'贡献了力量的人，我将向他们祝贺，把我的希望献给为祖国奋斗的年轻人……"

"哗——"会场上响起了热烈的掌声。这次讲话深深打动了在场的2500余名代表。报告一结束，团委书记眼含热泪紧拉着他的手说："谢谢、谢谢！多少年没有听过这样好的报告了！"一些原来参加造反派组织的年轻人也幡然悔悟，不再批判什么"唯生产力论"了。思想整顿的结果，就是否定了"四人帮"制造的思想混乱，明确了科学院的性质，端正了工作方向，调动了广大科技人员的积极性和创造性。

乘着这阵强劲的东风，中科院批准了海洋研究所的申请报告：开赴西沙，展开海洋生物调查。分管业务的革委会副主任曾呈奎立即组队准备出发。他亲任组长，生物室主任刘瑞玉任副组长，成员有郑守仪、唐质灿、庄启谦、张峻甫、谭智源、陆保仁、夏邦美、王存信等42名科研人员。

时令正是春节前后，有人说是否等到过了年再去？曾呈奎斩钉截铁地说："不行！马上走，我们耽误的时间太多了，一刻也不能再等了！"他这年已经67岁了，年近古稀，可为国家做好海洋科研的热情丝毫不减，思维敏捷、走路生风，年轻人都赶不上他。

他们风驰电掣般地来到南海，利用等船的时间，首先对海南岛进行了9天的环岛考察。这年春节元宵节，考察队就是在紧张的野外工作中度过的。几十天的时间里，在当地驻军的支持帮助下，他们克服了住宿简陋、淡水缺乏、用电限时、交通不畅等困难，几乎跑遍了西沙群岛的大小岛屿。每天顶着太阳，迎着海风下海采集标本。南海的太阳太热情了，虽说北方正是隆冬，这里依然骄阳似火，高温难耐，经常晒爆了皮肤，可队员们科研工作的热情更高。

一丛一丛的藻类、一只一只的鱼虾、一瓶一瓶的浮游生物，都像宝贝似的被小心翼翼地采回来，再利用晚上时间坐在帐篷、铁皮屋里点上蜡烛，一点一点地分析、鉴定样品，分类化验，记录数据等等。西沙的蚊子十分厉害，从没闻到过这么多北方来人的气味，一个个"嘤嘤"地兴奋叫着扑上来，献上令人讨厌的"亲吻"。大家只好一边啪啪地用自己的血判决着它们的罪行，一边通宵达旦地工作……

收复西沙的驻岛官兵看到了，十分感动，提出"向海洋科研人员学习"的口号。这事传到了新华社一位记者耳朵里，善于捕捉新闻的素质引领着他前来追踪采访，写成了一篇题为《美丽的西沙，勇敢的人们》的长篇通讯，发表在那年的《人民日报》上，成为中科院海洋研究所一页珍贵的历史纪录。

通过这样多次的西沙群岛科学考察，曾呈奎、刘瑞玉、郑守仪、夏邦美等人编写出《西沙群岛海洋生物调查（专辑）6 卷》，发表论文 76 篇，共报道动物 1200 种（其中发现 638 新记录、11 新属、118 新种），报道植物 440 种（其中 1 新科、2 新属、40 新种）。鱼类考察确定了该海区的鱼类区系属热带印度—太平洋区的印尼马来亚区，提出了西沙礁栖鱼类的 4 个新类型。植物考察查明了西沙植物系列生态环境，认为该地区可以建成为中国最大的麒麟菜养殖基地，并且发现了金银岛和东岛礁平台的造礁生物，是由孔石藻和集沙群礁海葵的大量覆盖而形成的，据此阐明了西沙群岛的珊瑚礁的结构属印度—西太平洋一种过渡类型的珊瑚礁。

这些调查为西沙群岛的海洋生物资源开发和珊瑚礁研究奠定了坚实基础，为研究西沙群岛的生物地理学、海洋生态学和地质学提供了重要的科学资料，引起了国内外学者的极大关注，受到了高度评价。成果丰硕，先后荣获了 1978 年山东省科技大会奖，以及 1988 年国家自然科学奖三等奖。

令人难忘的 1975 年啊，注定要在共和国的历史上留下闪光的篇章。因为那是在阴云笼罩的年代里曙光初照的一年，那是在茫茫无际的文化沙漠里蓦然出现的一片喜人的春风绿洲……

经过"小球转动大球"的乒乓外交，中美关系逐渐走向正常化，科技交流也提上了日程。1975 年 9 月，中国科学技术协会派出一个访美科学家代表团。北京大学教授、著名物理学家周培源为团长，海洋学家曾呈奎为副团长，团员有空气动力学家庄逢甘、地球环境学家刘东生等 14 人。临行前，中科院负责人胡耀邦专门与大家见面谈话，交代了任务和注意事项。

这是多少年来第一个访美的中国科学代表团，各方都非常重视和关注。他们首先访问了美国首都华盛顿，受到了中国驻美联络处黄华主任的热情接待，出席了中国国庆纪念晚会。同时，美国政府邀请代表团到白宫座谈，福特总统亲自出面接见，双方友好畅谈了约一个小时。而后，代表团分成 2 个分团，一个偏重物理学方面，由周培源带队；另一个则偏重于海洋学方面，由曾呈奎带队，分头开展学术交流活动。

海洋分团先是到了国际著名的伍兹霍尔海洋研究所，身为副团长的曾呈奎应邀做了一场学术报告。接着又访问了拉蒙特地质研究所。这个所名称是地质所，实际上不仅研究地质学，还涉及海洋科学的许多方面。例如他们在美国东海岸的一个研究小组从海底抽出低温海水，进行培养海洋生物的实验。

接着，代表团前往美国西海岸的加利福尼亚州立大学，参观另一所闻名遐迩的克里普斯海洋研究所。上世纪 40 年代，曾呈奎曾经在这里学习和工作，旧地重游，感慨万千。所长尼仁堡主持了盛大的欢迎仪式，主席台上挂着五星红旗和星条旗，录音机里播放着中美两国的欢快乐曲。当年在此工作过的几位老专家：细菌学家克劳德、生物化学家丹尼斯、微生物学家沃尔凯尼，还有后起之秀植物生理学家罗尔夫等人都来了。大家相见十分激动，久久握手，诉说着离别后的情况和思念之情，诠释着"科学无国界"的理念。

代表团随后到访加州大学，受到了校长的热情接待。其中还发生了这样一个感人的小故事——

欢迎仪式举行完毕，一位中年美国人走到曾呈奎副团长面前，带着亲切的微笑问道："曾先生，你还记得我吗？"

"你是……"曾呈奎眯起眼睛，仔细打量着他，调动大脑中的回忆，怎么也想不起来是谁，只好抱歉地说："对不起，不记得了。"

"啊，不怪你记性不好，是我那时候只有这么高呢！呵呵……"他用手比画了一下桌子，讲述了一段 30 年前的佳话。

原来，他是斯坦福卡内基研究院植物生理研究所的研究员戴维·福克斯。在他还是 12 岁的小孩子时，放了学常与名叫马克思的小伙伴到海边上玩耍。这一天，他们碰到了斯克里普斯海洋所的曾呈奎正在那里采集海藻标本，感到好奇，便有礼貌地询问："先生，你采这些海草做什么呢？"

"小朋友，这是一些海藻，我采集它是做科学研究用的。"曾呈奎喜欢好学的孩子，认真地回答。

"咦？海藻有什么用？"福克斯和马克思来了兴趣，寻根问底："研究它干什么？"

"用处很多呢！"曾呈奎直起腰，耐心地一一解答他们的疑问，最后邀请道：如果你们还想了解深一点的话，可以到我的实验室看一看。

"太好了！"两个孩子跳了起来，立即帮助曾呈奎拿上海藻，兴致勃勃地跟着去了。

在实验室里，曾呈奎让他们通过显微镜观看，指着挂图讲解，深入浅出地上了一堂生动的海洋生物课。由此，两个少年竟然爱上了海洋学、藻类学。后来上了中学、大学，选择了藻类学研究作为自己的职业，成了曾呈奎的同行。

福克斯十分感谢当年的不期而遇，并告诉曾呈奎：马克思现在东部杜克大学研究藻类，已经卓有成就。几年后，曾呈奎再次访问美国，见到了马克思。马克思激动地赠送了曾呈奎一部自己的研究著作，扉页上写着"赠给我的第一位引路人"几个大字！

无心插柳柳成荫。一贯注重培养人才的中国海洋学家，不经意间，在异国他乡带出了2位外国弟子，堪称一段中美友谊的佳话。

访美归来，科学家们受到了极大震撼和鼓舞，看到包括海洋科学在内的美国科学突飞猛进的发展，联想到本国内近些年无休止地"内战""运动"，严重影响了科研工作，十分痛心、焦急，恨不能抓紧大干尽快赶上去。他们打算好好思考整理一下，向中科院领导汇报，冲破种种阻力，快马加鞭，努力赶超世界先进水平。

谁知，"反击右倾翻案风"的浪潮又来了，邓小平第三次被打倒，胡耀邦也靠边站停职检查。科学院又是阴云密布，童第周白天陪同外事活动，晚上回到单位还要挨批判。曾呈奎等人回到海洋所，同样是日子不好过，有些科研不得不暂停了。国家刚刚复苏的原野上，受到了一场"倒春寒"的侵袭。

不过，正如英国诗人雪莱吟诵的诗句一样：

冬天来了，春天还会远吗？

二、科学的春天到来了

"科学工作者同志们，请你们不要把幻想让诗人独占了。嫦娥奔月，龙宫探宝，《封神演义》上的许多幻想，通过科学，今天大都变成了现实……既异想天开，又实事求是，这是科学工作者特有的风格，让我们在无穷的宇宙长河中去探索无穷的真理吧！

"春分刚刚过去，清明即将到来。'日出江花红胜火，春来江水绿如蓝'。这是革命的春天，这是人民的春天，这是科学的春天！让我们张开双臂，热烈地拥抱这个春天吧！"

高大宽阔的会议大厅里，回荡着响彻九霄的讲话声，抑扬顿挫，声情并茂，使出席会议的代表们激情澎湃，热血沸腾。热烈的掌声不时地震响起来，好似大海里的波涛，一浪高过一浪，轰然作响直冲天花板……

啊！这是1978年3月在北京召开的全国科学大会闭幕式，著名播音员虹云朗读中国科学院郭沫若院长的讲话稿《科学的春天》。由于年老多病，郭院长一直住院治疗，只在开幕式上出席了一会儿，闭幕讲话只能用书面形式进行。没想到的是：效果出奇的好，洋溢着科学家与诗人的满腔激情。参加会议的科学家代表，以及全国各地各个专业的科研人员，强烈地感受到了一个新时代到来了！

是的，就在这次科学大会上，时任副总理的邓小平提出了"知识分子也是劳动者""科学技术是第一生产力"的论断，给经历了"文革"浩劫、心有余悸的科学家们极大的鼓舞和振奋，使他们挣脱桎梏思想的极左枷锁，准备甩开膀子大干一场了。

不用说，海洋科学家童第周、曾呈奎出席了这个重要大会，同样扬眉吐气，信心满怀，回到单位立即着手追赶被浪费掉的时光。此时，童第周就任中科院副院长，将海洋研究所的担子全交给了曾呈奎。曾呈奎正式担任了所长职务，全面负责海洋科研工作。

千头万绪，一一展开，那是曾呈奎最为忙碌、也是最为痛快开心的一段日子。用现在一句时尚话说就是：累并快乐着！他看到国外各主要海洋国家都在积极采用新技术和新设备充实海洋调查船，开展海洋考察研究，海洋科学在突飞猛进地发展。而我们自己呢，却由于"文革"浩劫，使本来与国际水平差距并不太大的海洋科研大大落后了，心急如焚，必须三步并作一步跑地赶上去。

一手抓陆上和浅海的海洋研究工作，一手抓深海调查船的建造和调查仪器设备的更新换代，曾呈奎所长上任伊始，就明确了当前工作思路：两手抓，两手都要硬。他组织领导了一个专门的工作班子，调研商讨，拿出方案，向中国科学院和国家计划委员会申请订购一艘海洋调查船。为此，他还带人数度进北京、跑国务院部门，汇报、答辩和解释引进调查船的重大意义。

跑得气喘吁吁，说得口干舌燥，终于把有关领导说动了，国家计委批准中科院从国外引进一艘 4000 吨等级的海洋综合调查船，还有相关的仪器设备。好啊，胜利在望。曾呈奎所长和海洋科学家十分高兴，期待着佳音传来。

好事多磨。由于种种说得出和说不出的原因，引进调查船项目被叫停了。海洋所的人们并没有气馁，而是另辟蹊径，再起炉灶。曾呈奎考虑到国内造船厂技术不差，何不发挥自己的能力呢，立即把引船班子改成造船班子，再次积极运作起来。

功夫不负有心人。如此这般地奔走，尽心尽力地呼吁，得到了中科院有关部门大力支持，终于获得了成功：1980年，国家有关部门批准拨款，由上海沪东造船厂为海洋所建造两艘性能先进的海洋调查船。

经过一年的精心打造，两艘新船于1981年正式下水了，分别命名为"科学一号"和"科学二号"。其中"科学二号"轮转给兄弟单位使用，而"科学一号"轮则成为海洋研究所的远航调查重器。

它总长104米，吃水4.9米，排水量3324吨，经济航速15节，续航力8000海里，配备先进卫星通信、导航系统，以及高分辨率电子显微镜、光谱仪、能谱仪、电子探针、X－光衍射仪、元素分析仪、数字地震仪、旁侧声呐和浅地层剖面仪、CTD系统、水文测量和浮标系统等大型精密仪器设备近百台，是一艘以海洋地质和地球物理调查为主，兼作综合性海洋调查的科学考察船。

这一来如虎添翼！我国海洋科研具备了走向远海的能力。

"科学一号"轮承载着海洋科研人员耕海探洋、唯实求真的理想，多次担负国家"863""973"高科技计划任务。远征太平洋、几度过赤道，在深海科研、国际合作等项目中，显示身手，采集了数以万计的科研数据。其中，物理海洋学家、研究员胡敦欣课题组是使用这艘科考船，取得显著成果的典型代表。

胡敦欣是一位土生土长的青岛即墨人，祖祖辈辈务农。他从小好学上进，1956年考上了山东大学海洋系，成为家族中的第一个大学生。毕业后被著名的海洋地质专家、海洋研究所的毛汉礼博士录取为研究生，从此走上了研究物理海洋之路。

多年后，他说跟着毛先生最大的收获就是心无旁骛、专心治学。因为年轻的胡敦欣爱好广泛，绘画打球都能来两手，毛汉礼曾语重心长地说："做研究工作，你屁股上长尖不行，那坐不住。应该像有胶水一样，粘在椅子上！"

此话振聋发聩，胡敦欣永远记在心里，不但牢牢粘在研究室的椅子上，还牢牢粘在了科学考察船上……

说到这里，有必要隆重介绍一下他的恩师——著名海洋物理学家毛汉礼先生。这是一位上世纪 50 年代初从海外归国、创立了新中国物理海洋学的功臣。可以说，他是能与童第周、曾呈奎、张玺等海洋科学奠基者相提并论的科学家，学问精深，治学严谨，成果丰硕，著述等身。除了前边提到的主编了 100 多万字的《全国海洋调查报告》，还先后撰写了《黄海综合调查报告》《中国海的温盐跃层》《海洋科学》《东海北部的一个冷涡》等专著和论文，培养了一大批颇有建树的弟子学者，推动了物理海洋学的快速发展。

上个世纪初的 1919 年，正是震撼中外的"五四运动"爆发的那一年，毛汉礼出生在浙江诸暨枫桥镇毛家园村。诸暨是古越国美女西施的家乡，人杰地灵，古有卧薪尝胆的勾践、梅竹宗师王冕，近有科技精英赵忠尧、斯行健等等。然而，他们并非都是出身于豪门，这与后来成为科学大家的毛汉礼颇为相似。毛家世世代代都以农耕为生，依靠几亩水田旱地过日子。父母勤劳善良，生活再困难也要让孩子读书。小汉礼从小知道上学不易，便十分认真努力，但凡考试总是拿到优秀成绩。只用一年时间，他就读完了初小所有课程，顺利升至诸暨县城高小、中学。

就在毛汉礼读高二时，"七七事变"爆发，万恶的日本侵略军依靠飞机、大炮、坦克等先进武器大举进攻。整个华北乃至大半个中国放不下一张平静的课桌了，很多学校被迫停课、迁移甚至解散。战争，击碎了年轻人的求学梦想，一心向学的毛汉礼下决心自修。不久，他凭借着坚强的毅力，竟修完了高中三年级的国语、外语、物理、化学、三角几何、中国地理、历史等所有课程，成功考上了浙江大学史地学系地理专业。

当时，为了保护文明的种子，各大学纷纷迁移到西南安全地带，浙大也内迁至广西宜山。此地相距浙江千里之遥，且无盘缠费用，这让收到录取通知书的毛汉礼喜忧参半。天无绝人之路，浙江省财政厅举办了一个短期训练班，毛汉礼谋得一个临时工的"差事"，担水、扫地、劈柴样样都干，挣得了一笔收入。看看入学日期临近了，他背上行囊辞别亲人，一路向西而去。

此时学校转到贵州遵义，日寇一时打不到这里，可是国难民穷物价飞涨，生活十分艰苦。好在毛汉礼兴趣全在学习上，粗茶淡饭能够果腹就行，史地兼学刻苦钻研，年年获得"林森奖学金"，深得老一辈气象学家竺可桢校长赏识。不料，竟因此触犯了"众怒"。他的夫人范易君是大学同学，回忆起这段往事忍俊不禁：

"汉礼用功苦读，脑子里想了很多问题。每当老师讲完课后，他总是不停地提问。老师说他提得好。可有些同学却讨厌他：怎么回事，都下课了，你还没完没了，耽误我们吃饭！呵呵……"

1943年，毛汉礼获学士学位毕业了。经由老校长竺可桢推荐，受聘于中央研究院气象研究所。4年后，他参加了国民政府公费留学生招考。根据此前学科背景，可供选择的专业有地理、气象、海洋3

项，许多人积极报考地理、气象学。而来自浙江的毛汉礼认为：中国不仅是一个农业大国，同时也是一个海洋大国，因此毫不犹豫地选择了海洋学。考试成功后，他于 1948 年 8 月启程，远赴美国加州大学斯克里普斯海洋研究所深造，从而一辈子与海洋结下不解之缘。

这样的学子，成绩一定是优异的。毛汉礼于 1950 年获得海洋学硕士学位，一年后又获得了博士学位。此时大洋彼岸的新中国已经诞生了，中国人民站起来了！他和许多海外学子欢欣鼓舞，尤其听到了先期回国的科学家发出的热情呼唤：

"朋友们！梁园虽好，非久居之乡。归去来兮！为了抉择真理，我们应当回去；为了国家民族，我们应当回去；为了为人民服务，我们也应当回去；就是为了个人出路，也应当早日回去。建立我们工作的基础，为我们伟大祖国的建设和发展而奋斗！"这是已任美国终身教授的华罗庚毅然放弃优裕生活，返回祖国时给留美的中国学生写的一封公开信，坦露出了一颗爱国爱家乡的赤子之心。

这极大地激励振奋了毛汉礼。学业结束之后，他当即提出申请回国。不料，就像钱学森回国之路一样，美国政府以"中美在朝鲜正处于交战状态"为借口进行阻挠，不予办理相关手续，使他久久不能成行。

为了等待时机，毛汉礼在斯克里普斯海洋所一边工作，一边聘请律师，运用法律手段捍卫自身权利。他状告美国移民局："你们这是破坏家庭、侵犯人权！"这场官司从地方法院一直打到最高法院，历时 3 年之久。在此期间，他也想方设法，通过国内家属，写信向国务院周恩来总理汇报情况，请求国家援助。

机会终于等来了。1954 年，美英中苏法等国在日内瓦召开国际会议，讨论解决朝鲜问题和恢复印度支那和平问题。出席会议的中国代表团团长周恩来想到包括钱学森在内一批留学生和科学家，被扣留在美国，便有理有利有节地与其交涉。几番斗争与协调，美国才不得不解除禁令，批准毛汉礼等人离境回国。

一计不成又生一计。就在毛汉礼准备启程之时，台湾方面找上门来："请毛先生到台湾工作，一切待遇从优。"

这是中华人民共和国成立初期一场争夺知识分子的斗争，毛汉礼如同当初妻儿都被接到台湾去的曾呈奎教授一样，严词拒绝对方的拉拢，留在了大陆。此时他也毫不犹豫地回应："我的祖国是新中国，我的亲人、我的家乡都在大陆，我是坚决不会到台湾去的！"

若干年后的 1985 年，已是中国科学院学部委员（即院士）的毛汉礼，应邀访美再回母校加州大学，当年的同学和朋友见了还问：经历了"文革"磨难，有没有后悔过回去？他响亮地回答："我从来没有后悔过！因为那里是我的祖国，是我的母亲。祖国再穷，孩子也不会看不起她或者不要她。我要为母亲效力。我还要动员我的学生们学成之后都要回来报效祖国！"

毛汉礼回来了！这是一位重量级的海洋学专家。当年的校长老师、中科院副院长竺可桢先生了解他、器重他，亲自与童第周、曾呈奎联系，安排他到新中国唯一的海洋研究机构——中国科学院青岛海洋生物研究室（即海洋研究所前身）任副研究员，创建领导海洋环境组工作。后来他一步步晋升为海洋研究所物理海洋研究室主任、研究员、副所长。

多年的愿望实现了，大海在奔腾欢笑，高山在挺胸昂首，学有所成年富力强的毛汉礼豪情满怀，决心倾尽全部聪明才智，为欣欣向荣的祖国奉献一份赤子之心。他在海洋科学上具有丰富的实践经验和雄厚的理论基础，留美期间就与日本海洋学家吉田耕造合作研究上升流理论，取得过引人注目的成果。如今在国家制定海洋科学规划时，他积极参与建言献策，同时身体力行带队出海考察，从无到有建立起一整套适应于中国海的调查方法，为我国海洋事业做出了开创性的贡献。

全国海洋普查胜利结束之后，中科院海洋生物研究所扩建为综合性的海洋研究所，毛汉礼肩上担子更重了：由他领导的海洋环境研究室的海洋化学、地质地貌和情报资料 3 个组划出去独立建室（后来又将仪器组也划出去独立建室），将其余部分建成物理海洋学研究室，下设水团、海流和混合 3 个实验室，率领管秉贤、任允武等开展"黄东海环流（海流与水团）"中心课题的调查研究。

有理论又有实践，既组织科研攻关又取得科研成果，这就是毛汉礼们的特点。经过三四年的调查研究，他与管秉贤合作的关于黄、东海海流系统的论文发表了，第一次公布了由中国人描绘的整个黄东海的冬夏两季海流系统模式图；他和任允武等首次应用大面积同期资料，详细阐述了冬夏两季黄东海的水文特征与水团分布，并第一次应用 T–S 多边形混合百分比法定量地分析了黄东海的水团，说明各水团之间的混合关系。

20 世纪 70 年代后期以来，他主持了院所重点课题"黄东海大陆架综合调查研究"和"黄东海环流结构与海气相互作用的研究"。在他领导的这两项研究中，共完成重要论文报告 30 余篇，其中"东海环流结构中的两个主要分量（长江冲淡水及东北部气旋型涡旋）"和"黄东海水文物理学的调查研究"分别获得了中国科学院 1985 年重大成果一等奖和二等奖。

与此同时，毛汉礼非常重视培养人才。他曾大声疾呼："要出高水平的成果，必须有高水平的人才。"要"青出于蓝而胜于蓝"。由于海洋科学是一门综合性很强的学科，所以他特别强调培养海洋科技人才，重点应放在建立一个专业配套的科学集体上，尤其应注意对"学术带头人"即"将才"与"帅才"的培养。几十年来，他在这方面的成就一点不亚于科学研究，真可谓桃李满天下。

他的学生中，秦蕴珊、甘子钧、金翔龙、袁业立等人均各有建树、成就斐然。不用说，前面提到的胡敦欣更是毛先生"得意门生"的典型代表……

公元 2018 年仲春的一天下午，我在中科院海洋研究所海洋环流与波动实验室大楼上，与年已八十有二的胡敦欣院士倾心交谈。首先他那宽大的办公室里的书橱吸引了我，里面满是中英文的专业图书，以及工作照片和获奖的奖牌证书等等。

我走到近前仔细观看，情不自禁对这位德高望重、和蔼可亲的老科学家充满了敬佩之情，也就更加渴望了解他献身于海洋科技的人生之路。正是太阳西斜之时，秘书家中有事，他让她提前走了，拿出一盒新茶，亲自为我倒水说："这是今年的明前龙井，我的学生从杭州寄来的，咱们品品。"

"好的，谢谢！"我们坐下来。我说作家采访与记者不一样，不是答记者问的类型，而是朋友似的漫谈。显然，这一下拉进了距离，难得浮生半日闲的胡先生，打开了话匣子——

我就是咱们青岛即墨人，即墨原来是县级市，现在划区了，1936年 10 月出生，父母全家都在家务农。我小时候上面有 4 个姐姐，男孩我是老大，爷爷喜欢带着我玩。他愿意帮助人，是村里的大善人，对我教育帮助很大。那时晚上很早就睡觉了，躺在炕上就听爷爷讲故事，特别是年轻人为了赶考，头悬梁锥刺股的，给我印象很深，从小就知道要努力刻苦才能成功。

到了上学年龄，开始在村里上私塾，念《三字经》《百家姓》什么的。考上了高小，离家有 10 公里左右，我每天早上起来揣着地瓜去，中午不回来接着学习。高小还没毕业，就以同等学力报考县城的信义私立中学，就是现在的即墨一中。报名费没有，怎么办？我上地里捡子弹壳，那是铜的。到城里卖了钱，报上名还买了一支钢笔。考完试感觉不错，高兴了，拿着衣服当旗帜挥舞，一溜烟地跑到家，结果一看钢笔没了，找了老远也没有找到，沮丧了好几天。后来得知考上中学了，才有了笑模样……

1956 年我准备参加高考时，校长知道我爱好打排球篮球，身体素质好，动员我先参加飞行员招考。给家里一说也都支持，那天团县委派人带着我和另一个学生去了济南检查身体。记得正是夏天，很热，等待时我们到大明湖去玩，吃了两根冰棍。没想到晚上闹肚子，吃了药睡了一觉才精神起来。查体时，他眼睛不大行，我在耳鼻喉科检查不合格。看来这辈子注定不能上天，却与大海结下了缘分。呵呵！

那年国家提出了"向科学进军"，学生们都抱着当工程师、科学家的理想。我们高中 3 个班 150 多人，班主任是蔡老师，对我说："你物理好，应考清华力学系。"我就填了第一志愿。不久，设在青岛的山东大学海洋系派人来了，找到校长把历年成绩单拿出来，挑了几十个数理化不错的学生说："现在急需海洋人才，你们应该报考海洋专业。"当时有个口号：国家需要就是我们的志愿！于是我就把第一志愿改成山大海洋系，一考就考上了。

入学后的海洋系主任是赫崇本先生，讲海洋绪论，很多奥秘我愿意学，成绩一直不错。第二年教学实习，上船，在胶州湾遇到风浪，晕船厉害，有些同学受不了闹着转系。而我看到图书馆里还有用功的学生，就向他们学，占一块地方坚持学习，不闹腾，各科成绩都是优。1958年下半年全国海洋大普查，抽了我们一些大学生参加。开始在东海舟山，又去了南海在湛江干了一年多，每次出海都晕，吐了再吃，三四天就挺过去了。

记得有一次，我们乘坐一艘二三百吨的猎潜艇到北部湾调查，遭遇了台风，很危险。艇长跟舰队联系能不能到越南避风？命令说不行，必须返航。于是就顶着风走了，风浪差点把船掀翻，铁锚都打掉了，我跟同学们都躺在舱里滚来滚去。第二天到厨房找吃的，一看锅碗瓢盆洒了一地。嗬，可以说，那是我这些年出海最危险的一次。

1961年大学毕业时，我们5个同学报考了毛汉礼先生的物理海洋专业研究生。当时海洋所总部在莱阳路上，复试时有两个没过关，我和另两个同学考上了，从此我一生都得益于毛先生的教诲。办公室是一座二层小楼，毛先生在中间屋里，与我们一门之隔。他对学生要求十分严格，本来门上玻璃刷上一层石灰水，他抠了个小洞，常督促我们学习。那时他特别强调业务，看到所里给我安排了个团支部委员，不愿意了，说：你做研究生的，屁股上长尖不行，应该有胶水，粘到椅子上。为此，他还专门找到所里党委书记：别让小胡当什么支委了，他主要任务是学习，将来向科学进军！

那时我们确实很用功很充实，一天安排3个单元，早晨上班到12点，沿着鲁迅公园小道上去食堂吃午饭，回来接着上下午班。晚饭后到海边走走，再回所里干4个多小时，有时就到了半夜。党委书记孙自平是很好的干部，可惜"文革"时被迫害致死。他常陪着毛汉礼主任来查夜，看谁偷懒不好好学习。他有气管炎，一上楼就喘气还咳嗽，我们一听就知道：孙书记和毛先生来了！

那时学习风气很浓，全所常考外语。我在大学里学的是俄语，到了研究所改学英文，全是自学。我买了基础英语，又常向英语好的研究员请教，早晚都在背单词，有一次毛先生推门进来，看到我正学科技简明英语语法，说：你读读。结果我一读还有俄语腔，他叹了口气：哎呀，这回考试你够呛！我不服气，心里说也不一定。从那以后就更用功了，买了一本高级语法书，把不会的画上红线，一遍一遍地学、背。我体会文法是骨头，其他是肉，没有骨头学得再多也立不起来。全所英文考试了，我一下子考了前三名。毛先生很高兴，让我给大家介绍学习经验。我说没什么，就是多用功，用心学！

总之，我跟毛先生做研究生，最大的收获就是集中精力，心无旁骛，能够坐得住。后来我当了一届副所长，处理完公务一坐下来，就能专心思考业务，不想其他事情。中午饭后我不午休，上一天班不走，干到7点回家吃点饭，再回来干专业到十一二点。星期天节假日不休息，扎到办公室学习、研究。本来我有糖尿病，中医劝我练练气功，其中讲究专注叫意守丹田。我体会就是专注，贵在坚持，大年初一也练习，不想别的，感觉有些好转。如果一天不练两天不练，松懈了，病情就会加重。我悟到业务上，科学上也应该"意守丹田"。

后来我取得了一定成果，当选了科学院院士，这都是与毛先生的言传身教分不开的。他还有一个学生叫袁业立，学习也很好，当过国家海洋局海洋一所所长，1995年的工程院院士。你看，毛先生培养出了我们两个院士，这在导师中是不多见的。

"文革"时毛先生也受到了极大冲击，可志向不移。时光转到了1979年，科学的春天来了，大家都憋足劲搞业务。过去我们所在全国是老大，睡一觉别人都赶不上，现在不行了，十年耽误各方面都有差距。那年组织上安排毛汉礼先生参加访美代表团，他检查出有心脏病，让我代表他参加。一行 12 人去了美国。那年我 42 岁，历时一个月在麻省、哈佛、伍兹霍尔，从太平洋到大西洋沿海边转了一圈，印象中美国太先进了，海洋科学领先世界潮流，我们什么时候能赶上来呢？

回国后，我在毛先生推荐下，受中科院公派又到美国留学 3 年，选择在麻省理工学院学习。我英语还不太过关，大使馆人员说要与美国人住在一起才能练好语言。当时曾呈奎所长的儿子曾天宏也在麻省学习，帮助我找房子，看到一则广告，有个单身老头有房。我们去了一谈，他却说：我想找个英语流利的跟我聊天，你这个朋友不大行。我在旁边听懂了，就说：天宏咱们走，等我学好了英文再来找他聊！

那时国内每月给 300 美元，实报实销，一年后增加到 400 美元包干。有人就尽量节省，省下钱来买几大件。我不，把钱都花来买书买资料，参加各种活动，包括野餐郊游，与大家聊天，许多思想火花就是聊天中碰撞出来的，比看论文还丰富，等于交学费了，值得！现在我对我的学生也这样讲，出去利用一切机会好好学，回来为国家科技事业做贡献。

1982 年，我学业结束，导师要留下我继续做研究，但我婉言谢绝了。他问："你为什么回去？难道条件比这里还好吗？"

"No! 比这儿差。可是我们国家科学的春天到来了，我要回去工作！"

……

整整一个下午，我凝神静气地聆听着胡敦欣院士侃侃而谈，崇敬之情油然而生，似乎从他身上看到了已经故去多年的毛汉礼老先生的影子。他后来取得了显著的成就，成为科学院院士，绝不是偶然的，我将在另一章节详尽书写上浓墨重彩的一笔……

三、献身海洋的"科学夫妇"

阴云低垂，海风轻拂。

在青岛中港码头上，一艘船舷上印着"金星二号"的科学考察船缓缓起航了。船上的人们没有穿着科考工作服，一位位胸前别着白花、臂上戴着黑纱，神情肃穆，脸上充满了哀伤。哦，这次不是去进行海洋调查，而是中国科学院海洋研究所建所以来规模最大的一次葬礼：隆重举行吴尚懃先生骨灰撒放仪式！

吴尚懃是谁？她是我国著名的海洋发育生物学家、中科院海洋研究所资深研究员。1988 年 3 月 11 日，她在日照水产实验基地工作时遭遇车祸，不幸因公殉职，时年 67 岁。6 天后——3 月 17 日，为海洋科学奉献了一生的科学家魂归大海……

船到计划中的海域，吴尚懃的丈夫，也是海洋所的生物研究室主任、著名生物学家娄康后抱着骨灰盒挥泪哭诉："尚懃啊，尚懃！你就这样走了，啊，走了……"

而后，他捧起亲人的骨灰轻轻撒向大海：一部分撒在了汇泉湾口，可以直接看到她工作了几十年的单位——海洋所，那里有她每天要去的研究室，有她朝夕相处的课题组同志们；另一部分则撒在了太平湾口，那里盛产文昌鱼，这是她用了大半辈子的实验材料。她将永远与文昌鱼为伴，继续海洋生物研究。

"金星二号"轮围着撒放海域转了一圈又一圈，汽笛悲鸣，海浪呜咽……

在中科院海洋研究所里，有不少志同道合的"科学夫妇"，比如童第周与叶毓芬、曾呈奎与张宜范、毛汉礼与范易君、秦蕴珊与陈丽蓉、郑守仪与傅钊先，还有娄康后与吴尚勤。他们在漫长的人生旅程上，相濡以沫，携手并肩，为我国海洋科学事业呕心沥血，立下了汗马功劳。

这里，我着重介绍一下娄康后和吴尚勤夫妇。

人说江南出才子，确实，水灵灵的山水，孕育出了水灵灵的人。别看娄康后于1920年2月24日出生于天津市，祖籍却属于浙江绍兴，与马寅初、竺可桢等大科学家是同乡。他1944年7月毕业于燕京大学生物系经济昆虫专业，获理学学士学位。应聘在清华大学农业研究所工作，任研究助教。中华人民共和国成立初期被童第周、曾呈奎推荐为山东大学讲师。

这期间，娄康后协助赫崇本与曾呈奎，在我国首次讲授了综合性的海洋学课程"海洋学通论"。1950年7月，中国科学院海洋研究所前身——青岛海洋生物研究室酝酿成立时，他与童第周先生的助手吴尚勤成婚不久，一同追随童、曾两位主任调到新单位，是海洋科学研究事业的开拓者之一。

由此，娄康后由助理研究员、副研究员直至任研究员，一直在海洋研究所工作，并长期担任所里实验动物研究室主任。他提出并倡导海洋实验生态学的概念，身体力行，为国家为科学做出了重要贡献。其中由他负责承担的国家重点科研项目"船蛆防除的研究",达到了国际水平。

船蛆,是一种在木材中穿孔生活的双壳类海洋软体动物,对海洋中的木船、木质定置网具、码头和堤岸等内的木质构件的危害十分严重。拉丁语称船蛆为"凿船者"。1502 年,哥伦布开始了第四次航海探险,途中由于船蛆对船舶的破坏,不得不将船队停在了加勒比海。1730 年,荷兰堤岸遭到严重破坏,不少码头栈桥莫名其妙地轰然坍塌,原来也是船蛆蛀空了其中的木质桩柱引起的。

在温暖的季节里,一条船蛆一次产卵就有几百万颗,数日即可产上亿颗卵。卵随海水游动,遇到木头就钻进去,打通道,造居室,成长发育,直到凿空吃光为止。有一种船蛆,16 天就可以长大 100 倍,36 天就可长大 1000 倍,30 天便可性成熟开始产卵。那时将木板放在海里,仅需一个月,木板就会完全被蛀毁,手一碰,木板就会变成碎片。

上世纪五六十年代以前,我国钢材较为缺乏,海洋船只的船体有许多是木质的,特别是民用渔船,几乎都是木船。码头、堤岸、桥梁的桩柱,有不少也是采用木头做的。船蛆的危害更显得严重。人们很早就在想办法防除船蛆了。但是,不是太繁杂不易操作,就是成本太高不够经济,这成了一个令人头痛的难题。

1953 年,中国科学院将船蛆防除的研究任务,作为国家重点项目下达给海洋生物研究室。经过商讨,他们委任娄康后、吴尚懃夫妇作为课题负责人,组织刘健、赵鸿儒、王永元等人攻关。作为发育生物学家的吴尚懃发挥了特长,主要负责研究船蛆的生活习性和生活史,为寻找有效的防除方法提供最佳切入点。而她的丈夫娄康后,则主要负责防除方法的研究。

课题组经过 3 年时间，在掌握了船蛆生活史和生活习性的基础上，筛选出防除船蛆既有效又经济的药物。用这种药物处理的木板，经浸海试验，五年后仍有良好的防除效果。此后，他们又研究出对造新船木板的处理方法和对旧船船板的处理方法，开始推广。因始于 1956 年，他们将此方法定名为"56 防蛀法"。

1966 年，由国家科委、中国科学院、国家海洋局、交通部、水产部共同组成推广小组，并编印出介绍技术要求和操作规程的小册子，在全国沿海进行大规模推广活动。"56 防蛀法"取得了极为可观的经济效益和社会效益。后来，获得全国科研发明奖一等奖。这是娄康后、吴尚懃"科学夫妇"成功合作的范例，充分说明了吴尚懃绝不只是相夫教子的贤内助，还是一位志存高远、精益求精的科学家！

1921 年 7 月，吴尚懃出生在江苏省吴县一个官宦人家，从小承受着"女子无才便是德"的封建教育。在这个家庭里，男孩子可以上学读书、任性而为；女孩子则必须循规蹈矩，大门不出二门不迈。

倔强的吴尚懃不服气，不甘心只做千金小姐、官太太，偏要和男孩子比试高低。经过奋力抗争，她得以从家塾转入苏州女子师范附属小学和初级中学学习。这时，家庭却竭力要中断她的学业，甚至停止提供学费。吴尚懃毫不屈服，毅然搬出家门随姑母居住，仅仅靠微薄的奖学金继续维持学业。瞧，她这种坚韧不拔的性格一直延续到后来的科研上来。

抗日战争爆发，他们举家迁往上海，吴尚懃高中二年级刚刚读完就失了学。她受爱国心的驱使，不愿在沦陷区过亡国奴生活，决心到内地去继续求学。她当了一年的家庭教师，攒够了旅费，1938 年，只身跑到四川成都大后方，并以同等学力身份考进了从南京内迁四川的中央大学医学院，想将来当一名好医生，给人治病。

然而，待她大学二年级修了童第周教授的胚胎学课以后，立刻改变了志愿。她想，倘若我们探明了生命在胚胎时期的发展规律，利用人为干预，改变环境条件，使其产生有益于人类健康的变异，不是比医治好单个人的疾病更加有意义吗？从此，她便每晚到胚胎实验室去，在童第周先生指导下做胚胎实验。她潜心学习，成绩优异，毕业后留校在解剖科当助教，追随着童第周、叶毓芬夫妇，一步步走进了新中国的海洋科研事业……

在有性的动物世界里，对于新生命的诞生，诗化的说法是爱情的结晶，这是精神层面的话语；物化的概括是雌性和雄性交配的产物，这是宏观物质层面的语境；科学的理论是精子和卵子合二为一的事件——卵子受精，这就是细胞层面的描述。

在自然界，众多的动物包括人类在内的生命，都是从受精卵开始的。受精卵经过胚胎时期的发育，一个新生命就降生了。探索卵子的奥秘，这就是发育生物学家吴尚勤毕生为之奋斗的事业。她紧跟在卓越生物学家、克隆先驱童第周先生之后，不懈努力，又有了重大的发现。

上世纪 50 年代以前，中国的海水养殖业基本上是"靠天吃饭"，收成保障的人工因素极小。主要是因为那时苗种采用的是来源不可靠的自然苗，再加上管理也不够科学，因此产量很低。中华人民共和国成立初期，中国科学院海洋研究所曾呈奎，在大槻洋四郎和山东海水养殖研究所李宏基等研究的基础上，率领他的科研集体，一举解决了海带和紫菜栽培中存在的几个关键问题，形成了第一次海水养殖浪潮。

此后，由于海洋科技人员的努力，我国于 70 年代又掀起了以养殖对虾为中心的第二次海水养殖浪潮，80年代是以养殖扇贝为中心的第三次海水养殖浪潮，90年代则是第四次海水养殖浪潮——鱼类养殖。这四次浪潮的科技核心都是首先解决了苗种问题——将自然苗换成为人工苗，这些都发轫于中国海洋研究所，至今方兴未艾，进而形成海洋牧场建设。

这为国家带来了数千万吨的水产品总量，从海带、紫菜到麒麟菜、龙须菜，从对虾、螃蟹到扇贝、贻贝，从海参、鲍鱼到牙鲆、大鲮鲆等，许多名贵海产品都"飞"到寻常百姓家的餐桌，人民见证了海洋科学的进步。中国的海水养殖业总产值早已达到数千亿元，成为世界第一海水养殖大国。

其中，在中国第二次海水养殖浪潮中，养殖对虾的人工苗种，就是著名胚胎学家、中科院海洋研究所吴尚勤研究员带领她的科研集体培育出来的。而这仅仅是吴尚勤胚胎学研究内容的一部分。她还发表了不少高质量论文，取得了多项重要的科研成果，先后获得过国家发明一等奖、全国科学大会奖、山东省科学大会奖、中科院重大科技成果奖一等奖等多项奖项。

都说苏州出美女，而吴尚勤的确是一副秀外慧中的女性形象。她个头不高，皮肤白皙，眼睛又黑又亮，炯炯有神。因常带微笑，她两腮上的笑窝经常突显，两颗洁白的门牙暴露无遗，尖下巴也就显得更加长些。她不嗜奢华，穿着十分朴素。春秋天常穿着深蓝色的棉布衣服，淡色的衬衣翻领翻到外套外面，显得整洁利落。她的语音偶尔带出一点江浙声调，只是银铃般的笑声，任谁也分不出南北。

平日，她对长辈尊称为"先生"，对平辈或晚辈则直呼其名，与人交谈时，总是直盯着对方的眼睛，那一副殷切、诚恳、直率的神情，仿佛一直要看到你的心灵深处。平日，她走起路来，轻盈、快捷，只是肩膀、头颈和整个上身总是习惯固执地向左歪斜着，好像只有这一点才从外表上显露出她有着倔强的个性：永远不服输！

吴尚懃没有节假日，没有上下班，一到做实验的生物季节，她就拿一条毛毯住进实验室。睡觉，搭一个行军床临时睡一小会儿，醒来就接着干；吃饭，随便吃些方便食品对付，边吃边干。年年如此，有目共睹。做实验有时需要新鲜人血，她就默默地抽自己的血，以保证实验顺利进行。上个世纪 50 年代，为了做实验，她常常深夜才能回家。而实验室锁大门又有定时，为此不得不常常爬墙而出。那时，她的孩子还在吃奶，就这也不能影响她工作。需要喂奶时，丈夫娄康后只得把孩子抱到实验室来……

"文革"来了，科学家成了"臭老九"。一天，"造反派"把吴尚懃拉上台批斗。下了台，她不顾黑灯瞎火，步行几里路，去养殖场地看实验鱼种。后来，"造反派"竟砸了她的金鱼缸，把做了几代的实验鱼用铁丝穿起来，挂在大门口展示。吴尚懃看到后，天旋地转，颓然瘫在地上。对于一个海洋生物学家来说，还有比这个更残忍的事情吗？那是一段黑白混淆、不堪回首的岁月啊！

1972 年，曾同是牛棚难友的徐鸿儒负责编辑海洋科技情报，常到北京中科院汇报工作。吴尚懃委托他向上级要求恢复胚胎学研究，得到了当时领导的支持。回所后，徐鸿儒向某军代表做了汇报。不料人家不但不采纳，反而批评他管闲事，搞倒退。徐鸿儒是个正直且热心的人，非常理解科学家的处境和心情，一心想方设法给予帮助。

一天，徐鸿儒突发奇想找到军代表说：吴尚懃的胚胎学研究与防治癌症有直接关系。这是全社会都非常关心的课题。军代表听后异常兴奋，第二天竟然在全所大会上公开宣称：吴尚懃的工作与防治癌症有关，可以恢复。

目的达到了，徐鸿儒心中窃喜：看吴尚勤怎么感谢吧！不料，刚一散会她竟怒气冲冲地找来了，连拉带扯把他拽到她一边，狠狠地拍了一下桌子，瞪着两只圆眼，用手指着他的鼻子吼道："你说说，我什么时候说过胚胎研究与防治癌症有关系？"

"这个……"徐鸿儒一时语塞，嗫嚅道："我这不是想让你早点恢复工作嘛！"

"我的确渴望工作，但是骗来的工作机会我不要！我不能像他们（指"造反派"）那样挂羊头卖狗肉！"就这样，她的这次科研机会又泡了汤。直到粉碎"四人帮"后，中国迎来了科学的春天，她的胚胎学研究工作才得以恢复。不过，这从另一方面看来，吴尚勤教授是一个心灵纯净得像水晶、眼里揉不得一点沙子的人。

在海洋生物领域，娄康后和吴尚勤夫妇不仅为防治船蛆大显身手，同时在研究其他无脊椎动物——紫贻贝和藤壶上也成效显著，对于中国对虾的人工养殖研究，他们也做出了非凡的贡献。

对虾，学名叫中国明对虾，一般称中国对虾，又称东方对虾，属节肢动物门甲壳纲十足目对虾科动物。据（明）《闽中海错疏》记载："渔者网得之，俾两两而合，日干或腌渍，货之谓对虾。"这就是对虾定名的缘由。它是一种常见的海产品。

此外，民间还流传着一种说法：过去在市场上，这种虾是较为奢侈的食物，不是论斤而是论个，与今天螃蟹按个头卖的道理一样。只不过由于身材瘦小的原因，一个个地卖实在不太好看。而中国人喜欢成双入对的东西，正所谓好事成双，商家便一对对绑起来出售，谓之对虾。

1958 年国庆节之际，中科院海洋所所长童第周应邀参加国庆招待会。席间，国家主席刘少奇向大家敬酒，见到他特意说："外宾反映中国的对虾个大、肉嫩、色艳味美，非常好吃。据说捕捞量不大，你们能进行人工养殖吗？"

"好的，刘主席！我们回去好好研究一下。"

研究海洋生物是海洋所的强项，童第周回到青岛驻地，立即向大家传达了刘少奇主席的意见，认为这是关系到国计民生的大事，应该抓紧落实。不用说，这得到了曾呈奎、张玺两位副所长，还有实验动物研究室主任娄康后的积极响应，决定把对虾人工培苗列入童第周所长直接领导的"有益生物养殖和有害生物防除"大课题内。

人工养殖对虾，首先遇到的问题就是虾苗问题。20 世纪五六十年代，沿海各地曾利用潮汐纳苗和捕捞天然虾苗，开展中小面积养殖。1952 年，当时海生室的吴尚勲、刘瑞玉和白雪娥就在天津塘沽进行中国对虾产卵习性、生活史和幼体培育研究。当时，他们又与天津市水产研究所合作，在北塘首次进行中国对虾人工繁育实验。同时，山东省海水养殖研究所、青岛市水产局、黄海水产研究所，也都进行中国对虾的繁育实验，但均未获得值得推广的成功方法。

两年后，国家科委水产组提出了人工培育对虾苗的任务，并正式下达给了中国科学院海洋研究所。这一次，实验动物研究室娄康后、吴尚勲与童保福、何进金、戴钟道、徐尔栋等组成课题组，决心卧薪尝胆、背水一战，不达目的不罢休。他们日夜奋战，反复试验，终于解决了亲虾的提前产卵、幼虾的培育、亲虾及幼虾的饵料、水质因子等人工培育对虾幼苗的所有关键问题，培育出第一批对虾幼苗，并且总结出一整套对虾人工培苗的方法。由吴尚勲当顾问，中央新闻纪录片厂拍摄了一部《对虾人工培苗》科教片。

这种培苗方法，幼虾的成活率达 90% 以上，甚至可达 100%，为我国大规模人工养殖对虾创造了基本条件。从此，养殖对虾完全可以采用人工苗，而不再用来源不可靠、价格又昂贵的自然苗。近一二十年来，我国成为世界对虾养殖大国，吴尚懃和她的合作者们立下了首功。

自从来到中科院海洋所，吴尚懃和丈夫娄康后就一直没有离开，把所有的青春和热血都献给了海洋科研事业。特别是改革开放的新时期，在科学的春天里，惠风和畅，她更是如虎添翼，恨不得把攒了多年的劲头一下子都使出来。

1979 年 3 月，童第周先生因病逝世，吴尚懃痛失良师，决心加倍努力，以夺回因"文革"失去的时光，继承和发展恩师开创的事业。她进一步加快了工作节奏，做实验的时间更长了，国内外的合作也更多了。但是，她毕竟不年轻了，早年的肺病时有复发，有时半夜里需坐卧在床上，喝水服药缓解等待天明。

有一次，吴尚懃在步行上班的路上，被一个骑自行车的莽撞小伙子撞倒，小腿骨折，不得不住进医院卧床治疗。她着急工作，又不能下床，便请人做了一个可以放在床上的小木桌，实则是一块两头用木块撑起来的小木板，架在腿上，没早没晚地在病榻上伏"案"读文献，写论文，一分一秒也不甘浪费。

人们都说吴尚懃是一个不要命的工作狂，确实。也正因此，她在不算长的一生中，成就斐然。1953—1967 年，吴尚懃作为第二负责人参加了童第周领导的"细胞核与细胞质的相互关系的研究——文昌鱼的器官与发育"研究课题，后获 1978 年全国科学大会奖。1956年，吴尚懃因在"硬骨鱼胚胎发育的研究"上的贡献，与童第周、叶毓芬一起获得中国科学院自然科学奖一等奖。1966 年，她和娄康后领导的船蛆防除研究课题，荣获全国科研发明奖一等奖……

他们这一代科学家，就是这样用生命和热血书写科研篇章的。

上世纪 80 年代中期，山东日照水产研究所在开展水产品增养殖过程中，经常向吴尚懃及其丈夫娄康后先生请教。他们也尽其所能，不厌其烦地进行帮助。只要能抽出空来，两位教授不顾年高体弱，还前往现场指导。他们认为，这是理论与实践相结合、理论为生产服务的好机会。

1987 年 11 月 24 日，日照水产所所长孙广濂给吴尚懃来信，说遇到的对虾幼苗的饵料问题解决不了："我们很急，想在春季生产前这段时间里，请你和娄先生来给我们指导一下，协同攻下饵料关。"

生产急需就是命令，娄康后和吴尚懃夫妇急匆匆安排了一下青岛的工作，就乘车赶往日照去了。那一段时间，为了赶在春季生产前解决问题，他们干脆住在实验室的水池旁，随时观察，进行实验，解决问题。

冬去春来，他们反反复复奔波在青岛至日照的路上，具体指导文昌鱼室内饲养和对虾提前产卵的实验。3 月 10 日晚，天气不好，吴尚懃发现水温控制器失灵，水温升到 35℃，对虾幼虫大量死亡，必须补充虾苗，实验才能继续进行。她让丈夫娄康后去向孙广濂所长汇报，并请次日派车去取幼虾。

1988 年 3 月 11 日，阴霾的老天不时飘洒些毛毛细雨，让人感到有点儿发闷。患有心脏病的吴尚懃，憋气感比平日更加重些，骨折过的手臂和小腿，椎间盘突出的腰，也都一齐疼痛起来。恰好缺幼虾，实验也做不成，大家劝她休息一天。可她哪能闲得住？早晨简单吃了点饭，又进实验室忙碌起来。此时，电灯忽闪两下突然灭了，原来是临时停电。没有窗的实验室，一片漆黑，什么活也干不了。孙所长两手一摊说："吴教授，看来这是天意啊，让你休息一天！"

不料吴尚懃却坚决地表示："不能白白耽误功夫，我们去虾场取实验用虾苗吧！"

丈夫娄康后教授、水产所孙广濂所长等人都竭力劝她不要去，在家休息一下。可她执意要去虾场看看，谁也阻拦不住。大家便一同陪她前往。

"隆隆……"司机发动了那辆日照水产所新买的尼桑客货两用车，一踩油门，奔向前去。吴尚懃坐在前排副驾座位上。娄康后、孙广濂等人坐在后边。他们先到了一个虾场，因幼虾不适用，又转向岚山头养虾场。

湖蓝色的汽车高速奔驰在公路上，大家讨论着虾苗的问题，没有注意路上情况。上午10时45分，汽车在日照虎山北岭爬上一个山坡，不知为什么突然失去控制，直向左侧路旁冲去，一头栽进路旁两米多深的沟内。坐在前排的吴尚懃被甩出车外，当场身亡。后排的娄康后等人虽未被甩出去，但身负重伤……

当天，消息传到青岛，大家深为震惊和悲痛。中共海洋研究所党委书记李光友、副所长董金海迅即率队赶赴日照，调查处理事故。天灾人祸，令人痛心不已。那天夜里，与吴尚懃共同生活了近40年的娄康后，忍着重伤的痛苦，身上缠着绷带，从医院病床上爬起来，独自一人守候着爱妻的遗体，喃喃倾诉，潸然泪下：

"尚懃啊，你走得太急了、太早了……几十年了，我们既是夫妻又是同事，把毕生心血献给了海洋。我习惯了你的唠叨，你突然走了，让我可怎么办啊……"

清晨的阳光透过窗子，照在娄教授无限悲伤的脸上，大家走进来劝他节哀保重。他轻轻点了点头，拿出剪刀剪下爱妻的一绺头发，放在贴近胸口的衣袋里。

日照水产研究所和当地有关领导安排了隆重的追悼会，向吴尚勤教授的遗体告别、火化。随后，丈夫娄康后教授将她的一部分骨灰撒在了大海里，以纪念她在日照的辛勤工作和不幸遇难……

回到青岛，中国科学院海洋研究所正式举行了隆重的吴尚勤骨灰撒放仪式。这一天，"老天爷"整日都阴沉着脸，似乎太阳也不愿目睹这悲伤的一幕。3 月 17 日下午 2 时，从南海路 7 号所本部大门，依次开出来 7 部汽车，满载着 200 多位吴尚勤的亲人、同事和朋友，驶往中港码头。

一位出色的学科带头人走了，一位优秀的博士生导师去了，一位可敬的朋友没了，大家的心情都十分沉重。"金星二号"科学考察船，吴尚勤教授生前曾经多次乘坐它参加海洋调查，如今载着英魂走完最后一程。船刚离岸，几只海鸥便在船的上空绕飞盘旋，一会儿高，一会儿低，不断地发出几声哀鸣。

娄康后先生泣不成声，向不幸故去的爱妻——吴尚勤教授做最后的道别，而后依依不舍地将骨灰撒进大海……

曾为海洋科研事业倾尽心血的吴尚勤教授离去了，人们对她的怀念却是与日俱增。

中国科学院院长周光召拍来电报慰问她的丈夫娄康后先生。她的一双旅居在国外的儿女，在电话里哭得死去活来，立即回国痛别母亲。美国伍兹霍尔海洋生物实验室在他们的刊物上，发表了悼念吴尚勤的讣告，以及介绍吴尚勤事迹和家庭的文章。中国《海洋与湖沼》学报刊登《为科学事业奋斗终生——深切悼念吴尚勤教授》，《科坛文明天地》杂志发表《香消玉殒 精神永存——纪念吴尚勤先生》等纪念文章。

吴尚勤教授的一位同窗好友，实验生物学家、上海政协委员王蘅文，含泪写了一副挽联，寄托哀思——

沧浪亭畔古学宫旁，切磋与共常忆秉烛夜读时
十年浩劫乱云飞渡，休戚相绵犹感相濡以沫恩

为了更好地继续吴尚懃教授的事业，娄康后和亲朋好友们筹划组织成立了吴尚懃奖学金会。此举得到了中科院海洋研究所、山东省人民政府和日照水产研究所的大力支持。时任山东省省长赵志浩亲自批示拨款资助；中科院海洋所所长周名江教授担任吴尚懃奖学金会主任，7位专家任委员，保证了吴尚懃奖学金会组成的高层次和工作的顺利运行发展。

这项奖学金会的宗旨是纪念吴尚懃教授，培养人才，繁荣学术，促进科技进步。主要奖励攻读发育生物学的硕士和博士，同等条件下女性优先。同时支持国内外发育生物学学术交流，支持发育生物学著作的出版。申请者，都须经过严格的申报和审批，方能获得。

1998年，已有在读的两位博士生和一位硕士生获得此项奖励。在首次发放仪式上，吴尚懃奖学金会常务副主任、中科院海洋研究所副所长相建海教授致辞说："把海洋生物发育学事业发扬光大，这是对吴尚懃先生最好的纪念！"

2010年，年逾九十的娄康后教授也走完了人生旅程，临终遗嘱将夫人吴尚懃的头发放在身上一起火化。他们走了，不，他们没走，他们的学生、学生的学生脱颖而出，有的成为学科带头人，有的取得了显著成果。他们精益求精奋斗不止的精神感召着后来人，他们的海洋科研事业就像大海的波涛一样，永远汹涌澎湃、一浪高过一浪……

四、"棉兰老潜流"

在科学的春天里，中科院海洋研究所各个专业的科学家、研究员，全都焕发出冲天的干劲和主观能动性，夜以继日，呕心沥血，立志追赶被"文革"耽误的时光，效果显著，取得了一项又一项骄人的成绩。

应运而生的"科学一号"海洋考察船，极大地填补上"金星"号、"海燕"号、"水星"号等由旧船改造的调查船的不足，为海洋科研插上了起飞的翅膀，从而真正意义上突破了第一岛链的"封锁"。

第一岛链，主要是指位于西太平洋的北起日本群岛、琉球群岛，中接中国台湾岛，南至菲律宾、大巽他群岛的链形岛屿带。中国船舶前往西太平洋航行，必须穿过其间的大隅海峡、吐噶喇海峡、奄美海峡、宫古海峡、石垣海峡、与那国海峡，以及巴士海峡和菲律宾南北部海峡等国际水道。它既有地理上的含义，又有政治军事上的内容，尤其冷战时期美国国务卿杜勒斯提出了"岛链战略"：利用第一岛链围堵亚洲大陆，驻守海空军事力量形成威慑之势。因为该岛链仅距中国大陆 160 公里，从这里能够向整个大陆东部沿海地区投射力量。

事实上，岛链对中国主要是航运能力上的距离考验，没有谁能够真正阻止中国航船通过这些国际水道。只是那时我们的海军舰艇和科学调查船性能较差，无法远航至深海大洋，只能在近海沿岸进行防卫和科学研究。"望洋兴叹"的说法就是这个意思。随着改革开放的大潮涌来，第一岛链再也阻挡不住人民海军和海洋科学家的步伐了。

上个世纪80年代初，"科学一号"成为海洋研究所走向远海的"旗舰"，也是唯一可以突破第一岛链的科考船。它配备了最强的驾驶团队——当年技艺高超的戴力人船长的学生俞锡春担任船长，经验丰富的于建军为实验室主任，还有大学科班出身的朱萱等人当大副二副、轮机长等等。

十分巧合，俞锡春与前面介绍的胡敦欣研究员同龄，都是1936年生人。正是他们在"科学一号"上的亲密合作、配合默契，取得了中国人在西太平洋调查中最重要的发现成果，谱写了极为辉煌的一页。如今，两位老人都已八十有二了，但谈起当年来依然是记忆犹新，历历在目。

俞锡春是江苏常州人，幼时家境还算过得去，供他上了小学识了字。新中国诞生时，他才15岁就报名参加了解放军，在苏南军区当警卫员，因为有文化被调到青岛海军学校四分校学习航海技术，毕业后分配到公安边防部队当航海教员。1958年，在国家进行首次海洋大普查的热潮里，俞锡春与十几个战友来到了青岛海洋研究所担任船员水手。

那时，整个海洋所只有3条旧船改造的调查船，最大最有实效的当属"金星"号，负责黄海、渤海、东海乃至南海的科学考察，其他为"水星"号和"海鸥"号，多是做港湾水产方面的调查工作。俞锡春先是在"海鸥"号上当船长，后调到"金星"号上当大副，跟着戴力人船长学到了很多东西。

戴船长脾气好，不笑不说话，技术水平高，总结出一套海洋调查的驾船经验。比如调查船与运输、救捞不一样，总是开赴新的海域，没有现成的航线，每次航行都要全面了解海况、站位，及时应对各种变化。那个时期，他们驾驶着"金星"号，完成了一个又一个开拓性的任务：调查生物种群，测量有关海域的温度、盐度，了解鱼群洄游规律等等。在渤海进行石油勘探时，著名地质学家李四光还上了"金星"号参加调查……

"文革"结束后，海洋调查工作走上了正轨，日益繁重，可功臣船"金星"号与他的首任船长戴力人都老了，不得不退出现役。其他几条吨位小的船舶，无法满足走向远海的需要，建造新船势在必行。俞锡春在曾呈奎所长等领导的带领下，担任造船办公室主任，具体监造"科学一号"。

此时，石油部门把几条 1000 多吨的勘探船转给了海洋所，组成了"金星二号""科学二号"，还有下水不久的"科学一号"等为主的调查船大队。俞锡春无论从年龄还是航海经验上，都是这个大队的元老级人物了，理所当然地担任了"科学一号"轮的船长，掀开了海洋调查的新篇章。

就是在这个时期，胡敦欣从美国麻省理工学院做访问学者归来了，两位同龄的海洋人在一条科考船上交集了，同舟共济，为了一个共同的目标乘风破浪，在"科学一号"上创造了中国人的奇迹。

此前，我国海洋科学调查研究基本上局限于近海，而浩大的西太平洋连接着东海、黄海、南海、渤海等四大中国海，根脉相通。"西太"暖池是世界上驱动大气环流的最大热源之一，它的变动不仅与厄尔尼诺－南方涛动（ENSO）事件密切相关，而且对我国气候产生了巨大影响。胡敦欣通过在美国学习，目睹了国际海洋科学的迅猛发展，萌发了走出中国近海、挺进西太平洋研究暖池效应的想法，并且筹划与美国科学家合作，动员同行的力量集体攻关。

他的议案首先得到了老师毛汉礼的赞同："很好，敦欣你大胆干吧！咱们国家是农业大国，有的地方还靠天吃饭，这项研究意义很大。"

"好的，有毛先生这句话，我们就更有信心了！"

果然，当胡敦欣与大气、海洋界的科学家一起提出：组织调查热带西太平洋环流与海气相互作用的建议，立即得到中国科学院大力支持。从1983年开始，"中美赤道西太平洋海气相互作用联合调查研究"，以及由海洋所牵头联合6个涉海单位的研究项目——"热带西太平洋海气相互作用与年际气候变化"相继启动。中国的海洋环流研究由此从近海走向了大洋。

年富力强的胡敦欣是这两个课题的发起人之一，参与了项目的策划和设计，并且担任首席科学家，乘着"科学一号"考察船出海了。实际上，别看他此时还不到50岁，正值壮年，但"外强中干"，已经患上了严重的糖尿病。回顾检讨起来，他认为一是加班加点累的，感冒了也不当回事，酿成大病。二是在美国常把可口可乐当水喝，回国后到青岛崂山开会又爱喝崂山可乐，一上午喝十几瓶还觉得渴。同伴打趣地说："你老胡真行，喝水都美国化了！"

可有位懂医的朋友大摇其头，严肃地提醒道："这么能喝甜水，你别是泌尿系统出问题了吧？"

不幸而言中，胡敦欣去医院一检查：三期糖尿病，血液化验四个"＋"！哎呀，正想甩开膀子大干一场呢，怎么病魔找上门来了？胡敦欣心里掠过一团阴影。可他具备山东人特有的坚强，是条硬汉子。没有对单位上讲，只拿回中药一边吃药一边照常干工作。

1986 年秋天，中美联合调查开始了，胡敦欣跑到医院找到相熟的医生，要求多开些中药带着。那位大夫闻言大吃一惊："什么？你不要命了，这么重的病还能出海？"

"哦，我是首席科学家，怎能缺席呢？你给我多开点药，我让老伴全煎好了，装瓶封好，放到船上厨房冰箱里，按时服药不就行了。"

"不行！你的病一是不能耽误服药，二是不能劳累。我警告你，如果出海，后果一定很严重。"

胡敦欣笑笑，仍然软磨硬缠坚持着。其实这些问题他已经考虑过了，可为了来之不易的科考机会，全都置之度外。医生无法，只好提笔开药，特意嘱咐：不仅仅是按时吃药，还要加强营养，注意休息……

出海之前，胡敦欣找了好多葡萄糖空瓶子，洗刷干净，让爱人把药全熬出来，一瓶一瓶地灌好。同时，贤惠的妻子又买了些瘦肉炒熟了，做成肉松让胡敦欣带到船上，连同中药一同放到厨房冰箱里，要求胡敦欣每天除了按时服药之外，吃饭时再抓上一大把肉松加强营养。

"科学一号"如期起航了，胡敦欣迎着海风站在甲板上，一点也看不出有病的样子，俨然是指挥若定的将军，又是冲锋陷阵的战士。当时一天要经过十几个测站，也就是说每隔一个多小时就要观测一下。船上带有一台价值十几万美元的 CTD 设备，专门用来测试"温盐深"（海水的温度、盐量和深度数据），这在当时是非常昂贵的。

每次设备下海，胡敦欣都要亲自检验，现场监测。到了夜间，他还嘱咐值班人员，一到测站后马上叫他。同事们看他连续几天不眠不休，担心他的身体吃不消，有时就故意不吭声。可胡敦欣竟形成了条件反射，一到测站就醒，测完后又回到房间接着睡。这样坚持了一个多月，好似练就了特异功能。

同事们问他有什么窍门，他神秘地宣称掌握了一个法宝：睡觉特别快、质量好，而且对船的机器震动声非常敏感，不管睡得多么沉，只要到站一停泊，自然就醒了。而后与大家一起忙着测海水温度、盐分、流速等等，记录分析各种数据。整整一个月，胡敦欣只有晚上服药时，才记起自己是一个严重糖尿病患者……

此后5年间，每年的9—10月，胡敦欣都会带领团队远赴西太平洋考察，"科学一号"就是劈波斩浪、闯出第一岛链的战舰。因此，他与俞锡春船长结下了深厚的战友之情。在科考船上，首席科学家与船长的配合至关重要。每次出航前要由科考队预先设计、提交航行驻停站位计划。可在实践中会时常出现偶发现象，首席科学家可能会临时变更一下航线。这就需要科考船长的理解与支持。

这次中美"西太"联合调查的海域，是从关岛至菲律宾一线，分别布了众多的点、线观测。那时没有定点浮标装置，只是将船沿着科考队设计的线路一个站位一个点地停泊、观测，而后延伸驶向下一个点，连起来就是一条线。

"科学一号"轮不能自主定位，深水抛锚也十分困难，俞船长亲自操盘，不停车，不断修正位置。这需要较高的技术和成本，有风有流，使船不断地复位，一个小时就耗费成吨的油料。俞锡春便与大副、"老轨"等船员想办法，找一条2000多米长的钢缆接上锚链，在平均1500多米深的这片海域里，可以把铁锚扎到海底系留住，保证科考作业时间。

一天风浪特别大，把锚挣断了。俞船长他们赶快抢险稳住船身，蹲在甲板上又琢磨出一招：换成小一点的铁锚，刚刚抓住地，风大一点可以随风移动，不至于断线。而同时参与的美国船只就不行了，只能随波逐流。美国同行很奇怪，在关岛补给时专门来问："船长先生，在那个深度里，你们'科一'轮怎么能站住呢？"

"这没什么保密的，就是动了动脑子，把锚链接长了。呵呵……"

老外闻言恍然大悟，伸出大拇指，连连表示佩服。

毋庸置疑，为了一个共同的目标，中国人是有勇有谋有大局观的。有一次前往某个海域调查时，科考队发现一个原本不在计划中的新情况，感到如果再增加一个站位观测，可能会有更好的效果。胡敦欣找到俞锡春船长商量："老俞，咱们能不能调头跑一下，到这个区域停一天？"

"这个……"按说这已超出预定方案范围，况且那片海域航线非常陌生，可能会遇到一些难以预料的问题。如果是外国调查船的船长，简单一个词就给打发了：No！可俞锡春只是稍一沉吟，便爽快地做出了决定："没问题。只要有利于科研，我们全力配合。"

随后，他叫来大副、二副根据科学家要求，精心设计航线，顺利完成了补充观测。

几年间，他们就是这样同舟共济、相互扶助，利用"科学一号"出色的表现，完成了许多科研课题，取得了世人瞩目的成就。尤其在菲律宾南部海域调查时，胡敦欣团队确认从热带东太平洋向西运动的海水（温度在 20 度左右），到了菲律宾分成两支，向北流向中国、日本，形成"黑潮"。它携带着热带暖水一直北伸到日本岛南端，再折向东形成影响我国和东亚乃至世界气候的副热带环流，而向南去的则流往印度洋方向。

胡敦欣带领团队的崔茂常、曲堂栋、王凡等人牢牢抓住这一现象，在几个站位用绞车把 CTD 系统放入海里，在不同深度、不同时间测量水温、密度、流速等等，再反复计算各种数据，最后确定这是一支与上层流向相反的潜流，因为是在菲律宾第二大岛——棉兰老岛附近，故命名为"棉兰老潜流"（Mindanao Undercurrent-MUC，最大流速可达 30 厘米 / 秒，平均流量近世界强流黑潮的一半）。这是自 20 世纪 50 年代初发现赤道潜流以来，热带西太平洋环流的重大发现之一，也是迄今为止世界上唯一一个由中国人发现、命名，并在国际上获得广泛承认的洋流。

它披露了西太平洋次表层潜流系统的存在，改变了关于西太平洋海洋环流三维结构的传统认识。国内外许多海洋学家以及美国 PBECS 实施计划，都在所绘的海洋环流图中清楚地标有棉兰老潜流。它的发现改变了有关太平洋西边界流动力结构的传统认识，是西太平洋环流动力学研究的重大进展。

之后，美国、日本、澳大利亚等国海洋学家，纷纷加强与胡敦欣团队合作，深化研究这个课题。陆续又在吕宋（北赤道一线）、巴布亚新几内亚等地发现了潜流现象，加上前边提到的"棉兰老潜流"，西太平洋上一共有 3 支潜流。论文发表后，在业内产生了极大影响。

可是，胡敦欣教授的病情却加重了，让夫人和亲朋好友揪心不已。好在完成这次调查回来后，他听了那位老中医的话，一边服药治疗，一边生活工作上注意，还坚持每天早上到海边练习一个小时气功，风雨无阻，节假不断。他总结道：有些病无法逆转根治，但可以控制，只要不发展下去，就可长期共存，不影响科研事业。同时他还把"意守丹田"用在了科研上，去除杂念、专心致志才能取得好成绩。

2000 年，在海洋环流与波动研究上做出重大贡献的胡敦欣教授，当选为中国科学院院士。更令人高兴的是，他像他的老师毛汉礼先生一样，带起了一批人才、一个团队！胡敦欣辛勤培养出来的一批中青年专家，陆续获得了山东省最高科学技术奖、中科院杰出科技成就奖。

此外，还有其他许多海洋科学家，利用"科学一号"科考船完成了多个考察项目，取得了一系列可喜的成果，为中国海洋科研事业在世界上赢得了声誉和地位。

不过，对于浩瀚的深海大洋和深邃的海底世界来说，这只是万里长征走出了第一步。海洋科研领域，呼唤着更为先进更为高超的科学考察船，为科学家和科研课题提供强有力的支撑……

第七章　大洋上的"世界杯"

（作家远航日记之四）

Chapter Seven

2018 年 7 月 15 日　星期日　晴
西太平洋某海域

对于科考队来说，今天是紧张忙碌的一天，因为随后台风将接踵而至，必须及时完成预定的科考任务。所以，在"发现"号连续下潜以及提升的间隙里——它每次最多可以携带两种调查设备，当使用"深海拉曼探针"系统探测了某些数据之后，需要上来换另外的装备进行调查，这时电视抓斗就抓紧放下去，再抓一把可用的海底样品。

我翻看"2018 出海"微信群，方知从昨天夜间队员们就连续工作，分成两班，连续工作，"发现"号和抓斗轮番上阵。当我来到后甲板时，看到抓斗已经上来了，一位队员正用铁锤敲打一块铁矿石样的东西，原来这就是刚刚从海底抓上来的石头，准备留给有关科研人员检测用的。它黑乎乎的，布满了小孔，犹如一块盆景吸水石，上上下下残留着一只只不大的贻贝。据说随着石头沉积泥沙抓上来的还有一些铠甲虾、管状蠕虫和大点的贻贝，已经被随船的生物学研究者瓜分一空了。

我走到近前问那位队员敲打什么，他说这上面有一块黄色的东西，也许是稀有金属呢！同时敲下来一块，递给我：送给你吧许老师，做个纪念。我想起海底物体有不知名的细菌，不带手套最好不要触碰，便随手拿起一个塑料袋，让他装到里边。看了看，远不如我上次在太平洋得到的锰结核矿石——那瓶还在家里养着呢，就在回舱室的路上放到一边了。

10点来钟，我找到孙船长问轮机长在哪儿。他说，现在可能在轮机集控室，走，我带你去看看。紧接着，我就随他从四楼一直走到负一楼，找到了正在检查工作的轮机长，让他带我参观一下整个机房。四年前，我曾经在"向阳红09"船上参观过轮机室，心想可能差不多吧。可当我一一看过之后，却发现这条船太先进了，机舱感觉也大不一样。首先，轮机长给我找了一副耳塞：里边声音太响了，你可能受不了。

随后，他带领我走进轮机房，大管轮正带领着几名机工在工作，并没有我预想到的那么轰响。而且也没有看到"向阳红09"船上汽缸不停上下跳动的场面，而是一层盖子把它们都盖起来，既防尘又减低了噪音；又看了辅助舱、机电舱、绞车舱，感到不愧为最先进的科考船。

中午吃饭时，大家都在谈论晚上将举行的俄罗斯世界杯决赛，法国队和克罗地亚队争夺冠军。而且有电视信号，爱好足球的人都非常期待。可当我问起张首席：怎么样，可以看决赛吧？不行啊，他笑笑，我们的ROV还在下面，需要连夜观测取样，看不成了。啊！晚上还要加班？是的，台风又要来了，明天下午我们就要离开这片海域，必须抓紧多下一个潜次，把本次的任务做完。其实这不算什么，我们每次出来都是这样，船时很宝贵，每天都要花几十万元，争取多取得些成果才好！

一种敬佩之意，在我心里油然而生。

本来我十分想看这场比赛，但也牵挂着科考队员们，于是在当晚9点左右就先穿好工作服，来到后甲板上的"发现"号 ROV 操作室，观察记录他们的工作。这节由集装箱改装成的操作室，犹如加大版的"蛟龙"号载人舱，操作手和科学家们面对着几块显示屏，一丝不苟地摆动着手柄，加之船体随着涌浪摇摆着，仿佛正在潜入海底一样。当然，这比真的在海底里安全多了。

最里边守在操作台前的主操手吴岳——他与我写过的"蛟龙"号潜航员唐嘉陵是哈工大的校友，此时聚精会神地"驾驶"着潜水器。旁边是专为科学家观察准备的座椅，现在上面坐着的正是首席科学家张鑫，小凳上坐着的则是辅助队员——张首席的学生席世川，操作一台笔记本电脑，同步记录各类观测数据。在他身后，还站着一名女生，是张首席的研二硕士生梁政委，配合录像拍照。

我进来之后，就感到特别拥挤了，只能侧着身子站在紧闭的门旁。最外边的小席礼貌地站起来为我让座。我连忙制止：你别动，我就是看看，不要影响你们工作。张首席对我笑笑，又转而集中精力面对屏幕了。那上面，ROV 的机械手正手持"深海拉曼探针"在热液口周围忙碌着，一束晶莹的绿光照射着海底岩石，旁边是一些慢慢爬动的潜铠虾。

张首席指点着说：往下走一点，靠那块石头近一些。同时，不时地回身指导着学生：怎么样，这里如果行就抓紧测量、记录。小席也看着面前屏幕说：哦，再往左移一下。好，就是这里吧。只是这块石头上菌膜太厚，要是能清理一下就好了。那就办呀，你带上刷子没有？没……但有一把锤子。锤子也行，来，取出来刮一刮。

机械手操作员按照要求，小心而准确地将固定在 ROV 上的样品箱打开，紧紧抓住一把锤子手柄，高高举起来，移动到那块石头上面，来回刮了几遍，类似一层浑浊的浮土掉了下来，镜头前模糊了一下，那些小虾也受惊似的纷纷爬开。小席说，还是不行，这块石头不平。张首席表示：那就用锤子敲敲吧。操作员又用机械手举起锤子啪啪地敲打着。不一会儿就有了平面效果。马上，另一只机械手举着"深海拉曼探针"过来，把蓝绿激光束牢牢地按在上面工作起来。

哈，原来这台无人缆控潜水器"发现"号，也可称水下机器人，就是这样"干活"的。一项项深海探索的数据成果，如同秋天成熟的瓜果一样，乖乖地落在了科学家手中。

北京时间晚上 11 点钟，正是俄罗斯世界杯决赛之时，"高卢雄鸡"法国队与"格子军团"克罗地亚队的冠军争夺战如期打响。恰巧也到了夜餐时刻，我同张首席等人走出操控室，来到餐厅。这是我第一次想去吃夜餐，因为担心增加体重，船上活动又少，尽量少吃一点。可这晚想到要熬夜看球赛，还是补充点能量为好。饭菜不错，炊事员做好了打卤面，卤子是我喜欢的鸡蛋紫菜，还有木耳洋葱等小菜，立时胃口大开，一连吃了两碗。

此时，决赛已经开始了，餐厅内的电视响起了诱人的欢呼声和解说声。队员们边吃饭边观看，而我则想抓紧吃完，赶快回到舱室细细观赏，就像还有一道美味饕餮大餐在等待着一样。可是，张鑫等人却只是瞟了几眼电视，又热烈地讨论下一步应该怎样探测了。我知道，难得四年一次的世界杯决赛，谁都想看一看，但科学考察还在进行之中，为了工作他们只能放弃这次机会了。

果然，饭后他们就义无反顾地返回 ROV 操控室了。只是外号"阿杜"的队员边走边回头看着电视屏幕，一副恋恋不舍的样子。啊，这不也是一种牺牲精神嘛！这种精神同样值得褒奖和弘扬……

2018年7月16日　星期一　晴
西太平洋某海域

　　昨天深夜，当我从餐厅出来，路过船长室时，听到一阵喧哗声。原来是不值班的船员们聚集在这里，一边享用夜餐一边看球赛。他们说这里的电视屏幕大而清楚，看着舒服过瘾。实际上是大家喜欢聚在一起议论交流，这就像球迷们舍弃家中的电视机，而愿意跑到酒馆甚而广场上共同观看一样。

　　船长孙其军见到我，热情地邀请我参加进来：快，给许老师拿把椅子，坐下一块看球。我说：还没有换衣服呢，一会儿再来。

　　回到舱室，我换下工作服，打开了小电视，一个人看倒是安静，但缺乏交流的乐趣。听到船长室里传来一阵阵欢呼，看来又进球了，虽说已是深夜12点了，几乎全船上下还是深受感染的。于是，我关了自己房间的电视，又跑下去来到船长室一块儿观看。

　　好嘛，这次决赛破天荒地进了六个球，四比二，法国胜，是近30年进球最多的一次决赛。最后，大家尽兴而归。纷纷说，如果有一天中国队进了决赛就好了……

　　世界杯终于过去了，我们的科学考察一点儿也不受影响，有条不紊地进行着。尽管睡得很晚，第二天我还是在 7:30 听着手机铃声醒来了，稍微洗了把脸先来到餐厅，因为八点一过早餐就没了，晚了吃不上早餐。

饭后，我换好工作服，来到"八角楼"——这里学名是"集中控制室"，就是后甲板仪器操作室，设计成八角的形状，便于全方位360度观察后甲板，对作业设备进行集中操控。我特意数了一下，一共七面巨大的环型窗玻璃，连同房门，恰恰是八个角。

这不仅使我联想起毛泽东主席居住在井冈山时的宿舍，就是一间八角形的小楼，他在这里写成了指导中国革命的巨著《井冈山的斗争》，后来专门有一首诗歌颂八角楼的灯光。那么，这"科学"号上的八角楼则是向深海进军的指挥室。

在这里，我看到可视抓斗下到海底，一点一点地向目标点移动，寻找"发现"号定位点，在经历了一番寻觅过程后，终于找到了那个点，赶过来的王队长指挥着抓取样品：再往右舷移一点，五米吧，看，有只大螃蟹，还有一片潜铠虾，就在这里抓吧。好，可有块大石头，一块抓上来吗？对，能抓就抓上来。

操控员按照他的指点，移动手柄开始下抓斗了。一下子就满了。哈，这一斗太大了，都堵住眼睛了。他是指抓上来的样品挡住了摄像头。而后开始慢慢往上提，一秒一米的速度。为了看清提升上来的抓斗，我赶快拿起安全帽，走出八角楼，下楼来到后甲板上。不一会儿，抓斗就随着绞车缆绳的转动升出水面。为了防止晃动发生碰撞，每当抓斗入水和上升时，队员们都要配合分成两排拉绳子，保持抓斗的平衡。

可能是大家昨天都睡得很晚，有些队员没过来，另一边队员少了一个。我立即放好拍照手机，找了一副手套戴上，当起了科考队员，帮助拉绳子。嘀，好家伙儿，抓斗上来了还挺沉，喝醉了酒似的晃晃悠悠，如不能保持平衡，可能发生磕碰事故。我们两边队员用力拉着，使它尽量平静下来。随着绞车的摆动，它老老实实地停在预定的甲板位置。工作人员一按电键，抓斗松开牙口，哗啦一声，石头连同生物样品落了一地。

嘀，又是一个大丰收！闻讯而来的生物队员们一拥而上，戴着手套捡拾石头上的贻贝、小虾等东西。有人拿着小勺刮着上面的菌膜，有人用小镊子夹着小虾，还有人不断地往塑料袋里、小铁筒里放着生物样品。真像遇到了好吃的自助餐似的，"食客"们纷纷享用。这从另一个角度，反映了科考队员们的敬业精神。

我抓紧拍照，留作日后写作的素材。同时，也寻找着适合的纪念品。蓦地，我发现一块石头，很像中国地图，而且是立体的，高高低低，像山峰像低谷，还有一个缺口，特别像渤海湾的胶东和辽宁半岛，立刻拿了过来。可是，听人说深海里的东西，可能有放射性物质抑或有不知名的病毒，令我担忧，可又不忍心放弃。想了想，还是收留下来，用水清洗干净，又找人要了一个生物塑料袋，装了进去，等到回去后再请有关人员化验一下吧。

这毕竟是来自一千多米深的海底，而且是冲绳海槽的"礼品"，还是有纪念意义的……

第八章 "科学"号诞生记

Chapter Eight

一、新世纪的邀请

公元 2001 年元旦之晨 6 时左右，当第一缕曙光洒落在浙江临海括苍山顶的时候，阅尽人间沧桑的大地顷刻间沸腾起来，聚集在这里的数万人发出了同一个激动的声音：您好，世纪曙光！

原来，经过中国科学院紫金山天文台精密计算：2001 年 1 月 1 日早晨 6 时 42.9 分，21 世纪中国大陆第一缕曙光将照射在临海市括苍山主峰米筛浪峰尖。千载难逢啊！中央电视台、紫金山天文台和临海市联合举办了盛大的"世纪曙光节"，诚邀国内外宾客一起迎接新世纪的到来。

1382 米的海拔高度造成的山上严寒，丝毫没有削减人们的热情和期盼。人们兴致勃勃地体味着大自然赐予的壮美奇观：浩渺的东海上初露霞光，山下大地还是一片漆黑，括苍山顶却已见到光明。刹那间，一轮红日冉冉升起，穿过云层普照大地。那是新世纪伸来的巨手啊，邀请万物之灵长迈向更加灿烂的明天。

回首过去，酸甜苦辣风雨兼程；展望未来，愿景辉煌光明在前。海洋科学家与全国各行各业的人们一样，欢欣鼓舞，豪情满怀，摩拳擦掌，再创佳绩。虽说在科学的春天里，在改革开放的年代中，他们殚精竭虑，取得了许多可喜的成果，为共和国繁荣富强做出了非凡的贡献，但是放眼全球科学的海洋，还只是微不足道的浪花，更加艰深高远的目标还在等待着他们……

海洋，最值得关注的部分是深海区域。

国际公认，1000 米以下为深海，5000 米以下为深渊，而全球海洋平均水深是 3800 米，其中超过 1000 米的深海区占 95% 以上。那里边埋藏着无尽的宝藏和奥秘，需要人类去不断探索。

科学考察船是海洋考察与研究不可或缺的装备。尽管我们有了"科学一号"，可以冲破第一岛链驶向太平洋，并且取得了不少科研成果，但它毕竟建造于上个世纪 80 年代初，距今过去 30 多年了。这对于一艘航行大海的船舶来说，已经进入了它的暮年。由于当时条件所限，它的性能和设备相对也比较落后，尤其缺乏深海大洋综合科学考察的能力。这种状况正在成为制约我们海洋科技发展的瓶颈，阻碍了海洋强国战略的实施。好在改革开放的大潮一浪高过一浪，并迅猛向纵深发展。海洋科研一线上的人们和主管部门，与国际接轨的创新意识日益增强，我国综合国力也越来越强。随着新世纪的到来，新型现代化的科学考察船呼之欲出。

2006 年，时年 47 岁的博士生导师、研究员孙松出任海洋研究所所长。他思维开阔、志向远大，一上任便带领一班人瞄准了"深海大洋"——

孙松个头不高，身板结实，走路风风火火，俨然运动员模样，一副黑框近视眼镜，则显示出学者身份。他出身于山东莱阳一个普通人家，父亲虽是中学老师，可自己跟着母亲在农村长大。上学时班里一半是职工子弟，有城里户口，吃"商品粮"，而他是吃"农村粮"

的，处处感到待遇不一样，暗想一定要好好学习，将来进城工作拿个"粮本"。

不料"文革"打破了他的梦想，大学不考试，而是凭推荐招生，这给了那些有权有关系的人以方便之门。别说去上大学，孙松差点连高中也上不了。因为上高中也是推荐，大队支书、会计的孩子优先。好在那位高中校长为人正直，了解到孙松学习不错，便对大队干部说："要上一齐推上来，不然都别来。"

这样，孙松走进了高中校门，自然更加刻苦努力。说话间，三年高中毕业了，孙松前途渺茫，还是要回家务农。历史却在 1976 年 10 月转了一个弯，极"左"阴云散去，国家航船走向正规的航道。尤其是邓小平第三次复出，毅然决定于 1977 年秋冬之际恢复高考，给了万千年轻人重生的机会。

多年之后，已是所长的孙松时常感叹地说："永远感谢邓小平，要不是他拍板改变招生政策，我还在老家种地呢！"

可在动乱年代学到的东西太少，比如化学一门课程，只讲化肥原理与制造，基础太差。头一次高考，孙松名落孙山。1978 年 7 月，他经过半年复读整装重来，一举过关。报哪所学校呢？父亲与他拿着招生表翻来覆去看，省城济南太热了，家乡烟台没有想学的专业，青岛有个海洋学院，那里凉爽又离家近，就填报了山东海院（中国海洋大学前身）生物系。

录取通知书陆续发放下来，他父亲在路上碰上了公社教育助理，问："有没有我们村的？"那人想了想说："有。""哦，录取书写的什么名字？""记不起来了，也姓孙，两个字。""俺村叫两个字的不多，那就是我家孩子啊！"父亲高兴地回家对孙松说："你快去看看，好像考上了。"

是吗？孙松一溜烟地跑到公社。那位助理打开抽屉一翻，正好看到了孙松的那份通知书，第一志愿：山东海洋学院！"哈，我就是孙松，拿走了！"他捧着录取通知书跑回了家。那年月农村孩子考上大学如同中了状元，由公社统一公布。由于孙松提前拿走了通知书，大喇叭里没提他的名字，村里人认为他没考上，还挺替他惋惜的。

孙松呢，却兴高采烈地打点行装，准备去青岛上学去，弄得不少人纷纷传言：这孩子没考上还张罗着上大学，疯了？外村一个亲戚听说了，吓得跑来问孙松："听说你为了上学魔怔了？"正在兴头上的孙松拿出录取书："没有！你看我这不是考上了嘛！"

由此，农家孩子孙松一头扎进了青岛，投入了海洋科学学习研究中，一生再也没有离开。四年大学毕业后，他考上了中科院海洋研究所棘皮动物专家廖玉麟老师的研究生，获得了分类学硕士学位，后来又转到海洋生态学王荣老师门下，再接再厉获得了博士学位。其间，为了解决南极磷虾年龄鉴定问题，孙松三次奔赴南极科学考察，并受邀到澳大利亚南极局做访问学者，开展合作研究。

他的老师王荣先生，是一位1955年来到海洋研究所工作的老科学家。海洋研究所当时还称中科院水生所青岛海洋生物研究室。王荣先生经历了海洋所从小到大、从弱到强、从单一到综合的发展历程，在研究海洋生物尤其是南极磷虾方面成就显著。王教授是第一批奔赴南极进行科考、建立中国第一个考察站——长城站的科学家。

为此，退休以后的王荣先生专门写下了回忆文章，在此摘录一二，读者可从中了解到前辈们是怎样在艰苦条件下进行海洋科研的，也会感受到孙松等后来人出海考察的生活工作情景：

进 军

1984 年 11 月 20 日考察队乘"向阳红 10"号从上海起航，开始了横穿太平洋的航渡。目的地是南美洲最南端的乌斯怀亚（属阿根廷），这是距我们要建站的乔治王岛最近的港口。同行的还有北海舰队的"J121"远洋救护船，是为我们保驾护航的。首次南极考察的任务包括两项：一是在乔治王岛上建立我国第一个南极考察站——长城站，二是进行以南极磷虾生态为重点的南大洋综合考察。因为是第一次去南极，所有能扯上关系的专业都要求派人去。南极考察委员会再三平衡协商，最后确定建站与陆上考察 54 人，南大洋考察（以下简称"大洋队"）74 人。仅大洋队，就包括海洋水文气象、海洋化学、海洋地质、海洋地球物理和海洋生物等几乎所有海洋专业的人。加上船员和随行的记者（10 人以上）总共有 200 多人，"向阳红 10"号是万吨级的海洋考察船，也显得非常拥挤。

船一出长江口我们生物小组就开始工作。航渡中考察队并没有安排观测项目，因为南极夏季短暂，必须抓紧时间赶路。只是我觉得航渡时间有一个多月，不能只当乘客不做工作。从上海到南极的前进出发地——乌斯怀亚，是一条从西到东、从北到南穿越太平洋的大剖面。中间跨越几个不同的气候带，是了解某些海洋参数大尺度分布特征的好机会，不做工作太可惜。船以 18 节的速度航行，能做什么呢？比较可行的是采取表层海水做一些分析。想了一个土办法，用直径 10 厘米的 PVC 管子做了一个长 60 厘米的管状水桶，在船艏部取表层海水。除测定温度和盐度外，用库尔特计数器测定海水中有机颗粒的粒径谱，同时提取叶绿素 a 测定其含量。粒径谱可以反映海水中有机颗粒不同粒级的分量和总量，叶绿素 a 可以反映浮游植物生物量。这都是反映海洋生产力的重要参数。用这种水桶在航行中取表层海水需要一定技巧，多少也有点危险，一般要几次才能成功。每天早晚两次，这样单程就获得了近70个测点的资料，去程和返程又分别代表了两个不同的季节。以前还没有看到类似的资料。有关这两次航渡资料的分析单独有论文发表，可以说是额外收获。

对船上的大多数人来讲，航渡是漫长乏味的。如果晕船就更不好过了。船过赤道时，举行了一个过赤道的仪式。按航海习俗，初次过赤道的水手必须接受"赤道龙王"的洗礼。据说还要用绳索把人捆起来，从一舷抛下海再从另一舷拉上来，说是到"赤道龙王"那里报过到了，今后航海就安全了。当然现在没有人这样做，仪式已经演化成一种航海的文化活动。我们也小小地庆祝一下，活跃一下气氛。还有一个节目就是钓鲨鱼，不过一无所获。"向阳红10"号也利用赤道风平浪静的海况停船检修，这是为过西风带做准备。对于"咆哮的西风带"不可掉以轻心。还算顺利，西风带平安渡过。尽管船颠簸得厉害，但经过前一段的航渡，大家都适应下来了。

经过了30多天的航行终于到达乌斯怀亚，这是世界最南端的城市，位于麦哲伦海峡的北侧。阿根廷海军的一支军乐队在码头欢迎我们。这是一个安静美丽的小城，依山傍海。尽管是夏天，远处山上仍是白雪皑皑。我们的到来打破了这个偏远小城的宁静。两条船，四百多人，一下子就把这个小城"占领"了。满街都是中国人。当地人大都有印第安血统，非常友好。

休整补给后，我们于12月25日圣诞节开始横渡德雷克海峡，向南极进发。德雷克海峡以凶险闻名于世，出发前为应付可能的险情做了充分准备。想不到的是，进入海峡后天气出奇的好。平滑的海面上只有低长的涌浪。这天是圣诞节，看来是上帝特别恩待我们这些来自遥远东方的探索者。过了南纬60度，高频鱼探仪上出现断断续续的影像。磷虾！大家激动起来。随船的记者听说发现磷虾群都赶来看，急着要发报道。他们的心情可以理解，憋了一个多月总算找到值得报道的题材了。我说不能报，因为是不是磷虾只有拖网取样后才能证实。可此时此地拖网不可能，因为必须趁好天气尽快渡过德雷克海峡。记者们坚持要发，执拗不过他们，但我请他们一定加上"有可能是"几个字。影像的出现增强了我们的信心。这次南大洋考察是以磷虾生态为重点，说实在的，出发前我对能否发现虾群、能否成功地捕到磷虾，一点数也没有。

26日晚10时南设得兰群岛的雪山遥遥在望，海面上开始有浮冰，还出现一群虎鲸。接近岛屿时，不时有企鹅蹿出水面。大家簇拥在甲板上，欣赏着这南极特有的景色，急切地眺望即将到达的目的地——乔治王岛。尽管这一带我是第二次来了，仍抑制不住激动的心情，因为是我们自己的船来了。

我国第一个南极考察站"长城站"的站址选在乔治王岛上。乔治王岛是南设得兰群岛中最大的岛屿。南设得兰群岛与南极半岛北端隔着布兰斯费尔德海峡。"长城站"之所以选在乔治王岛上，一是这里气候相对温和，夏季没有破冰船也可以到达；二是距其他国家的考察站较近，容易获得支援。我们没有经验，应当先易后难。另外，乔治王岛动植物区系丰富，是难得的研究极地生物的场所。"向阳红10"号先进入布兰斯费尔德海峡，然后从南面进入乔治王岛的麦克斯韦尔湾。锚泊后，建站人员下去选站址，准备建站。我们也开始工作。

初战告捷

建站的具体位置很快选好，我们开始卸运器材。建站和陆上考察人员全部登陆，大洋队成了卸货和搬运的主力，一拨在船上，一拨在岸上。登陆艇和直升机穿梭来往，煞是热闹。估计在湾里要待一段时间，我们不甘心光当搬运工，这里的每一分每一秒都是宝贵的，应当尽早开展工作。我带去的两台活动低温实验室，每台有8平方米的面积，计划饲养活的磷虾。当时只有澳大利亚和日本可以在实验室内饲养活的南极磷虾。1978年去日本东京水产大学访问时，在他们的低温实验室看到过仅存的两条南极磷虾。设备并不复杂。我想，在南大洋用现场海水、现场饵料做实验更符合实际，也容易成功。湾内锚泊正好为我们提供了做实验的好机会，关键是在湾内能捕到活的磷虾。1983年我在"尤巴尼"站考察时，在这一带捕到过磷虾。应当试试。

船在锚泊状态只能做垂直拖网。夜间别人休息了，我们拖网。网具是专门设计用来捕活磷虾的，圆锥形，直径1.5米。用电动绞车放到50米深处（磷虾一般活动在40米以上），再用1.0米/秒的速度提上来。一个晚上拖几十网，开始几天一无所获。有的队友说别瞎忙活了，因为白天参加卸货的确已经够累了。不过我不死心，坚信能捕到。功夫不负有心人，12月29日终于捕到了1条，第二天又捕到了12条，第三天竟然捕到了满满的两水桶。我看到活蹦乱跳的磷虾心花怒放，足够做几轮实验的啦！我们赶快将捕到的磷虾分养在几十个5升的培养缸里，磷虾小组昼夜值班伺候它们。在开始南大洋考察之前的20天里，我们进行了南极磷虾生长、蜕皮和摄食率的观察和测定。从捕活磷虾到成功地进行实验，证实了那句老话——事在人为。

锚泊期间我有幸去"尤巴尼"站看望阿根廷朋友。虽然我只在那里待了一个月，但他们的友好和豪爽给我留下了深刻的印象。直升机的旋翼刚停下，几个熟悉的面孔已经冲了上来。包括1983年和我同在站上的海兽学家安德列斯。他当天就回国。差一点我们就见不了面。记得那次海上遇险，他最着急，再三要求站长呼叫直升机救援。站上变化很大，一个具有循环水系统的生物实验室即将建成。餐厅里搞了一个很像样的酒吧。我抓紧时间洗了个热水澡（船上用水控制）。晚餐是阿根廷传统的烤牛肉，我狠狠地吃了两大块。太高兴了，难得有这么轻松的一天。后来他们也到我们船上做客。

1月19日晚10时卸完最后一批货，"向阳红10"号立即顶着21米/秒的大风出海，开始南大洋考察。卸货、建站用了20多天，给大洋考察留下的时间不多了。凌晨2点到达布兰斯费尔德海峡内的01号站。万事开头难，风浪又大，显得很乱。有的队员抱怨这么大风不该出来，但领队的决策是对的。接下去不但可用的时间不多了，南极夏季的好天气也不多了，必须抓紧。轮到磷虾拖网已是早上6点了。鱼探仪上有断断续续条带状的影像，标准斜拖网（网具放到100米水深，船以3节速度拖行，同时收钢缆到网具出水）只捕到几条磷虾。

风力在减弱，工作也越来越顺手。鱼探仪上的影像就像幽灵一样时隐时现，有时浓密有时稀疏。但只捕到几条，最多几十条虾。为什么？是鱼探仪影像显示的不是磷虾，或者说我们的网具有问题？到了乔治王岛北面的06站，浓密的影像出现了。标准斜拖网和瞄准影像水层的水平拖网拖到的虾还是不多。我分析，这一带是磷虾的密集区，影像应该是虾群。网具是按国际通用的网型制作的，也不会有问题。捕不到虾极可能是水层控制不对。磷虾是高度集群性的大型浮游动物，网口小，如果拖网水层不在虾群所在水层，自然就拖不到了。我们没有实时监测网具深度的仪器，拖网深度是用拖速与绳长的关系推算的。极可能我们用的关系式不准确，需要重新测试。这要占用考察时间，但问题不解决，磷虾考察任务就难以完成。领队再三考虑，最后同意测试。我带去一台拖网深度距离记录仪，把它固定在网上，可以把拖网的完整轨迹记录下来。我花了3个小时重测一遍，发现以前用的关系式确实存在较大的误差。

恰在这时，监视鱼探仪的同志电话告诉我，30—40米深处出现了浓密的影像。刻不容缓马上下网，并用正确的关系放出了钢缆。15分钟后收网，当红彤彤（活的南极磷虾是红色的）满满一网袋磷虾拖出水面时，甲板上一片欢腾。成功了！这一网20.6斤。遇到虾群了！干脆多拖几网。生化分析、食品加工研究等需要较多数量的样品。再说，大家早就盼望尝尝磷虾是什么滋味了。一条万吨巨轮拖着一个网口面积只有2平方米的小网在虾群上来回转，好像用大象推磨。一连拖了16网，最多的一网捕了42斤。晚上来了一次磷虾宴。

遇　险

1月26日，"向阳红10"号深入到南极半岛以西、别林斯高晋海的南部水域。计划测点已完成近一半，大家都松了口气，心里也踏实了许多。前一天在南极圈内的21号站遇到了8—9级风，我们照样拖网并完成了所有观测项目。有的同志甚至讲："南大洋不过如此。"言下之意是，完成任务不在话下，就等开庆功会了。谁也不会想到，一场可怕的灾难正等着我们。

从19号站向18号站航行时，气象预报说："气旋已过去，以后风力将逐渐减小。"可实际情况好像不是那么回事，风力愈来愈大。所谓气象预报，只是队里搞气象的同志根据卫星云图做一些大趋势的分析，没有什么气象台站为南大洋做预报。到达18号站后，风浪太大已无法工作，队领导通知暂停观测，原地待命。天有不测风云，气压越来越低。到下午4时，风速已达36米/秒，这已是12级以上的风速了。我们实际上又被卷入了另一个气旋。浪高达12米，大浪像小山一样一排一排地压过来。"向阳红10"号被迫慢车顶风与大浪搏斗着。一排浪过来，船头猛地抬起来；浪过去，又一头栽到波谷里。每一次起落船体都剧烈地颤抖，发出"嘎吱，嘎吱"的声响。真担心船体散架了。我和衣躺在床上一遍又一遍地听着这恐怖的声音，心里默默祈祷。我知道，这种海况万吨巨轮被折断的例子太多了。我们能否躲过这场灾难只有靠老天了。

突然，房门打开，一个队友冲了进来，"王老师，不好了，后甲板的东西全完了！"我的头"嗡"的一下。后甲板上有我们的样品和几十万美元的装备，一旦丢损不但前功尽弃，接下去也没法干了。什么也没想，我和几个队友打开船尾的水密门就冲了出去。太可怕啦！与海打交道 30 年还没见过这种场面。后甲板上一片狼藉，起网用的塔吊被打歪倒在一边，浮游动物连续采集器的钢架被扭成了麻花……能抢救多少算多少！在我试图把采集器的一个重要部件拆下来时，一个大浪漫过直升机平台砸了下来。我们几个全被打倒，淹没在冰冷的海水里。万幸，没有人被卷到海里。只是我的帽子和眼镜被冲走了。刚爬起来，船尾一沉，又一个浪砸下来，再次被打倒。这次被挤在采集器的钢架与绞车之间，腿部剧痛。船尾干舷很低，我知道，再来几个浪我们就要葬身冰海了。忍着腿部剧痛爬起来，幸亏没骨折。挣扎着爬到直升机平台下面。这时我意识到面对这样的风浪我们无能为力，也许根本不该冒失地出来。不久船长组织了抢险队，也把我们拉了回来。

这次行动受到船长的批评，因为我们未经请示私自打开了船尾的水密门。水密门紧靠舵机舱。一旦舵机舱进水，舵机失灵，船失去控制非倾覆不可。不过我们也间接立了功。我们出去的时候，尾甲板上盘放着的带缆用的粗大尼龙绳已经打入海中几十米。若不是我们及时发现，一旦螺旋桨被缠，船失去动力，后果不堪设想。回到舱内，浑身湿透，冻得直发抖。腿上的伤不重，只是一个大血包。领队来慰问，不好批评，只说：精神可嘉。

第二天风力终于减弱，决定返航。经过这么一次劫难，船体和装备受到很大损坏，都需要检修。我们也需要休整，认真总结一下。回到麦克斯韦尔湾才发现船体多处出现裂缝。有人讲再有几个小时船真的就散架了。这次遇险的直接原因似乎是天气预报失误。其实，怨不得做预报的队友。因为在天气图上南大洋是一片空白，唯一的依据是一天两次接收的卫星云图，判断失误是难免的。不过，我们也确实有点轻敌了。这次遇险对"向阳红10"号和船长张志挺是一次考验。"向阳红10"号由船舶工业集团公司708所设计，总设计师是张炳炎院士，由江南造船厂建造。1979年下水，据说用的全是进口优质钢板。我们能脱险与船的抗风能力分不开，也仰仗船长的指挥。船长张志挺不到50岁，沉着冷静，据说当天在驾驶台站了整整一天，指挥着与每一个迎面来的大浪搏斗。第二天下来时两腿已僵直，是水手把他架下来的。我只知道在外海遇到大风浪时，防止倾覆的唯一办法是慢车顶风。横风当然不行，顺风也危险。速度快颠簸加剧，太慢没有舵效，要根据风力选择一个合适的速度顶。后来船长告诉我，正顶也不行，要以15度的偏角顶，这样可以缓冲浪的作用力。难怪要一个浪一个浪地对付。

重整旗鼓

休整一周后，2月4日再次出航。领教了极地风暴后，我们重新确定了工作方针：先易后难，高度机动。计划出去后先做布兰斯费尔德海峡中的4个测站，然后再把列文思顿岛附近的6个测站拿下来，之后再考虑做外海的站。

船缓慢地前进，不时绕过巨大的冰山。成群的企鹅站在浮冰上像列队的水兵向我们行注目礼。冰山的爆裂声震撼着空旷的冰雪世界。"向阳红 10"号是一条没有破冰能力的普通科考船，在冰区航行确实有点冒险。为了避免碰上冰山，每个测站要数次移动船位。磷虾拖网更是小心翼翼，生怕网具刮在浮冰上。

2 月 8 日在列文思顿岛外漂泊待机。我利用这喘息的机会把积压的叶绿素样品分析出来，并安排下一轮的磷虾实验。除了实验的磷虾外，我们还储备了 100 多条，准备带回国继续做实验，每天要换 1/3 的海水和补充饵料。不幸的事又发生了。低温实验室的继电器出了故障，温度降到 -2℃以下，饲养磷虾的容器内结了厚厚的冰。这批磷虾如果死亡，接下去很难有机会补充，以后的计划将落空。赶紧处理。忙了一整天，总算把大部分磷虾拯救出来。刚处理完，船长决定起航向最远的 11 号测站冲刺。

从 8 号站到 11 号测站构成了从陆架到陆坡、到深海洋盆的完整断面。趁着一个气旋刚过、后一个气旋还没到来，先攻下最费时的 11 号测站。4100 米的水深，CTD 也好，沉积取样也好，往返一次就得两个小时。有报道讲南极磷虾可能存在发育洄游：受精卵沉到 1000—2000 米才孵化，一边变态一边向上移动，等发育到开口进食的原蚤状幼体时，刚好上升到 200 米以上有丰富浮游植物的真光层。为了验证这一推论，我们进行了不同水层的垂直拖网。这也要花费几个小时。很幸运，我们确实在 1000—500 米水层发现最多的后期无节幼体（刚孵化的无节幼体出现时间太短，极难看到）密度为 1258 个 / 千立方米。到 500—200 米减为 147 个 / 千立方米。200 米以上未发现。而原蚤状幼体则相反，从而用实测数据证实了这一现象。说幸运是因为早期幼体的出现时间很短，不是任何时候、任何地点都能出现的。地质工作者也有收获，他们用 8 米的重力活塞取样管获得了入土深度

6.3 米的柱状沉积样品。不要小看这几米长的泥样，它保存着南大洋古往今来的历史档案。到 12 日完成了全部大洋考察任务后返回乔治王岛。

来日方长

返回麦克斯韦尔湾，一方面整理样品和记录，一方面继续做磷虾的实验。考察队还布置了一项任务：返航前各专业必须完成航次报告。虽然闲不住，但轻松多了。也有时间整理内务了：先把那身浸透海水和沾满机油的羽绒服洗一洗，再把长了霉的床垫晒一晒。

从离开上海一直绷紧着弦，经常几天几夜地连续工作，还好没趴下。不了解情况的人以为万吨船上的生活条件一定很好，其实不然。为了节省燃油，自始至终不开暖气。谁能想象在南极竟然不开暖气！用淡水严格限制，因为船上没有造淡设备。这些大家都理解，因为一旦油水不够了必须返回乌斯怀亚补给，时间太宝贵了。由于经费不充裕，每个队员只发一套羽绒服。甲板作业一身泥水，穿着湿漉漉的衣服，待在冰冷的房间里，那种滋味是可想而知的。床垫长了霉也就不足为奇了。我原以为考察队供给一切，所以没带什么衣物，现在后悔不迭。人太多，伙食也不算好。不过条件艰苦丝毫不影响斗志，因为大家知道是来干什么的。感谢老天！142 天里我没有生过任何病。

2 月 19 日是春节，中午 12 时，我们在地球的另一端与国内亲人一样在吃年夜饭（时差 12 小时）。大家举杯庆贺南大洋考察的成功。第一次来到既陌生又凶险的南大洋，靠我们自己的力量，取得了如此丰硕的成果，是多么不容易。回想这 40 个与冰雪、海浪搏斗的日日夜夜，许多人都流泪了。我不难过，而是庆幸。庆幸年已半百还有奋力一搏的机会。

磷虾考察可以说成果斐然。在磷虾主要分布区的南极半岛水域，掌握了磷虾的集群特点、数量分布、种群组成、生物学特性和环境条件的第一手资料；在现场做了磷虾生长、蜕皮和摄食的实验研究。在这些成果的基础上陆续完成 20 多篇论文。1987 年完成的《南大洋考察报告》获得国家科技进步奖二等奖。研究成果多次在国际学术会议上报告，受到好评。BIOMASS 计划的执行主席 Sayed El-Sayed 曾多次称赞，中国起步虽晚但做出了高水平的工作。实事求是说，在某些研究上我们的起点确实不低，但总体上同国际水平还有较大差距。重要的是，这次考察为我国今后的考察和研究闯出了一条路。来日方长。

4 月 10 日回到上海。欢迎会，记者采访，忙得不可开交。还得尽快把器材和样品托运回青岛。最困难的是，那两台低温实验室和养着的 80 条南极磷虾。幸好海军的 "J121" 也要回青岛，请他们把低温实验室和磷虾带回青岛，我也随船返回青岛。

回到青岛后，又是欢迎、采访、应邀做报告等，忙于应付。磷虾实验困难不少，没了现场海水，青岛的海水行不行？还有饵料……实在没时间应付那些场面上的事。4 月 24 日接到国家海洋局的通知，我被授予二等功。5 月 6 日在中南海的怀仁堂召开了庆功授奖大会。之前，中科院于 5 月 3 日先在科学院系统召开了表彰大会。回来后，科学院安排我到庐山疗养，我谢绝了。因为工作离不开。

有意思的是，这段时间我成了新闻人物。各大报纸都在报道我和南极磷虾的事。《人民日报》的题目是 "南极，请你作证"。《光明日报》的题目是 "南极磷虾——人类未来的蛋白资源"。《中国科学报》的题目是 "搏击大洋　情系祖国"。《科学报》干脆把我的日记摘录了整整一版。《体育报》的报道有点夸张，说我能搏击南大洋是因为 "坚持长跑一万米和游泳"。喜欢游泳是事实，跑一万米没有的事。《光明日报》

的金涛先生与四川电视台共同策划了电视剧《长城向南延伸》，讲的大半是我的故事。

20多年过去了，当年的战友大都退休，有的已经作古。长江后浪推前浪，一代更比一代强。我们羡慕今天的科研条件，更怀念当年的无私奉献精神。

这位王荣先生堪称老一代海洋科学家的代表之一，既有精湛的理论功底，又有扎实的实干精神，不怕吃苦，不怕冒险，潜心钻研，精益求精，取得了显著的科研成果。在此，笔者几乎全文摘录他的回忆，就是不忍割爱，尽可能全景再现前辈们的拼搏事迹，给后人留下精神财富。尤为难能可贵的是，他那宁静致远、淡泊名利的人生信条——

按说，王荣教授已经达到了院士标准。他在领导和同志们督促下报过一次院士评选，可是，没有评上之后就再也不申报了。理由是嫌申报手续麻烦，耽误时间和精力，谁劝也不行。如果继续申报，是非常有可能当选的，因为他被业界誉为全国"四大专家"之一，其他三位都是院士了，可见其水平之高。直到退休，他再没有机会入选院士了，但他毫不介意。

当然，当选中科院和中国工程院院士，是一位科学家至高无上的荣誉，也是国家和人民的认可与褒奖。人各有志，大家也十分尊重王荣先生的选择。业内同行依然高度评价他的研究成就，视他为"无冕之王"。

南极磷虾是南大洋生态系统的"关键种"，处于食物链的底层，也是一种重要的战略性生物资源，具有很大的开发潜力。南极磷虾不大，体长只有5—6厘米，企鹅、海豹和鲸鱼等上层捕食者大都以它为食。由于资源量特别大，早在上世纪 60 年代有些国家已经开始试捕，用作食品或饲料。1982 年年产量曾达 52.8 万吨。据估计，在不破坏南极生态系统的前提下每年可以捕捞 1 亿吨。这个数字相当于全世界海洋渔获量的总和。所以有人说它是地球上潜在的最大蛋白资源。但在极端寒冷气候下，它们是否存在着"负生长"？这个问题一直困扰着海洋生态界。

孙松刚到澳大利亚时，提出研究南极磷虾年龄鉴定问题。一位老师说："我们两个博士后都失败了，你能行吗？"

"让我试试看……"

孙松发扬了中国学者的韧劲儿、拼劲儿，经过反复研究实验，发现南极磷虾的年龄信息密码藏在它的复眼里，并且在国际上首次证实了南极磷虾自然状态下确实存在着"负生长"，将其发展成为南大洋生态系统状况和气候变化的生物指标。

那位澳大利亚老师十分高兴，专门组织南极局专家进行审核。当孙松把专家组提供的 20 条饥饿了数月的磷虾放到实验器皿中，与其他正常的 30 条磷虾一起进行实验，其中 18 条成功鉴定出现了"负生长"。全场一片热烈的掌声。这是对中国海洋科学家的掌声啊！

1994 年下半年，孙松访问学者学习到期了，外方有关人员希望他留下再做五年，未来将会有一系列成果，而海洋所的王荣导师希望他回国。反复权衡后，孙松在澳大利亚做完了博士论文，毅然启程回来了，跟着王老师完成了学业，戴上了心向往之的博士帽。

国外学习研究的经历，使孙松坚定了科技报国的理想信念，也经受了各种考验，锻炼了行政组织能力。他本是海洋所第一个加入中国共产党的硕士研究生，现在又当选为职代会主席、所党委委员、生态研究室党支部书记、副主任。他一边做好分内的党政工作，一边孜孜不倦地继续研究南极磷虾。

不久，他跟随"雪龙"号破冰科考船，参加了中国第14次南极考察，任大洋队队长，迎风冒雪，跨海踏冰，与研究团队奋发努力，取得了基础与实用两全其美的佳绩。多年后的2010年，在海洋研究所建所60周年时，他的老师、著名的海洋生物学家王荣先生欣喜地撰文回忆：

南极磷虾的研究两次获国家科技进步奖二等奖，和两委一部颁发的"国家'八五'科技攻关重大科技成果证书"。为国际南极科学研究与和平利用南极做出了中国的贡献。我们欣慰地看到，今年1到2月农业部首次派出两条渔船对南极磷虾成功地进行了试捕。作业20天，产量2000吨。据悉，2010/2011南极夏季将增派更多的船去。我所从1984年开始的南极磷虾研究终于在实际利用上有了体现。

不用说，这里边凝结着孙松的心血。1997年那次乘"雪龙"号回到上海极地所，有关部门打算留下他来，甚至给孙松分配了一套住房。这在寸土寸金的大上海多么诱人啊！同时还可研究心仪的南极生态，孙松动心了。不料，中国科学院一位副院长前来迎接，一边与孙松握手道辛苦，一边叮嘱道："你不能走！中科院准备去海洋所调班子。"

"哦，那跟我有什么关系？"孙松有点诧异。当时海洋所由于历史的原因，积攒的问题较多。事业需要后继有人，组织上将具有科研成就又有行政能力的孙松纳入了视线。

1998年9月，中科院任命孙松为党委副书记、纪委书记、第一副所长。一年后，孙松改任党委书记，2006年10月就任所长兼书记，党政一肩挑。从此开始了他们一班人大刀阔斧抓改革、集中精力促发展的十年时光。

新官上任三把火。上午宣布了孙松任所长，下午他就来到财务处问："账上还有多少钱？""没了，只够人头费。"哎呀，这还行？第二天孙松领着副手上北京，找科学院要钱要支持。好啊，让你干当然是支持的！给钱是借，要还的！孙松他们一合计：卖了棉袄买蒸笼，不蒸馒头"争"口气。不借了，自己创，抓业务上项目争取资金。

回来后，他把一班人拉上了崂山渔村里，开会研究现状，短板是什么，今后如何办？大家敞开心扉畅所欲言，有的提配备各室领导班子，要懂业务的；有的要求改革力度再大一些，不然感受不到疼，也就缺乏动力；还有的讲申报立项课题要有考核，不能拿了钱不出成果。其中讨论到某处的处长不行，为什么不行，需要讲出个"一二三"来……

接连喝了三天崂山茶，议事不定事，各自提方案，重点是统一认识，凝心聚力，既争得脸红脖子粗，又有生活情趣，逐渐理清了思路，确定了航线。孙松总结道："新班子要有传承，不能否定前面的，还要做开拓性工作。我出国考察时深深体会到，咱们最大弱点就是走不出去。你从办公室窗口看看，第一海水浴场夏天人满为患，水都浑了，而远处人少，海水是清的。要想有所作为，就不能老在近海打转转。上次去院里，有领导就敲打我：孙松，你可不能办成水产研究所！所以啊，今后我们眼光要放远一些，志向要大一些……"

会后，他们确定了战略研究的"三大方向"：一是生物资源可持续利用；二是环境安全研究——包括物理地质环境、军事环境；三是向深海大洋进军。再者，实行大力度改革举措：研究所全员解聘，双向选择。课题组长、各处处长竞争上岗，而后由其选人。没有入选的人员待岗学习，工资保持不变，但干活的不能吃亏，上岗有补贴，出来成果有奖励。

过去中午有打扑克的、玩游戏的，曾有人说："孙所，你管管吧！""不用管，很快他就不打了！"果然，改革方案一公布，谁也坐不住了，千方百计地学习、工作，整个研究所的风气焕然一新，呈现出自我加压、争先恐后的局面。

当时班子成员照例体检，结果发现都不同程度地存在问题：你血压高，我心脏有毛病，他的血脂血糖超标准。哎呀呀，这样的身体状况怎能"大干快上"呢？孙松找到青岛大学附属医院的大夫请教，回答是"亚健康"，走路就能有效地缓解症状。

他与大家一商量，决定就这么办：本来他们几个所长、副所长住一栋楼上，每天上下班有专车接送。现在决定不用了，沿着海边走，从音乐广场步行去海洋所上班，五公里的路风雨无阻，坚持走了一年多，嗬！个个身体大有好转。

如此这般，海洋所风清气正，斗志昂扬，各项工作都上了一个台阶，由原来中科院的 B 类研究所，一跃成为 A 类所。其中，最为典型的还是从"望洋兴叹"，真正走向了深海大洋……

事实上，他们早就想再拥有一条新型科学考察船了！

海洋研究所没有远洋考察船，那就成了"海军陆战队"了，是无法乘风踏浪打胜仗的。随着立下汗马功劳的"科学一号"日渐老化、风光不再，就像一个人老了，各种零部件运转了几十年，时常会出现这样那样的毛病。一开会，船管大队长就呼吁："孙所，光是修修补补的不行，得造新船！"

"我知道新船好，可哪有钱？这需要争取！"那时孙松任党委书记兼分管业务的副所长，三下五除二理清了头绪，立即着手谋划上马科学考察船。

当时，还有几家涉海单位需要考察船，大家希望联合建造，不料因为需求理念不一致——有的说建双体船，有的讲吨位小了不行，来来回回地争论定不下来。孙松和海洋所急不可待。一位领导理解他们，说："干脆给你 5000 万元，你们退出，让他们再商量吧！"

孙松转念一想：行！我们用这个钱可以买适合自己的船。于是，他带领着时任船舶大队大队长的于建军等人揣着钱满世界找，终于发现挪威有一条资源调查船很不错，因油气勘探不景气要出售，要价 5000 万美元，虽说这条船不完全为海洋科研建造，但买回来后改造一下就能用。

那年圣诞节下着大雪，孙松和于建军等人兴冲冲地去了，好不容易谈成了并签了意向书，但就在要签合同的前一天，被另一个船东出了双倍的价钱抢走了。

没说的，再想辙吧。他们找到了武昌造船厂，提出用 5000 万元建造一艘 1000 吨的新船。厂长听了直摇头，说钱太少了，造不出。孙松和副所长李铁刚等人只好大谈苦衷：我们实在就这些钱了，全给你，能造多大就多大，海洋科研需要啊！一来二去，把厂长感动了：这样吧，我们把 1000 吨的海监船设计图纸改一下，建成科考船，这样可省不少设计费哩！

这就是"科学三号"考察船，我国新千年建造的第一艘综合性考察船。为保证新船建造项目的顺利实施，海洋研究所组建了以孙松为首的新船建造领导小组，及以于建军为组长的工作小组，派出有实践经验的船舶大队副大队长孔宪才和船长朱萱带人驻厂监造。从一块块钢板切割开始，看到它在船台上一天天长大、成型，孙松和他带领的造船团队心里非常高兴。

为满足科学考察的需求，"科学三号"配置了可调浆、舷侧推进器和减摇装置，增加了船舶的机动性和适应性；实验室采用大框架结构；甲板设备配置了 A 型架、倒 L 型架、伸缩吊、折臂吊、作业道轨等，同时配置了 6000 米地质绞车和 3000 米水文绞车，以及集中操控台等。中科院沈阳自动化所还设计制造并安装了全船网络、信息集成以及监控系统。

历时 487 天，终于圆满完成建造工程。"科学三号"壮观而实用，于 2006 年 7 月 8 日准备驶离武昌造船厂。时任武昌造船厂常务副厂长的杨志钢（现为董事长）看着"科学三号"的身影，心生不舍，曾对于建军说：我给你 8000 万元，你把船留下吧。于建军听了会意地微微一笑。央视午间新闻对"科学三号"考察船进行了报道，可见其对于我国海洋科研的重要性。这条船总长 73.3 米，型宽 10.2 米，型深 4.6 米，最大吃水 3.4 米，满载排水量 1224 吨，经济航速 14 节，最大航速 16 节，续航力 5000 海里，自持力 30 天，定员 48 人（科学家 30 人，船员 18 人）。将主要用于近海物理海洋学、海洋地质学、海洋生态与环境科学和海洋化学等综合考察与实验。

亲眼看着"科学三号"轮茁壮成长的朱萱，担任了首任船长，开始了新船的科考生涯。说起来，朱萱与海洋研究所有缘！他父母早年大学毕业分配到海洋所工作，一直没有离开。他从小就在海洋所宿舍里长大，先是在青岛福山支路，后来搬到金口二路，小学就是在不远的文登路读书，中午跑到海洋所食堂吃饭。下午放学一般都很早，就再来到所里等候爸爸妈妈下班……

青岛的孩子得天独厚，从小生活在大海边，喜欢海，热爱海，尤其看到海军、海员穿着整齐帅气的制服，给小朱萱心灵里留下深刻的印象。中学毕业考大学时，他就报考了大连海运学院。1985 年毕业后留在了大连工作，可他是家里的独生子，因父母一天天见老，便想回家尽孝，反复要求才被改派回青岛海洋所科考船队，在"金星二号"上当见习驾驶员。

尽管朱萱是科班出身，也有操作大船的证书，但还需要按部就班地从头来。好在他所学扎实，基础牢固，陆续考过了三副、二副岗位，1994 年升任了大副，1997 年考上了船长，从此成为科考船队一员功不可没的战将，曾在"金星二号""科学一号"上驾船航行。其间还被外派到商业货轮上担任过船长，既是创收又可历练，丰富了人生阅历，积累了航行经验。

2006 年 9 月，"科学三号"首航，海洋所孙松、李铁刚、于建军等一班人研究商定，打出"开放共享"的旗号，发布航次公告，面向全国涉海院所搭载科研项目。一时间，群起响应：中国海洋大学，同济大学，海洋局一所、三所，厦门大学，中国科技大学等纷纷报名。

第一航段由青岛到舟山，第二航段舟山到厦门，第三航段厦门到三亚，第四航段三亚回到青岛。满载而归，各得其所。这种方式效果不错，受到各个海洋科研单位的欢迎，至今形成综合性科学考察船出航的惯例。

然而，这条"科学三号"毕竟吨位太小了，只能在近海考察，还是无法经受远海大浪的冲击。孙松担任党政一肩挑的"一把手"后，更是把目光投向深蓝色的大洋、幽暗的海底，那里呼唤着中国海洋科学家，呼唤着飘扬起五星红旗的国际一流大型科学考察船……

二、世界一流科考船

"可上九天揽月，可下五洋捉鳖。"

这是上个世纪 60 年代中期，共和国的缔造者毛泽东发出的豪迈誓言，数十个春秋过去了，随着中国科学家和亿万军民的团结拼搏，正在逐渐变成现实。尤其是前者，嫦娥四号月球探测器已经在月球背面软着陆，而下潜五洋也在一步步深入之中。

外表汹涌澎湃的海洋看似只是汪洋一片，其实海底内部拥有一个神秘的奇特世界。不但有幽灵似的暗礁、湍急的潜流，有貌如高山大岭一样的洋中脊、冒着黑烟的热液喷口；还有正在生成的海沟、海山，以及无数奇特的生物和丰富的矿藏。迄今为止，人类认识深海仍然处于初级阶段，可以说对大洋洋底所能探知的区域还不到5%。

因而，深海探测对于深海生态、深海地质结构的研究，深海矿物的调查与开采，都具有非常重要的意义。这就需要能够到达深海并展开工作的科考船和下潜设备。各国对此都非常重视。20 世纪 60 年代至 80 年代，是国际上新建科学考察船的高峰期。苏联建造了 6000 吨级的"院士"号、1600 吨级的"教授"号，美国建造了 4000 吨级

的"海洋学家"号和 2100 吨级的"梅尔维里"号，英国下水了 3000
吨级的"先驱"号，日本则出现了"白凤丸"和"启凤丸"等综合
性海洋调查船。

这个时期，我国尽管受到"文革"动乱的影响，但也不甘示弱，
相继自主设计建成了"东方红"号、"向阳红 10"号、"向阳红 09"
号、"科学一号"等一批科考船。然而，这些船舶还远远适应不了海
洋科研的需求。以中科院海洋所孙松所长为代表的海洋科研人，开
始积极向有关方面奔走呼吁：建设现代化的远洋科学考察船！

进入新的世纪，世界上更加先进的海洋科学考察船相继诞生，大
量高科技成果得以应用，从船舶动力到电力系统，从自动化控制到
计算机网络，从续航能力、作业能力、立体交叉同步的观测和探测
到保真取样，以及实验数据的现场分析和远程传输，防震减噪和抗
干扰能力以及生活、工作环境的舒适度等，均跨入了一个崭新的时
代。

2004 年，国家发展和改革委员会规划国家"十一五"重大科技基
础设施建设项目，简称"大科技工程"，投资大，科技含量高，审批相
当严格。首先由各科研单位提出立项申请，由两院院士大会严密审核，
再由国家发改委审批报国务院。为此，大家都瞪起眼睛来铆足了劲儿
去争取。海洋所决心抓住这个机会造大船，并立即成立了工作组，由
所长孙松亲任组长，选调本所船舶大队大队长、富有几十年随船科考
经验的于建军带领一帮人撰写立项建议书。

这是向国家上报立项报告啊！责任重大，使命光荣。内容包括
立项理由、目前国内外科考船现状、建设内容、科研需求等。孙松
所长在凯旋山庄安排了几间房，将起草小组封闭在那里加紧干。他

要求于建军他们迅速拿出高质量建议书来，并提出几点生活上的注意事项："一要吃好，二不能熬夜，三不能吃饱，因为吃饱了容易发困……"

"孙所，你太狠了！"于建军苦笑着说："不让熬夜是假的，就是让我们早起床快干活儿！没说的，咱住上凯旋山庄，就等着凯旋吧！"

果然，他们起草小组几个人拼上了，分工不分家，黑白连轴转，每一版连文字带图表将近30万字符，一连写了29稿，终于拿出一份有条有理、精益求精的建议书。以至于发改委高新司来人调研，看到这种情况赞叹地说："你们是真干啊！"

功夫不负有心人。来自海洋的呼声打动了决策部门：为加强海洋科研能力建设，实施我国海洋强国战略，国家发改委批准建设海洋科学综合考察船这一重大科技基础设施项目，同时立项的还有著名的"天眼"工程。具体招标由谁负责来干呢？按说，中科院海洋所最为迫切、出力最大，理所当然应该主管。可是驻地在青岛的还有中国海洋大学、国家海洋局第一海洋研究所、国土资源部海洋地质研究所等四家涉海单位，大家都想要这条船。

为了统一协调，有关部门促使五家单位坐在一起商讨，可这么好的机会谁也不愿拱手相让。与会人员彼此都十分熟悉，时常是台上争得"一锅粥"，各自强调需要船的重要性；台下还是好朋友，握手言欢互相配合……

孙松所长充分发挥了合纵连横的功夫，分头说服，终于得到了大家的理解和支持，海洋所如愿以偿得到了此船的建设管理使用权，成为项目法人单位。

经过改革开放几十年，国家综合实力和海洋意识都有了极大提升，决心投资5.5亿元人民币，建设国际一流的最先进的综合科学考察船。重任交给了海洋所，一定不辱使命！孙松代表党政班子向中科院、国家发改委立了"军令状"，迅速组建了工程经理部，孙松任总经理，吴德星、侯一均、李铁钢、于建军任副总经理，于建军兼总工程师，经验丰富的船长隋以勇为总工艺师，财务处长王勇为总经济师。

由此，总工程师于建军怀着强烈的责任心，长年驻扎在设计和建造现场，奔波于上海和武汉之间，一年有大半年"泡"在了船台上……

于建军原籍山东威海。他的父亲 19 岁那年，在抗战时期，带领着村里 13 个小青年参加了八路军，跟着许世友的部队南征北战，当了"三野"的连长，后因在战斗中负伤转到了地方。解放后，转业到大连自来水公司工作。于建军是在大连出生成长起来的，从小就是孩子头、学生干部，中学毕业正赶上"上山下乡"，带队下乡当了知青点的点长。1974 年招工回城到港航局当工人。他喜欢船，放弃了他父亲托人给他安排的跟着 8 级钳工师傅学徒的机会，到拖轮上学电工。

命运转机在 1975 年。他由于好学上进，专业对口，作为工农兵学员被推荐到大连海运学院学习船电专业。三年后毕业分配到中科院海洋研究所，从此与青岛与船队结下了不解之缘。他先是在"金星"号上干见习电机员，后调去监造"科学一号"调查船，组建船用实验室，从实验员干到实验室主任，整整 20 年，对于实验设备的使用、维护保养和海洋调查了如指掌，率队完成了多项重大海洋科考任务。

正如前面所述："科学一号"在那个时期属于较为先进的科考船了，定位是"海洋地球物理综合调查船"，配有数字地震仪、遥测地震仪、万米测深仪、浅地层剖面仪、旁扫声呐等。1984 年中美联合调查时，所里还派于建军去美国培训了三个月，更使他成为这方面的专家。他与俞锡春船长等人密切配合，为胡敦欣科研团队提供了强有力的支撑。他曾多次被中海油勘探公司邀请担任国际项目技术顾问，在同南京大学的合作中也深得王颖院士的赏识，受邀为南京大学海岛与海岸带国家重点实验室客座高级工程师。

1998年，由于种种原因，船队管理出现了一些问题。一天，当时的所长在走廊上碰到了于建军，把他叫到办公室问："小于，你觉得管船队怎么样？""没什么问题啊！""那你来管。""不不，我只想干业务。"过了几天，电话打来了："所里定了就让你管！船队就是业务。"

后来，于建军当上了科考船队的大队长，大家都叫他"于大"。好一个"于大"，不仅个子高、资格老，也是船队名副其实的"老大"。他不仅要带领船队完成科研任务，还要四处揽工程找项目，维持上百人的开销。在管理上，他严字当先，首先抓管理、抓纪律、抓人心、抓船容船貌，严格执行各项规章制度。每制订一项规章制度，他都会认真考虑是否能彻底地贯彻执行下去，一丝不苟。

有一天，他自己开车悄悄去了码头，上船转一圈没看见人，便拿了一张航行图走了。回来一调查，发现值班员竟是与他关系不错的小兄弟！于建军思想上较量了一下，最后认为私人感情不能代替劳动纪律，还是毫不手软地狠狠批评：丢了东西你都不知道，严重失职！当众检讨，扣发绩效工资！

晚上下班后，于建军买了水果等前往被处罚者家里看望，却让人家把礼物扔了出来："你当官了，不认哥们了……"

"哎！没有规矩不成方圆，再不能由着性子来，不能让人把咱们看成无组织无纪律的'土匪'。"于建军撂下一句话，头也不回地走了。

过了一段时间，这位小兄弟与大家才明白了"于大"的用心：千方百计改变过去的不良印象，树立一切为科研服务的意识。于建军时常掷地有声地说："在科考船上，我们不仅是船员，更是科技人员！"

自此，海洋所船舶大队掀开了新的篇章，先后荣获国家人事部颁发的"先进集体"、中科院颁发的精神文明"创新团队"等荣誉称号。于建军一连干了8年大队长，直到2006年他才退下来，由年轻一些的朱萱接任。很快，他就被知人善任的孙所长委以重任，全力以赴建造新型科考船。这可是几代人梦寐以求的"宝船"啊！在船舶上干了一辈子科研工作的"于大"，非常了解其中的"密码"，"庐山会议"（国家重大科技基础设施项目上岗考核培训）后，更加坚定了他的信念，把它当作退休前的最后一战，一定要干出个名堂来！

新船由中国船舶工业集团公司第708研究所设计，武昌船舶重工有限责任公司建造。作为"船东"的海洋研究所，对于"产品"有自己的要求：借鉴国际上著名的挪威"G.O.萨尔斯（G.O.SARS）"号和英国的"詹姆斯·库克（JAMES COOK）"号等科学考察船，结合我国海洋科研工作的实际需要，总结了过去出海调查的经验教训，提出了一整套全新的理念和技术指标。

崭新的船型、实用的设施，有些设想和建议，具有多年海洋科考经验、又当过管理船队大队长的于建军干脆画出图纸供参考，并且直接挂在网上广泛征求意见，再酌情一步步修改。关于船型，他直接给设计师提出了总体尺度——长度不超过100米，宽度18米，让设计师按这个指标优化。以至于设计师由衷地说："于总，你们为科考船的设计贡献了太多的智慧。"

于建军则真诚地表示："哪里，我们就是想要一条好用的船！看到它在海上是最先进的，我就很高兴！"

图纸拿出来了，足有成百上千张，厚厚的一大摞。2010年，寄托着几代海洋人梦想的新船开工了。按照所党委的统一部署，于建军、隋以勇带领着船舶大队的孔宪才、李欣、张绍京、刘合义、刘长杰、石铭金以及孙宇峰、连超等一干人马开进了厂家，全程监制。冬去春来，风雨兼程，他们随着这艘科考船一起成长。

今天，于建军已经是国内小有名气的"造船专家"，先后被国家发改委等部门邀请为评审专家，参与了"向阳红10"号、"大洋二号"、"中国海洋地质九号"、蛟龙号母船、"雪龙2"号、"东方红3"号、"张謇"号等新船建造项目。

为了全所的宝贝船，监造人员确实拼上命了。那几年，于建军、隋以勇他们几乎成了造船厂的工人，天天和工人一起上下班，甚至比船厂人还敬业。在工程质量上，他们层层把关，顶着60度的高温在舱室穿梭检查质量，为了确保工期，经常性地加班加点；他们与技术人员一起，研究新的技术、研发新的工艺、研制新的装备；在工程后期，把每天夜里10点的碰头会推迟到半夜12点。

肩上的重担使然，于建军的拼命精神又上来了，船厂的人背后偷偷地叫他"魔鬼总工"。毕竟年龄大了，又无法放松休息，"于大"累倒在现场住进了医院，张绍京等人心脏也都累出了毛病，后来有知情人感叹地说："这条船累倒了不少人！"

尤其时年50出头的阎军，差点成了"阎王大军"里的一员。

他是山东济宁人，从小没见过海，也是与孙松一样，1978年考上了山东海洋学院来到青岛，才与海结了缘。他学的是海洋地质调查，毕业后分配在胜利油田地质科学研究院，两年后考上了海洋所秦蕴珊院士的研究生，从事海洋沉积学研究，也就留在海洋所工作了。

90 年代初，海洋地质室与中海油合作进行“海洋工程地质调查与评价”课题的研究，对于预防海底滑坡地陷倾向，具有重大作用。联合国开发计划署认为该研究很有意义，资助他们做“近海平台与场址调查和评价”的研究。秦院士为首带领大家集体攻关，作为助手的阎军积极投入进去。

正当风生水起之际，所里开始建造综合性科考船，其中配备了许多地质调查设备，需要专业人士筹划监理，准备调懂行的阎军参加监造小组。可他本是做研究工作的，这一来就得离开实验室，有人劝他不要去。阎军想：盼了几十年的大型调查船终于有戏了，我要去为它干些实事，哪怕耽搁自己的研究也值得！

如此，他随同于建军上了船厂，担任了工程技术部主任，负责科考船的随行设备配置、建造和管理使用工作。从水下机器人、各型绞车到操控室、实验室装备的安装调试、章程制度学习制订等等，都需要从头开始，白手起家。为此招聘了一批大学生，严格培训，甚而教给他们如何在船上防晃动、保证人身安全……

经过一年多的艰辛洗礼，2011 年 11 月，新船在武汉下水了，正式命名为“科学”号。这是一个寓意深远而又富有诗意的船名，既表明了隶属于中国科学院海洋研究所，又预示着向海洋科学进军远航！她身上承载了国人无限的希望和梦想。

当“科学”号进入试运行阶段时，孙松所长在国内首次开创了全新的科考船管理模式，组建了由科考船队、工程技术部和大科学装置办公室组成的科考船运行管理中心。为了加强管理，再加上总工程师于建军的身体尚未恢复，所里任命一直介入调查装备建设的地质室主任阎军为中心主任，并负责"科学"号的海上试验等试运行工作。

此时，从国外归来的张鑫博士成为阎军的得力助手。他们齐心合力做好各种调试工作。ROV 上船安装时，原来委托船厂做的基座不行，重新返工，直接安到甲板上；无法测量热液流体成分，就自己制作"激光拉曼探针"。原先设计的 ROV 操控室放在船上不能移动，平常训练、检测均不太方便，他们设想把所有操作系统都放在一个集装箱里，不需要它出海时可整体吊装下船，便于保养检修……

可以说，那是他们最累的几年了。不知不觉间，阎军的身体出了毛病。那还是在海试期间，他从后甲板走到驾驶台，竟喘不上气来，当时只当是太累了，休息休息就会好的。回家后再一次准备出海，妻子看他跟过去不一样了，走路走不快，还老是气喘吁吁的，实在不放心，坚决拉着他去医院检查一下。

在青岛市立东院里，各种检查单、化验单一取出来，大夫倒抽一口凉气：马上住院！原来他的心脏造影显示 95% 的主干血管堵塞，说不定何时就会大面积梗死！支架都不能放了，必须做搭桥手术！当天，阎军就紧急住进了重症监护室，安上了血液循环泵。大夫说："这是救命泵，在手术前以防万一，不然我在医院都救不了你！"

阎军主任病危的消息传到海洋所，孙松所长、王启尧书记等人立刻赶到医院看望。隔着重症室的门玻璃，看着曾经年富力强的伙伴躺在病床上危在旦夕，孙所长情不自禁流下了眼泪："唉，这两年为了'科学'号累坏了……"

第二天，手术十分成功，大夫从阎军左右腿上各取一段血管，行心脏搭桥术，右三左一，一共为心脏搭了四根"桥"。此后阎军住了十几天重症监护室，又在家静养了一段时光，才终于从"阎王"手里挣脱出来。

海洋所领导十分关心，准备让他长期休息，可是"科学"号即将首航，有些事情还是他清楚，打电话询问他身体怎样了，还能不能干。他朗声回答："能干！"就又上班了。只是严格限制他出海，他只能在办公室遥控指点，船上的事由副手张鑫代劳。瞧，我们的海洋科学家就是这样献身海洋的！

新船建成后，进行了一系列海上航行试验，简称"海试"，专门找狂风暴雨的天气、浪高流急的海况，是骡子是马拉出来遛遛，这才能试出斤两和检测有没有毛病。记得有位诗人早年写过一首海试的诗歌，其中说到天气很好，找不到恶劣海况影响工期：恨不得拽过大海踢两脚，让它发怒跳起来。

那次"运气不错"，试航船由监造总工艺师隋以勇担任船长，从南通一出长江口，就遇到了台风的尾巴，五层楼高的船体横摇得厉害，参加海试的队员晕了一半，房间里未放好的书本、计算机哗哗啦啦掉了一地。入职不久的硕士生连超负责实验室设备的调试，生得人高马大，可这是第一次出海，龙王爷根本不管你壮不壮，照样把他放倒了。本来他住在上层舱室里，窗外海景很迷人，可晃得根本睡不着，只好跑到一楼集控室打了个地铺……

海试总体合格，船体和主机经受住了风浪的考验，各项测试结果表明，该船设计和建造非常成功，不仅快速性、操纵性、噪声振动等主要性能全部达到设计要求，而且船舶综合布置、电站负荷、船舶油耗、定位能力、动力系统的可靠性、生活环境舒适度均达到或超过国际同型船的水平。只在绞车管路上发现了一些问题，有漏油现象，需要及时改造修复。经过风吹浪打的磨合，"科学"号胜利返航。

2012年9月的一天，天高云淡，金风送爽，英姿勃发的"科学"号昂首挺胸驶进了青岛奥帆中心码头，有关方面举行了隆重热烈的交接仪式。她那船体染着"中国红"颜色，上层建筑则一片雪白，在碧海蓝天和岸畔楼宇的衬托下，美丽壮观，宛如一幅色彩斑斓的油画。

中国科学院白春礼院长十分高兴，亲来青岛迎接并用楷书题写了"科学号"三个大字，表示祝贺祝福。这幅字被海洋所工作人员镶上镜框，至今挂在船上会议室里，时时刻刻彰显着科学的含意……

"科学"号处处体现着探索、创新的科学精神，是当今世界上第一流、最先进的海洋科学考察船之一，是开展深远海综合科学考察研究的国家重大科技基础设施。那么，这究竟是一艘什么样的船呢？先进在哪里呢？让我们一起登上舷梯、走进甲板舱室，一睹那令人心旷神怡的风采吧——

全船总长99.8米、型宽17.8米、型深8.9米，总吨位4711吨，续航力15000海里，自持力60天，最大航速15节，定员80人。续航力比国外科考船多出5000海里，延长了海洋考察的周期。船上装备了先进的可控被动式减摇水舱系统，风浪大时可自动减小船体的摇晃程度，可以抵抗12级以上大风。

在船头接触水的地方，有一个很显眼的硕大的红色"圆鼻头"，这是率先在国内采用优化设计的防气泡球鼻艏船型方案，因为船舶在水中航行，激起的水波会产生一种阻力，即兴波阻力。这种阻力会消耗掉船舶的一部分推进功率。"圆鼻头"可以使船体与球鼻分别形成的波峰与波谷相遇，从而相互抵消，减小兴波阻力，使船行驶得更快，但随之带来的水下气泡会造成对探测设备的干扰。防气泡球鼻艏是"科学"号上的专利创新技术之一。

从外观上看约略高达 37 米，有九层作业甲板。站在驾驶室环顾船舱，可以发现，与一般的船相比，"科学"号的前甲板出奇地宽大和敞亮，四周没有舷墙，船体边缘也没有挡水板，而是采用了圆弧形的设计，这主要是为了减少因风和浪的冲击而引起船舶摇摆；甲板上，各种系泊设备也都安放到了遮蔽作业甲板上，既保护了系泊设备，也增大了前甲板的空间，更便于作业，这在国内是第一艘如此设计的科考船舶。

前甲板上，画着一个黄色的大圆圈，这是直升机悬停平台的标志。前甲板的艏部耸立着一个高大的桅杆，科学家们称它为"科学桅"。普通船只的前桅杆通常用于悬挂前桅灯、锚灯和锚球，而"科学"号前桅杆除上述功能外，在桅的顶部平台还装有大气探测和海气通量探测设备。这是因为船头是最先接触海上的气流且远离"上层建筑"和船上烟囱的地方，也是空气最纯净且不会受到遮挡物干扰的地方。

在科考船中，"科学"号是第一艘采用吊舱式电力推进的船舶。可实现 0—15 节无级变速，并在低速状况完成 360 度回转；在国内首次采用了艏侧推槽道口封盖技术，解决了槽道口气泡干扰问题；第一个配备了全球卫星通信系统，可在全球范围内进行实时音、视频通信和数据传输；首次将变频电控技术应用于大型绞车等操控支撑系统，效率提升很大。比如在 6000 米深的海底取样，若是采用液压技术，缆线收放一次上下就得 8 小时，而用了电控技术，能节约一半时间，4 小时就可以完成一个来回。

"科学"号考察船的定位能力十分强。应用动力定位系统在 8 级风、4 米浪的情况下，也能将船只稳定在 3 米范围之内，海况好的情况下，则可将船控制在 0.3—0.4 米范围之内；水下定位精度可达厘米级。这对于科研来说十分重要。比如某处站位的地形扫描、海底岩石取样、生物环境测定等等，只有确定在原位，实验中的很多坐标信息才能准确，否则就会差之毫厘，谬以千里。

从船舷的左侧拾级而上，船上生活设施尽收眼底：餐厅、休闲厅、网吧、健身房、医务室、会议室、图书室、居住舱室等，相当舒适。在驾驶室里专设了咖啡台，工作累了可现磨一杯咖啡提提神。舱室里设有电视、网络、音乐播放器、独立卫生间，随时可以沐浴，俨然不亚于三星级的宾馆。在休闲室里还摆放着一架崭新的钢琴，有此特长的科考队员闲暇时，弹奏一曲，可当一次电影中的"海上钢琴师"……

上述种种还是笔者直观的感受，为了更加真实客观地展示"科学"号综合性科学考察船，我们引用百度百科的词条摘要介绍一下：

"科学"号海洋科考船

"科学"号海洋科考船由中国科学院海洋科学研究所订造，具有全球航行能力及全天候观测能力，是中国国内综合性能最先进的科考船。该船于2010年10月28日开工建造，2011年11月30日下水，2012年5月28日进行了倾斜试验，2012年6月14日—20日进行了海上航行试验。

背景历史

中国科学院作为国家战略科技力量，院党组提出了"创新2020"跨越发展体系，努力践行"民主办院、开放兴院、人才强院"发展战略，围绕"出成果、出人才、出思想"的战略使命，坚持科研院所、学部、教育机构"三位一体"的发展架构，始终为建设创新型国家而努力奋斗。围绕国家海洋发展战略要求，中科院将构建"中国空天海洋能力新拓展体系"作为"创新 2020"的战略重点之一，"科学"号海洋科考船作为其中一个重要的实施工作，中国科学院在国家有关部门、有关省市和社会各界的关心和支持下，会同有关单位群策群力，机制共商、进程共议，顺利实现"科学"号成功交接，成为协同创新的典范。

"科学"号海洋科考船大事记

2007 年 12 月 20 日，海洋科学综合考察船项目建议书获中国国家发改委正式批复。

2010 年 10 月 28 日，海洋科学综合考察船项目在武昌船舶重工有限公司开工建造。

2011 年 11 月 30 日，海洋科学综合考察船在武汉下水并命名为"科学"号。

2012 年 9 月 29 日，"科学"号交接仪式在青岛举行。

"科学"号海洋科学考察船由中国船舶及海洋工程设计研究院设计，武昌船舶重工有限责任公司建造，中国科学院海洋研究所作为法人单位以"专业运行、开放共享"的管理模式运行。中国海洋大学、国家海洋局第一海洋研究所、中国水产科学研究院黄海水产研究所和国土资源部青岛海洋地质研究所为共建单位。

精巧设计

外观设计

研究深海，前提是抵达。中国曾因缺少专为深海设计的科考船而"望洋兴叹"，直到"科学"号设计建造成功。它"短宽型"的船体结构、封闭式甲板、360 度可环视驾驶台、重力活塞取样的翻转结构等设计，都为海上作业提供了良好的条件。

"科学"号海洋科考船采用的吊舱式全回转电力推进系统，是国际最先进的推进方式之一。其合为一体的推进器与螺旋桨不仅节省舱容空间，也提高能量转换效率，可增加船体机动性与灵活性，并减少船舶的震动噪声，有利于科学考察人员进行海上作业。

动力系统

该推进系统可实现一台发电机组推动一艘 5000 吨的船舶跑到 12 节航速（1 节等于每小时 1 海里），显示其经济、绿色和环保的特点。

"科学"号海洋科考船结合国际科考船发展趋势，重点瞄准发达国家交付不久和正在建造的新型科考船，通过消化吸收国外相关先进技术，成为中国首艘应用"升降鳍板装置"和"艏侧推槽道口封盖装置"的科考船。

探测设备

船舶行进中产生的湍流，会随速度加快而变厚。升降鳍板可降低湍流噪声对船底声学设备的影响，有效减少信号衰减，提高探测精度。侧推槽道口受水流影响产生大量气泡，"科学"号在国内首次设计安装了侧推槽道口舷外封盖装置，可减少气泡对声学设备发射和接收信号形成的噪声干扰。

而作为中国最先进的科考船，"科学"号海洋科考船采用模块化设计，配备了海洋大气、水体、海底、深海极端环境和遥感信息现场验证等五大船载探测系统。

作为海洋科学综合考察船，"科学"号海洋科考船搭载了"十八般兵器"，包括无人缆控潜水器（ROV）、深海拖曳探测系统、重力活塞取样器、电视抓斗、岩石钻机和万米温盐深仪等先进的深海探测和取样设备。

技术参数

"科学"号海洋科考船船长 99.8 米、宽 17.8 米、深 8.9 米，排水量约

4600 吨。在 12 节航速下，续航力 15000 海里，最大航速可达 15 节。

性能

能在海上自给自足可航行 60 天。船上配有先进的可控被动式减摇水舱系统，能够抵御 12 级大风。装配的升降鳍板、侧推加盖及翻转机等设备均为中国国内首创。

应用领域

"科学"号海洋科考船将重点用于西太平洋及周边海域科考，可为中国提供海洋地质、生物与生态、大气等综合科学考察信息。这艘先进的科考船，还将成为中国深海远洋科考探测研究平台。

"科学"号海洋科考船将成为中国综合性能最先进的科考船，与发达国家已建和将建的科考船处于同等水平。"科学"号综合海洋科考船将大大提升中国海洋科考观测能力与研究水平。

它可以完成大洋定点和走航式海洋环境参数连续探测、海面常规气象连续探测、海气界面通量探测、海底地形地貌探测、底质采样、地球物理探测、缆控深潜探测与可视取样，并可实现数据系统集成、现场印证及与陆基实验室的传输与协同处理。

"科学"号海洋科考船航次涉及南海成因演化、南海北部冷泉区及冲绳海槽热液区生态系统调查，西太平洋地质、气候及海山环境调查。

科学实验

航行测试

"科学"号海洋科考船于 2011 年 11 月 30 日下水，2012 年 5 月 28 日进行了倾斜试验，2012 年 6 月 14 日—20 日进行了海上航行试验。各项测试结果表明，该船设计和建造十分成功，不仅空船重量、快速性、操纵性、噪声振动等主要性能全部达到设计要求，而且船舶综合布置、快速性指标、抗风稳性、电站负荷、船舶油耗、定位能力、动力系统的可靠性、生活环境舒适度均达到或超过国际同型船的水平，获得了船东的较高评价。该船于 2014 年正式入列，开始参与海上科考活动。"科学"号首航仪式在青岛中苑码头举行。

现实意义

"科学"号海洋科考船被称为中国划时代海洋综合考察船的"长子"，承载了几代中国海洋科技工作者的梦想。

"科学"号将成为中国深远海重大基础科学研究与探测的支撑平台与共享平台。

"科学"号正式投入使用，将开启新时期中国新一代海洋科学综合考察船的新篇章，实现海洋科考能力跨越式发展。作为中国未来 10—20 年海洋科学考察的旗舰船，其投入使用后将显著提升中国海洋综合探测能力与研究水平，为开展远洋综合科学考察研究，提供强有力的能力支撑。

作为"科学"号的建设法人单位，中国科学院海洋研究所将以"专业运行、开放共享"的模式运行管理，使这艘中国海洋科学考察旗舰船成为中国海洋科技工作者的共享平台，重点解决大洋环流系统与气候变化、海洋动力过程与灾害、深海生物、基因资源及生物多样性、大洋生态系统与碳循环、洋中脊与大陆边缘热液系统及地球深部过程、深海海底油气资源形成机理等一系列重大科学问题。

"科学"号将通过完成中国国家重大海洋基础研究项目、国家重点基础研究计划（973 计划）、国家高技术发展计划（863 计划）和国家自然科学基金等一系列重大深海科学研究项目，为实现中国海洋科技中长期规划科学目标提供有力支撑，为中国有效参与国际合作与竞争提供先进的观测研究平台，促进中国海洋科学考察能力和研究水平步入世界前列，为加速实现海洋强国的战略目标和推进全球性海洋科学合作计划做出应有的贡献。

当然，最重要的是它配备了 7 大船载科学探测与实验系统。包括水体探测、大气探测、海底探测、深海极端环境探测、遥感信息现场印证、船载实验和船载网络等。搭载了高精度星站差分 GPS 定位系统、全海深多波束测深系统、多道数字地震系统、ROV、电视抓斗等多种国际先进的探测设备，具备高精度长周期的动力环境、地质环境、生态环境、生物、化学等综合海洋观测调查能力。

它同时设置了多功能的船载干、湿实验室，可为科学家提供地质、化学、生物等样品的现场处理设备及场所。在船底安装有可放置 ADCP 海流计、鱼探仪、浅水多波束、摄像系统等的升降鳍板以及准确测量地形地貌的全海深多波束系统，船左侧搭载有可深入 4500 米水深的“发现”号深海机器人，右侧配有可测量海洋温度、盐度、深度和采集水样的温盐深仪设备（CTD）。它们之间可互不干扰，同时操作，真可谓“十八般兵器样样俱全”。

其中，“发现”号是专为科考船量身定制的无人缆控水下机器人，是“科学”号装备中的重中之重。所谓缆控，就是母船“科学”号用一根类似脐带的电缆，将“发现”号深海机器人安全护送到海底 4500 米深以内的任何地方。这套系统包括了水下载体和探测作业工具，收放系统、控制系统、动力及辅助系统；水下载体则由结构框架、推进单元、液压动力单元、机械手及作业工具单元、信息传输单元、摄像机和照明单元、水下控制单元和传感器单元等组成。“发现”号上配备了 7 个推进器，用来垂直和水平控制 ROV 的行进，并伴有运动传感器、深度传感器、高度计、罗经、避碰声呐、多普勒计程仪、无线电追踪器、紧急定位系统等。通过它身上装载的 2 只大力手臂和 6 台高清分辨率“大眼睛”（摄像头）以及各种作业工具，操作者可以从不同角度近距离观察海底模样和采集样品。它是科学家们走向深海的"千里眼""顺风耳""大力手臂"。简言之一句话，它就像载人潜水器一样，有了它，等于科学家亲身来到了数千米深的海底。

毫无疑问，"科学"号就是一座"海上移动实验室"。

在深海大洋中，它可以从事深海探测、保真取样、现场实验分析等科考工作，通过定点作业和走航方式，对海洋环境参数、海面常规气象、海气界面通量、海洋生物、海底地形地貌、海底地质、海底构造等进行天空大气、水体和海底的立体交叉、同步的连续观测和可视保真取样、现场分析处理、遥感信息现场印证以及数据系统集成。依托强大的卫星传输功能，这些科考数据和现场作业工况可以实时传输到陆地，科学家即使不出海，也可以共享和分析处理数据资料……

后来，这艘现代化的世界一流的科学考察船，成为许多科研院所建造科考船的样板。他们纷纷前来取经，甚而直接照搬过去，打造出几条几乎一模一样的"孪生兄弟"船。

2014年，"科学"号海洋科学考察团队与中国探月工程三期再入返回飞行试验任务团队、国防科技大学天河高性能计算创新团队一起获得当年"科技创新团队"光荣称号。当孙松所长带领监造总工程师于建军等人来到北京领奖现场时，按规定各获奖单位允许一位代表上台去，可孙松深知"于大"为这条船付出的心血汗水，非要拉着于建军一同上台。

"不行不行，咱不能坏了规矩啊！"他婉言辞谢了。

这足以说明，中科院海洋研究所对建造"科学"号考察船的贡献非同小可！

三、首航西太平洋……

　　"现在我宣布，'科学'号正式启航！"

　　2014 年 4 月 8 日下午，随着中科院海洋研究所所长孙松一声号令，"科学"号综合考察船汽笛鸣响，缓缓驶出了码头。船上飘扬着两面旗帜：一面红旗上写着"'科学'号海洋科学综合考察船首航"；一面蓝旗上写着"WPOS 专项西太热液航次"。

　　哦！这是中国第一艘新型全海域综合性科学考察船——"科学"号，正在青岛中苑码头举行隆重而热烈的首航仪式。

　　海洋所所长孙松、党委书记王启尧等领导班子成员，各研究室主任、研究员，航管中心部分人员，还有已经退休多年的船长、老科学家和科考队家属，纷纷汇集到码头上。有的手捧鲜花，有的举着彩旗，还有的抱着孩子前来欢送。尽管春寒料峭，黄海的海风吹在身上脸上凉意袭人，可人们个个笑靥如花，热情似火。

　　经过两年左右的试航检测阶段，经历了酷暑严寒、台风巨浪的重重考验，"科学"号各项性能全部达到设计水平，包括各种装备仪器也都应用正常，还在海试时期就已经完成了数项科学探测，取得了一些宝贵的样品和数据，完全具备了驶向深海大洋的能力。

一番紧锣密鼓的筹备之后，首航的航次任务、海域与航线均确定下来。目标靶区选定在西太平洋的冲绳海槽，两个考察点，探测海底热液口、"黑烟囱"，相应采集矿物生物样品和有关数据。科考队首席科学家为"双首席"，一位是所长助理、海洋生态学家李超伦，另一位是海洋地质学家曾志刚。科考队长、技术负责人则由三十出头的 ROV 专家张鑫担任。此外还有 40 余名队员登上甲板，随船开始了"科学"号真正意义上的处女航。

本航次是执行中科院战略性先导科技专项（WPOS）科学考察任务之一"热带西太平洋海洋系统物质能量交换及其影响"。这个"战略性先导专项"，是海洋所为了走向深海大洋而确定的"三个一"工程（建造一条国际上最先进的科学考察船，承担一个国家级的重大专项，建设一座适合科考船停泊维护的专用码头）的重要组成部分。

在孙松、王启尧这届班子的领导下，经过全所人员的不懈努力，"三个一"工程均在逐步落实。有了船，没有大项目那也是"养"不起的，甚至会造成严重的设备资源浪费。所以，几乎就在"科学"号交付之前，孙所长就着手组织撰写申请重大任务立项的报告书了。

时任海洋生态与环境科学重点实验室副主任、研究员李超伦，重点参与了这项工作，成为编写组主要成员之一。他本身是生活在海边的青岛人，从小在青岛读书上学，沐浴着清爽的海风长大，夏天时常跑到海水浴场里，与小伙伴们游泳、戏水、打水仗。可能父母为他起名字时就有"超凡绝伦"的愿望，也奠定了他想当一名海洋科学家的理想基础。

1987 年，李超伦高中毕业了，第一志愿填报的就是中国海洋大学的前身——山东海洋学院，并且顺利考中了，就读于海洋生物学专业。作为一个本科生，他跟着老师搭乘着学校的"东方红"号科考船出海，在海岸带做海岛调查。虽说开始晕得不行，吐得难受，可他对做实验、做标本很有兴趣，乐此不疲。

大学毕业后，他面临考研还是就业的选择。恰逢海洋研究所来学校招聘极地工作人员，骨子里有种探险情结的李超伦来了兴趣，积极报名，被录用到海洋所王荣老师的团队当了一名实习员，主要研究南极磷虾，做标本、记录数据。第一次到南极给他留下了深刻的印象。

恰逢"雪龙"号极地考察船的首航，李超伦有幸参加了那个航次。

当经过艰辛的航行，战胜了西风带猛烈的风浪，终于来到南极时，只见满眼是白色的冰盖、冰山、冰原，几乎整个天和海全是冰雪的世界，他的心灵受到极大震撼，感觉到大自然太伟大了、太神秘了！这需要人类不断地去探索，而自己掌握的知识太少了。

回来后他加紧学习，陆续报考了本院的硕士和博士研究生，一直跟随着具有"无冕之王"之称的王荣导师深造。他沿着助理研究员、副研究员、研究员的历程一路走来，其间还到挪威特拉姆瑟大学、美国康涅狄克大学做访问学者，刻苦好学成绩显著，2008 年被任命为海洋所第七室——海洋生态与环境科学重点实验室副主任。

那时，他时常参加国际会议，看到西方发达国家利用先进的科考设备，从海底拍来的照片和获取到的样本，十分眼热。可是，深海科研是"富人俱乐部"，要有经济实力才行，每次开会都是美国、法国、英国、日本等国家唱主角。李超伦与国内许多海洋学家一样，盼望着有一天中国人也能在这个领域大显身手、扬眉吐气！

改革开放带来了天翻地覆的变化，国家综合实力得到极大提高，海洋所开始论证建造"科学"号考察船，并争取深海科研项目之时，有过南极科考经历的李超伦便积极参与进来。购置什么设备、探索哪方面的内容，才能保证未来十年二十年不落伍？为此海洋所专门设立了领导小组，孙松所长亲任组长，李超伦任重大任务办公室主任。

好啊！有了大船，过去不敢想的科学问题，现在都可以设计研究了！他们摩拳擦掌跃跃欲试，一边建船，一边选择码头，一边撰写申请重大专项的报告。"三个一"工程并驾齐驱顺利实施。2013年通过了中国科学院战略性先导科技专项（A类）"热带西太平洋海洋系统物质能量交换及其影响"（简称"海洋专项"），专项经费11.5亿元人民币。

这是中国科学院有史以来在海洋领域投入最大的一个项目，是中国科学院先期启动的10个A类先导项目之一。它以热带西太平洋为重点，兼顾东印度洋和印尼贯穿流区域，开展海气相互作用、海洋环境安全与生态系统演变、深海极端环境与生命综合研究，研发一批海洋探索与研究急需的海洋装备，从整体上提高海洋探测与研究能力，在我国海洋研究领域发挥先导作用。首席科学家由中科院海洋所所长孙松担任。

为此，他在接受《中国科学报》采访时说："近海研究有良好基础但体现不出先导性，深海研究是发展方向但面临极大挑战。考虑到我国对海洋科技的需求以及海洋领域的国际前沿问题，如何体现海洋科技领域的'先导性'，是我们首先要解决的问题。

"我国的海洋研究起步晚，受到海洋意识、综合国力和海洋探测装备等方面的诸多限制，主要海洋研究大多局限于中国近海资源与环境的研究，对深海大洋的研究鲜有涉猎，并且有限的调查研究仅限于大洋上层。因此，我国对全球海洋，特别是深海和大洋的动力环境、资源状况缺乏系统了解。

"于是，海洋先导专项将目标锁定在西太平洋。热带西太平洋是比邻我国的大洋，是我国从近海走向大洋的必经之路。开展西太平洋的研究将对了解气候变化、邻近大洋对中国近海环境的影响以及深海探索都具有重要意义。"

中科院先导专项有一个共同的特点，即定位于解决关系国家全局和长远发展的重大科技问题，集科技攻关、队伍和平台建设于一体，形成重大创新突破和集群优势。海洋也不例外，依托中科院海洋所、南海海洋所、烟台海岸带所、沈阳自动化所和大气所等单位，联合国家海洋局第一、第二、第三海洋研究所等国内外优势力量，开展联合攻关。

"不仅涉及气候变化，也涉及近海与大洋的相互作用、深海与表层海洋相互作用以及深部海洋的探索。"孙松说，"从立体来看，是从深海到表层、海气相互作用；从水平来看，涉及大洋和近海；从学科上，涉及物理海洋学、化学海洋学、生物海洋学和海洋地质学。概括而言，就是以热带西太平洋为主要研究区域，兼顾东印度洋和印尼贯穿流，从海洋系统的视角开展综合性系统调查与研究，推动我国深海大洋理论与技术体系的构建和发展。"

孙松作为整个项目的首席科学家，专门阐述了"海洋专项"聚焦的关键问题：

（1）海洋信息获取——海洋观测系统的建立。它有别于通常的业务化观测系统，从科学研究的角度出发，基于近海和大洋上一些关键科学问题，在一些敏感区域开展有针对性的观测。

（2）海洋生态系统健康——我们对中国近海环境变化、人类活动、陆源物质输入与黑潮变动等因素进行综合研究，从海洋系统的角度研究中国近海生态环境现状和发展趋势以及应对策略。

（3）对海洋未知世界的探索——深海极端环境与生命的探索。海洋领域最大的挑战在深海，深海探测的最大挑战在装备。因此，我们将重点放在深海探测与研究综合平台的建设、深海研究体系的建设上，在国际海洋前沿领域开展创新性的研究，全面提高海洋探测与研究能力，进入国际一流国家行列。

（4）提高海洋装备研发水平——在深海装备体系建设中做到"下得去、看得见、测得准、拿得上、用得起"。根据设定的科学目标，有针对性地研发急需设备，与已有的设备进行集成，形成完整的深海探测与研发体系，将科学考察船、深潜器、海洋探测工具、海洋技术体系建设、技术队伍和科研队伍作为一个整体进行综合部署，科学与技术有机结合，全面提高我国深海探测与研究水平。

为了实现这些目标，他们选择热带西太平洋作为重点研究区域，同时兼顾东印度洋和印尼贯穿流的观测与研究。热带西太平洋对于我国乃至世界都很重要，这里是我国重要的出海通道，具有十分重要的战略意义。从科学角度出发，这里是海气相互作用研究的重点区域。海洋热量传递是海洋领域的热点问题。热带西太平洋是全球海洋热量最高的区域，也是暖池所在地，其海洋热量变化将会对全球气候，特别是东亚气候产生重要的影响。

在这个区域我国科学家——胡敦欣院士牵头提出的"热带西太平洋海洋环流与气候"研究计划，受到了国际同行的重视和积极参与。热带西太平洋也是黑潮的发源地，海洋环流复杂，其海洋环流变动将会影响到黑潮的变动，而黑潮的变动将会对我国近海生态环境产生重要影响。此外，热带西太平洋的海底特别活跃，分布有众多的海山、热液和冷泉，对深海研究来说也是一个非常理想的区域。考虑到海洋热量传递、东印度洋对我国气候的影响，他们的研究区域也涉及东印度洋的研究和对印尼贯穿流的观测。

海洋专项的总体目标是建设一个平台，形成一个体系，建设一支队伍，在一些关键领域取得突破，取得一批科研成果，获取大量样品和资料，为未来发展打下坚实基础，在能力建设上进入国际先进国家行列，在我国海洋探测与研究中起到引领作用。

尽管对西太平洋的观测已经有很多，但主要是表层观测。海洋专项将重点放在深海环流的观测上，通过深海潜标的布放，在西太平洋暖池区建立深海观测网，同时通过与印尼的合作加强对印尼贯穿流和东印度洋的观测。在观测方式上，建立以潜标为主的观测网的同时，加强船基走航观测；在观测内容上，进行物理海洋观测的同时，进行海洋生产力、海洋生物多样性和海洋生物地球化学循环的观测与研究。

在近海研究中，关键在于通量的观测。通过测量黑潮进入中国近海的生源要素、生物多样性、溶解氧、海洋热量的输入等，在中国近海和黑潮流经区域布放潜标，与已有的浮标网和科考船走航观测相结合，研究黑潮变异对中国近海环境与生态系统的影响以及海洋生态灾害的发生与黑潮变异之间的内在联系。

在深海研究中，重点是对深海极端环境与生命的探索与研究。首先绘制高精度海底地形图，对西太平洋海山、热液和冷泉以及深海平原进行探测与研究，最关键的是能够下得去，以深潜器作为载体，利用搭载的高清摄像机获取海底影像资料，观察海底生物类群与生长环境，并且通过各种取样工具获取深海生物样品、海底地质样品和原位观测与实验，"将实验室搬到海底"。

具体实施方案是：建立以"科学"号综合考察船为旗舰的海洋专

项考察船队，成立海洋考察协调委员会，重点保证海上考察任务的完成。在西太平洋、印尼海峡和东印度洋建立以海洋潜标为主的深海观测网，在近海关键海域布设近海潜标观测网，与已有近海浮标观测网进行衔接，设立近海和大洋观测断面与站位，进行船基观测和走航观测，系统获取近海和大洋海洋环境信息。物理海洋、化学海洋和生物海洋以及海洋地质不同专业的科学家在同一条船上、围绕同一个科学问题、从不同的角度开展综合交叉研究……

船有了，项目有了，码头正在建设中，"三个一"工程顺利进行，再也不会"望洋兴叹"了，海洋所上下秣马厉兵准备出征。2013 年，李超伦被任命为所长助理兼重大任务办公室主任。"科学"号首航，他担任首席科学家，等于代表主帅孙松充当了"先锋官"。

这天，随着"呜——"的一声汽笛鸣响，这艘上白下红，高高的船头上醒目地印着"科学"两个大字的综合考察船，劈波斩浪昂首出航！

好啊！深海大洋，中国人来了！

当天，中央电视台、中央人民广播电台、中国网、人民网、新浪网等各大媒体纷纷报道。这里仅举中国之声《全国新闻联播》为例——

"科学"号今日青岛首航　探潜深海奥秘

今天（8 日）下午 2 点 30 分，我国最先进的海洋科学考察船"科学"号在青岛中苑码头起航，驶向大海深处，奔赴冲绳海槽热液区探索海洋深处的奥秘。

"科学"号此次搭载了 40 多名科学家和技术人员，将前往冲绳海槽海域，开展中科院海底热液系统的相关研究。关于热液的概念，

252

"科学"号首席科学家李超伦给出了通俗的解释。

李超伦：热液我认为就相当于海底的火山吧。地壳漏了个窟窿，地球深部的物质、热量会渗出来。

"科学"号被称为"海上移动实验室"，这次出海也带了很多深海探测法宝。比如重力活塞取样器、电视抓斗、岩石钻机等。其中，水下机器人绝对是科考人员的终极秘密武器。

"科学"号技术负责人张鑫：它在水下像一个人一样，可以运动，带了两只手，都可以取样。这个摄像机应该是全世界最先进的摄像机。我们装了一些深水照相机，这是一个摄像系统，然后装了很多水下灯。

尽管船上的各种深海探测"法宝"操作复杂，但对于有着 30 多年驾龄的船长隋以勇来说，操作这些设备就像玩游戏机那么自在。老船长对"科学"号首次综合性工作运行情况很自信，只希望天气状况能好一些。另外，海盗也让人比较头疼。

隋以勇：海盗是很头疼的事，货船还好一点，像我们的船，防海盗，很困难。尤其是我们定点作业，你放水下东西，一放一收就要好几个小时，船基本不能动弹，比较正常的船你能判断出来，看到那些不大地道的船，提前把这些东西收拾起来，赶快往上提。有时我就这样，眼看就要就位了，看着船只不大对，赶快收，样也不采了。

按照航次计划，"科学"号将于 4 月 10 日抵达目标海域，预计 5 月 2 日完成第一航段任务。接下来，"科学"号还将继续开展与热液活动研究相关的后续海上科学考察。

中国科学院海洋研究所所长、海洋专项首席科学家孙松：这仅仅是我们的开始，我们还要进行深海的海山系统、深海平原以及海沟等方面的探索。海洋研究不同于陆上研究，没有先进装备很难下得去，下得去也很难看得见、摸得着，现在有这么好的装备，这么好的平台，我们应该动员全国的力量，而且要进行国际合作，充分利用好这个平台，开发、利用、保护海洋。

4月12日清晨，"科学"号抵达作业区——冲绳海槽海域。根据提前做好的计划，科考队长、工程技术负责人张鑫亲自操作"发现"号ROV下潜，第一个潜次就发现了一个热液溢流口，第二个潜次进一步扩大战果，顺利找到了"黑烟囱"，大家一片欢呼。

本来，随行的央视记者要直播报道，但在做准备时，"发现"号调了一个头，去看看周边的环境和生物，等到摄像记者说道："好了，可以拍了！"主控员操作ROV再返回寻找"黑烟囱"时却看不见了。哎呀，在场的李超伦、曾志刚、张鑫等人都出了一身冷汗：全国人民都等着看直播呢，如果说找不到了，那不是谎报军情吗？

其实并不奇怪：那是在1600多米深的海底，没有参照物和方位感，也缺乏定位装置，寻找一个小小的热液口，真好比大海捞针！两位首席都镇定地说：别急，沉住气，慢慢来，一定能找到。

整整转悠了一个多小时，终于又发现了那呼呼直冒的"黑烟囱"："看，在那里！"众人这才松了一口气。灯光一照，烟气里闪着亮光，像一把火炬。等到熄灭了ROV上的照明灯，还是一片漆黑。

这证明了温度很高，不然不会在灯光照射下有"火苗"闪亮。到底有多热呢？他们在船上找了一根拖把杆，让机械手举着伸向了热液口，通过拉近"发现"号的高清摄像头观察发现，拖把杆头上已经变得焦黑，温度至少有两三百度。此后，他们专门研究了可耐受深海高温的温度链，再来时就可以给海底热液喷口量体温了！

"黑烟囱"究竟是什么呢？中央电视台记者专门采访了另一位首

席科学家、海洋地质学博士曾志刚。他对着话筒侃侃而谈，等于做了一次科普："'黑烟囱'是指海底富含硫化物的高温热液活动区，因热液喷出时形似'黑烟'而得名。喷溢海底热泉的出口，由于物理和化学条件的改变，含有多种金属元素的矿物在海底沉淀下来，尤其是喷溢口的周围连续沉淀，不断加高，形成了一种烟囱状的地貌，叫作'黑烟囱'。"

他深入浅出地讲解着：人类研究热液有 100 多年了，1871 年达尔文在一封信里这样写道："生命最早很可能在一个热的小的池子里面。"后来，这被称作"原始汤"。但是由于当时条件限制，对它的研究没有进展。直到 1977 年，美国"阿尔文号"深潜器潜到了加拉巴戈斯群岛深海，在那里测得深层海水温度高达 8 摄氏度，同时海底出现白色的巨型蛤类。这种反常的现象引起专家们的关注。

两年后，"阿尔文号"又重新来到这里，并且还带了很多生物学家一同前往。正是这次的研究，揭开了"深海热液生物群"的神秘面纱。海底"黑烟囱"的发现及其研究，是全球海洋地质调查近几十年取得的最重要的科学成就⋯⋯

曾志刚毕业于长春地质学院，这是我国一所重点地质学校，与武汉、河北的地质学校并列齐名，后来合并到吉林大学。他在这里学习了七年，成绩名列前茅，一直读到了硕士毕业，1994 年考上了设在贵州省的中科院地球化学研究所博士生。

毕业后，他本来可以留在地化所工作，一个偶然的机遇改变了他的人生方向。1996 年，中科院海洋研究所所长、著名的海洋地质学家秦蕴珊来到贵阳开会。一直在内陆生活学习的曾志刚向往大海，便请一位老师介绍前去拜访。一见面，他就感到这位秦老师和蔼可亲，关爱青年学者。

寒暄之后，秦所长直接问道："你出没出过海，晕不晕船？"

"没有，也不知道是否晕船。但我身体好，向往出海。"曾志刚老实地回答。

"如果将来从事海洋地质方面的研究，有没有兴趣？"

"有！海洋和陆地在地质上只是条件不同，方法和原理都一样，我愿意做！"

秦所长微笑着点了点头。过后不久，经过考试，曾志刚收到了中科院海洋研究所做博士后研究的通知书。当时，他在贵阳地化所待遇不错，工资不低，单独住房，可大海的浪花更富有吸引力。曾志刚毅然放弃了现有的一切，奔向了海洋……

开始是有反差的：生活条件不如原单位，分到角落里一间住房，加上青岛的海洋性气候，潮湿昏暗。但曾志刚毫不在意，只要跟着国内海洋地质学泰斗、中科院院士秦蕴珊老师学习工作就行。博士后出站后，他留在海洋地质与环境实验室，在秦老师的支持下，主要从事海底热液活动研究。

早在上个世纪 50 年代，秦蕴珊从北京地质学院毕业，直接分配到海洋研究所工作，从事陆架沉积作用的研究，对中国陆架沉积物的物质组成、来源及其空间分布进行了系统的调查，创建和发展了中国海洋沉积学，在中国最早提出和建立了中国大陆架的沉积模式，并编绘了第一幅较完整的中国海陆架沉积类型分布图。

他与夫人陈丽容是大学同学，后来陈丽容留苏学习，直到 1963 年回国后来到青岛，才与丈夫一同在海洋所工作。他们是一对志同道合的科学家夫妇。几十年来，她协助秦蕴珊精心研究，发表论文 70 余篇，主编了《东海地质》《黄海地质》等专著多部，为中国海洋地质科学的建立和发展做出了重要贡献。

早期，秦院士曾多次乘坐"金星"号、"实践"号以及后来的"科学一号"出海考察勘测，对海洋充满了感情。有件小事至今人们记忆犹新："科学"号综合考察船交付使用，驶到青岛奥帆中心码头时，秦蕴珊已经退休多年了，而且眼睛有病看不清东西，还是执意要前去登船体验感受一下……

在夫人陈丽容和他的学生曾志刚等人陪同、搀扶下，秦蕴珊步履蹒跚却兴奋异常，看不见驾驶台、实验室，就让人拉着他的手一遍一遍地抚摸着，由衷地感叹："真好啊，过去我们要是有这样的船，会取得更多的科研成果。小曾啊，你们赶上好时候了，一定要珍惜啊！"

名师出高徒。在这样的老师教导下，曾志刚们怎能不出成果呢？！研究海洋，必定与风浪打交道。曾志刚与初次出海的人一样，起初晕得不行，好在身体素质不错，不久便适应了。当时主要是乘"科学一号"往来南海、东海、西太平洋，他就以这条船为平台，在前辈老师的指导下，与国内有关学者合作，开始了海底热液研究。

秦蕴珊院士高瞻远瞩，在没有远航科考船，也没有深潜设备和深海样品时，他指点团队成员先把近海做起来，并且为将来谋划布局。他不止一次地说："为了民族强盛，我们迟早要走向深海大洋的！目前条件不具备，可以先走合作路线，慢慢创造条件。"

几年下来，曾志刚就是遵照这个原则开展工作的。他如饥似渴地探索、学习，不放过任何一个机会。与中国地质所、国家海洋局研究一所、台湾地区"中山大学"等单位的教授学者交流，争取用他们的样品做试验。还应邀到台湾地区某单位做了三个月的"客座教授"。当中国大洋协会招聘研究硫化物的责任专家时，他积极应聘成功跟随出海，了解到有实力的发达国家为了海底资源都在"跑马圈地"，即使现在取不上来，也要先占下再说。这是世界"蓝色公土"，我国不能缺席，由此他研究热液活动的信念更加强烈了。

2003 年，我国大洋协会科考船"大洋一号"赴太平洋考察，需要曾志刚当首席科学家。而这时他的夫人身怀六甲即将临盆，按说实在是不能离开啊！家与国，此时一个海洋科学家，面临艰难的选择。最后，还是在妻子和家人的支持下，曾志刚毅然决然地告别小家，登上了为国找矿的科考船。

这一去就是大半年的时光，他在船上要设计占位、指挥下拖网采集硫化物样品，分类化验、计算数据，每天忙得不亦乐乎。一旦夜深人静，做完了一天的工作，曾志刚就陷入了深深的思乡之情。那时船上没有网络，没有手机信号，一部海事卫星电话只能急用时启动，等于与家人失联了。他计算着妻子的预产期到了，可是远隔茫茫大海，爱莫能助啊！

直到完成了科考任务，"大洋一号"顺利返航回到青岛，预先得到消息的所领导、家属们都来码头迎接。曾志刚飞也似的跑下甲板，远远地看到爱人竟抱着已经半岁的女儿来了。他三步并作两步地冲上去，顾不上与爱人多说几句话，接过孩子久久地看着：

"女儿，这是我的女儿！让我好好看看。对不起，在你出生的时候，爸爸不在你身边……"曾志刚心里酸酸的，眼泪止不住地流了下来。

深明大义的爱人连忙安慰着说："没事，有医生护士和家人们照顾，我们娘俩儿都挺好的！"

如今女儿长大了，上了中学，可曾志刚还是想起来就内疚，感到亏欠孩子太多了。他对自己的学生说："你们成家后，没有极为特殊的情况，不是万不得已，在爱人生产时一定要在身边，不然终生遗憾！"

正是凭着这种精神和劲头儿，曾志刚取得了显著成绩，先后担任了国家重点基础研究发展计划（973 计划）项目"典型弧后盆地热液活动及其成矿机理"、国家杰出青年科学基金项目"海底热液活动研究"负责人，与合作者共同发表论文达 80 篇，编著出版了《海底热液地质学》一书，获得了第二届"曾呈奎海洋科技奖"青年科技奖。

现在随着"科学"号的首航，他与李超伦共同担任了首席科学家，分工负责，重点是寻找勘测海底热液活动区。这正是曾志刚团队研究的主要内容，他义不容辞，一马当先。尤其现在船舶先进不怕大风大浪，还可以自主定位，就像直升机在天空上悬停一样，为探测海底提供了有力保障。

更为可喜的是：船上配备了"发现"号水下机器人，以及电视抓斗，比原来拖网盲目抓取样品强多了。等于人到了水下睁着眼睛看海底，哈，今非昔比，鸟枪换炮！科考队员们个个脸上乐开了花……

这样的科考船，这样的科学家，一定会不负众望满载而归的！

一个半月后，2014 年 5 月 12 日，我国最先进的海洋科学考察船"科学"号执行完首个科考任务返回青岛母港。本航次航程逾 4000 海里，科考团队在冲绳海槽发现了两个"黑烟囱"。

前来采访的新闻记者就像起航时一样，蜂拥而至，高举着长枪短炮，照相机、摄像机、话筒、录音笔，把本航次首席科学家、中科院海洋所所长助理李超伦围在中间。他成为了新闻发言人，笑着说别挤别挤，我声音大，都能听得见。

他说："我们'科学'号首先在冲绳海槽获得了一张 50 公里×50公里的高分辨率海底地形图，参考以往科考资料，查清了热液区的位置，再用 ROV 下潜作业，探测到了 2 个'黑烟囱'和 4 个热液溢流区。

"'黑烟囱'就是活跃的海底热液喷口。两个'黑烟囱'位于探测区域的北部、冲绳海槽的中部。周边生物群落兴旺，这个航次采集到了贻贝、潜铠虾、阿尔文虾、帽贝等大量生物样本。

"在这个区域的南部虽没有探测到'黑烟囱'，但探测到了热液溢流区，生物同样丰富，科考队员采集到了海绵、管状蠕虫等生物样品。这个航次还获得了许多海底水样和泥样，得到了随船国际同行的高度评价。"

此外他还特别强调介绍：之所以能取得这么多珍贵样品，首先得益于"科学"号船先进的性能，它不仅能应对恶劣的海况，而且原地定位 7 小时至 8 小时误差不超过 1 米，这对科学考察非常重要。同时，ROV 性能稳定，也为科考提供了坚实的保障。

这就是我们的"科学"号，世界一流的综合科学考察船！它的成功首航，标志着我国海洋科学考察能力大踏步迈入国际先进行列。由此，"望洋兴叹"的日子被远远地甩到太平洋里去了……

四、温馨的母港

> 军港的夜啊静悄悄，
>
> 海浪把战舰轻轻地摇；
>
> 年轻的水兵头枕着波涛，
>
> 睡梦中露出甜美的微笑……

这是流行于上个世纪八九十年代的歌曲《军港之夜》，优美动听，深情感人。其中道出了港口与船的关系：经过风吹浪打远航归来的船，驶进港湾，泊在码头上，犹如远方归来的游子扑进母亲的怀抱，那份亲切那种激动，是没有出过海的人难以体会到的。

战舰是如此，渔船、商船、游轮、科学考察船也完全一样，一旦返航即将驶入港口了，船上的人们便早早地登上驾驶台或簇拥到甲板上久久地张望。所以，港口与码头对于船舶来说，就是归人与家园的关系，血肉相连，不可分割。

在我们日常生活中，很多人对港口和码头还不是很了解，摸不清楚二者的区别。简言之，港口是具有一定面积的水域和陆域，具有水陆联运设备和条件，供船舶安全进出、停泊以及货物和旅客集散，并为船舶提供补给、修理等技术服务和生活服务的运输枢纽。而码头则是供船舶停靠、货物装卸和旅客上下用的水工建筑物。广义地说还包括同它配套的仓库、堆场、候船厅、装卸设备和铁路、道路等。码头是港口最重要的组成部分。

说来令人汗颜：在偌大的青岛港里，中科院海洋所科考船队没有自己的专用码头。所以，"科学一号"船常常借助或租用港务局、国家海洋局、山东海事局码头暂时停靠，打一枪换一个地方。有时好不容易科考回来了，没有落脚的泊位，只好在胶州湾里锚泊。

"金星"号、"水星"号、"科学一号"轮等就是这样坚持过来的。如今的"科学"号横空出世，国际一流、世界先进的科考船，不可能再这样到处打游击了，那既不科学也不安全，无法满足备航、检修等工作需要。现代科学考察船与过去不一样，船上配备了很多大型海洋科考设备，根据每个航次任务的不同更换，平时则需要对它们进行维修和改造，所以必须要一个科考船专用码头。

这种码头已经远远超出传统意义上的码头，更多体现出船载大型装备研发和支撑保障中心的作用。可是能够修建码头的海岸线历来都是紧缺资源，在经济高度发达的今天，要在一个繁华的海滨城市，找一块修建科考船码头的地方相当困难。然而，建设一个现代化的科考船码头、建起一个能够支撑规范海洋科考的大型设备研发中心，是所有海洋所人60多年的梦想，也是现代海洋科技发展的必由之路。孙松和他的同事们深深理解科考船码头对于海洋研究所以及科研发展的重要性。

青岛是一个具有悠久历史和美誉度的港口城市。在向国家发改委申请作为国家重大科学基础建设项目的综合科学考察船时，就包括将来的停泊地要建设专用码头。当地市政府也明确表示将会提供码头方面的支持。但在实际操作中困难是相当大的，因为目前海岸线已有的码头泊位基本都是商业化的，要让出一块地盘给科考船使用，简直比登天还难。对于市领导来说，手里确实没有现成的资源可用，因而很长时间难以取得突破和进展。

在这种情况下，孙松和海洋研究所一班人千方百计，想尽办法，为我国第一艘新一代综合科学考察船找个落脚的地方。既然青岛本地无法解决，就把眼光投向其他海滨城市——大连、连云港等，但也遇到了一些问题，可操作的空间不大。最后在江苏南通看到了希望。南通方面了解详情后，表现非常积极，决定在长江口划出 50 亩地建设科考船码头，同时筹建中国科学院海洋研究所南通园区。这对海洋研究所来说，是一个新的战略布局，对青岛市来说也是一个新的压力。海洋所深海探测与研究相关的装备研发重心，将转移到江苏省南通市。时任青岛分管科教工作的副市长张慧敏锐地看到这个问题，明确提出："海洋所不能走，科考船码头必须马上解决！"

无奈，分管科教的副市长并不分管港口工作，只能在市长办公会上提出来商讨解决。在此期间，与青岛紧邻的日照市领导听说了此事，慷慨提出：可以将正在兴建的旅游码头让出一部分作科考船码头。这也极大促进了青岛市的决策者们做出决策。时任市长的夏耕指示相关部门：不能再等了，限定时间解决科考船码头问题。

事已至此，各个部门再也不扯皮了，真正瞪起眼珠子寻觅合适的海岸线了。港务局叫上海洋所的人，沿着胶州湾一处一处地看：从北边的红岛到西部的黄岛，从湾口的团岛、前湾到崂山的沙子口，找了一圈。最后发现原先黄岛区薛家岛客运码头十分理想：在胶州湾跨海大桥和海底隧道建成开通之前，这里是连接青岛与黄岛的生命线。一天数班，客货轮渡船由此开航，往返主城区和开发区两地，解决了"青黄不接"的难题。那时候，这里每天熙熙攘攘，热闹非常，等待渡海的人群和大小车辆排得满满的。如今，"门前冷落车马稀"，正在准备转型开发改建成其他泊位……

"嘿！真是踏破铁鞋无觅处，得来全不费工夫。改造一下，用它做科考船码头多好啊！"

"好是好，可我们就失去这块宝地了！"港务局的同志苦笑着说。但为了国家科研大局，他们忍痛割爱，成全了海洋研究所。

地点选好了，上报青岛市政府，即将调到省里任职的市长召开了最后一次办公会，研究决定：将青岛西海岸新区的原黄岛区薛家岛轮渡码头，包括地上建筑物及周边地块，整体转给中科院海洋研究所使用，建设科考船专用码头以及海洋所西海岸新园区。文件同时下达。海洋所科考船队一片欢呼，四处打游击的日子一去不复返了！

轰隆隆……随着大型挖掘机启动，高高举起第一铲土，由国家财政部修购专项资金支持建设的中央级科学事业单位基础设施改造项目——科考船专用码头，于2013年10月28日正式动工了。

它，位于中科院海洋所西海岸新区园区内，在原薛家岛轮渡码头基础上，对码头主体及配套设施进行改造：采用灌注桩结构，两侧桩基加宽、端部加长，共打入60根灌注桩，每根桩平均长30米。码头建成后，长148米，宽20米，前沿底高程-8.0米，底高程-4.5米，船舶回旋水域直径260米，两侧均可停靠科学考察船。

很快，在各方积极配合和努力下，各项工作进展顺利，场区内施工临建设施全部安装到位，各参建单位人员进驻现场并开展了安全、技术等方面交底工作，完成了原码头桥廊、系缆桩、堤头灯等设施拆除，顺利进入码头海上施工平台搭建及预制构件制作施工阶段。

海洋所党委书记王启尧亲自靠上去抓。他高度重视工程现场安全管理和质量控制，经常亲临工程建设第一线检查指导，直接参与项目建设全过程。王书记特别强调：百年大计，质量第一。从进场原材料开始把关，处理好施工过程中的各种问题，建立工程管理例会制度，严格执行"三检"制度；贯彻落实"安全生产，预防为主"八字方针，建立安全文明施工检查（三方联检）制度，严格检查各项安全措施的落实情况，发现问题及时整改。

两年一晃而过，时至 2015 年 12 月，科考船专用码头全面竣工，投入使用。海洋所的"科学"号、"科学一号"、"科学三号"、"创新"号、"创新二"号均可停泊在这里。从此再也不用"寄人篱下"，有了完全属于自己的新家。

这座新园区占地 21000 平方米，包括科考船专用码头和岸基支撑平台两个部分。岸基部分一期建筑面积 8882 平方米，包括船舶运管中心楼和海洋调查装备测试楼，作为科学考察船的管理运行中心和海洋调查设备测试、检修基地。

随着海洋科学和高新技术的发展，建造依托于大型综合性海洋科学考察船，及海洋综合观测网络的现代海洋科学综合研究平台，是未来海洋科研的主要发展趋势。建成后的海洋所西海岸新园区，将成为"科学"号等科考船的岸基"大本营"，成为海洋科学综合考察基地和多学科交叉与技术集成的开放型研究中心，成为高层次海洋科技人才培养基地，为我国海洋科学研究提供强有力的科技支撑。

好啊！"科学"号终于有了自己的母港，温馨而安全。每当出征远航时，它携带着亲人的嘱托和祝福，昂首挺胸、意气风发，迎着朝阳驶向深蓝，充满了激情和力量；每当返程归来时，它满载着科考成果的收获和喜悦，踌躇满志，回到了"家"，一身疲惫一扫而光……

第九章　风雨航程

（作家远航日记之五）

Chapter Nine

2018 年 7 月 18 日　星期三　晴
西太平洋某海槽

又是夜里航行——这是科考船的特点之一，在一片海域作业完毕之后，马上赶赴下一个站位（海洋科研术语：预先设计好的作业站点和位置）。因为要珍惜船时，以及尽量利用好天气、好海况完成任务，防止台风大浪袭来干扰科考，所以，不管是白天黑夜，一旦完成了任务，立刻转场。

只是睡觉时明显感觉晃动大了，毕竟船舶停在原位与高速航行的状态不一样，在海浪的作用下时高时低，左右摇摆，就像睡在跷跷板和吊绳床上似的。开始翻来覆去地睡不着，身子一会儿朝里，一会儿朝外，折腾了不知多长时间就啥也不知道了——进入了梦乡。

早晨起来，抓紧去吃早餐，船身晃得都不好穿裤子，一只裤腿没伸进去，"咚"地摔倒在床边。好不容易穿戴好了走进饭厅，东摇西晃得几乎站不住，人人只好叉开双腿像扎马步似的才能打饭。不过，饭桌都是固定的，坐下后也没有像遇到大风浪似的抱紧饭碗。还是有好多人没来吃早餐，据了解，一是有人又晕船了，二是昨晚不少人加班，还在补觉呢！

中午时分，"科学"号的晃动减轻了，我往窗外一看，船后没有了白浪花，再往远处一看，海面明显安静了。哦，这是到了目的地停船了。果然，张首席说：现在我们来到了另一个站位，这是××国去年发现并报道的又一个热液口，在我国台湾北部附近，距离上一个站位约有100多海里。科考队员抓紧每一个可利用时间，立刻组织人员下潜"发现"号ROV，进行观测取样。

下午，我走上驾驶台，发现左前方还有一艘蓝白相间的巡逻艇，不远不近地跟着。正好是大副值班，我便指着问：那还是××国的船吗？跟到这里来了。大副笑笑说：是啊，他们也很敬业，一直陪伴着我们。

几乎每隔一个小时那艘巡逻艇都要喊话，内容无非就那么几句：这里是××国专属经济区，未经允许不能在此作业，请离开……而我们的大副也随时拿起话筒回应几句：这里是中国"科学"号，我们已经有过外交通报，可以在此科学考察作业等等。时间一长，干脆不再理会。

夜幕即将降临，我发现巡逻艇的左舷亮起一排绿灯，闪闪烁烁的，那是什么？嗨，××国人的灯光标语，内容与喊话是一样的。这些家伙，什么时候离开呢？船员们说：我们早就见怪不怪了，不理它。咱们干完活走了，他们才算完。纯粹是例行公事。

我看了一会儿，感觉天空还有点亮度，就下楼换上球鞋，去前甲板散步，看到首席张鑫正在一圈圈地转着。船上空间小，只有这里地方大点，以我的步伐计算，转一圈大约有80多步。他每天晚饭后，要在这里转上一个小时，而且有个特点，就是戴上耳机边听音乐边散步。如果看到有人说话，他就摘下耳机来。久之，大家也就不打扰他了，让他专心转圈。

可是不久我发现一个现象，就是这里天黑得早了些，才是下午 6 点 50 分左右，几乎就昏暗得看不清周围了。我想大概是由于大海上没有城市楼群反射光线所致。直到见了孙船长，说起此事，才知道是时区的问题。原来我们执行的都是东八区时间，而此地已经出了第一岛链，马上就到东九区了，比原先快了一个小时，也就是说相当于内地近 8 点了。哦，原来如此。

远离大陆，空间狭窄，科考队员们只需经历一个航次，而船员则是 365 天天天如此，只有积极乐观才能适应并坚守。所以，船员们会面对现实自找乐趣。每次出航都是长时间漂泊，眼前只有茫茫一片汪洋，看不到陆地和人群，甚至一棵绿树都看不到。船员就在驾驶台边的窗台上，养了一盆盆的花花草草，工作之余浇浇水，看看花，一片绿影飘在眼前，十分惬意。

晚饭后如果天气好，驾驶台后面 5 楼平台上就会传来一阵阵呼喊声："好球，进了！"原来这里还有一个简易的篮球场，因地制宜，周围架起了几道网，虽说还不到半场面积，运球传球，过人投篮，船员们照样玩得痛快极了。不过，毕竟拦网高度有限，一旦球飞高了就跑到大海里。有时一个航次，竟飞跑了四五只，只好每次出航时多带上几个球，好在不太贵……

夜幕降临了，后甲板附近聚集了一些人影。咦，这是干什么呢？我走近一看，嗬，原来与我那年在"向阳红 09"号船上一样，船员们利用停航时间在钓鱼呢！大家知道：鱼儿大都有趋光性，船上灯光一打，往往会聚集到船边来，钓鱼是很容易的。他们使用的鱼饵并不是食物，而是一种发光的鱼钩，鱼儿一吞进去就脱不开了，带着鱼线跑。晚上是看不到鱼漂的，凭借手中一沉的感觉，钓鱼者往上一甩，鱼儿就飞上了甲板。

　　如果是鱿鱼，可以就地热水一烫开吃，鲜美得很。而对那种个头较大的鳅鱼——渔民称为斧头鱼，因它放在甲板上，就像一把斧头，则马上开膛破肚取出内脏，用绳子拴着尾巴吊起来曝晒，制成咸鱼干，下船时带回去慢慢享用。

　　当然我知道，船员们并不是买不起鱼吃，而是在单调的海上生活中寻找一种乐趣。

2018 年 7 月 19 日　星期四　晴
西太平洋某海槽

今天继续在这片海域进行科学考察。而我也抓紧时机采访任务较少的船员。如果一开动船舶，他们就会忙起来了。

从昨天至今天，我接连采访了轮机长（老轨）、二副、电机员（大电）、大管轮、大副等人，收到了良好的效果。尤其是对"科学"号考察船上发生的故事，以及特征鲜明的人物有了进一步的了解，把这些分别记录在笔记本里，还有记在脑子里，日后写作中会用得上。

与此同时，形成了特定的工作程序：上午联系各部门人员采访，下午则抓紧查阅采访记录，阅读有关资料，晚上甲板上、健身房散步锻炼、酌情聊天，收获颇丰。采访思考过程中，写作本书的方案也在不断成型、完善起来。对此，我充满信心。

电视上播放中央气象台天气预报，特别提到 9 号台风"山神"已经在中国广东、广西以及越南方向登陆。而 10 号台风"安比"也逐渐形成，预计未来两三天内横扫浙江、福建一带，我们准备在晚上移动船舶，向下一个站位开进。既可以避风，又可以抓紧完成预定考察任务。

　　与上次出海一样，我对台风的别名很感兴趣，今年出航以来，先后有"玛莉亚""山神""安比"接踵而至。名字都挺美丽而庄重，实际却非常凶悍、狂暴，一旦被它掠过，就会造成重大损失。据了解：亚洲气象组织规定，每个国家提供几个台风名字，每年循环使用。所以，各国往往上报富有特色和寓意的名字，其中蕴含着吉祥、保佑的意思，表达了人们美好的心愿：尽量使风暴的脾气和缓一些，把损失降到最低。

　　今天晚上，我第一次去了船上的健身房，发现这是个好地方，可以弥补船上空间小的缺陷，照样锻炼身体。从出航至今天，整整过去十天了，此前我并没有重视健身事宜，只是在晚饭后去前甲板上散过几次步，活动量太小了。如今看到健身房里有健身自行车、跑步机、拉伸器，为此我决定每晚都去练一回。

　　屈指算来，已经出航十天了，此航次三分之一过去了，还有20多天就可以返航了。感觉这趟出航收获很大，虽说晕船吃了点苦，但为写作反映我国海洋科研事业的作品校正了方向，积累了素材，奠定了成功的基础。

2018年7月20日　星期五　晴
西太平洋某海槽

上午，按计划在此海域实施沉积物取样作业，因了第一次在成山头外海做此取样时，我未能看到全过程，遂决定从头至尾观察一下。

早饭后，工程技术部和科考队A组的人员都来到了后甲板上，首席张鑫和队长王敏晓现场指挥。大家首先取出了放在左舷的钢管，一根根足有四米长，穿上钢丝绳，而后由右舷的折臂吊车吊起来，移动到船尾特制的平台圆孔上，两边工作人员用手扶着维持平衡，慢慢放到海水里。一根放下去了，稍停，再接上一根。由于此处海水较深，足有2000多米，一共接了五根钢管。而后，再用A型架绞车将专用夯机吊到钢管上方，两名技术员站在扶梯上，用力把它与钢管连接起来，当放到海底之后，先由活塞自由落体式将钢管插进海底泥沙里，再用夯机将其打下去，取得沉积物泥样拉上来。

虽说风浪不大，但毕竟是在远海上，无风三尺浪，海水涌动，船舶不停地摇摆着。不管是吊放钢管还是接上夯机，不仅需要旁边有人扶持着，还要接上两根绳子，分别延伸到左右两边，由A组队员拉着，防止碰撞到船尾钢架上变形，甚而发生事故。一边四人，我立刻放下准备拍照的手机，站在最后拉起了绳子，体验生活的同时也为科考尽一份力量。

一直忙到临近午饭时间，才把钢管打到海底里去。我问道：是否吃了饭再干？哪能呢？一旦干起来就不能停，我们只能轮班去吃饭。哦，我不禁再次肃然起敬。

第十章　蓝色的财富

Chapter Ten

一、"海洋牧场"

> 巡天自问居何处，蔚蓝水球独拥。
>
> 繁华已过转头空。清水浊流浅，鱼虾杳无踪。
>
> 构建牧场归自然，筑巢浪底龙宫。
>
> 万类依存乐其中。冷眼观百态，得失皆随风。

　　一首古牌新词道出了海洋牧场的作用和意义，其作者不是诗人和文学家，而是一位颇有建树的海洋生物学和生态学家——中科院海洋研究所常务副所长杨红生。他专业研究水产，业余喜爱文学，尤其是古典诗词，并且爱好书法，常结合具体实践和自己感悟，作诗写字，抒发面向海洋的志向情感……

　　相比探索远洋海底未知世界的科考来说，近海鱼虾贝类等水产品的养殖研究更有人间烟火气息。何况海洋研究所最初成立时，就是以水生物为主要研究对象的科研单位，前身叫作中国科学院水生生物研究所青岛海洋生物研究室，在全国涉海科研院所中历史最久、力量最强，一位位知名的海洋生物学家蜚声海内外。

　　从童第周、曾呈奎、张玺、刘瑞玉，到吴尚勤、郑守仪、张福绥、王荣等，均是院士级的专家。改革开放新时期以来，一批批年轻的硕士生、博士生、研究员又不断涌现，在这个领域埋头苦干、独树一帜，取得了令世人瞩目的成果，掀起了一波又一波水产养殖的热潮。上个世纪五六十年代的海带、紫菜，七十至九十年代的对虾、鲍鱼、扇贝，以及新世纪的牡蛎、海参等，大都是在他们手中、在实验室里一点一点选种、优化、防病、繁殖，进而大面积推广，形成一个产业，既造福于沿海渔民群众，又为人们的餐桌提供了美食。

尤其是依托"科学"号实施了战略性先导科技专项，其中包括一项海洋生态系统健康——对中国近海环境变化、人类活动、陆源物质输入与黑潮变动等因素进行综合研究，从海洋系统的角度研究中国近海生态环境现状和发展趋势以及应对策略，特别是海洋环境对渔业活动的影响。

杨红生副所长带领的团队负责这方面的科研工作。他是安徽霍邱人，从小在淮河边上长大，在村里上小学，读"戴帽"初中。幼年深刻的记忆里，是父亲花五块钱给他买的一个半导体收音机，成为他接触外界、增长知识的窗口。写完作业他就喜欢抱着收听。高中毕业时，杨红生品学兼优，成为省里的优等生，一举考上了华中农业大学。农民的孩子将来要为农民办事，成为他的远大志愿。

报什么专业呢？一看有个水产系，杨红生心想学这个不错，以后一定有鱼吃。而华农大水产系是中科院水生物研究所协办的，是学院的重点学科，他在这里如鱼得水、学有所成，本科毕业又考上了著名教授杨干荣的研究生。此外，他还积极参加社会活动，无偿献血，义务支教，在大学里就成为光荣的共产党员。

1989 年，杨红生硕士毕业后，分配到河南师范大学当了生物系教师。由于他业务精、品德好，不久被提升为专业副主任。一个偶然的机会，他到中国海洋大学选购外文书刊，乘火车来到了青岛。这一来就把他深深地吸引住了。那时他还从没有看到过大海，充满了向往。刚刚在招待所住下，便迫不及待地跑出大门，碰到一位老太太问："阿姨，我想看海去，怎么到海边？""好，你是外地来的吧，跟我走，我正要去那里呢！"老太太热情地招呼着。

一路上，老太太满口里介绍青岛如何如何好，栈桥、八大关，红瓦绿树，碧海蓝天。这给杨红生留下了深刻而美好的印象，令他一下子喜欢上这儿了。站在栈桥边上看海，他禁不住双手捧起一簇浪花，放到嘴里尝尝是不是真是咸的。嗬！这一尝就结下了不解之缘。

在海洋大学办完公务，他打听到水产专业有位李德尚教授，是全国第一个带博士生的水产养殖学家，便联系能不能来考博士生。这位李教授慧眼识才，见他专业上的问题回答得挺靠谱，又得知是业内熟悉的杨干荣的学生，爽快地答道："可以，明年 3 月份来考吧！"

就这样，杨红生成了李德尚所带的第六名博士研究生。此前，他在河南师范大学当生物教师时，业余研究草鱼，曾以一万元转让过一个专利，当作成绩汇报。不料，李老师听后说了一句话："你那不是科研，只是生产！科研是要提出问题，要有假设，而后去解决问题。"

这让年轻的杨红生如梦初醒，茅塞顿开，对"科研"二字有了真正意义上的理解！由此，开始了他脚踏实地的治学之路。博士生三年毕业，不能回河南原单位了，那里没有海。李老师爱才心切，拿起电话找到海洋所著名的海洋生物学家张福绥先生："我有个学生不错，今年毕业，到你那里做博士后吧？"

用今天的话说：他们都是业内的"大咖"，互相了解，互相支持。张福绥先生当即回答："你的学生错不了，我这儿正需要人，来吧！"

成绩优异的博士生，再读博士后就顺理成章了。杨红生从海大到了海洋所，成为又一位大师的入室弟子。

在我国水产养殖业，张福绥的名字如雷贯耳。1927年12月，张福绥出生在山东省潍坊昌邑市大陈家庄村。兄妹五人，张福绥排行第五。父母辛勤劳作、省吃俭用，全家生活十分清苦。新中国成立那一年，他考上了山东大学水产系养殖专业。在此期间，张福绥进行了系统的专业学习，为今后的科研工作打下了坚实基础。1953年8月，张福绥从山东大学毕业，成为广东省水产学校的教师，讲授浮游生物及贝类养殖等课程。

三年后，这位农民的儿子，依靠着国家助学金学习，成为新中国培养的第一代大学生，又考取了中科院海洋所海洋生物专业的研究生，师从海洋研究所创始人之一、著名生物学家张玺先生研习贝类分类学，毕业后留在所里工作。从此，张福绥正式开启了海洋生物的科研历程。

上个世纪60年代，开发利用海洋已形成世界性浪潮，向海洋索取优质蛋白成为海洋生物学家关注的焦点之一。张福绥潜心研究黄渤海贻贝的生长、繁殖规律。这是十分辛苦的，有时需要长年观察，不管数九寒天还是烈日当头，他常常是在海边扎个窝棚连住半月，甚而每天坐着小渔船下海，终于完成了"贻贝采苗场人工构建"技术研究，从无到有形成了贻贝的自然苗场，让中国的贻贝产量从海洋零星捕捞而跃居世界第一。

在1978年全国科学大会上，张福绥光荣地捧回了全国科学大会奖的大红证书。进入 80 年代，针对中国黄渤海海域的浅海养殖出现的养殖种类匮乏、效益低下、海水养殖业面临严重滑坡的局面，张福绥将目光投向了扇贝生物学及引种、养殖研究。

扇贝，曾几何时被尊为"海鲜八珍"之一，别说寻常百姓食之不易，就连国宴也一度"舶来"享用。张福绥教授通过对社会、经济、海洋环境与生物学等多方面比较分析，推论将美国的海湾扇贝引进我国是可行的。这是产于美国大西洋沿岸的一种野生贝类，以其生长快速著称。为此，留下了一段难忘的引种佳话——

那是 1982 年，经过学术加商业化运作，张福绥好不容易从美国获取了 50 粒海湾扇贝亲贝种苗，装进特制的手提箱立即乘机返回国内。这些异国他乡的小宝贝非常娇气，需要人不停地晃动、充气，而且不能离开海水。一路上，张福绥小心翼翼地伺候着，比自己孩子还金贵。

飞机安然降落北京了，已经接到通报的助手们，早早地从青岛海边打来了几大桶海水，开车直奔到首都机场等候着。见到张福绥抱着箱子走来了，一个个兴奋地顾不上迎接老师，马上打开箱子换上干净的海水。可是虽说如此"高接远迎"，50 粒亲贝最终也只成活了 26 粒。张福绥感慨地说："这 26 粒亲贝，比我们的生命还宝贵。"

是的，"星星之火，可以燎原"，他们就是用最初的 26 粒种苗细致研究，解决了亲贝促熟、饵料、采卵、孵化、幼虫培养、苗种中间培育、养成等关键技术问题，使其在中国海域正常繁育生长起来，且当年底达到商品规格。并研制成适应不同水域环境的采苗器材，建立了一套工厂化育苗工艺及全人工养成技术，为大规模发展海湾扇贝养殖业奠定了基础。

1985 年在各级政府的大力支持下，山东、辽宁、河北等水产系统一齐努力，使海湾扇贝育苗和养成技术得以广泛推广，产销两旺，形成了世界上第一个海湾扇贝养殖产业，并已经成为中国海水养殖业的三大支柱（海带、对虾、扇贝）之一，获得了巨大的社会效益和经济效益，使我国贝类养殖产量跃居世界第一位。张福绥被大家尊称为"扇贝之父"，以至于胶东人说"吃扇贝不忘张福绥"。当之无愧！后来，他当选为中国工程院院士。

就是这个时候，杨红生来到海洋所，开始跟随张福绥学习。从一件小事上，他强烈地感受到了张老师成功的秘诀。那年张福绥已经69岁了，可来到实验室一干就是一天，中午只将两把椅子放在腰部，一个高凳做枕，一个矮凳垫脚，算是在这张"床"上躺着午休一会儿。

多年后，杨红生也成为博导了，时常对他的学生说："我的导师张福绥院士一直把工作当作乐趣，1998 年前后山东沿海本地种——栉孔扇贝发生大规模死亡，一段时间里，天天出海监测让我这年轻人都受不了，可他已经 70 多岁了，硬是带领团队坚持到现场，一天也没落下。"

如今，这种精神和干劲传承到张院士的学生们身上，在促进新时期海洋牧场的建设方面大显身手……

海洋是人类获取优质蛋白的"蓝色粮仓"。近 40 年来，我国以海水养殖为重点的海洋渔业迅猛发展，掀起了海藻、海洋虾类、海洋贝类、海洋鱼类、海珍品养殖的五次产业浪潮，养殖总产量自 1990 年以来一直稳居世界首位。

与此同时，局部水域环境恶化、产品品质下滑、养殖病害的问题日趋严重，传统模式的海水养殖业已难以适应我国经济社会健康发展和海洋生态环境现状的要求。继传统捕捞业、养殖业之后，我国海洋渔业面临新一轮的产业升级，而海洋牧场则是重要发展方向之一。

事实上，早在上个世纪五六十年代，我国著名水产学家朱树屏就提出过"人工养殖"的概念，当过多年海洋研究所所长的海洋生物学家曾呈奎进一步系统阐述："必须大力研究重要种类的生物学特性和它们在人工控制条件下的生长、发育、繁殖，以解决人工养殖的一系列问题，培育新的优良品种，使海洋成为种养殖藻类和贝类的'农场'，养鱼、虾的'牧场'，达到耕海目的。"

1978 年，曾呈奎在中国水产学会恢复大会和科学讨论会上分别作了《我国海洋专属经济区实现水产生产农牧化》和《我国海洋专属经济区实现水产生产"农牧化"问题》的报告，指出：通过人为的干涉改造海洋环境，以创造经济生物生长发育所需要的良好环境条件，提高它们的质量和产量，力争在二十世纪内实现专属经济区的水产生产农牧化，把我国海域改造成为高产稳产的海洋农牧场。

近年来，随着经济社会的发展，这个口号喊得更加响亮了。海洋农牧化包括"农业化"和"牧业化"两个方面。其中，"农业化"即"耕海"，是在沿海的滩涂、沼泽、港湾以及二三十米等深线以浅的海域，人工栽培、种植藻类和耐盐经济植物，使用笼具、网箱、围网等在有限空间内进行海洋动物人工养殖。"牧业化"则是把人工育苗培养到一定规格、具有一定的抵抗病害和逃避敌害能力的阶段，然后释放到自然海域，或人工鱼礁周围让其自由地索饵、生长、发育，最后作为自然资源的一部分进行合理地捕捞。

杨红生博士后出站后，自然而然加入了张福绥院士课题组，在扇贝等贝类研究中一显身手。2002 年，他到烟台水产所进行综合养殖试验：即分别养扇贝和海参。扇贝排便多，污染环境，而海参却爱吃，好似水底清道夫一样，两者相辅相成、相得益彰。

试验获得了成功，晚上人家请客喝酒。其中一位当地员工干了一杯，乐呵呵地说："明天要赚大钱了！"看着大家疑问的眼光，连忙解释："你看啊，海参价格已连续涨了两倍，越来越贵，比养鱼合算。"

这使杨红生受到很大启发：海参，海中的人参，联想起看到过的一种刺参，长相奇特，背上生棘，像一只黑色的怪虫，却在餐桌上大受欢迎，营养丰富，身价百倍。《本草纲目拾遗》记载："海参味甘咸、补肾、益精髓、摄小便、壮阳疗萎，其性温补，足敌人参，故名海参。"而刺参，是海参纲中最具经济价值的一种。他回来后向导师张院士提出：想做海参！

这得到了肯定与支持。杨红生将海参特别是刺参的习性与生长作为研究对象，组建了一个团队，历经风霜雨雪，终于取得了可喜的成果。为此，喜欢文学的杨红生还特意用诗一样的语言概括道："考量夏眠蹊跷，观分子机理真奇妙。育抗逆品系，谐和环境；优适密度，规范大小，构筑珍礁，营造家园，还沙嗥自在逍遥。施南移、兴辽阔疆域，人海不老……"

10年后，他和他的团队成员都成为了研究刺参的专家，专门编写了国际上第一部刺参英文专著《海参：历史，生物和养殖》(*The Sea Cucumber Apostichopus japonicus: History, Biology and Aquaculture*) 以及一本中文论著《刺参生物学——理论与实践》，中央电视台有关栏目还为他们拍摄了一部专题片《揭秘海底聚宝盆》。一时间，轰动国内同行业，引起众多有心人的注意。

地处莱州湾的莱州市有个盐业集团，总经理于波看了片子，立即打电话找杨红生研究员洽谈。可惜那几天，所里事务繁忙，他推托了：有机会再说吧。不料，这位于总十分执着，又接连通过各种关系前来联系，只说："请杨老师一起吃个饭，不占用多长时间。"

看来是求贤若渴，就像"三顾茅庐"一样，杨红生感叹其真诚，欣然赴约。酒逢知己千杯少。相见甚欢之际，于总谈出了真实想法：他们准备投资建设海洋牧场，不仅仅是增殖海参，还要修复生态环境。希望请科学家给予技术指导。正中下怀，杨红生正想找个地方做试验，双方一拍即合。

于波总经理回去后，成立了山东蓝色海洋科技股份有限公司，业务集水产品相关技术研发与推广，海珍品苗种繁育、养殖、储藏和销售，旅游观光项目于一体。同时，加紧了与杨红生团队的洽谈。2012年8月18日，双方签订了合作协议，共同建设"莱州湾海洋牧场建设关键设施与技术集成及示范基地"。中科院海洋所副所长、项目负责人杨红生研究员和山东蓝色海洋科技股份有限公司董事长于波，在合作协议书上签字。海洋所科研处处长王兵，研究团队主要成员刘鹰、张涛、周毅、张立斌等人，蓝色海洋公司副总经理刘同强、阚仁涛，技术总监王志焕出席签字仪式。

建设海洋牧场，是由掠夺性开发海洋资源的传统渔业，向资源节约与环境友好型的现代渔业转变的重要途径之一，能同时有效地解决渔业资源数量与质量问题，是渔业增长方式转变到当前历史阶段的必然产物。莱州湾海洋牧场的项目，可有效提升企业科技含量，以及企业经济效益，在满足社会对优质蛋白需求的同时，实现现代海洋渔业的可持续发展，为山东半岛海洋经济的发展提供新的思路与模式。

冬去春来，杨红生团队和于波的公司合作十分成功，形成了"产学研"双赢的局面。蓝色海洋公司成立以来，全力加强莱州湾海洋牧场和育保苗场建设，投资 4.2 亿元，造礁面积 4.6 万亩，投放船体礁 112 艘；建成现代化水产苗种繁育中心 6000m³ 水体，标准化池塘保苗场 3100 亩；购置装备工程船、管护船、作业船等各类船只 22 艘；海区累计投放海参苗、牡蛎苗、扇贝苗、文蛤苗、魁蚶苗等 182 万斤，其中海参苗 157 万斤，长势很好，效益可观。

2015 年 10 月 19 日，时任分管农林牧副渔的国务院副总理汪洋同志看到中科院的报告后十分感兴趣：如果把大海当作蓝色土地一样"耕海牧渔"，那会大大缓解子孙后代的吃饭问题。他专程来到莱州视察海洋牧场建设。

项目负责人杨红生陪同并向他汇报，说起来他们还都是安徽老乡，可杨红生从未直接与国家领导人交谈过，不免有点紧张。在展台介绍情况时，他先说了句："各位首长大家好！"不由地停顿了一下。

汪洋副总理笑着应了一句："你也好嘛，辛苦了！"

瞬间，杨红生放松下来，指点着展板、展柜和示意图侃侃而谈：这种"藻、贝、参、鱼"生态牧场，形成了海洋生态立体混养系统，将海水养殖、增殖放流、环境保护、生态修复、资源养护结合起来，不仅取得良好经济效益，还显著提升了养殖区域海水质量，促进了海洋生态环境改善。

"好啊，我是第一次看立体海水养殖，不看不知道，这一片海域承载力很大嘛！"汪洋副总理连连点头，提出："能不能到海上去现场看一看？"

"啊，海上看不到的。"杨红生实话实说："这不像农田里看庄稼，麦浪滚滚一目了然，全都在水下呢！"

最后，汪洋对他们的工作给予了充分肯定，强调说："发展现代海洋养殖业，对保障食物安全、改善膳食结构、促进农民增收都具有重要意义。要认真研究海洋养殖业发展战略，把海洋生态环境修复和保护放到重要位置，不断提升海洋渔业生产能力和产品质量安全水平……"

一花引来百花开，万紫千红春满园。如今，全国已有国家级的海洋牧场 86 个，且目前还在不断完善改进、稳步增加，由北到南，遍布渤、黄、东、南四大领海岛屿间和海岸带。科学家在实验室培育的梦想种子，正在辽阔的蓝色海洋上茁壮成长，遍"海"开花。

看吧，那风平浪静的海面上，阳光普照，波光粼粼，而万顷碧波下面正上演着一场精彩的"鹰击长空、鱼翔浅底，万类霜天竞自由"的大戏……

二、守护一片清洁的海洋

"嘀铃铃……嘀铃铃……"

一阵阵急促的电话铃声在中科院海洋所响起，值班人员接起电话，只听到对方急三火四地说道："海洋所吗？我这里是青岛市政府办公室，十万火急，奥帆赛海域上发生赤潮了！请你们专家赶紧想办法吧……"

这一天是公元 2008 年 8 月 7 日，马上面临北京奥运会开幕式举行了，而作为奥运伙伴城市——青岛，是承办奥运会帆船比赛的地方，届时也将举行盛大的开幕仪式。各参赛国、观礼国的贵宾和来自世界各地的新闻记者、观光游客都将莅临现场。如果海面上出现赤潮现象，那将会大煞风景，造成中国海洋生态环境严重污染的国际影响，人们怎能不忧心如焚呢？！

真是好事多磨。本来"相约北京，扬帆青岛"的口号传遍海内外，人们知道中国青岛是个美丽的海滨城市，即将举办世人瞩目的奥帆赛，热情好客的青岛人早就做好了准备。可是，进入 2008 年夏季以来，黄海海面上突然暴发了一场"浒苔灾难"，成片成片的绿草一样的浒苔蜂拥而至，挤满了青岛近岸海域。好家伙儿，蓝色的海洋变成了绿色的草原，既不雅观又严重影响了帆船比赛。

从这年6月份开始，全市上上下下就行动起来，打一场清除浒苔、保卫奥帆赛的战斗。工人、驻军、机关干部、青年团员、少先队员，就连市民老太太、老大爷都赶到海边，清理扫除，几乎人人脸上、身上染成了一层绿颜色。此事甚至惊动了当时的中共中央总书记、国家主席胡锦涛。请看新华社报道：

北京奥运会开幕在即，筹办工作进入最后关键阶段。胡锦涛对此十分关心。青岛作为北京奥运会的协办城市，承担着奥帆赛筹办工作。20日上午，胡锦涛一到青岛，就和随行的中共中央政治局委员、北京市委书记、北京奥组委主席刘淇，在山东省委书记姜异康和省长姜大明等陪同下，冒雨前往奥帆赛场海域浒苔处置工作应急指挥部，考察了解浒苔治理情况。

6月中旬以来，大量浒苔漂移到青岛附近海域，一度对帆船运动员的海上训练造成影响。浒苔灾害发生后，胡锦涛总书记多次作出重要指示，要求抓紧清理浒苔。山东省和青岛市广大干部群众积极行动，驻鲁部队发挥主力军作用，经过顽强奋战，浒苔清理工作取得了决定性胜利。

在应急指挥部里，胡锦涛仔细察看浒苔清理示意图和打捞上来的浒苔样品，详细了解浒苔的爆发原因、分布情况、治理措施和目前赛场海域水质情况。得知赛场海域内的浒苔已基本清除干净，各项水质指标均达到奥帆赛要求，总书记十分高兴。他勉励大家常备不懈，继续努力，加强对浒苔的监测和围栏设施的维护，保持良好的海域环境，确保奥帆赛顺利举办。

是啊，"奥帆赛保卫战"已经取得了决定性胜利，"浒苔大军"已经被打得落花流水、抱头鼠窜了。各方额手相庆迎接开幕之时，突然又发生了另一个海洋灾害，赤潮"敌军"逼进了奥帆赛场。关键时刻，市领导想到了专门保护海洋生态的科学家，紧急求助。

赤潮（harmful algal bloom，HAB），又称"红潮"，国际上也称其为"有害藻类"或"红色幽灵"，是在特定的环境条件下，海水中某些浮游植物、原生生物或细菌暴发性增殖或高度聚集而引起水体变红的一种生态异常现象。它是由海藻家族中的赤潮藻，在特定环境条件下暴发性地增殖造成的。海藻是一个庞大的家族，除了一些大型海藻外，很多都是非常微小的植物，有的是单细胞生物。根据引发赤潮的生物种类和数量的不同，海水有时也呈现黄、绿、褐色等不同颜色。

驻地就在青岛的海洋研究所，设有海洋生态和环境科学实验室，负责人是一位戴着眼镜、学者风度的专家。他叫俞志明，中科院海洋所的研究员、博士生导师、国家杰出青年基金和国务院政府特殊津贴获得者，曾入选中科院"百人计划"。他长期从事海洋环境与生态学方面的研究，包括近海富营养化、有害赤潮发生机制和防治、海洋污染物的生态效应等。近年来，他作为项目负责人承担了国家、院、省部委等科研项目几十项，其中包括"973"、"863"、国家自然科学基金重点项目等。他们实验室设备先进，课题组人员团结、朝气蓬勃，具有良好的科研氛围……

生于1959年的俞志明，是"文革"结束恢复高考后的第一批大学生，1978年2月进入山东化工学院（今青岛科技大学前身）化学专业学习。那是一个激情迸发的年代啊！拨乱反正，改革开放，整个中华大地掀起了澎湃的春潮。大学校园里到处是如饥似渴的读书声。

好学上进的俞志明脱颖而出，四年毕业后留校当了一名助教，紧接着考上了本校的硕士研究生，继而又考上中国海洋大学海洋化学专业的博士生，同时晋升为讲师职称。

永不停步，永远向前，是一个年轻人想要有所作为的优良品质。1991 年 7 月，刚到而立之年的俞志明来到海洋研究所做环境科学专业的博士后。他面临两个选择：一是极地研究，当时正是热门的专业，每一次"雪龙"号前往南极考察，都会引起举国关注。二是赤潮研究，热度稍逊，可赤潮直接关系到生态环境和人们生活。俞志明考虑了一下，毅然选择了后者：研究赤潮！他说："国家需要是我的第一志愿。"

通过刻苦学习，俞志明掌握了先进的生态环境研究知识，又于 1996 年和 1999 年分别到加拿大贝德福德（Bedford）海洋研究所、美国伍兹霍尔（Woods Hole）海洋研究所做访问学者和客座研究员，进一步与国际一流同行交流、互相学习和深度研究，逐渐成长为卓有建树的海洋环境科学家。

上世纪 80 年代之前，各科研院所没有海洋生态和环境学科，因为那时生态灾害还不太严重。随着经济社会的发展，沿海海水富营养化加剧，赤潮频繁发生并且规模在不断扩大，严重破坏了渔业资源和海产养殖业。

1989 年夏天，濒临渤海的河北黄骅沿岸海域发生了大面积赤潮，涉及沿海 7 个县市，红乎乎的颗粒漂满了海面，浓得像小米粥一样，渔网的网眼被糊死，又黏又滑，根本无法使用。滩涂蟹池在扬水时混进大量的神秘颗粒，使虾蟹因缺氧而大量死亡，从事养殖的村民欲哭无泪。此外，唐山市和沧州市也不同程度受灾，经济损失达 2 个亿。

　　国际海域也时常见到此类报道，美国和日本是世界上两个赤潮严重的国家。其中日本濑户内海时常发生，在这个海域内养殖的真鲷、牙鲆等鱼类相继死亡。赤潮延伸约 1 公里长，遍及爱媛、香川、广岛三县。据统计，在 1969—1973 年 5 年间，日本全国因赤潮造成的渔业经济损失高达 2417 亿日元。

　　由此可见，赤潮已经危害到人类生活和健康，严重影响了沿海经济的持续发展和社会安定。俞志明决心在治理赤潮、保护海洋生态方面下一番功夫。当时国内还没有什么好办法，喷洒药物将更加污染海域。而日本学者针对濑户事件，提出了一种用黏土粘住藻类下沉的方案，这在实验室里是可行的，但在海上无法推广。因为每平方公里海域要洒下去 400 多吨黏土，才能有所净化，资源浪费太大，成本也太高了。

　　不过，这给俞志明很大的启发：如果解决了黏土用量大的问题，不就可以大面积使用了嘛！于是，几年来，他带领课题组几位年轻研究生宋秀贤、曹西华等人铆足了劲，脚踏实地地研究起来。南上北下，踏遍青山，对我国分布较广的两类黏土进行了对比研究，这种土质不行，再换一种，反复遴选试验，不同性质的黏土效果大不一样。不知失败了多少次，但他们毫不气馁，擦擦汗水咬紧牙关接着干。

　　终于，俞志明课题组发现黏土性质与黏附能力大有关系，当它接触了有害藻，粘上了为有效，粘不上为无效。日本人用的是孟实土，其性质为三层，可将藻类融进去，等于一大团包住小颗粒，所以用量特别大。而他们找到了一种改性黏土——高岭土，负电少有效性高，可将藻类附着在上面，带动其沉入水底。同时运用 DLVO 理论，建立了黏土粒子与赤潮生物的作用模型，提出了提高絮凝作用的黏土表面改性理论，制备出高效黏土体系。

这一来，将絮凝效率提高 20 多倍。每平方公里仅用 4—10 吨，就可解决问题了，大大节省了黏土。趁热打铁，他们一鼓作气又研制出了适合喷洒的黏土剂，以及操作的器具和方法。俞志明课题组开拓了我国赤潮治理研究的新领域。试验室成功了，那么在实践操作中会怎样呢？需要找个机会，是骡子是马拉出来遛遛……

机会说来就来了。2005 年夏天，正在筹备第十届全国运动会的南京市连连告急。原来计划承办赛艇比赛的玄武湖暴发了蓝藻灾害，整个湖面浓得像油漆一样的绿。蓝藻是一种原核生物，又叫"蓝绿藻"或"蓝细菌"，在一些营养丰富的水体中，常于夏季大量繁殖，并在水面形成一层有腥臭味的浮沫，当地叫作"水华"。

大规模的"水华"聚集，就像海洋中的"赤潮"似的被称为"绿潮"。它会引起水质恶化，耗尽水中氧气而造成鱼类的死亡。玄武湖职工乘着小船一天打捞上几十船，一夜之间又长满了。哎哟哟，这样下去，别说十月份的赛艇比赛泡了汤，就连游人游湖也不能开放了，城市形象将大大受损。

赛事组委会向全国发出求助信息，希望得到及时治理，保证全运会赛艇比赛正常举行。俞志明带领课题组赶到南京调研，好家伙儿，湖面上厚厚的一片蓝藻，跟大草原似的，不知哪来的一只老鼠，竟唰唰地在上面跑，往昔美丽的玄武湖可"病"得不轻。他们站在湖边思考、商量着对策。

此时，上海有一家实力雄厚的公司，据说曾经用药物治理取得过不错的成绩，也踌躇满志地前来投标。负责人拿出一个瓶子，装上一种药剂，取些湖水放进去晃了晃，变戏法似的就没了蓝藻，表面上看效果不错。而俞志明要求派船到湖里去，现场考察试验一下。

当时有人感到上海公司的方法简单实用，就想确定由他们中标了。

"慢着，为了稳妥起见，我看两家单位都试一下，谁的效果好，我们就用谁的。"有位领导十分明智，提出了"货比三家"的方案。

嗬，这不就等于"打擂台"吗？俞志明他们看了现场，心中有数了——完全可以做，一口答应下来。根据计划，海洋研究所承担玄武湖北面1.24平方公里的湖面；上海公司则在玄武湖的东南湖0.65平方公里的区域内开工。哪家见效快、治理成本低、对生态影响最小，就选择哪家来承担"重头戏"——负责第十届全运会赛艇比赛水域的治理。

盛夏八九月份，正是南京"火炉"发威的时候，俞志明带领着宋秀贤、曹西华等博士，还有几个学生，挥汗如雨地上阵了。没有专用设备，他们就雇了几条船，把船舱改装成搅拌舱，人工拌料均匀喷洒。原理是把硅酸盐矿（改性高岭土）作为黏土剂撒在湖面上，利用理化性质，使颗粒与颗粒之间相互吸附，达到沉降的目的，蓝藻沉入湖底照不到阳光自然会死亡。

一连几天，来自青岛的海洋人把玄武湖当成了大海，研究员、博士生也都成了技术员，上船指导着园林工人们作业，甚至自己抱着喷枪干起来。果然，奇迹发生了，他们负责的这片湖面上逐渐清爽起来。而上海那家公司却遇到了麻烦，在药瓶里试验与现场施工大不一样，费劲不少却不见什么成效，还是绿油油的一片。

不用说，胜负一目了然，海洋所的生态学家们赢得了擂台赛，也赢得了南京人的信任。全部湖面交给俞志明课题组治理。科研成果可以为人类生活生产服务了，是科学家最高兴最开心的事情，这比发表多少论文都有价值。

他们乘胜追击，结合湖水特性，不断改进配方，在高岭土表面增加了化学物，制作成了改良性高岭土"黏土剂"，不仅使用量大大降低，而且吸附作用没有任何减少。一鼓作气干了20多天，总共用了不到300吨的高岭土，不影响湖底生物和生态环境，却还了一湖清水，保障了全运会赛艇比赛的顺利进行，以及游人们观览湖上风光……

这一炮震天价响，给整个团队增强了信心，也积累了经验和知名度。国内许多地方遇到类似问题时，首先想到了中科院海洋研究所。而在家门口的北京奥运会青岛赛区帆船比赛场地的保障任务，更是责无旁贷落在他们身上。

实际上，早在比赛前两年，赛事组委会就做好了各种防止"赤潮"的方案，没料到"浒苔大军"首先攻了上来。全体总动员，在胡锦涛总书记亲自视察鼓励下，整个城市包括海洋学家们齐心奋战，终于取得了阶段性胜利。这时有人说："发生了浒苔，夺去了营养，就不会再发生赤潮了。"

"不一定！"俞志明反驳道，"两者还是有不同点的，我们不能掉以轻心。"

不幸而言中，就在举办奥运会开幕式的前夜——8月7日，告急电话找到了海洋所环境科学实验室，找到了俞志明团队。这就是本节开头写的那一幕：浮山湾发现了"赤潮"，将影响帆船比赛海域，必须马上治理！

险情就是命令。当天，俞志明带队立即奔赴现场。好在他们早就有各种预案，也准备好了材料和设备，组委会调集船只全力配合。那一夜，俞志明研究员是在船上度过的，现场指挥大家紧急调运、喷洒配好的"黏土剂"，一气干了30多个小时，终于将这股"赤潮"控制住了，保证了奥帆赛顺利进行。

当看到运动员们在清澈的海面上你追我赶，看到热情的观众们呼吸着新鲜的空气呐喊加油时，俞志明和他的团队成员们欣慰地笑了……

目前，核电站技术已经十分成熟，为人们提供了强大的电力能源。由于它在运行过程中散发出高热量，所以核电站一般建在海边利用海水冷却。那么，如果发生地震海啸，破坏了冷却系统，就可能会产生严重后果。2011 年 3 月 11 日，日本 9 级大地震导致福岛核电站泄露就是一例，教训十分深刻。

时至 2015 年春节前后，正在试运行的我国广西防城港核电站，也遇到了类似危机。原因就是进水管道被海藻堵住了，无法正常实施冷却，造成机组过热。如果不立即解决，后果不堪设想。有关部门想尽了办法，也满世界寻找能够处理此问题的专家，均空手而归，只好断电停机，限期整顿。

直到有一天，他们看到了中科院海洋研究所净化海水的报道，立即抱着一线希望前来求援。当时，作为山东省政协委员的俞志明正在参加山东省政协会议，核电站建设组干脆找到济南，通过会务组联系上了俞教授。听完情况介绍，以治理生态环境为己任的他还是吃了一惊：有害藻化影响了核电机组，还是第一次得知。接下这个项目会有很大风险，万一失败造成核泄漏，是要负法律责任的！

可是，难道就眼看着建设了数年之久，即将启用的核电站功亏一篑？再说经过了南京玄武湖蓝藻事件，以及青岛奥帆赛水面治理，证明他们的研究是成功的，心里是有底气的。俞志明经过周密考虑，代表实验室团队下定了决心："好，我们干！"

这期间，俞志明打电话将课题组成员曹西华叫到济南，两人认真商讨了一番。等到会议一结束,他们没有回青岛,直接从济南飞赴广西防城港,现场勘察。正是北方滴水成冰的季节,可在岭南大地上却是温暖如春,海上藻类处于高发期,一团团一簇簇的,天天打捞也捞不尽,如同乱麻一样堵塞住进水口。

采样、化验、计算数据,他们心里有数了:这些海藻完全可以用絮凝法治理,他们胸有成竹地与客户签了协议,而后飞回青岛,设计方案准备材料。俞志明带领课题组 6 个人加班加点地工作。一切就绪后,再次飞往广西实施操作。

一个机组一个班次至少要用十万方冷却水,才能保证核电站正常运转。如果水量低于这个数字就会"亮红灯"!俞志明他们根据实际情况建议:在进水口海域安排两条船,一左一右把住关口,不断喷洒高岭土"黏土剂",不断净化海水使其畅通无阻,确保冷却效果。

为了及时掌握治理成效,课题组成员需要时常采集水样,带回岸上实验室化验,根据某些数据调整施工方案。有一次,一位年轻的研究生利用自制的木筏子,划到进水口附近采样。不知是他太投入了忘了身在海上,还是脚下一滑没有保持好平衡,只听"哗"地一声竟然掉进了海里。

"哎哟,救命啊!救命……"

"啊?有人落水了!快,快把他救上来!"

人们一阵慌乱,进而冷静下来,有的找救生圈扔下海,有的找竹竿伸过去。好在距离海岸不远,风浪也不大,手忙脚乱一会儿,终于把他拉上了木筏子。虽说是在南方,但海水是凉的,加之海风一吹,这个倒霉者"啪啪"地打了几个喷嚏,总算逃过了一劫。

一连几个月,来自青岛的海洋生态学家们夜以继日,为了我国的核电事业尽心竭力。包括领头人俞志明在内的许多研究员,都是第一次来到广西防城港，却从未想到去名胜古迹旅游一下，一门心思扑在工作上。

功夫不负有心人。在这样有的放矢、团结拼搏的攻势下，顽固的有害藻终于败退了、消失了、无影无踪了，核电站冷却系统得到了有力保障。

经过一段行之有效的试运行，2016 年 11 月 2 日上午，广西壮族自治区人民政府在南宁召开新闻发布会：宣布我国西部首个核电站——防城港红沙核电站一期项目全面建成投产，每年可为北部湾经济区提供 150 亿千瓦时安全、清洁、经济的电力。

此外，俞志明团队又在北戴河海面净化、厦门金砖峰会消除赤潮威胁，以及治理南美洲智利有害藻危害养殖业方面，取得了显著成就，赢得了广泛赞誉和订单。

目前，他们在黏土治理有害赤潮方面的研究成果，已经得到了国内外专家的肯定，成为世界上赤潮治理方面的重要依据和首选方法。这充分说明：中国人具有高度的责任感和聪明才智，为守护一片清洁的海洋贡献着自己的力量！

三、折断海浪之牙

茫茫无边的大海上，滚滚滔滔，一浪高似一浪，撞到礁石上，唰地卷起几丈高的雪浪花，猛力冲激着海边的礁石。那礁石满身都是深沟浅窝，坑坑坎坎的……

礁石硬得跟铁差不多，怎么会变成这样子？是天生的，还是錾子凿的，还是怎的？是叫浪花咬的……别看浪花小，无数浪花集到一起，心齐，又有耐性，就是这样咬啊咬的，咬上几百年，几千年，几万年，哪怕是铁打的江山，也能叫它变个样儿……

这是著名作家杨朔笔下的散文《雪浪花》，塑造了一个人老心红的"老泰山"形象。其中的"咬"字令人印象深刻，按说那是作家的一种形容，然而不幸而言中，现实中的海水真的是有"牙齿"且会"咬"的！

不用说，我指的是海浪的腐蚀力！

它就像大海的铁嘴钢牙一样，潮起潮落，云卷云飞，日复一日，年复一年，一点点一层层啃咬着设在海里的钢结构，比如石油平台、码头建筑、桥梁桩基等，给经济社会造成巨大的损失，这在热带海洋的环境中更加严重。

据专家统计：腐蚀造成的经济损失约占国内生产总值（GDP）的3%—5%。1970年英国发表了有名的Hoar报告，指出由于腐蚀而造成的损失为13.65亿英镑，占国民经济总产值的3.5%；美国2001年发布了第七次腐蚀损失调查报告，表明1998年因腐蚀带来的直接经济损失达2760亿美元，占国民经济总产值的3.1%。

中国工程院重大咨询项目调查结果显示：我国在2014年的腐蚀成本约为2.1万亿，约占国内生产总值（GDP）的3.34%。2014年我国的自然灾害中的经济损失为3373.8亿元，而腐蚀造成的损失，是各种自然灾害所造成损失总和的数倍。

这就是说：当你手表上的秒针转过一圈半，世界上就有1吨的钢铁被腐蚀成铁锈。更为严重的是，与地震、海啸等惊天动地的自然灾害相比，腐蚀的破坏力极强，却因悄然无息，很容易被人忽视。就像温水煮青蛙一样，平常不感到疼痛，等到发现事态严重时已然酿成大祸了！因此，防腐工作相当重要。

侯保荣，中国工程院院士、中国科学院海洋研究所研究员、国家海洋腐蚀防护工程技术研究中心主任，就是这样一位做出很大贡献的防腐蚀专家。为了采访这位功成名就的科学家，掌握第一手写作素材，写好反映海洋科研的长篇报告文学，我从初夏一直约到了深秋，迟迟未能如愿。

他太忙了，经常天南海北地跑，不是在黄海某港口上，就是在南海钻井平台上，抑或出国参加学术会议了。直到2018年10月19日，我得到海洋所综合处王敏同志的正式通知：已经约好，上午九时到二号楼与院士面谈。届时，我提前一刻钟来到二号楼上。不料，他的课题组成员王静抱歉地说："侯老师来电话了，正在机场来的路上，请你在他办公室稍等一下。"

"怎么，出差才回来啊？那不得休息一下……"我有点犹豫了，这得等到什么时候？热情干练的王静博士看出了我的疑问，给我倒了一杯热茶解释道："放心，侯老师直接来所里，不会耽误多长时间。"

果然，正说着话，一位个子不高、身材适中、背着一个行李包的"中年人"走了进来。王静连忙介绍着："侯老师回来了，这就是许作家。"

"啊，对不起对不起，让你久等了！我这是改了航班的……"

原来，侯保荣院士去天津出差，本来与所里说好了，昨天晚上飞回青岛，今天如期接受我的采访，不料临时又有事务需要处理，他只好改签在今晨最早的一班飞机赶来，且不回家先到办公室来见我。这让我十分感动，劝他休息一下。"不用！"他摆摆手，"这是常事，约了这么长时间，不能让你再等了！"

此前我曾做过案头工作，知晓他是上世纪 40 年代初生人，今年已是七十有六了，可看那一身蓬勃的"精气神"——走路呼呼生风，说话干脆有力，俨然才是"人到中年"啊！按照作家的采访惯例，总是希望先了解一下被采访者的经历，由其本人讲述，比看材料听介绍更加真实生动：

我是山东菏泽曹县人，1942 年生人，祖辈一直在家务农，父母没上过学，大字不识一个。我是赶上中华人民共和国成立才有了上学的机会。那时我老家建起了一所小学，校门两侧写着"为人民服务，向工农开门"，在那儿我上了六年考上了曹县二中。它位于老革命根据地的"红三村"，有一个不小的革命烈士陵园，使我们感到能够上学来之不易，都很用功。可以说在这里，改变了我的一生。

二中是 1953 年建校，当时只有初中部，到了 1960 年才设有了高中部的两个班，老师全是原来教初中的老师。我是第二届高中班毕业生，我们那时太艰苦了，学校条件较差，一个五六十人的教室只有一个煤炉取暖，根本没有多少热量，教室里很冷，冬天的温度能到零下十几度。课间休息时，大家都到室外活动一下，因为室外有太阳比屋里要暖和。那时的农村根本没有电灯，晚上上课只能用煤油灯了。1962 年我能考进复旦大学化学系，什么时候也不能忘记初中、高中老师的培养。

大学毕业正值"文革"期间，我们都来到部队农场劳动锻炼。直到 1970 年 3 月，才正式分配到中国科学院海洋研究所工作，这已经是我入大学深造的第七个年头了，终于步入了科研的轨道！来到海洋所，因为我是学化学的，就分配到化学室的腐蚀研究组，接到的第一件事就是响应号召——开门搞科研，走出去，与工农兵相结合。上班没有几天就去了上海，那时要新建一个上海金山石油化工总厂，油是从大庆运过来的，需要建一个码头，全是钢铁的，防腐蚀是其中的一个内容，我们便和上航三海局、南京水利科学院合作承接了陈山码头的阴极保护工作。

人们可能不太了解，阴极保护有外加电流和牺牲阳极法两种，当时我国的铝基牺牲阳极还不过关，就用了外加电流法，采用的辅助阳极是高硅铸铁。我和同事们开始铝基牺牲阳极板的研究，经过了五六年的时间终于成功了。该成果在 80 年代得了中国科学院二等奖，这在国内还是第一次。目前这项技术已经遍地开了花，成为防止钢铁在海水中腐蚀的重要方法。铝基牺牲阳极中一般含有铝、锌、铟、钛等，各行各业都在使用，我们作为最早从事此项工作的科研工作者，感到很欣慰……

今年是改革开放 40 周年，我的进步也得益于此，其中到日本留学三年起着非常重要的作用。那是 1982 年，出国留学是个大热门，我是如何被选上的？这里面有个插曲：我分配来海洋所之后，相差三五岁的同事大都学的是英语，我在复旦学的是俄语，早已忘光。外语是科研的必要工具，再学俄语吧，当时用处不是很大；学英语吧，我再学几年也赶不上已经有很好基础的同事。当时化学室主任是我国著名海藻化学家纪明侯先生，他很关心我们青年人，建议我学日语：日本文化与中国相近，距离也近，而且它是个岛国，四面环海，海洋设施多，腐蚀方面的研究也比较先进，以后有机会可以去日本学习。果然，两年后真的选拔赴日本留学生，纪先生看我有了基础便积极推荐我去。后来我又到大连外语学院培训四个月，于 1985 年 3 月 7 号踏上了留学之路……

瞧，侯院士说起纪明侯先生充满了尊敬。他是谁呢？

纪明侯是中国科学院海洋研究所研究员，中国海藻化学的奠基人和开拓者。他中等身材，腰杆挺拔，体魄强健；圆头圆脸，五官端正，轮廓分明。平常穿着朴素，非常大众化，但不管什么时候却都是整齐、板正、干净、利落的，就像他在做化学实验，一丝不苟。他是山东省青岛市城阳区仙家寨人，1925 年 10 月出生，1946 年考入了山东大学刚刚成立的水产系，勤奋刻苦，各科成绩总是名列前茅，尤其是日语和英语水平，毕业前就已经达到了听、说、读、写"四会"，同学们都很羡慕他。

1950 年，纪明侯大学毕业。因成绩优异，被老师曾呈奎选中，跟随老师到中科院海洋研究所的前身——水生物研究所青岛海洋生物研究室工作。当时只有 28 人，设无脊椎动物、浮游生物、植物、鱼类、实验胚胎和环境 6 个研究组，纪明侯被分配在植物组，主要是研究藻类，所以又叫作海藻组，曾呈奎亲任组长。

随着共和国大发展的脚步，海洋生物研究室 1959 年扩建为中国科学院海洋研究所。植物研究组，也改为植物研究室。曾呈奎对海藻研究进行了全面长远的规划，分解为四个研究方向：张德瑞研究海藻形态，吴超元研究海藻生理，张峻甫研究海藻分类，纪明侯研究海藻化学。从此，纪明侯就与海藻化学结下终生之缘。

几十年来，人们将吴超元、张德瑞、纪明侯、张峻甫戏称为曾呈奎科研工作的"四大金刚"。俗话说，强将底下无弱兵，曾呈奎带领的这四位年轻人，数十年风雨兼程，各自都取得了丰硕的科研成果。俗话还说"大树底下好乘凉"，乘凉当然很惬意，但是由于曾呈奎这棵树实在是太大，所以这四棵虽然也不算小的大树，就难以完全彰显出来。尤其是纪明侯，几乎是和默默无闻相伴终生。

1960 年，纪明侯受命筹建中科院海洋所海洋化学研究室，并任室主任。经过短短几年的时间，在"文革"以前，一个原本只有 4 个人的海藻化学组，发展成为一个综合性的海洋化学室。分为海藻化学、海水化学、放射化学、金属腐蚀化学、海水物理化学等几个研究组，为中国科学院海洋研究所，乃至为国家优化出几个强势学科。上世纪，海洋所有几个出了名的拼命工作和学习的人，纪明侯是其中之一。

长期以来，他几乎没有星期天节假日，坚持早上班晚下班，中午不休息，不是做实验，就是坐在办公桌前学习，或是在图书馆查阅文献。一年四季，下午下班后，他总是不吃饭坚持在办公室学习到晚上九点半，急匆匆赶最后一班 6 路公交车回家。所以，子女们常常是夜晚睡觉时也见不到父亲。妻子年复一年，日复一日，几乎天天都要给他留晚饭，热了又热，等丈夫 10 点多回来吃晚饭。吃罢晚饭，纪明侯又扑下身子或阅读文献，或写论文、撰专著，直到深夜。12 点以前他绝不会睡觉，他家的灯光总是全院最后一个熄灭。但是睡觉再晚，睡前的一个冷水澡总是少不了，因为这是他终生的健身习惯。

纪明侯从事的海藻化学研究，在我国是一个崭新的研究方向。除了老师曾呈奎上世纪 40 年代初在美国留学时做过一些研究外，我国还没有其他人开展过这方面的研究。这就需要在老师曾呈奎的指导下进行独创。创新首先要继承前人工作的基础，所以参阅文献就显得特别重要。他发挥了外语水平高的优势，大量阅读外文文献。同时，顺手将其译成中文出版，以便国内同行阅读。

1955 年，纪明侯等 3 人首先翻译了俄文《海水化学分析指导》，16 万字，由科学出版社出版。1961 年，纪明侯又翻译了日文《海藻工业》，30 万字，由轻工业出版社出版。1992 年，纪明侯等 5 人翻译了英文《海洋有机化学》，45 万字，由海洋出版社出版。1997 年，他总结了个人和国内外海藻化学的研究经验，完成了 110 万字的巨著《海藻化学》，由科学出版社出版。

在出版图书的同时，纪明侯还及时总结了研究成果，写成论文发表，以与同行进行学术交流。半个多世纪以来，他共发表 92 篇论文，其中，海藻化学方面的论文 68 篇（外文 13 篇），海水有机物化学方面的论文 24 篇。这些都是海藻化学和海洋化学方面的重要参考文献，同时也记录了纪明侯海洋科研工作的成就和足迹，弥足珍贵。

海洋植物以藻类为主，海洋藻类都是简单的光合营养的有机体，它们介于光合细菌和高等植物——维管束植物之间，在生命起源上占有重要地位。海藻不仅是海洋中最重要的初级生产力，而且是地球上氧气的主要提供者。我国的海岸线曲折绵长，纵跨近 40 个纬度，边缘海覆盖温带、亚热带和热带三个气候带，有广阔的 200 米以浅的大陆架海域，蕴藏有十分丰富的海藻资源。海藻的开发利用，除了直接或经过烹调食用以外，主要的就是将其用作工业原料，经过加工变成工业产品。

1952 年，纪明侯和曾呈奎、张峻甫撰文《琼胶与琼胶工业》，在《中国植物学杂志》上发表，介绍了琼胶的发展历史、原料、产地、制造工艺和用途。琼胶在食品、轻工、医药工业和科学研究上用途十分广泛，他们建议国家尽快调查我国琼胶的原料——石花菜、江蓠等经济海藻的资源，并在适当的海域养殖它们；呼吁国家组织人员研究海藻的化学加工问题，迅速建立起我国的琼胶工业。

1958 年，纪明侯作为负责人与史升耀、张燕霞、蒲淑珠组成课题组，开展了海带综合利用研究。这极大地推动了我国海藻综合利用的研究，为我国发展海藻工业，利用海带大规模生产甘露醇、褐藻胶、碘提供了经验。这在国内是首创，而且达到了国际先进水平，荣获 1978 年山东省科学大会奖。

此外，纪明侯担任中科院海洋所化学研究室主任多年，对室内已有的水化学、放射化学、金属腐蚀化学、海洋物理化学和海藻化学等各研究组的发展方向和研究规划，极为关心。他高瞻远瞩，勇于开拓，于上世纪 80 年代初，亲自组织人员建立了海洋有机化学研究组，优化出一个新的学科方向。他特别注意培养年轻人，指导他们如何学习、如何做实验、如何总结工作、如何加强外语培训。在他手下工作过的人，大都独立工作能力很强，水平也较高。

纪明侯对日常生活条件从不刻意追求，一辈子都以勤俭持家为家风。他的衣着很普通，没有一件是名牌。衣服穿旧了也舍不得换新的，内衣、内裤，甚至小背心，都是补了又补再穿，从不轻易丢掉。虽然衣服不新，但总是干干净净、整整齐齐的。在精神层面上，他特别喜欢欣赏欧洲古典音乐，对贝多芬、施特劳斯等音乐大师的作品如数家珍。早年的音响设备不如现在先进，在难得一遇的空闲时间，他召集孩子们来，共同听他用那台老旧的手摇唱机放出的古典音乐。他一边欣赏音乐旋律，一边给孩子们讲解，一家人在美妙的音乐里陶醉。

退休后，纪明侯先生虽然年事已高，但更加热爱生活。2004 年 10 月 1 日，家人给他过 79 岁生日，在举刀切生日蛋糕时，孩子们让他许个愿。他双手合十，轻轻闭眼，默默沉思稍顷，然后睁开眼。孩子们打趣道："爸爸，你许的愿不会有什么秘密吧，能告诉我们吗？"他笑着说："我许的愿是让我再好好活上几年，和你们共同享受这美好的人生……"

这就是老一辈海洋科学家的胸怀与境界。不管是已经当选为院士的，还是没有成为院士的，他们所做的工作与取得的成就都将永载史册，鼓舞和激励着一代又一代中华儿女奋发努力、创新报国。

就是这样承前启后、继往开来的科学家。侯保荣先生在纪明侯先生的关怀与帮助下，开始了专业攻读研究海洋化学中的重要内容——防腐科学的历程。当时公派留学生从两年改为一年，而他觉得一年太短，就靠打工又在日本自学了一年，如饥似渴，学有所成。然而，这违反了有关政策。中国驻日大使馆文化参赞告诫他："快回去吧，不然要被开除的！"

实际上，海洋所已经召开了两次所长办公会，研究如何处理的问题，有人说这样下去难以说服别人，主张开除。幸亏纪明侯主任爱才心切，为他说情："想多学点东西总是好事情嘛，再等等看……"远在日本的侯保荣心急如焚，连夜写信给中科院有关部门申请延长时间，引起了一位有眼光的领导的重视，破格同意了。

他格外珍惜，一边打工一边学习，特意在群马县一个工厂干电镀工——与防腐有关系，有时一天干十几个小时。同时，在日本工业大学跟随水流彻教授攻读研究生。就这样，一连学习了三年，主要知识都掌握了，他才于 1988 年 6 月回国。导师说：如果再能待半年左右，就可以戴个博士帽回来。可这已是破例延长了，他不愿让关心他的纪主任和一些老师为难，坚决启程。6 月 30 日那天，转机到了香港，马上给海洋所打电话："我已经站在了祖国的土地上……"

他又回到了海洋化学实验室，其间一直与日本导师水流彻先生保持着联系，边工作边学习。1993 年他重返日本，三个月便取得了工学博士学位，开启了独立自主、国内领先的海洋防腐科学研究之路。并且，与日本工业大学、大日本涂料公司、日东电工株式会社等单位建立了良好的合作关系。

至今 30 多年来，他去日本交流的次数超过 50 多次。他们研究室也有七八十人去过日本。有 120 人次以上的日本科学家，来青岛进行过交流。2000 年，在青岛召开了首次"国际海洋腐蚀与控制"会议，侯保荣任大会主席。自此，每两年在中国和日本轮流召开，把海洋防腐研究推向了新阶段。

那么，对于海洋钢构筑物来说，腐蚀的重点在哪，以及教授和他的团队取得了怎样的成果和荣誉呢？侯院士喝了一口水，一点一滴地向我娓娓道来：

我刚进入海洋腐蚀这一行时，大家一直认为，潮差区腐蚀最严重。

因为这部分潮涨潮落，干湿交替，风吹雨打，太阳晒，当然腐蚀严重。有时候，我去给大学生讲课，第一个先问学生，一个钢桩打在海里，从腐蚀的角度分为大气区、浪花飞溅区、潮差区、海水全浸区和海底泥土区五个不同区带，哪一部分腐蚀最为严重？大部分学生的回答是"潮差区腐蚀最为严重"，并且很自信地讲述腐蚀严重的理由。实际上这种想法是错误的，形成这种概念的另一种根据是错误的实验方法所误导的。一个新钢种研究出来以后，要到现场去进行挂片试验，由于实验条件的限制，一般是把 100mm×200mm 的实验试片分别挂在大气区、潮差区、海水全浸区，几年取出来以后确实是潮差区腐蚀最为严重。

这种实验一个致命的弱点是，试验钢片是分别放置的，在相互之间没有电导通的情况，分别挂在了不同区带。我们想一想，有什么钢构筑物是各个区带之间相互绝缘、相互分离的呢？这个问题看来简单，但把它弄透，发现其中的区别，还是需要动一番脑筋的。而国外对这个问题早已有了认识。为了开展这项研究工作，评价钢材在海洋各个不同区带的腐蚀速率，最好的方法是在外海进行现场挂片。利用在上海陈山码头做阴极保护的机会，我先在现场做了一年的试验，并且非常高兴地取得了很大的成功。

我还记得在现场试验结束后，要取样，去冶金所分别检测。那么多试片是非常重的，要搬运这些试片就是一件非常辛苦的事。我先是坐火车到了市区，那时没有出租车，自己更不会有车了，哪像现在这么便利。下了火车后，我把试片分成三部分，先把其中一部分搬到眼睛看得到的地方放下，再来取第二部分、第三部分。这样一共分别移动了 5 次才到了冶金所门口。后来，我们和原上海钢铁研究所、上海第三钢铁厂合作，利用长 7 米、宽 6 公分、厚 6 毫米的钢片在广西北海、浙江舟山、山东青岛进行了现场试验。其结果是清清楚楚的，浪花飞溅区的腐蚀最为严重，潮差区腐蚀最轻。

但我们知道，在大海做试验，哪怕是在海边，也存在风大浪急、容易丢失、计量不准、工作量大等缺点。于是我就想，能否有更简单的实验方法，能够模拟实海试验呢？为了解决这个问题，我发明了一个"电连接模拟海洋腐蚀试验装置和方法"，即把大海搬到陆地上，在海洋所内建立了这种模拟实验装置，它的主要思路是做一个长2米、宽1米、水深1米的水槽。潮差区0.4米，上部为大气区。其中设置了造波板来产生波浪，利用虹吸管来调节潮差区的涨落潮，这样一套装置，可以再现外海的腐蚀环境。

在这套模拟装置里面，还有另外一个发明，为了解决以上所说的试片之间的绝缘的问题，巧妙地采用了导线把试片之间连接起来，使各个试片之间的电气连接，这样就和实际工程中钢桩的情况一致了啊！惊人的结果出现了，利用这种装置所得出的结果与外海7米长的钢带的结果有着相同的腐蚀倾向，太棒了。该结果在学术会议上一发表，就引来了武汉、上海、鞍山、包头、马鞍山、北科大等十余家国内海洋用钢研究单位做实验，实验钢种有100多个，取得了上万个实验数据，画出了几百条腐蚀实验曲线。这项成果获得1981年中国科学院科技进步二等奖，说起来，这已是35年前的事情了。

前面说过：腐蚀最轻的是潮差区，腐蚀最严重的是浪花飞溅区，至于浪花飞溅区腐蚀严重的理论，是我在日本留学三年的主要研究内容。我想说说浪花飞溅区的防腐技术问题。据国际通用公式计算，腐蚀损失约占国内生产总值（GDP）的3%—5%，已有研究表明，如果采取有效的控制和防护措施，其中25%—40%是可以避免的。腐蚀防护工作做到位，每年可以减少5000—8000亿元的损失。自1967年毕业于复旦大学化学系以来，我一直与海洋腐蚀防护相伴而行。40多年来，海洋腐蚀防护也从一个冷门专业逐渐被人们重视。在扎根于海洋腐蚀基础理论研究的基础上，我在海洋腐蚀防护技术推广与应用方面，也取得了几项成果。

一项是海洋钢结构浪花飞溅区复层矿脂包覆防腐技术。潮起潮落，浪花飞溅，是一道美丽的风景线，但对于海洋工程来说，飞溅的浪花却是"吃金属的老虎"。恶劣的海洋腐蚀环境是海洋开发过程中必须面对的课题，众多海洋设施诸如港口码头、石油平台、海底管线、桥梁、船舶等在海洋环境下遭受严重的腐蚀破坏和生物污损，其腐蚀损失统计数据令人触目惊心。

目前国内针对海洋钢铁构筑物所采用的防腐蚀措施，水上部分以防腐涂层为主，水下部分采取防腐涂层和阴极保护技术相结合的防腐方法，但对于腐蚀最严重的浪花飞溅区国内尚未有成熟、经济长效的防护方法。在浪花飞溅区，普通的涂料保护，在海水有力的冲击下容易产生剥落，局部腐蚀十分严重。电化学保护由于不能形成电流回路，在这个部位也不能发挥丝毫作用。

我在"十一五"期间，成功研发了复层矿脂包覆防腐蚀技术，获得了4项国家专利。该技术由四层紧密相连的保护层组成，即矿脂防蚀膏、矿脂防蚀带、密封缓冲层和防蚀保护罩。其中矿脂防蚀膏、矿脂防蚀带是复层矿脂包覆防腐技术的核心部分，含有高效的缓蚀成分，能够有效地阻止腐蚀性介质对钢结构的侵蚀，并可带水施工。密封缓冲层和防蚀保护罩具有良好的整体性能，不但能够隔绝海水，还能够抵御机械损伤对钢结构的破坏。该技术对海洋钢结构暴露于浪花飞溅区的部位具有广泛的适用性，具有施工简单、绿色环保等特点，防腐寿命大于30年。这项技术还获得2014年度山东省技术发明一等奖。

第二项技术是异型钢结构氧化聚合型包覆防腐技术。螺栓、阀门、法兰、桥梁拉索等异型钢结构，由于形状复杂，缝隙、边缘、棱角较多，表面凹凸不平，易积存水、潮气、盐分等腐蚀性介质，涂料防腐效果不佳。尤其是海上和沿海地区，受盐分和湿度的强烈影响，裸露的螺栓、阀门等异型结构腐蚀发展很快。腐蚀初期，产生的锈液有损美观；如果腐蚀进一步加深，以至连接失效，会使金属结构的强度降低，影响生产安全，甚至会造成严重的事故。

我在多年研究国外同类技术的基础上，研发氧化聚合型包覆防腐技术。该技术由三层配套系统组成，包括防蚀膏、氧化聚合型防蚀带、外防护剂。防蚀膏和氧化聚合型防蚀带上浸渍的化合物具有良好的腐蚀防护性能以及附着力，能阻隔金属与水分、空气等腐蚀性介质的接触；施工后氧化聚合型防蚀带暴露在空气当中的表面，会氧化聚合，并形成坚韧皮膜，具有良好的耐老化性能；而粘贴在钢结构表面的一侧永远保持非固化状态，从而达到最佳的防腐活性。螺栓、阀门、法兰、桥梁拉索等异型钢结构，与桥梁、码头等整体结构相比，其造价可以忽略不计。但是一旦这些不起眼的小部位发生腐蚀问题，却会造成桥梁坍塌、油气泄漏等严重的灾难。因此针对异型钢结构研发氧化聚合型包覆防腐材料，仅需要花很少的代价就能为桥梁、码头这样的大型海洋工程延长寿命，具有非常积极的社会效益和经济效益。我国有几万座桥梁，据交通部的调查，我国桥梁的拉索平均使用 11 年就要换索，而使用这种技术，至少 40 年可以免于维修。这种技术已经申请了商标，并有防伪标志……

除了以上介绍的两项成果之外，侯保荣和他的研究团队，在海洋钢筋混凝土结构的腐蚀修复、海洋工程阴极保护监/检测、杂散电流监测与防治技术、新型复合牺牲阳极技术、海洋生物腐蚀与防污技术等方面也取得多项专利成果。

从事海洋腐蚀防护 40 余载，侯保荣共获山东省科学技术最高奖、国家科技进步二等奖、山东省科学技术进步奖、中国科学院科技进步奖等省部级以上奖项 20 余项。其中，国家科技进步二等奖"钢铁设施在海洋环境中的腐蚀及其防腐蚀技术"是海洋腐蚀与防护技术领域的唯一国家级奖项。

2003 年，侯保荣当选为中国工程院院士。2014 年，他获得了"何梁何利"科技进步奖和山东省技术发明一等奖。但他谦虚地说："这些成绩不是属于我个人的，它们属于我和我的科研团队，没有他们，我一个人的力量就太薄弱了。"

白浪翻滚，潮起潮落，大海将它亘古不变的波涛演绎成永恒的风景。40 余载，如白驹过隙，院士一直奔走在中国沿海各地，看到的各种海洋腐蚀状况触目惊心。他不停地呼吁：海洋腐蚀防护工作迫在眉睫，早防护早得益。在未发生腐蚀时就应采取措施，折断海浪的"牙齿"，不让它"啃咬"海洋工程的钢结构，将事半功倍。

中国腐蚀防护工作者肩负着伟大而艰巨的使命，任重而道远。

采访结束了，我提议合影留念，院士高兴地答应了，他的学生王静博士按动拍照手机，为我们留下了一张难忘的照片。而后我问道："你已年近八旬了，还这么忙碌，不感到累吗？"

他笑笑说："不累！近年来，美国腐蚀工程师协会组织一项全球腐蚀损失调查，邀请我任中国区的主席。这作为一项重大咨询项目，已在中国工程院立项。这样，又有新的事业在等待着我去开拓！确实，我比较忙，但很快乐！"

第十一章 大洋上的"所庆"

（作家远航日记之六）

Chapter Eleven

2018 年 7 月 27 日　星期五　晴转阴
南中国海

　　天气炎热，后甲板上温度极高，队员们进行沉积物柱状试验——下套管取泥样，热得难受，均戴上配发的防晒面罩和围巾，像一个个蒙面大侠似的。而从后面看，则像过去日本侵略者军帽下的"屁股帘"，令人忍俊不禁，但这对防止紫外线十分管用。看来大家习以为常了，没有一个人笑的。不用说，我也带上这样的帽子，上去帮助拉绳，主要是体验一下。

　　俗话说：六月天，孩儿脸，一天变三变。嗬，这大海上的天气有时更像孩儿脸呢！不一会儿，竟突然乌云密布，大雨如注，可是还有几节套管没有下去，大家只好冒雨作业。没想到这雨来也匆匆，去也匆匆，转眼间又是蓝天白云、烈日炎炎了。

　　晚饭后，我去甲板上散步，发现远方海天之上覆盖着浓厚的积雨云，其间竟升起了两道半圆形彩虹门，十分美丽壮观。我和张鑫首席、孙其军船长都拿出手机来纷纷拍照。孙船长看到我痴迷的神态，解释说：那边为什么有彩虹？是那里下雨呢，你看那片云彩黑黑的，正向我们这边飞过来，一会儿就能追上。

是啊，大雨又要来了！我们马上抓紧多拍些照片，返回舱室。

7点左右，终于等来了外交部和外事小组的批复，可以去计划中的海域作业了，队员们一片欢呼。科考船立即起航。

原来，中科院、海洋所和外交部门的有关人员十分敬业，同样关心重视此次科考，考虑到今天是周五，如果不及时汇报并得到批准，那就可能等到下周了。科考队每一小时都非常宝贵，耽搁不起。他们以最快的速度写出报告，急忙去找分管领导。可惜他正在参加一个重要会议，还没结束。

时间一分一秒过去，那位工作人员急得直冒汗，忽然想到会后他们总要吃饭吧，干脆就等在餐厅门口。果然，下班时间早过了才散会，分管领导与几位代表说着话走来。工作人员连忙上前简要说明原委。人同此心，心系海洋，分管领导顾不上吃饭，马上坐在餐桌前详阅报告书，思索片刻，提笔批复：同意！

这时已是晚上6点左右了，工作人员马上返回办公室传达。好在现代化通信工具太发达了，卫星电话、网络微信几乎同时将佳音传到中科院、海洋所，当然还有远在大海上的科考船。负责联络的科考队长王敏晓在第一时间得到消息，立刻报告张首席和孙船长。

"开船！"早已按捺不住的"科学"号，如同放开缰绳的赛马奔腾起来……

2018 年 7 月 28 日　星期六　晴
航度中

嗬，雨过天晴，乌云散尽。

今天天气特别好，海天一色，碧波如镜，空中微风徐徐，海面上没有一朵浪花，深蓝色的海水平整光滑，真像巨大的镜面似的，只不过不是静止的，而是随着涌流起伏着，似乎活动起来了。

一群海鸥在船头船尾飞翔着，时而嘎嘎叫着，时而猛地扎入水中，在水面上漂流一会儿，继而拍拍翅膀又直入蓝天。我问船长它们为什么跟着船飞。船长说：你看船一跑起来，搅动水花翻腾着，就把鱼也搅起来了，海鸥是跟着抓鱼呢！哦，原来如此。

大海上航行久了，看不见陆地和人影，有这些海鸟跟着还是挺亲切的。只不过它们太不讲"卫生"了，随地大小便，船头甲板上不一会儿就铺满了鸟屎，一层白色点状物，太煞风景了，散步时都不敢下脚。碰巧哪个不走运儿，还可能被它击中到头上身上，所以大家来到甲板上都看看天，小心翼翼的。

午餐过后，餐厅黑板上发布消息：两点钟全体人员穿好工作服，到前甲板合影留念。这是科考队的传统：每个航次都会留下一张集体照。对我来讲，正中下怀。因为这是我第一次参加中科院海洋所的科考，也可能是最后一次，这张合影很有纪念意义，时间快到了，我便早早穿好工作服前去。

看来大家都很重视这次合影，已经来了不少人，都穿得整整齐齐的。科考队员们一律紫红色夹克衫，工程技术部人员都是大红色连体服，首席、船长和大副、轮机长等管理级船员们是白色的连体服，而机工、水手则是一身蓝色的连体服。工种职务从服装上就一清二楚。这是船上特有的规定，便于职责明确，分工负责。

央视随船摄影记者"鲍鱼"的机器高级，自然担负了为大家摄影的工作。就在他调试机器的空当儿，队员们看到难得的好天气，无风无浪，船身一点也不晃，纷纷各自站在栏杆前拍照，也有对着海鸥招呼的，那场面十分热闹。

站队了！队长喊着，大家连忙按照各自的位置站好。首席、队长和船长非要我坐在中间，而想到本航次中我不是主角，只是体验生活采访素材的，连忙推辞，可是拗不过各位盛情，只好恭敬不如从命了。其实，我知道因为我是年龄最大的，受到了大家尊敬。

"咔嚓"一声，难忘的科考队生活永恒了……

晚上，我再一次走上后甲板，发现今天的月亮特别圆，特别亮。马上一查手机，原来昨天是农历六月十五，而今天是十六了，看来我们都忙忘了。俗话说，十五的月亮十六圆，真是不假，特别是大海上的月亮，没有任何遮挡，也没有什么参照物，只有一轮明月，旁边还有一颗特别亮的星星，照在浩荡的海面上，形成了一道粼粼的光柱，煞是好看。

没说的，马上掏出手机照了几张相片，也是难得的纪念。

2018 年 7 月 30 日　星期一　晴
台湾西南某海域

昨天中午,"科学"号到了新的站位,立即开始作业。

张首席告诉我:因任务量较大,请求所里延长 3 天得到了批准,这样原定 8 月 4 日回青岛,改为 7 日返航了。我说没问题,同舟共济。

按照计划,"发现"号 ROV 下水作业,首先寻找过去发现过的冷泉——前几年都来过这里,所以不难找。而后原位探测各种数据,采取样品。重要的是收集裸露的可燃冰,同时配合央视《加油!向未来》节目拍摄视频。

这是来到这个海区的重头戏,我要全程观察记录。

当我走进"发现"号操控室时,看到张首席、课题组"阿杜"、操作员吴岳等人都已各就各位。央视记者"鲍鱼"也架好了机器,现场开录。我悄悄地站在门旁,默默观察着。

只见吴岳操作"发现"号已到海底,很快找到了冷泉区——这是与热液相比较而言的,其实都是一种深海涌出的流体,里边充满了甲烷气体。在大洋中脊或者弧后盆地区域喷出的温度很高的流体,称"热液"，大约从几度到450度，而在深海陆坡区域存在天然气或者海底天然气水合物分解后喷出的低温流体，则称"冷泉"。在一定压力和温度下，过饱和的冷泉流体就会凝结成冰粒一样的固体，这就是可燃冰。

为了制作科普节目，他们与央视早在三个月前就签订了协议，现在正是落实的时候："发现"号下潜前，在采样篮里放上一管玻璃瓶，下到冷泉区后就用机械手取出来，放到冷泉口上采集可燃冰，上来后再用它做试验点燃。此刻，他们正在取样呢！

我看到机械手高举着试管接近一片冒着气泡的区域，张首席指点着：再往前走一走，下边，看，这里气泡多，都是冷泉流体，把瓶子口对准它吧。吴岳慢慢用机械手靠近那里，在ROV灯光的照射下闪着光泽，一片气泡不断地涌出，就像孩子们吹的泡泡玩具似的，十分漂亮。它们钻到瓶子里，很快就变成一片片冰块似的东西，一圈圈渐渐累积起来，不久就堆满了大半瓶子。

这时，"鲍鱼"说话了：首席你讲吧。好，那我就按脚本上的设计，指着屏幕说吗？对。张鑫清了清嗓子，说：大家请看，现在冒着的这些小泡泡就是冷泉流体，碰到东西停下来结晶了，就是我们通常说的可燃冰。看我们这个瓶子，快要满了。这是在海底1200米采集的，而后装在保压装置里，回到甲板保存起来，等到试验时就可以看到它的燃烧了。它们实际就是一种天然气，能够代替石油，而且没有污染。据估算，可燃冰的海底储量相当丰富。但现在还缺乏大规模开采的条件，成本比较高。相信不久的将来，人类会攻克这个难关，用上这种清洁能源的……

我抓紧拍照，同时也录了一段视频。这是在现场看到收集海底可燃冰的十分宝贵的经历，有必要记录下来。

2018 年 8 月 1 日　星期三　晴
台湾西南某海域

　　早晨起床后，按惯例打开手机微信，来自各方朋友的数条问候跳了出来：祝你节日快乐！老兵永远不老！致敬，最可爱的人！啊，原来今天是 2018 年 8 月 1 日，"八一"建军节到了！一股热流瞬间涌上心头……

　　虽然我转业退伍已经 20 多年了，但每到这一天，总还是特别激动和兴奋，因为正如那首歌里唱的一样：生命中有了当兵的岁月，一辈子都不会后悔。其实岂止是不后悔啊，应该说一辈子都感到自豪，可能词作者是为了押韵，却因词害意，显得轻了。或者说一辈子都闪耀着光辉，哦，又太重了！那就说一辈子都感到欣慰。反正说一辈子不会后悔有点不满足……

　　没想到，今年的"八一"——纪念中国人民解放军建军 91 周年的日子，我是在西太平洋上、在"科学"号考察船上度过的，别有意义。

　　这几天天气、海况都特别好，而且距离返航日期越来越近了，来到新的站位上，科考队员们都抓紧作业，争取尽可能带多一点样品和数据回去。

昨天晚上 12 点时分，我临睡前特意来到后甲板上看看，看到"发现"号 ROV 绞车还在嗡嗡地旋转，几位技术员正在一丝不苟地守护着。见我来了，纷纷打着招呼：许老师，你好，还没休息啊？没呢，你们好！这是还在作业吗？是的，ROV 正在下边干活呢！我们分为两个班，每班干 12 个小时，休 12 小时，歇人不歇机器。

哦，你们辛苦了！我这一点也不是客气话，而是发自内心的敬佩之言。海洋科考就是这样：出来一趟不容易，燃油费、设备仪器折损费、人工费等合计在一起，每天要花费几十万元呢。如果出现了设备受损，那就是以百万计。所以，大家十分珍惜每一天每一时，每到一个站位，只要条件允许，就夜以继日没黑没白地干，争取最大的收获。

不仅仅是操作设备的工程技术人员，每一个科考队员都是如此。我时常看到全队微信群里发出通知：今夜两点半，ROV 上来，有虾、贝等样品，有关人员做好取样准备。还有就是首席张鑫、队长王敏晓、高工连超、工程部主任姜金光等经常连续工作几十个小时。而这都是一群 80 后年轻人啊，年龄最大的首席和队长才是 1981 年出生。他们可以说是新时期科研战线上最可爱的人！希望在他们身上！

今天上午 9 点多钟，又一次抓斗将要提升上来，从电视屏幕上目测，将带回来大批生物样品。有关取样人员摩拳擦掌，整装以待。我也早早穿好工作服，戴上安全帽走进现场。两位技术员正在回收抓斗，旁边几位队员帮助拉绳子——这是用来防止抓斗提上海面摇荡用的。我也赶紧上前拉绳助一臂之力。好家伙，抓斗上来了，满载分量不轻的样品，加上浪涌船晃，它劲头还真不小，像一条不驯服的大鱼似的，摇头晃脑，不肯就范。我们使上好大的劲儿，才把它止荡制服，提上了甲板。

等到控完了海水，工作人员一按电键，"哗"的一声，两扇抓斗门打开了，里面的东西连泥带水倒了一地。看来这片海底与热液区不一样，没有山石，只是一片黑乎乎的泥沙，里边藏着大量的贻贝、铠甲虾、潜铠虾等生物。等候在一旁的生物研究人员一拥而上，有的拿盆，有的拿桶，兴高采烈地在泥水里翻腾着、寻找着。

尽管由于冷泉区混合着甲烷、硫化氢等气体，发出一股股难闻的腥臭味，而那些黑泥水看着也十分脏臭，但是他们毫不在意，一个个只管精心地挑选着自己所需要的东西。忽然，年轻的女队员惠敏竟情不自禁地喊了一声：啊，太好了，我爱你！

我打趣地说：爱什么呢，黑泥吗？是啊，黑泥里有宝贝。原来她发现了一只特大的稀有海螺，过去只在专业书上看到过照片，现在见到真品了，怎能不欢呼雀跃呢？看得出来，这些科考队员面对海底来的生物或矿物样品，就像深山药农发现了人参似的，如获至宝。这不正是反映出一种对于职业的热爱和追求嘛！

有位队员没有来得及戴手套，直接用手去翻找。旁边人连忙制止道：快去戴手套。里边有些碎石子碎贝壳，万一划破了手，就麻烦了。是的，因为 1000 多米的海底，有些不知名的细菌病毒以及微生物，如果感染了后果难料。

我也帮助他们挑选，女队员张文艳说：你别动手了，许老师，太脏了，你也不知我们要什么。她是好意。我却意识到：这事帮不上忙，就别添乱了，只好作罢，站在旁边观察。看到上来的贝啊、虾啊都是死的。一问方知：冷泉区水温只有 3℃左右，1000 米深就有100 个大气压，而海面甲板上气温超 40℃，又没有压力，这些小家伙离开了原来生活环境，怎么受得了啊！

中午在餐厅，我问起有谁是当过兵的，这次能过一个特殊的建军节。结果大都是从学校直接考入研究所，没机会从军。只有工程部姜金光主任是海军转业来的，算是我的战友。不过，有人说到今天可是"所庆"啊！一下子提醒了我，对啊，今天是海洋研究所建所的日子啊！

1950年8月1日，中华人民共和国成立的礼炮声还在回响，中国科学院海洋研究所的前身——海洋生物研究室在青岛市莱阳路28号挂牌成立了，著名科学家童第周任主任，曾呈奎、张玺任副主任，成员中有后来成为中科院院士的秦蕴珊、刘瑞玉，以及50年代海外归来的毛汉礼、郑守仪等人。它的成立标志着中国现代海洋科学全面、系统、规模化发展的开端。

这些共和国第一代海洋科学家，犹如一粒粒希望的种子，深深埋在海岸线上，逐渐生长成绵延神州大地东西南北的参天林海。成立之初，科学家多以研究海洋生物为主，几年后迅速发展成为全国第一个综合性海洋科学研究机构。

屈指一算，迄今为止，中国科学院海洋研究所建所已经整整68年了！冬去春至，寒来暑往，一代代海洋科研人员付出了成吨海水般的心血汗水，经历了种种难以言传的风雨坎坷，砥砺前行，取得了一项项丰硕的成果，为国家的经济社会发展做出了巨大的贡献。

种种发展和成就不去多说了，仅以科学考察船为例：从两手空空不得不租用渔民的小船、舢板，在近海浅海转悠，到有了老船改装的"金星"号、"海燕"号、"海鸥"号、"海鹏"号、"金星二号"和"科学二号"，发展到自己建造3000吨级的"实践"号、"科学一号"，再到今天世界一流的雄姿勃发的"科学"号，可以看出我国海洋事业像井冈山走来的红军一样，从小到大、从弱到强，艰苦奋战、百折不挠，从浅蓝走向了深蓝，从近海挺进到大洋。

由此我蓦然想到：当年选择 8 月 1 日建所或许是偶然的，但存在着必然性。它意味着刚刚从战火硝烟中站起来的新中国，处处需要这样一种敢打必胜的精神和作风，千百年来重陆轻海、有海无防的民族更是应该像军队一样，进军海洋，打一场认知海洋、经略海洋的翻身仗！

今天，我们年轻的新一代海洋科学家，冒着烈日高温在大海上团结拼搏、辛苦作业，甚至夜以继日、不分黑白地操作"发现"号下潜观测考察，不就是用实际行动纪念建所 68 周年吗！

我走上"科学"号前甲板，抬头望向那巍然挺立的"前桅"——普通船只的前桅杆通常只用于悬挂前桅灯、锚灯和锚球，而此船设计出新，高大桅杆呈 45 度角前倾，桅顶平台除几种航行灯之外，还加装了海气通量探测设备。它就像一个永不满足现状、永远探索未来的先行者，站在那里探身向前，久久遥望着茫茫大海、浩浩蓝天。

如果说南北极是地球两头的第一和第二极地、珠穆朗玛峰是最高极点——第三极的话，那么深深的海底就是世界最深极——第四极，而这个极地还少有人类的足迹到达，需要我们的"科学"号，以及"雪龙"号、"蛟龙"号等众多海洋重器，劈波斩浪、风雨兼程。

"科学"号在远航！共和国的科学事业在前进……

第十二章　深海大洋

Chapter Twelve

一、《开讲啦》来了"海洋人"

"有人说，我们曾错失过海洋。因为远洋的科学考察，需要雄厚的财力、物力和人力支持，甚至被称为是富国才能涉足的学科。而如今，我国新一代远洋综合科考船'科学'号，载有世界一流科研设备，可以航行到世界上任何海域进行科研，显著提升了中国海洋综合探测能力与研究水平……"

"哗——"响起一片热烈而自豪的掌声，犹如大海里的春潮拍击着海岸。这是 2017 年 12 月 23 日晚上，中央电视台综合频道（CCTV-1）《开讲啦》节目在播出。曾经 3 次担任过科考船首席科学家、海洋研究所的周慧博士受邀担任开讲嘉宾，正在向全场来宾和全国的电视观众讲述"科学"号以及本团队的科考故事。

好啊！"海洋人"上《开讲啦》，《开讲啦》来了"海洋人"！

创办于 2012 年的《开讲啦》，是由中央电视台综合频道和唯众传媒联合制作的全国首档青年电视公开课。每期节目由一位知名人士讲述自己的故事，分享他们对于生活和生命的感悟，给予中国青年现实的讨论和心灵的滋养，讨论青年们的人生问题，同时也讨论中国的社会问题。

其间，安排 8—10 位来自全国各大高校的青年代表，向演讲嘉宾提问互动，300 位大学生作为观众现场分享这场才思敏捷、锋芒毕露的思想碰撞。他们对人生有思考，对未来有疑问，思想新锐，观点先锋，是中国未来的中坚力量。每期演讲嘉宾选择的主题，均为当下年轻人心中的问号，讲述青年最关心、最困惑的话题。

每晚 23 点 36 分，《开讲啦》在央视综合频道播出，不少人有疑问：经过一天的学习工作和黄金档的喧嚣，谁还能舍得了睡眠，静得下心"听课"？殊不知，在制作团队精心打造下，颇有人气的主持人撒贝宁思维敏捷随机应变，没有演讲台、没有演讲稿、没有提示器，嘉宾们在这里呈现的是一场别开生面的分享，是不一样的榜样力量。

老师不限领域，学生不限年龄，观点不限标准。凭借独树一帜的节目形式，说真话、说人话、不"端"着，《开讲啦》在深夜大放异彩，同时也迅速在互联网上掀起了一场"传播正能量"的热潮，被赞誉为"中国思想好声音"。2017 年 6 月，它荣获第 23 届上海电视节最佳周播电视节目奖。

然而，开播 5 年了，陆续有教授学者、影视明星，也有成功的企业家、本行业的精英人士前来演讲交流，但还从未有一位研究海洋、探秘海洋的科学家走上这个特殊的讲台。直到今天，迎来了一位中科院海洋研究所的物理海洋学女博士。因了人们常把涉足某行业的人士称为"某某人"，比如"航天人""石油人""电视人"等等，我们也把从事海洋科学、经济和管理工作的人员，姑且称为"海洋人"吧！

节目开始录制时，机智幽默的主持人撒贝宁见到穿着无袖连衣裙的"海洋人"周慧，吃惊地发问："北京正是大冷的冬天啊，您这是反季节吗？"

“哪里，可能因为我刚从热带出海回来，身上的热量还没有散发完呢！”周慧也风趣地回答。

“哈……”现场观众发出会意的欢笑声。

伴随着两人一问一答的交流，周慧轻松而顺畅地进入了演讲。她结合自己刚刚进行的远海科考过程以及其中的酸甜苦辣，把海洋科研的艰辛和意义深入浅出地讲述出来，深切地感染激励着在场大学生与全国的电视观众。神秘的深海大洋就这样走入了寻常百姓家。

不用说，这正是“科学”号海洋综合考察船带来的礼物。新世纪之初，著名物理海洋科学家、中国科学院院士胡敦欣教授去美国访问，呼吁有关大学和科研院所：“西太平洋有暖池，影响全球气候，咱们再次合作研究吧！”

不料，对方两手一摊说：“我们没钱了，政府拿到中东打仗去了。你们先干起来，我们参加。”

目标坚定的胡敦欣又向国际气候组织建议，发起实施“西北太平洋海洋环流与气候实验”计划，简称“NPOCE”，得到了认可批准，加入了国际气候组织的子计划中。美国、日本、澳大利亚、韩国、菲律宾、印度尼西亚等十几个国家纷纷参与。

这是第一次由中国人主导的海洋领域大规模国际合作调查研究计划，今非昔比，扬眉吐气，同时列入了国家自然基金委重大项目，研究员们连续几年奔赴西太平洋观测研究。那时的主要调查船只就是“科学一号”，而胡院士已是年逾古稀的老人，在所里坐镇谋划指挥，由他优秀的学生王凡、袁东亮，还有学生的学生王嘉宁、周慧、张林林等人分别担任首席科学家出海调查。

王凡研究员，时任所长助理、海洋环流与波动实验室主任。他是一个"60后"，1967年出生在青岛一个老干部家庭，原籍烟台文登，从小家教严格。当过区委书记和市人大副主任的父亲给他取名"凡"，就是希望他走过平凡而有意义的一生，并且强调："你以后有什么发展，不要找我，要靠自己！"

这给他极深的印象。他一直默默努力着，从小学到大学，一路凭借个人努力考过来。有趣的是：王凡是在江苏路小学读书，中学是在39中，大学则上了山东海洋学院（中国海大前身），工作又在海洋研究所，转了一大圈，竟然没离开青岛市南区。再说学海洋专业，并不是他的初衷。青岛是个艺术氛围相当浓厚的城市，小时候的王凡喜欢画画，每到星期天就背着画夹子满城转，拜师求教，海边写生，做着美好的画家梦。

1985年，到了王凡高考的时候，山东海洋学院给了39中两个保送名额，要求品学兼优且喜欢海洋专业。老师觉得已是学生干部的王凡合适，便对他说："这个机会不错，海院是教育部重点学校，你应该去上。"由于一门心思放在学画上，王凡功课受到了一定影响，正担心考不上个好大学，现在有这样一所"部重点"向他招手了，那就去吧！如此，他成了一名物理海洋专业的学生。

本来出海就晕船，又是被动地推上去"学海"的，开始并没有多少积极性，可他是一个有家教、明事理的青年，入学之后就被那些默默献身海洋科学的教授、院士和大师们深深感动了。王凡渐渐地喜欢上了这门学科，兴致大增，也就有了学习的积极性。

恰巧，海洋研究所的胡敦欣是学校的兼职教授，经常去海洋学院上课，对这个聪明好学的年轻人很有好感，就带了他做硕士研究生，专注于海洋环流课题。1995年，王凡博士后出站留所工作，专心跟着胡院士做"西太"项目。

这个项目会有出海作业任务，而其中最重最有挑战性的工作就是在特定海域布放"潜标"——一种可实现从海面到海底全深度进行海洋温度、盐度、海流等特征测量的海洋调查仪器。通常需要科研人员乘载科考船驶到设计海域，将固定在长约几千米缆绳上的各种观测仪器布放在指定位置，对海洋状态参数进行监测、记录，一般隔 1—2 年再乘科考船将潜标回收上来，对记录的数据进行分析研究。由于声音在水中的传播速度是其在空气中的 4 倍多，所以声学通信是海洋观测设备的主要通信方式。但在几千米的深海，由于低温、高压，这些观测设备的长期供电问题是一大挑战，加之海里环境复杂，海洋通信信号容易受到干扰。在 2000 年以前，我国在深海潜标布放和成功回收方面的经验非常少，每次遇到有潜标布放任务的航次，科考队员都压力很大，担心布放失败或者设备丢失。那样不仅承受巨大经济损失，更重要的是宝贵的数据也没有了，所以大家神经都很紧张。

开始几次出海，王凡晕船晕得十分厉害，天旋地转，只能躺在舱室里，无法去餐厅吃饭，请人用饭盒帮助打回来，吃什么吐什么，往往闹腾一周才算完。可还要搞调查呢，为了保存体力，他就吐了再吃，咬紧牙关硬顶着，心想绝不能趴下，一趴下就起不来了。尤其是他担任首席科学家的时候，责任更加重大了，不但要完成好科考任务，还要保证设备人员的安全。

就在这漂泊大洋的船上，从小是一个"好学生"的王凡，也学会了抽烟，还总结了三大"好处"：一是累了，可以解解乏；二是闷了，可以解解闷；三是饿了，可以顶一顶。实际上，这是为枯燥单调的海上生活，以及身负种种压力找些摆脱的"借口"罢了。

有一年，王凡代表胡老师率领课题组又出航了，乘坐的是吨位较小的"金星二号"考察船，只有 1000 吨的排水量。当他们正在一个站位上作业时，天气海况发生了变化，一团团乌云如同张牙舞爪的野兽渐渐逼了上来，广播里天气预报也说：暴风雨将至，海浪达到三四米高。船长连忙跑来商量："变天了，还做不做？"

王凡感到马上收工，得到的数据不完整，沉吟了一下说："再坚持一会儿，做完吧！"

不料，刹那间狂风大作，暴雨倾盆，刚才还颇为平静的海水开了锅似的鼓动起来，越来越猛，轰的一声，终于沸腾了，翻江倒海起来。船长大叫："快，赶紧走！"

然而来不及了，小小的"金星二号"在怒海中像一片旋涡中的树叶，尽管对准了顶流顶风，还是剧烈摇晃着，甚至到了三四十度，桌上没放好的水瓶、水杯"噼里啪啦"地掉下来，人在舱室里根本站不住，躺到床上都像倒立一样。

屋漏偏逢连夜雨。加之这是条老船，设备电路都老化了，平常还没有什么，遇到这种恶劣情况就受不住了，有的地方"哧哧"冒白烟，怀疑是电线短路了。船长说："现在必须断电，不然后果严重！"王凡深知生物样品放在冷柜里，只能坚持两个小时，可眼下更危险，只好咬牙答应："断吧！"

一片漆黑，船也没有了动力，十分危险，只能随波逐流，听天由命了。好在当时距离岸边不太远，他们运气不错，被一阵大风大浪给冲进了石岛港湾。等到风停雨住，一切慢慢平静下来，船长摸着额头后怕地说："王首席啊，再也不敢跟你出海了，简直是玩命啊！"

吃一堑长一智，他们及时总结出了不少经验教训：比如采水样的瓶子、各种仪器，出海前都要严格固定，牢牢捆扎。在甲板上作业，不管天气多热，也不能随便穿着，必须穿好工作服工作鞋、戴好安全帽，防止人身事故。过去放潜标，时常放下去收不回来，也不知毛病出在哪儿。现在实行"双检"制度，一个人打钩，另一个人再检查，出了问题一目了然……

2010 年冬天，王凡又担任首席科学家，带队乘载"科学一号"前往西太平洋施放潜标。本来在胡老师主持下，做好了布局选点计划，40 天航程即可回来。结果遇上恶劣天气，加之船舶老旧，不能在海面上定位，设备也常出故障，极不顺利。

有人打退堂鼓了："要不返航吧，条件好了再来。"

"不行！"王凡斩钉截铁地说，"咱们出来一趟不容易，绝不能半途而废！大家坚持一下，再多想想办法。"

首席坚定不移，科考队员们又来了劲头，一个个开动脑筋，出谋划策。船长、船载实验室主任等人积极配合。根据海水流向、速度，一步一步地试验，反复多次，终于摸到了门道。他们整整坚持了 56 天，成功施放全部潜标并完成了观测任务。

返航回到码头，胡敦欣团队的成员们都去迎接，发现队员一个个都很憔悴，本来稍胖的王凡也整整瘦了一圈儿……

如此一来，既在科研业务上有所建树，又显示出了行政领导的能力，王凡逐渐走上了领导岗位，沿着课题组长、研究室主任、所长助理、副所长的台阶一步步成长起来。2012 年，中科院分管人事工作的副院长给他打电话："环境资源局缺一个副局长，经过研究，院里准备调你来干。"

"这个……"王凡感到意外，这样的干部原本都是从北京选拔，而他刚刚申请了一个"973"项目，放弃了有点舍不得，便说："感谢组织上信任，我考虑一下吧！"

晚上回到家，他征求一下家人的意见。父亲说这是好事：到科学院机关工作面更广了，眼界更宽了，是个很好的锻炼。妻子杨屹是名小学校长，秀外慧中，业务出色，早年拿到过全国语文教学一等奖，获得过山东省特级教师、全国模范教师荣誉称号。她也是全力支持："你去吧，一来有利于成长进步，二来反正你常出差，家务事管不了，等于没有……"

自然这是笑谈，但道出了海洋科学家的辛苦。而王凡也想离开青岛到外面去见见世面。2012年7月，他就去北京走马上任了。不到一年，他跑遍了科学院所有研究所，熟悉了种种情况。此时，机构改革，环资局合并成立了新的资源局，王凡再次担任了副局长，经受了新的岗位锻炼。

2015年，海洋研究所原党委书记调走了，科学院领导研究认为王凡熟悉所里情况，又有院机关工作的经验，决定调他回来任党委书记。而他与所长孙松是老搭档了，配合默契，相得益彰。两年后，孙松退居二线，王凡顺理成章接任当了所长。同时，院里又把烟台海岸带研究所让海洋所兼管，两所融合发展。这样，中科院海洋研究所不但是全国最早的，也是最大的综合性海洋研究机构了，王凡所长对财务管理、信息化和科研项目均十分熟悉，有利于海洋科学的发展。

这期间，王凡一边做行政领导工作，一边仍然投入胡敦欣院士为首组织的NPOCE国际合作计划，甚至还带队远赴西太平洋布放潜标。过去曾出现过放下去找不到的问题，尤其在靠近菲律宾的海域，坡陡流急，有两年布放都失败了。经过不断总结经验教训，2011年去回收潜标就收回来了，说明他们头一年布放是成功的。

如今，有了更加先进的"科学"号考察船，条件好多了，各项技术日益成熟，放潜标如同流水线作业一样，积累了宝贵的经验，获得了许多有价值的数据和成果⋯⋯

周慧赶上了好时代，5 次出海，3 次担任首席科学家。自 2015 年起，都是搭乘我们自己设计制造的国际一流的综合性考察船"科学"号，劈波斩浪，前往西太平洋科考观测，做好收放大洋潜标的工作。当然，硬件先进，还需要软件——人的精神支撑。

那是 2016 年 9 月，年轻的周慧第二次担任首席科学家登上"科学"号，带领科考队出航了。相比已经退役的"科学一号"，"科学"号无论作业还是生活条件都有了飞跃性的变化。有队员高兴地说："这不是乘着豪华游轮游览太平洋嘛！"

可是周慧心里毫不轻松，虽说不像第一次乘坐"科学一号"轮晕得昏天黑地，连胆汁都吐出来了，但担任首席科学家的责任压力不小，除了全队科学考察设计管理之外，还要负责把两年前布放在 5000 米海底的三个"压力逆式回声仪"（英文简称"PIES"）回收上来。那里边记录着 2015/2016 年"厄尔尼诺"事件发生、发展的过程，对于了解西太平洋环流在此事件中的作用和机制研究具有重要的参考价值。

10 月 1 日凌晨，"科学"号到达了第一个回收站位。全队既紧张又兴奋，准备成功回收潜标向祖国献礼，在大洋上过一个有意义的国庆节！此时周慧像个女将军似的，先是在甲板上仔细对设备进行定位，在看到测距设备发回稳定的信号后，便按下了释放命令——即通过控制设备的甲板单元发送声学信号遥控 PIES 设备，解除固定器，使其依靠浮力上浮到海面。这是国内首次在 5000 米以深海域作业，还没有成功经验，一切靠他们去摸索。

按照说明书中的计算公式，PIES 设备应该在 90 分钟后——凌晨 3:15 正常浮上来，自动亮起氙气灯闪烁，队员们发现了灯光就可以去打捞上船。然而，好不容易熬到了时间，海面上仍是漆黑一团。难道是计算有误？再等等。半个小时过去了，1个小时过去了，一直等到天亮，大家眼睛都望酸了，还是没有看到一点设备的影子……

啊！周慧心里一沉：最不愿意看到的结果发生了——设备丢失了！这可坏事了，不仅仅损失国家财产，更重要的是两年积累的数据付之东流。她定了定神：我是首席啊不能慌乱。难道是氙气灯没亮，导致没有被发现，能不能再找回来呢？

她及时打电话向所里的课题组长，也是她的老师袁东亮汇报，听取他的建议。说来有意思，海洋所的物理海洋研究事业在一代一代传承着。早年有开拓者毛汉礼先生，培养出继往开来的胡敦欣，而他又带出了优秀的王凡、袁东亮等人。

上个世纪1984年，从青岛二中毕业的袁东亮考上了北京大学力学系，四年后毕业回到家乡青岛，进入海洋所胡敦欣研究室工作。他身材颀长，聪明好学，不满足现有的知识结构，利用业余时间自学托福，希望出国留学。开始，室主任胡敦欣感觉有些实践经验再出去较好，但看他决心很大且考试成绩不错，转而支持并积极推荐了。

不久，美国两所大学发来了录取通知书，一是在夏威夷，一是在佛罗里达。袁东亮选择去佛罗里达州立大学攻读物理海洋博士学位。临行时，胡敦欣主任语重心长地说："你要记住，山外有山、天外有天，要虚心向人家学习。以后想回来的话，这里还是你的家！"

"谢谢胡老师，不管走到哪里，我都忘不了咱们研究室……"袁东亮是这样说的，也是这样做的。

他于1991年赴美学习，获得博士学位后又进入当地国家实验室工作，还拿到了"绿卡"，妻子孩子也来到了美国生活。然而，他的心里始终向往着家乡和祖国。这期间，他一直与中国驻美大使馆保持着联系，了解国内情况。胡敦欣教授前往美国开会讲学时，一个电话就赶来见面，亲切有加。

2006 年，在海外学习工作已经十余年的袁东亮，看到祖国海洋科学事业发展很快，正是用人之际，决心回国，申报了中国科学院"百人计划"——这是为加快吸引、培养和造就一大批优秀的跨世纪的年轻学术带头人，中科院于 1994 年启动的一项人才引进计划。每年面向海内外各招聘 50 名左右优秀青年学者，提供优厚工作生活条件，期盼他们为国家做出重大贡献。

学有所成并在国外工作数年的他，成功通过了评审，又携妻将子回到了青岛，进入中科院海洋所海洋波动与环流研究室工作，成为胡敦欣老师所带领的海洋环流与气候研究方向的一员大将。可爱的家乡，熟悉的环境，当年的胡老师已经成为院士了，自己一定要不负众望，争取在学科上有所建树。

袁东亮在美国主要从事两方面的研究，一是近海环流——近海是人类活动最多的地方，二是深海大洋——正巧，胡院士主导实施全球性的 NPOCE 计划。他一来便全身心投入进去，担任其中一个课题——"印太暖池海气耦合及其对我短期气候的影响"的负责人。其中重要任务之一，就是带队前往远海施放、回收潜标，观测详尽数据。为此，需要年轻有为的科研人员。

前面讲述的周慧就是在此时进入这个课题组的。

生于 1978 年 12 月的周慧，可以说是随着改革开放的春风一路成长起来的。她老家在山东省枣庄市的滕州，父母都是枣庄煤矿的职工。她从小学习不错，高考考入山东科技大学机械设计制造专业，只是感觉女生就业不太方便，考研时便从工科转入了理科，来到青岛就读于中国海洋大学，攻读物理海洋硕士学位。

此时，美国海洋科学家研制出一种观测设备，放到海水里下潜到预定深度，漂泊几天自动上浮，测量断面上的温度、盐分和流速等数据。它还可以潜在海里数年时间，存储各种数据资料。这是海洋观测革命性的变化，实现了自动收集数据。这种装置就是一种新型潜标，价格昂贵，每一个卖到十余万美金。我国也购买了一些，跟上了国际先进的步伐。

攻读硕士学位期间的周慧，得到了海洋大学老教授侍茂崇老师的言传身教，对深海大洋研究产生了浓厚的兴趣，并在导师郭佩芳教授的资助下选择继续攻读物理海洋博士，研究内容之一即是深海大洋观测。那时候国内搞深海大洋研究还处于起步阶段，因为没有大项目资助大洋出海调查。而 2001 年我国加入了国际 Argo 计划，可以利用一种自主沉浮的海洋设备获取 2000 米以上大洋的物理参数。这可谓是对大洋研究的革命性观测手段。而我国承担国际实时地转海洋学阵（Argo）计划中国资料中心任务的是当时的国家海洋局第二海洋研究所的许建平研究员。侍茂崇教授看准了这一观测计划的大好前景，2005 年，推荐周慧到二所跟着许建平研究员做博士论文，研究西太平洋海洋环流动力学。通过一年多的学习，勤奋好学的周慧顺利完成了博士论文，并在论文答辩时获得了评委老师的一致好评。

2006 年春天，周慧获得博士学位了，恰逢袁东亮研究员来到海洋大学招聘人员。周慧的论文十分符合袁东亮的研究方向，又通过了严格的考试，顺理成章地成为袁老师的得力部下。一年又一年，周慧跟着老师袁东亮，还有老师的老师胡敦欣等带头人，潜心研究、出海观测，闯过了不少风浪。从做首席助理到科考队长，再到当上首席科学家，她克服了晕船呕吐等困难，熟悉了甲板作业流程，一步步成长起来。但遇到今天这样明明潜标上浮却找不到的难题，还是第一次。

经过电话与袁东亮组长商讨以及向当时海洋局二所的朱晓华研究员请教，决定利用设备上的无线电信号探测寻找，这是一条挽回损失的路子。周慧立即布置展开工作。可问题又来了：无线电信号接收只有几公里范围，而设备从释放到现在已过去七八个小时，海流汹涌，可能早就漂远了，向哪里去追寻呢？

好在船上搭载了中科院沈阳自动化所的水下滑翔机，迅速准确地测出了表层海流方向和流速。船长马上开船顺流而下。大概寻觅了三个多小时，他们接收到了设备发出的无线电信号，心里升起了一线希望，几乎所有人都跑到甲板上瞭望观测。

茫茫大海，望眼欲穿，终于在万顷碧波中发现了那个像小乒乓球一样的白点。哈！找到你了！

当把它打捞上船之后，周慧眼里情不自禁地涌出了泪花，身子一阵酸软，此时才想起自己已经近 40 个小时没有合眼了！

有了回收第一个设备的经验教训，回收其他两个设备虽也经历了不同波折，但最终都成功地被收入囊中，圆满完成了我国首个对强厄尔尼诺事件期间、西太平洋低纬度流系 PIES 阵列观测试验。

她的经历引起了中央电视台有关编导的关注。2017 年 11 月，当周慧再次担任首席科学家率队出海归来时，央视大型励志节目《开讲啦》栏目组打电话联系她做节目，请她讲述海洋科学家是如何搭载"科学"号乘风破浪，探秘海洋的。

开始她犹豫不决：前边看到过此节目，一般都是成就显著的高端人士去开讲的，再说年底事多难以抽出时间来。海洋所领导得到汇报后，认为是向公众宣传海洋、认识海洋的好机会，大力支持她参加。随后，节目制片人发来一个提纲，要求把表达的内容写成文稿。周慧是个性情爽快做事利落的人，两天内就写出了6000余字，通过电子邮箱发过去了。

2017年12月15日，周慧在丈夫孩子的陪同下，乘车前往北京录制。谁知在火车上接到制片人电话：文稿需增加到1万字，才能达到录制时间。这个难不住她，就在火车上奋笔疾书，增加了一些出海科研的故事，更加生动了。

第二天就在央视演播大厅录制，服装没有什么特别要求，自己准备即可。之前她曾问编导：温度是多少？答复说25℃左右。实际上是讲的室内有热风空调的温度，而室外还是零下呢。周慧外边着冬装，上场时穿了条连衣裙，这就发生了开头令主持人撒贝宁吃惊的一幕。

现场观众来了中国地质大学几百名学生，几位负责提问的人坐在前面。接下来的环节中，除了精彩的演讲之外，还发生了不少令人忍俊不禁的趣闻轶事。比如小撒问道："你们这次出海多少天？"

周慧回答："33天。"

他心不在焉地附和着："噢，接近一个月。"

"不是，是33天。"

"对啊，那不是接近一个月吗？"

周慧瞪着大眼睛笑着吐出："是一个月零三天啊！"

全场轰地发出一阵笑声。撒贝宁也笑了，自我解嘲道："你不愧是科学家，职业习惯啊！"

现场互动环节，观众不断提问，也有递纸条上来的。周慧都一一解答。忽然，主持人拿来一个纸折的飞机说："你回答吧。"

周慧打开一看，没有字。小撒说："这是你儿子送给你的礼物，他要给妈妈说些什么吗？"

原来，年幼的儿子不理解妈妈的工作情况，坐在那儿感到无聊，随手折了纸飞机送上台来。可当听到那么多危险的海上经历，他忽然伤感了，此时哭着说："妈妈，以后能不能不出海了……"

全场静默无言，深受感动，是啊，无情未必真豪杰，作为一名女科学家、职业女性付出的要比男人更多、更大！只是孩子后来不愿让播出这一段：感觉哭鼻子掉眼泪，自己在同学中很没面子……

这是一次成功的演讲，周慧代表新一代海洋科学家，在中央电视台的讲坛上精彩亮相，赢得了一片真诚而热烈的喝彩与掌声。

值得一提的是，中央电视台于 12 月 23 日晚间播出节目，正是她39 岁生日的前一天。亲友们纷纷祝贺：这是送给你最好的生日礼物！可周慧却谦逊地表示：这是对我们的"科学"号、对所有海洋科研人员的肯定与褒奖，我只不过是其中一个成员罢了！

是啊，走向远海的"科学"号为中国海洋人搭建了起飞的平台，使他们得以挺进深海、驰骋大洋，为实现海洋强国梦奉献心血汗水。几年来，担任过"科学"号不同航次首席科学家的就有李超伦、曾志刚、孙松、王凡、袁东亮、张鑫、徐奎栋、王嘉宁等人，当然包括周慧。

这里不可能一一列出、面面俱到，可他们的事迹和精神就像前辈大师一样永远传承下去，在新一代海洋科学家身上发扬光大。如同那浩浩荡荡的海洋波涛似的，潮起潮落，奔腾不息……

二、"海底沙漠的绿洲"

大海航行靠舵手，万物生长靠太阳……

曾几何时，这首歌曲响彻中华大地，是一个时代的最强音。此处不去展开其中的政治因素，它确实揭示了一个人们从生存实践中得到的道理：舵手对于航行，太阳对于生物，具有不可或缺的重要性！

因为，地球上的生命依靠太阳的能量生存，而光合作用是唯一能捕捉此能量的生物途径。它的字面意义为"用光合成"，是指植物、藻类和某些细菌，在可见光的照射下，经过光反应和暗反应，利用光合色素，将二氧化碳（或硫化氢）和水转化为有机物，并释放出氧气（或氢气）的生化过程。光合作用是一系列复杂的代谢反应的总和，是生物界赖以生存的基础，也是地球碳氧循环的重要媒介。

通俗来讲：光合作用可以制造有机物，转化并储存太阳能，使大气中的氧和二氧化碳的含量相对稳定。据估计，全世界所有生物通过呼吸作用消耗的氧和燃烧各种燃料所消耗的氧，平均为 10000 吨 / 秒。以这样消耗氧的速度计算，大气中的氧大约只需 3000 年就会用完。然而，这种情况并没有发生。这是因为绿色植物广泛地分布在地球上，不断地通过光合作用吸收二氧化碳和释放氧，从而使地球上人类和其他进行有氧呼吸的生物得以发生发展。

换句话说：阳光、空气和水给了草木庄稼生长的条件，成为食草动物的食品，而这些食草动物又为食肉动物——包括万物之灵长的人类，提供了生存必需的能量。"万物生长靠太阳"由此而来。但，海水自 200 米深便逐渐失去了阳光照射，400 米以下即一片漆黑、寒冷，因而自古以来，人类一直相信深海是黑暗和死寂的地方。19 世纪中叶，英国生物学权威就宣称：大海 600 米以下水体停滞、缺氧，应是无生命的海底沙漠……

然而，这一论断在 20 世纪 70 年代末被打破了。

1979 年的一天，美国"阿尔文"号载人潜水器正在东太平洋中脊加拉帕戈斯（Galapagos）海底，约 2500 米深的断裂带上进行科学考察。随行的海洋学家打开前灯，通过小窗密切观察着海底情况。突然，他们被眼前的景象惊呆了：前面出现了数十个形似烟囱、高约 2—5 米的柱状物，不断地向海水中喷吐着黑色烟雾。

"阿尔文"号仿佛穿梭在一片"海底工厂"之中。

经过进一步观测考察，科学家们发现喷出的黑烟温度高达 350℃。而在这样的海深、高温环境下，竟然生活着大量奇形怪状的生物，类似虾、蟹、贝类。它们构成了一个庞大而有序的生物群落，其多样性和密度甚至可以与陆地上的热带雨林相媲美。于是，科学界将其命名为"黑烟囱"现象。

这些海底"黑烟囱"是怎样形成的？周围的生物群落又从哪里来？这一系列疑团引起了科学家们强烈的兴趣。经过多年的深入探测和研究，人们终于认识到：它与大洋地壳内热循环有关。海水进入深达两三千米深的地壳裂缝，冰冷的海水与滚热的熔岩接触，被加热后带到海底就形成了黑烟。目前，科学家已在全球海域陆续发现了 140 余处"黑烟囱",其中离中国最近的在西太平洋冲绳海槽。

此外,科学家还惊喜地发现:这些"黑烟囱"既是喷发含硫毒气的窗口,同时也是"喷金吐银"的宝地。因为下渗的海水在与岩层接触过程中,能够溶解多种金属元素。在西南太平洋劳恩海盆中的"黑烟囱"上,科学家们甚至找到了原生自然金颗粒,在新西兰海湾的"黑烟囱"中还发现了天然的水银。由于海底"黑烟囱"大多处于 1000—4000 米的海底,无论实地寻找还是直接观察都要求高技术手段,并且费用极其昂贵,目前仅有几个发达国家有能力开展现代海底研究。他们主要使用潜水器和水下机器人完成采样。中国科学家对海底"黑烟囱"的研究尚处于起步阶段。自从我们有了载人下潜 7000 米的"蛟龙"号,以及"科学"号上可下潜 4500 米的无人有缆水下机器人"发现"号,也可在这个领域一展身手。

海底"黑烟囱"的发现不仅引起地球科学界的轰动,也吸引了许多生命科学家的目光。其周围生物量往往是附近深海环境中生物的一万到十万倍。原来,它们维持生命所需的能源,不是依靠光合作用,而是"黑烟囱"即热液喷出的硫化物。生活在这里的细菌不但可以耐高温、高压,在没有阳光和缺乏氧气的极端环境下生存,还能将有毒气体转化为养分。

科学家进一步证实,热液生态系统主要受三个因素影响:温度、压力和营养浓度。不同的生物群落分布在不同小环境中。在水温 60—110℃区域分布着多种细菌;在 20—40℃区域,生活着大量的蠕虫动物;在 2—15℃区域,生物种类繁多,包括蛤类和虾类。由此看来,深海环境绝非是生命的荒漠,而是另有一套生命循环系统。在这里,万物生长可以不靠太阳!

这在我们前面讲述的"科学"号首航中,由它所搭载的"发现"

号缆控潜水器已经在寻找热液时有所证实。下面，我们重点介绍一下与之类似的"冷泉"生态现象。其实，冷泉并不是真的"冷"。研究证明：其温度不低于所在海域海水的温度，甚至略高于该区域水温。称其为"冷泉"，是相对于海底另一流体活动"热液"而言的。

还是在上个世纪的 1979 年，美国科学家将第一次发现生长有重晶石和管虫的海底流体渗漏区域，称为"低温热液"；1983 年，他们在墨西哥湾的佛罗里达陡崖 3200 多米深的海底，确定并正式命名了第一个冷泉（Cold Seep）。2002 年，我国广州地球化学研究所研究员陈多福，首次将冷泉的概念引进中国，并将"Cold Seep"翻译成"冷泉"。值得一提的是：冷泉与热液一样，在此区域不依赖光合作用，而是靠甲烷、硫化氢等还原性化学物质自养，生活着不少千奇百怪的海洋生物，同时还埋藏着丰富的清洁能源矿藏。

那么，我国领海和专属经济区内的冷泉区，有什么奥秘呢？

时光转回 2015 年 5 月 6 日，美丽的青岛奥林匹克帆船中心码头上，聚集着一群身着统一制服的年轻人，平均年龄仅有 30 岁，均为各科研单位的技术骨干，组成了一支实力雄厚的专业科考队伍。

他们一个个精神焕发、斗志昂扬，年轻的面孔上洋溢着青春的朝气，高举着一面鲜红的"中国科学院海洋研究所"大旗，准备登上停泊在这里的"科学"号考察船，前往南中国海。首席科学家正是我们已经熟悉的"80 后"张鑫。一年前，他还是一位工程技术部主任，曾经四次跟随"科学"号出海，操作着心爱的"发现"号大显身手。如今，他挑起了科考负责人的重任，带领团队执行任务。

迄今为止，全球海底已经找到了上千个活动冷泉区，而我国主要集中分布在南海北部。本航次任务就是探究南海冷泉区的生态系统，以及与国外已发现的冷泉系统有何区别。为什么选择张鑫为"首席"呢？不仅是因为他曾经在美国攻读博士学位时，到过多个冷泉区，有一定经验，还在于一年前那次"科学"号的首航，就是他操作"发现"号潜水器海试时，意外地在南海找到了冷泉口，获得了大量生物和地质样本，并且利用压载式取样器收集到许多甲烷气体——可燃冰，使冷泉从冷冰冰的深海走进大众的视野，一时间"热"了起来。

可燃冰，是一种含有甲烷的天然气水合物，分布于深海沉积物或陆域的永久冻土中，由天然气与水在高压低温条件下形成的类冰状的结晶物质。因其外观像冰一样而且遇火即可燃烧，所以被称作"可燃冰"。1997 年夏天，德国科学家在北太平洋海底 800 米深处，第一次取出可燃冰样品，点燃发出了魔幻般淡红色的火焰，耗尽能量后，硕大的冰块竟变成了一摊清水，没有任何污染。这种清洁能源密度高，全球分布广泛，具有极高的利用价值，因而成为油气工业界长期研究的热点。我们中国也早就加入了研究开发行列。

佳音终于传来了！2016 年 6 月 25 日上午，广州海洋地质调查局通报，继我国在南海发现大面积可燃冰后，首次在南海北部陆坡西部海域发现规模空前的活动性冷泉"海马冷泉"，分布面积约 618 平方公里。它的发现是我国天然气水合物勘查的重大突破！

一年后——2017 年初春，一艘庞大的海上"巨无霸"出现在南海北部神狐海域，这是中国石油海洋工程有限公司利用中集来福士公司的"蓝鲸 1 号"钻井平台，在进行可燃冰试采。3 月 28 日第一口试采井开钻，5 月 10 日下午 14 时 52 分，从水深 1266 米海底以下 203—277 米的天然气水合物矿藏中开采出天然气，点燃成一团喷发的火炬。直到 5 月 18 日上午 10 时，连续产气近 8 天，平均日产超过 1.6 万立方米，超额完成"日产万方、持续一周"的预定目标。

国土资源部部长姜大明赶到现场，站在硕大的"蓝鲸 1 号"平台上，郑重宣布：我国海域天然气水合物首次试采成功了！随后中共中央、国务院发来了贺电。当晚，中央电视台新闻联播节目海内外报道了这一喜讯。熊熊燃烧的"可燃冰"气体照亮了人们的眼睛和心灵。当然，这只是试采，距离大幅度商业性开采还有很多难关，但它昭示了光明的未来……

张鑫任"首席"的年轻科考队，就是要进一步寻找和探索南海冷泉区，尤其是找到冷泉泉眼的喷口，收集其中"冒"出来的可燃冰，带回来对它的含量及成因进行基础性的分析研究，为我国能够安全快捷开采海底可燃冰，找到行之有效的方式方法。另一个任务，则是采集生物样本，探求极端条件下的生命状态。因为冷泉与热液一样，在其区域内生活着许多不靠光合作用，而是依赖甲烷、硫化氢等物质自养的生物群落。

生于 1981 年的张鑫，率领着一群典型的"80"后团队，肩上的责任十分重大。出生时，父母给他取名张鑫，三个"金"字，期盼他有个光明的未来。果然，父母的心愿生根开花了。小张鑫十分争气，上学后很用功，从小学到中学成绩一直名列前茅，一路顺风地进入大学本硕连读。2005 年，他又考上了中国海洋大学博士生，学习深海探测与处理课程，属于海洋物理专业。他生得人高马大，性格爽快，不怕吃苦，在学校里就参加了无人潜水器"海龙Ⅱ号"的海试，实施了一次理论与实践的结合。

在读攻博士学位期间，张鑫申请去美国公派联合培养，按照要求发了电子邮件，附上了一张在大洋上为"海龙Ⅱ号"接光缆的照片，被美国蒙特雷湾水族馆研究所（MBARI）布鲁尔教授看中，收录他前来研究海洋工程与技术，主要是做深海探测。在这里，他们结下了深厚的友情。布鲁尔教授夫妇称他为"中国孩子"，而他也称师母为"美国妈妈"。至今，张鑫使用的电脑鼠标垫，还是用他在布鲁尔教授身边工作时的合影照片制作的，已经整整十年了，一直伴随在身边……

2009 年，张鑫学有所成，布鲁尔教授希望他留在美国工作。而他深知父母把他抚养成人不容易，吃了不少苦，受了不少委屈，因此从小就十分孝顺，专门与父母商量此事，妈妈说了一句："孩子，国家需要你，我们也想你啊，回来吧！"

远隔大洋，张鑫听到此，眼眶一热，毫不犹豫地回答："妈，你放心，我一定回国工作。"

恰巧，时任中科院海洋研究所所长助理的王凡来到美国访问，在蒙特雷湾水族馆研究所了解到张鑫的研究情况，发现他正是本所需要的人才，诚邀他前来应聘。"踏破铁鞋无觅处，得来全不费工夫"，青岛是他在海洋大学读博士的城市，父母退休后也在这里买了房子，如今有机会进入驻地青岛的海洋所工作，正中下怀啊！

张鑫递交了申请书，经过两轮视频答辩，海洋所原所长、海洋地质学家秦蕴珊院士亲自出题考试，张鑫均获得了高分。这样，张鑫还在美国就收到了入职通知书。这年年底，他如期回国，进入了海洋研究所工作，这才见到了爱惜人才的秦院士。

当时，"科学"号考察船还在图纸上呢！本来原计划船上装备有水下机器人，由于经费预算方面的原因，在科考船建设过程中没有同时启动。但是作为一条满足现代海洋考察需求的新一代科学考察船，具备深海探测能力是个很重要的特点。因此，在整个科考船建设过程中，此深潜器的配备一直是项目组考虑的重点。

所长孙松多次对总工程师于建军说："老于，我们还得想办法上ROV，不然'科学'号就像缺了一只胳膊，无法真正搞清楚深海，谈不上现代化科考船。"

于建军回答："放心，我们一定挤出钱来把水下机器人配上去。"他想方设法，在设备采购中和供应商讨价还价，在船舶建造过程中严格控制经费的使用，终于攒够了ROV的经费，并着手完成了ROV设备招标的技术标书。

孙松率领项目组不失时机地向中科院和国家发改委提出配备深潜器的请求，很快获得了批准。这对于具备技术背景的张鑫来说，恰好赶上了这样一个好的机遇。

英雄有了用武之地。张鑫十分珍惜来之不易的机会，全力以赴投入到设备的设计建造中。他在国际上招标，要求设计先进而价格又不能太高，最后选中英国一家公司定制。为了万无一失，他专门把美国的第二导师，深海机器人专家柯克伍德教授请来做顾问，形成了"中美英"合作的格局。

2013年，随着"科学"号考察船的试航，与之配套的水下机器人也具备了出厂验收的条件。张鑫和柯克伍德老师等人组成了验收组，飞越大洋来到了英国厂家。

深海无人潜水器主要分为两种：一是有缆的，习惯称为摇控潜器（简称ROV）；二是无缆的，习惯称为自主式潜器（简称AUV）。而前者又分观察级和作业级，"科学"号上搭载的ROV是作业型深海机器人，要求设计和配置都是最先进的。张鑫他们严格检验，第一次检验时就发现有的地方不尽人意，没有通过。

厂家急了："完全按图纸做的，怎么不行？"

验收组据理力争："你做的不能满足技术指标，就不行！"

那些日子，张鑫每天晚上与孙松所长通电话，报告验收进程，请示下一步对策。最后决定给他们两个月整改，如不同意，就终止合作。改革开放以来，中国不但经济实力大增，国际地位也大有提高。不可一世的"大英帝国"低了头，答应按期办理。张鑫等人白天去车间检查，发现问题就写在黑板上，英国夜班工程师连夜解决，终于达到了要求，可以出厂了。

不久，所有设备零件装了几个标准集装箱，运到了青岛薛家岛船舶中心码头。不用说，张鑫更是忙得不可开交，他干脆在船上住了一个多月，精心组织装配调试，仅仅是把零件清点造册，就专门找了一个研究生点了一周左右。经过研究人员废寝忘食、夜以继日的工作，缆控水下机器人站立起来了！这就是"科学"号考察船上的尖端装备"发现"号 ROV。

为它取名还有个小插曲：孙松所长、于建军、阎军、张鑫等人反复商量，按说叫"挑战者"号比较合适，可是一来不太新鲜，二来前些年同名航天飞机发生过爆炸事故，不太吉利。那叫"探索"号呢？能够体现发掘精神，但据说外国已有不少以此命名的设备了。最后大家商定干脆就叫"发现"号，与"科学"号合起来就是"科学发现"，寓意着海洋科技工作者的探求与创新。

横空出世的"发现"号，首先让海内外同行们发现了，他们纷纷饶有兴趣地打量着这个深海骄子。它搭载了当下最先进的两种机械手，最大臂展可达 1800 毫米，最大提升力为 450 千克。

在深海环境里执行任务，"发现"号犹如一位独自行走在暗夜的探险者，没有任何自然光源可用。设计师专门为它安装了一套集照明、拍照与摄像功能一体的"视觉"系统，一下子就使整个深海探测变得直观、明亮起来。

这套"视觉"系统,由 6 盏 LED 水下灯和 4 盏卤素灯担负照明;还有五部摄像机、一台水下照相机及闪光灯组成了摄录装置,在云台底部还安装了彩色 CCD 摄像机和科考型彩色变焦摄像机各一部,像素高达 1080P。所有摄像机和照明灯具外壳均为钛合金材料,可耐 4500 米以上深水水压。正是有了如此"视觉","发现"号才能自如地行走于大洋深处,把神秘莫测的海底世界尽收眼底,并通过信号传输、反馈控制及人机交互等过程,将所见所感实时传递上来,成为弥足珍贵的影像资料。

同时,"发现"号水下机器人还配置了水下定位和激光测距系统,搭载了多种探测传感器、大体积生物吸样器(12 套)、沉积物柱状取样器(20 套)、水体取样器(8 套)等设施,可以在水下长时间、近距离对深海近海底理化环境参数等进行实时探测,并原位获取沉积物、岩石、生物和水体样品。此外它还具备了足够的水下负载能力,提供电力和液压源,用于安装搭载扩展设备和使用工具,以满足未来各种不同探测和取样的需求。

"科学"号考察船有了"发现"号,好似航空母舰上配备了最先进的舰载机,可执行最艰巨最复杂的任务,为深海极端环境下的海洋探测和取样科考作业,提供了强有力的技术支撑。可它在实战中表现怎样呢? 2014 年早春,海洋所安排它乘上"科学"号出航海试。

临行时,孙松所长把李超伦、阎军和张鑫找来,要求道:"出去一趟就得'烧钱',不能单纯地海试,最好与科考项目结合起来。"

"有道理!我们马上设计一下,就去东海、南海找冷泉吧!"

狂风知劲草,烈火炼真金。"科学"号乘风破浪高歌猛进,"发现"号挺进海底初战告捷,一场海试变成了科学考察。

张鑫作为主控手全程操作,让 ROV 明亮的眼睛、灵巧的双手大显神威。一个航次下来，他们在厦门外海发现了冷泉，在南海也采到了生物样本。成果丰硕。由此，"科学"号如虎添翼了……

首航成功之后，"科学"号搭载着"发现"号开始了马不停蹄的奔波。尤其是为期五年的"中科院先导专项"任务，一个航次回来，抓紧准备下一个航次，每年在海上航行300天左右。这次张鑫任首席的科考队，重点是探测南海冷泉口和可燃冰矿藏。

自从2013年第一次在南海某海域发现冷泉区后，他们就把这里定为长期观测目标，每年都要来观测几次。但是，在没有任何参照物的深海中，再次找到同一地点的冷泉口，难度不亚于大海捞针。

这年7月13日，"科学"号考察船成功躲过了9号台风"灿鸿"，利用10号、11号台风尚未生成的时机，抓紧航渡到计划中的作业海域，布置"发现"号下海寻找冷泉口。央视《走向科学》栏目记者随船拍摄纪录片。科考队长是海洋技术专家栾振东，船载实验室主任则是30岁出头的连超。几年来，他们都是结伴而行，同舟共济，堪称是这一科研项目的"铁三角"。

为了配合中央电视台做节目，观察海水压力对物体的变化，科研人员准备了5个鸡蛋——三个生的、两个熟的，把它们放在一个塑胶袋里绑在ROV机械手臂上，随同下潜。因为海水越深，压力越大，每增加100米就会有10个大气压，依此类推，下潜到1000米就会有100个大气压的压强。这意味着什么呢？他们曾经用一个直径30厘米、壁厚5厘米的空心钢球做试验，持续给它加入相当于100个大气压，仅过5分钟，这个看似坚固结实的钢球竟然变成了一个铁饼！南海冷泉区水深在1100米左右，鸡蛋会不会被巨大的压力压碎呢？

"发现"号下潜开始了，甲板左侧，工程技术部保障组在隆隆的绞车声中利用缆绳一米一米地下放 ROV。而在旁边的集装箱操控室里，张鑫如临战的将军似的"坐镇"——起初都是他亲自操作，连续 100 多次，如今培养出一批年轻人，可以专注于指挥了。央视记者在现场拍摄录制。

操作室里，现场人员紧盯着由十几块不同画面组成的监控屏幕。"发现"号在水下作业的情形、甲板上作业的工况，以及包括驾驶台、物理室等全船信息，通过不同的摄像头一目了然。张鑫与记者等人注视着由"发现"号高清摄像传输回来的画面，如同跟随它一起下海一样。100 米、300 米、500 米……挂在机械手臂上的塑料袋在水流里上下翻飞，左右摇摆，可里边的鸡蛋始终没有变化，似乎巨大的海水压力对它们不起作用。那么，下潜至 1000 米时还会这样吗？

漫长的 50 分钟过去了，"发现"号终于抵达了海底，沿着预先计划的站位寻找冷泉眼。操作员小心翼翼地控制着手柄，借助照明灯和摄像头操作这台水下机器人，一点一点地"摸着石头过河"。经过一大片灰色的坑洼地带，眼前的影像让科考队员们惊喜不已：黑黝黝的海底聚集着密密麻麻的奇特生物，雪白的铠甲虾、黑色的贻贝、张牙舞爪的螃蟹，还有穿插在其间游弋的通体透明的阿尔文虾……

"看，这些生物在深海里怎么生存呢？"记者问道。

张鑫解释说："它们与热液口的生物类似，不需要阳光和氧气，都是依靠甲烷、硫化物存活的特殊群落。这种白色铠甲虾多的地方，就预示着有冷泉口了。而螃蟹不是冷泉区特有的生物，它们可能是来以铠甲虾和贻贝为食的。我们的重点还是寻找冷泉眼……"

沿着布满铠甲虾的海底一米一米地搜寻，大约经过 7 个小时的漫长期待，"发现"号终于在一片富集铠甲虾的区域找到了冷泉眼。可令人遗憾的是：这个泉眼比上一年找到的小很多，喷出的甲烷气体也少得可怜，一次都不能收集到足够的可燃冰样本。无奈之下，他们只好回收ROV，准备第二天换个区域重新寻找。

不料，刚刚还是蓝天白云碧波荡漾的南海上，突然狂风大作，暴雨倾盆，这使得回收水下机器人变得困难重重。因为风浪将船身剧烈摇晃，重达数吨的ROV只靠一根钢缆维系，如果出水到甲板与船体发生碰撞，那是十分危险的！所以，应该尽量避免在恶劣气候下作业。可风云变幻莫测，怎么办？

经验丰富的船长隋以勇跑到驾驶台上，亲自指挥操船，通过对讲机与张鑫商量。甲板上的其他物品都已绑扎固定好了，只剩下"发现"号还没上来。两人紧张迅疾地交流了一会儿，决定暂时放弃回收，让它先留在海底等待时机。别看海面上巨浪滔天，狂风不止，而水下是相对平静的。隋船长指挥将船头顶浪顶流，防止船舶横摇，因为在突变的海况里，有效控制船身稳定性至关重要。

此时"科学"号优异的耐波性能再次发挥出来，宽体船型再加上减摇水舱装置和独特的舵桨合一电力推进系统，最大限度地控制了船体的晃动。而其特有的动力定位系统，依靠全球定位系统（GPS）定位和动力装置，即使在9级风这样极端的条件下，也能够将船位偏移控制在3米的范围内和保证船艏向的稳定。几小时后，工程技术保障人员抓住风浪小了的间隙，一鼓作气将"发现"号成功回收上来。

值得一提的是：那些到深海转了一圈的鸡蛋们完好无损！这让人大跌眼镜，难道它们比钢球还要坚固？科学就是通过一个个试验得出正确结论的。他们在鸡蛋外壳上打一束光，发现蛋壳上布满难以察觉的空隙，具有极强的透光性，对水压变化或许会有适应性。有人说：会不会里边有变化呢？

张鑫说："我预计熟鸡蛋有些问题，因为它凝固了。而生鸡蛋由于里面是液体，蛋壳透气透水，应该不会有什么变化。"

"那海水是不是被压力渗透进去，变成咸鸡蛋了？"

"咱们试试。"张鑫打开一个熟鸡蛋，与平常所见无异，放到嘴里尝了一口："嗯，蛋青是有点咸，看来海水有影响。蛋黄还没有变味。"

记者也小心地打开一个："这还能吃吗？不会出什么问题吧？"

张鑫笑了："反正我吃了，如果到明天你还能看到我，就说明平安无事。"

当然这是笑谈，科考队员做"第一个敢吃螃蟹的人"，亲身试验才会知道这一结果。不过海底情况复杂，可能存在着不明细菌，还是不提倡没有经过检测就食用的。

在此后的几天里，"发现"号连续 4 次下潜，都没找到理想的冷泉口，这不免让首席科学家张鑫有些焦急。天气海况也在逐步恶化，西南方向有个低气压可能形成热带气旋，强度增大就会是台风了。科考队决定连夜再下潜一次，一边继续寻找泉眼，一边做各种压力试验及采集生物样本。

一切准备就绪，深夜 12 点，"发现"号开始了此次科考的又一次冲刺。机械手臂的塑料袋里，分别放上两个电灯泡，还有西红柿和土豆，目的还是观察这些物质受到海水压力后有什么变化。起吊、移动、放缆、入海，一气呵成，ROV 顺利下水了。操作室里，所有人都屏住呼吸，牢牢盯着监控屏幕，眼神中充满了期待。

100 米、200 米，一切如常。当海水深度指针报出 315 米时，只见两个灯泡一闪，先后破碎了。这个深度对应的压力也就是 30 个大气压，相当于一桶水的重量。而西红柿和土豆完好如初，没有一点变化。40 分钟后，"发现"号到达了这片海域的海底，在铠甲虾和贻贝堆里一边采集生物，一边寻找冷泉口。

这一次大家没有失望，"发现"号如同深海犁铧一样拉网式耕耘，终于发现了一串串不断涌出的气泡，冷泉口找到了！张鑫兴奋不已，指挥着操作员将 ROV 摄像头靠近泉眼，用机械手取出一个试管瓶扣在上面，不一会儿，那些钻进瓶子里的气泡就凝结成了晶莹的"冰块"，这就是天然气水合物——可燃冰！

好啊！成果丰硕，不但找到了冷泉，收集到了充足的可燃冰样本——他们准备两管样本带回陆地实验室研究，将两管样本留在海底，一年后再来做持续性分析，还采捕到了大量活体生物样本。不知不觉，"发现"号已经在水下工作了 14 个小时，大功告成，迅速回收上来打道回府。

过去，海洋科学家受研究平台的限制，无法长时间系列地连续观测，也无法获得如此大量的样品，更不可能把实验室搬到海底，在数千米深的海底长期进行原位实验。正是有了"科学"号考察船，有了"发现"号水下机器人，我们才得以大踏步走向深海大洋，对各种极端生命体和矿物成因进行系统研究。

这次考察，就让世人见识到了冷泉区生物密度大、品种多，完全与热液区一样，存在着世界上第二种生命循环系统。据推算，整个海洋深处至少有上千万种无脊椎动物。幽深黑暗的海底，再也不是传统认识中的荒漠了，而是存在着一片"海底绿洲"……

三、惊涛骇浪

太平洋上不太平。

无风三尺浪，有风浪更高……

"科学"号长年在波峰浪谷中航行，一帆风顺的航程是很少的，伴随着一项项科研成果的获得，也谱写着一章章战胜种种惊涛骇浪的英雄传奇。

那还是海试中的一个航次，"科学"号考察船航行到我国台湾地区南部某海域。一天晚上正在航渡中，遭遇到了猛烈的东北季风，大约有 10 级左右，风狂雨骤，巨浪滔天，像小山似的铺天盖地。尽管船长隋以勇将船舶顶着风头缓慢航行，但船还是被接踵而至的大涌推得厉害，左右摇摆到了近 30 度，人们根本站不住。

突然，一个大浪打来，船身一倾，左舷螺旋桨出了水面，形成空转，主发电机瞬间断电，这条船全是电力推动，等于一下子被浪头拍停了。这是相当危险的，风浪中的船舶失去动力如同一片随波逐流的树叶，随时有翻船覆没的可能。

队员根本站不住，躺在舱室地上滚来滚去。个别胆小的队员，已经穿上了救生衣，抱着桌子腿抹眼泪……

一直在驾驶台上的隋船长大喊："赶快排除故障！"

当时任二管轮的孙宗强正在机房值班，马上拿着手电筒检查设备。他是临沂费县人，是一个大山里长大的孩子，只是亲戚有当船员的，高考时报考了大连海事大学轮机专业。这一学就爱上了大海，爱上了航行。毕业后通过双向选择来到了海洋所科考船队，从见习轮机员做起，一步步升了上来。不过，眼下情景却是孙宗强从没遇到过的，不免有些慌乱，好在有经验的"老轨"（轮机长）李欣及时跑了过来，带领他紧急查找故障原因——原来是推进系统稳压电源的连接线松动了。

仅仅过了一分多钟，船舶一切正常了，可人们后怕不已。失电、失控，对于狂风巨浪中的船舶，那可是要命的啊！本来，按照国际惯例：一条新建造的科考船最少要在海上试验1—2年才能正式服役，由于海洋所急用，"科学"号交付后只经过3个月的测试就出海作业了。有些零件和线路未能充分经受考验，从而发生了断电事故。好在"科学"号顶住了，客观上也验证了这条船的稳定性，人们对它更有信心了！

行船就会有风浪，对此人们是有思想准备的。可是面对突如其来的意外情况，就要看船员们如何应对了。

在茫茫大海上，四面八方全是汪洋一片，天连水，水连天——科考船不像货轮或者客船那样，沿着固定的航线行驶，时常会遇上来来往往的船舶，如果发生什么事故还可相助一臂之力。科学考察船所在区往往是人迹罕至、不见船影的海域，且远离大陆港口，万一出现意外那可是叫天天不应、叫地地不灵啊！

有一年，某艘科考船正在大洋上作业，刚刚下过雨，扶梯上甲板上都湿漉漉的，其中一位队员不慎脚下一滑摔倒了，"啪"地一下，后脑勺重重地撞击在钢架上，当场血流不止，昏迷不醒。随船医生只是治疗个头疼感冒的，抑或是擦破皮抹些碘伏贴片创可贴而已，再说船上医疗条件也十分简单。这时，他连忙赶来为伤者清洗包扎伤口，对船长说：必须赶快送到陆地医院动手术，在船上无能为力。

天啊！这里距离最近的某国港口也要航行三四天，伤员根本坚持不下去。马上通过无线电、卫星电话呼叫求援，好不容易联系上了一家救捞公司，答应可以派遣直升机前去接人。可这条吨位不大、条件落后的科考船没有专用飞行甲板，而且船上堆满了设备、空中横拉着绳缆，直升机来了也无法降落。

人命关天，刻不容缓。船长当即拍板马上拆卸前甲板上的设备，剪掉上下左右的绳缆钢丝，这才为直升机降落抢出了一片天地。伤员终于得到了救治，从死亡线上拉了回来，真是不幸中的万幸。如果联系不上飞机，如果不是当机立断，不惜一切代价净空腾地，后果不堪设想。

这就是深入大洋科考队员们面临的考验！

如今，虽说"科学"号综合科学考察船国际一流、设备先进，工作生活条件今非昔比，但如果遇上突发情况，还是比陆地上复杂艰难很多，让人不得不捏一把冷汗……

两年前的一个航次，"科学"号正在西太平洋的马努斯海域调查。船员利用晴朗天气清洗工作舱室，一位水手手持砂轮机除锈，"沙沙"的声音不绝于耳，火星四射。蓦地，机声骤然停止了，只见他捂着眼睛坐在地上，大叫道："啊哟坏了，打着眼了！"

旁边一同干活的人连忙围上来："怎么了？我看看！"

原来，一片砂轮碎片脱落，透过防护眼镜蹦到他的眼睛里，鲜血和着眼泪透过指缝哗哗流下来。工友们吓坏了，连忙把他扶到医务室里去。这次随船的船医是按照市场规则聘请的青岛市第九人民医院的内科医生，眼科不是他主业，除了止血包扎以外就束手无策了。

首席科学家、科考队长和船长闻讯，纷纷关切地跑来看望，见此情景连忙与外界联系。可是，这里距离大陆更远，直升机都不可能一天飞到。而时间一长，伤者眼睛就会感染发炎，甚而失明！大家眼巴巴地看着船医：不管怎么说，你是穿白大褂的，毕业于医学院，内科医生也是医生，总比我们这些人强吧！

这位医生没有让人失望，胆大心细，一边用卫星通信与青岛眼科医院大夫联系，一边拿起手术钳子、镊子，在伤员眼睛上下了手，开始了遥控"眼科手术"。啊！是的，翻开眼皮了，先用清水冲洗，再用棉球轻蘸液体。好的，好的，动镊子、寻找黑色物质……

一分钟过去了，三分钟过去了，好似漫长的一年、三年，终于清理干净了。伤员眨眨眼睛，没有了异物的感觉！点上眼药水包扎一下回房间静养。哈，成功了、成功了！大家一阵欣喜，纷纷拥上来与医生握手祝贺，那场面就像夺得冠军的队员，想把教练抬起来扔几下。医生摘下口罩，说了一声：我这个干内科的竟然做起了眼科手术，以后再也不敢了！

老实说，这是没有办法的办法，在前不靠村后不靠店的大海上，只能"赶着鸭子上架"，让他充当了一回多面手！好在有惊无险，到了悬崖边上又拉了回来，皆大欢喜。

是的，同舟共济，休戚相关，这些成语在茫茫大洋的科考船上，显得尤为重要和贴切。当你乘坐同一条远洋船时，哪怕再陌生的人也会很快熟悉亲热起来，遇到风雨大浪抑或是天灾人祸，只有齐心协力守望相助，才能共渡难关迎来光明……

2014 年秋天，科考队乘着"科学"号前往南海冷泉区调查，经过台湾海峡时接到天气通报，一个气旋生成台风，正在向航路上逼近，船长与"首席"商量，决定去厦门港口避风。

每一次出航都是一两个月，大家天天在狭窄的舱室和不大的甲板上转悠，满眼望去四周全是蓝蓝的海水。对于初次见到大海的人，那是一种欣赏海景的享受，倘若睁眼便是汪洋一片，便不再感到新鲜了。这时特别渴望见到陆地，抑或走到上面去沾沾地气。所以，"科学"号靠泊到码头上，队员们就纷纷下船去走一走、站一站。

此时，有位年轻的女队员兴冲冲地收拾了一下，换上喜欢的衣服来到右舷，准备沿着踏板走下去。不知是踏板移动了，还是船舶摇晃使然，她正要抬脚上岸，"啪"的一下竟踏了空，一声惊呼人就掉到了海里，处在船与码头的夹缝里。她不会游泳，双手只是扑腾，脸朝下一沉一浮的，十分危险。

船员毕重德正在码头上散步，听到喊声，本能地撒腿就往船边跑，来不及脱外套，一下子跳下去，踩着水把她推向岸边。可惜码头又湿又滑，他们无法爬上来，其他人看见了，连忙摘下一个救生圈扔下去。毕重德给落水者套上，让人拉上去，自己最后也安全上了岸。

好人自有好报，这句流传千古的祝福之词在毕重德身上得到了验证。老毕喜欢钓鱼，有一天晚上船靠码头了，他一个人抱着鱼竿来到船舷钓鱼，尽情地享受难得的休假时光。

船舶灯光一亮，富有趋光性的鱼儿纷纷涌到船边上，钓起鱼来简直犹如探囊取物，手到擒来。毕重德一甩一条鱼，高兴得合不拢嘴。钓得兴起，他探出身子想把渔线甩得远一点，再钓条大的，谁知脚下没站稳，"咚"地掉了下去。喝了两口海水，他踩着水露出头来，大喊道："来人啊！我掉海里了！"

正是即将入睡的时光，大家都在自己舱室里休息，前后甲板以及码头上没有一个人，加之风大浪响，谁也听不见。毕重德喊了一阵，见没反应，只好一个人挣扎着想爬上来，可惜码头和船体都是又高又滑，使出吃奶的力气也无济于事。好在他会游泳，便划着水一圈一圈地转着，希望能够被人发现救上来。

冬夜的海水冰冷刺骨，毕重德穿的棉衣浸透了水，一会儿就像冰冻的盔甲似的又沉又硬，一个劲儿地把他往水下拽。为了节省力气，他不再挣扎了，而是仰躺在水面上轻轻地划着，保持着脸部露在外面呼吸。啊，这回可真完了！出了一辈子海，难道今天要喂了鱼？他绝望地流下了眼泪……

正在这时，不知冥冥中有什么仙人指点，还是老毕曾经救过人感动了上苍。一位船员感到舱里太闷，走到甲板上抽口烟，透透气。他随意往海里看了一眼，朦胧的航行灯影里，突然看见海面上漂浮着一个人，这是怎么回事？难道是科幻电视剧《大西洋底来的人》？他以为自己看花眼了，揉揉眼睛仔细一瞧，确实是个人在海面上沉浮着，立刻大叫道："快来啊，有人落水了！"

舱室里的人们听见了，马上冲出来，有的拿救生圈，有的抛绳子，七手八脚把落水者捞了上来，定睛一看：啊，原来是工友毕重德！紧接着，将他脱了个光溜溜，用温水擦干全身，盖上棉被，先灌了两口酒，炊事员又熬好了姜汤给他喝下去，这才慢慢缓了过来。

捡回来一条命。大家说老毕啊，幸亏你做过好事，老天爷不收你！由此，毕重德还是在科考船上当船员，只是轻易不去钓鱼了……

在海上，很容易发生一些意外，所以安全工作十分重要。不过，这比起"科学"号在大洋上对外交涉引来的麻烦,就是小巫见大巫了。

由于远航深海科学考察需要进入一些有争议的海域作业,时常遭到外国船只和飞机干扰,甚至生命安全都会受到威胁。2015 年 6 月,还是张鑫任首席科学家、隋以勇任船长的科学考察队,驾乘"科学"号来到太平洋进行科学考察。这里是国际公认的马努斯海底热液区,也是国际上第一个商业开采的硫化物金属矿区。本来,他们已通过外交部门与邻近的国家进行了通报,过去也常来常往,进行正常的科研考察。

然而,这一次却遇到了麻烦。先是一天,突然驶来邻近国家军方的一艘小艇,上来 3 名穿军装的人询问,张首席拿出外交部批文给他们看,他们没再说什么,回去了。"科学"号仍然在原地作业取样。过了一周左右,远远地,又驶来一艘对方的炮艇……

船长隋以勇连忙告知张鑫,两人商量了一下,为了避免麻烦,准备起航转移。不料,对方紧追不舍,同时用英文通过高频喊话:立即停航,接受检查!随后,炮艇紧靠船舷停下,跳上来一群荷枪实弹的军人,他们首先控制了驾驶室,一个头头模样的人命令所有人员集中到甲板上。

张鑫上前交涉:"我们是中国科学考察船,是经过允许到这片海域进行科考的,这是我们的文件。"

对方根本不看,只是冷冰冰地说:"这里是我们专属经济区,奉命押送你们回港审查。开船。"

隋船长与值班的二副看了看张鑫,没动地方。那军官竟把手枪抬了起来:"目标拉包尔港,开船!"

张鑫晃晃手中的手机,慢慢点了点头。隋以勇明白了,那是要让他慢点开，争取时间与国内联系上报，于是对军官讲：我们不了解这条航线，需要找出航行图来。见对方同意了，他便向二副使了个眼色。年轻的二副反应很快，从资料柜里抱出一摞海图，一张一张慢吞吞地查找。因为他们都清楚，如果被押回他国的母港，那就会有理说不清了，甚而会被当成间谍船对待，最好是在外海通过国内交涉解决此事。

与此同时，张鑫对该国军人说甲板上太热，让大家回舱室吧。得到允许，大家都回到餐厅集中，不得自由行动。而后，张首席不停地打电话，向海洋所领导和中科院有关部门报告，请他们抓紧通过外交部找该国大使馆联系。现代通信十分快捷，不一会儿就得到回音：中国驻该国大使联系上了外交部门，外交部门打来电话要求军方放行。

不料，这位皮肤黑黝黝的"军头"竟一口拒绝：不行，回港再说。电话里该国外交人员叽里呱啦说了一大通，只听到这边一连串地"NO!NO"，最后干脆连电话也不接了，几只黑洞洞的枪口对准了船员们：开船！

真是秀才遇到兵，有理讲不清。二副也把海图翻到了最后，实在搪塞不过去了。船员按隋船长指示，将速度降到最低，科考船慢悠悠地转向，向着拉包尔港驶去。张鑫也做了最坏的打算：即使进了港，也绝不能让外国人把我们的科研数据拿到手。他悄悄告诉科考队长，让大家想办法将资料藏起来。

于是，队员们手机上都接到了短信通知，一个个以要求拿杯子喝水、去卫生间上厕所的名义，开始了行动。有的将资料本、文件册用塑料袋包装好藏在马桶里，有的把计算机硬盘拆卸下来放到空调管道里。八仙过海各显其能，尽可能保护好各种数据。

驾驶台上，斗智斗勇的好戏还在上演。张首席和隋船长一边与军官周旋，套出话来——原来是某国公司与该国合作正在那一片勘探开采，担心中国人会插一手，便出大价钱要求该国军方干预。于是，队员们加紧与国内联系，让他们去找该国军方紧急交涉。

时间不等人，即使航速再慢，也是距离港口越来越近了，远远地已经看到拉包尔的轮廓了。如果驶进去，"科学"号将成为被扣留的船只，留下不良记录。张鑫和船长都非常着急。就在这时候，押船的军方头目电话响了，他马上恭恭敬敬地接起来，看来是其顶头上司。只听他"yes，yes"了几声，放下电话，露出了一口白牙说："问题解释清楚，你们可以走了。"

呵呵，原来是我方大使馆直接找到他们军方的参谋长，促使他下达了放行命令。一场不大不小的危机过去了，时间也到了中午。中国人是讲礼节的，热情邀请他们共进午餐，炊事班还准备了青岛啤酒。一干人马酒足饭饱后抹抹嘴离开了。

由此看来，一望无垠的海洋不仅仅存在着骤然而至的台风大浪，也会有诸多变幻莫测的人为事件，我们的科考队既要有严谨创新的科学精神，也需要沉着冷静、随机应变的胆量智慧……

四、神秘的海山

"快看，那是什么？"

"啊！大耳朵，胖肚子，这是一只深海小飞象啊！"

"什么？发现了小飞象，真的吗？"

一阵掩抑不住的惊喜呼声，瞬间传遍了整个"发现"号操作室。所有人员都纷纷拥到屏幕前，睁大眼睛随着水下摄像机镜头仔细观看着。

2017年8月21日，"科学"号考察船的"发现"号水下机器人，在卡罗琳海山东麓下潜探测，最初下潜深度1500米，随后沿东麓向上缓缓爬升。驶到1200米左右的深度，在"发现"号明亮的灯光下，发现了一种神奇的海洋生物：它生着粉红色的圆身子，熊猫一样的黑眼圈，憨态可掬，两个鳍好似大象的耳朵，在水中摇曳着，犹如展开一对翅膀上下翻飞。

其实，这是人们了解得非常少的一类章鱼，属于头足类的软体动物，名为烟灰蛸。由于其胴部具有一对鳍，类似大象的超级大耳朵，在水中很像迪士尼动画片中的小飞象，因而得名"深海小飞象"。它通过鳍击水或者利用腕间膜像水母一样收缩来游泳，主要分布于深海，最深可达 7000 米。全世界目前记录在册的有十几种。

本航次首席科学家——海洋研究所海洋生物分类室主任、海洋生物学家徐奎栋，正在操作室里现场主持"发现"号探测，此时兴奋无比。这种烟灰蛸章鱼，只是听说过或者看过图片，但从没有现场发现过，更没有采集到样品。他立即指挥操作员："来，再近一点，争取把它活着取上来。"

"好的！"年轻的操作员小心翼翼地调整着机器，慢慢靠近那个小家伙。不知预感到什么了，还是天性使然，它慢吞吞地游荡着，呼闪着"翅膀"，企图逃离伸过来的"吸管"。

好不容易发现了你，哪能轻易放过呢！当操作员把旋转取样器的吸口再次对准了它，一按电键，犹如《西游记》中妖魔王打开宝葫芦吸孙悟空似的，唰地一下就把"小飞象"收进了囊中，带回到了甲板上，放在海水柜中。从 1240 米的深海上来，它居然还活着呢，好奇的眼睛望着周围的一切，引得科考队员们纷纷前来拍照。

这可是一个十分宝贵的生物发现，堪称本航次在卡罗琳海山地区的重要科考成果之一。

如果说在前两年的热液探测和寻找冷泉区方面，"科学"号综合考察船出手不凡、战功赫赫，那么在探索海山资源的征程上，"科学"号同样发挥了不可替代的作用。此课题，也是中国科学院战略性先导科技专项（A 类）"热带西太平洋海洋系统物质能量交换及其影响"的一项重要内容。

海山，顾名思义是海中的山。海中也有山吗？是的，海底犹如被水淹没的陆地，有山有沟有裂谷有平原。海山通常是指海洋中位于海表面以下，突出于海底 1000 米以上的隆起，广义也包括相对高度小于 1000 米的海丘。海山在海底以不均匀的密度分布着，因其独特的地形和环境特征，对生物状态、海水流动、海洋渔业、矿产资源和气候变化等有着重要的影响。

海山是地球上人类最不了解的生物栖息地之一，往往具有较高的生物量、生物多样性和物种独特性，栖息着较周边深海更为繁茂多样的生物群落。海山不仅是世界海洋渔业的重点海域，也是深海生态系统研究的热点区域，对其生态系统的研究一直贯穿于海山研究的历史。

海山的发现源于探险者的远洋探险。1842 年英国生物学家达尔文提出：南太平洋珊瑚礁和火山岛逐渐沉降而形成海山，是世界上首次关于海山形成的假说。而第一个被认可的海山是 1869 年瑞典护卫舰"约瑟芬（Josephine）"号发现的海山，他们观察到这里的水色比周围的水域更浅，且鱼类、海鸥和海燕数量明显增加，反映了海山区高生物量的特征。长久以来，人们用海底"山脊""山脉"等名字描述海山，直到 1938 年，美国地理名称委员会使用"海山"这个术语命名戴维森（Davidson）海山时，才统一了名称。

海洋中约有 20 万座海山，超过 1000 米的有约 3 万座，其中接近一半的海山分布在太平洋。因海山数量巨大，很难对每座海山都进行详尽的研究。到目前为止，研究者大多基于海山构造特征和山顶到海表面的距离两大体系，对海山进行分类，以便更具针对性地开展海山研究。

海洋学家把山顶到海表面的距离为 0—200 米的，称为浅海山。因了有光线透过的海洋真光层，是海洋生物最活跃的区域，支持着海洋的净初级生产力。山顶到海表面的距离为 200—400 米的，称为中海山，是大量的生物有机体和其产生的排泄物等聚集形成的深海散射层。当山顶到海表面的距离大于 400 米，位于深海散射层之下时，被定义为深海山。这里的生物群落既不能参与光合作用，又不受浮游动物昼夜垂直迁移运动的影响，但受海流水平输送的影响最大。

历经 100 多年的研究，人们对海山的认识已从最初的探索阶段，进入了快速发展阶段。到目前为止，已初步阐明海山生态系统较高的生物量、生物多样性和生物独有性等生物群落特征，以及环流和上升流等水文环境特征，揭示了维持高生物量的上升流输送、地形诱捕和海流水平输送等三种主要机制。但由于海山数量巨大，现有手段难以涉足浩瀚海洋中的每座海山，研究位置主要集中在山顶附近区域，缺乏海山底部的生物和环境数据。

我国最先进的综合科学考察船"科学"号的下水，以及"科学"号上配备了目前世界上最先进的海洋探测设备，标志着我国已经具备深海探测与研究的能力。在此背景下，中科院战略先导专项部署了以热带西太平洋海山生态系统为主要对象，研究海山区生源要素分布与迁移转化规律，揭示典型深海海山区生源要素循环的关键过程。以期获得大量分类学新发现（新物种、新阶元），揭示许多未知的生命形式，填补我国目前在海山区生物新物种发现方面的空白，阐明海山区的生物区系和多样性特点，为深海大洋海山区的生物多样性理论以及生物资源的开发利用和管理提供基础数据。

徐奎栋和他的团队应运而生。

说起来，徐奎栋也是土生土长的青岛城阳人，生于 1969 年 12 月，父亲是工人，母亲在家务农。他在家是老大，下面还有两个妹妹，从小在家帮助父母看护小妹，上学较晚，一直到了 20 岁那年才考上青岛海洋大学。

选择专业时也有个插曲：当时物理海洋和水产养殖都是国家重点学科。徐奎栋从小尝到了生活的艰辛，想到学水产以后好找工作，实在不行，自己干养殖也不错，就报了水产系。那时，根本没想到自己会成为有作为的海洋生物学家。

大学四年后，他又连续攻读了硕士、博士学位，师从著名海洋纤毛虫系统学家宋微波院士。1999 年 7 月，徐奎栋获得博士学位，来到韩国仁川大学做博士后，从事海洋生物的环境监测研究。当时，他的收入就是国内大学副教授收入的 10 倍，但他从来没有把此看得过重，而是感觉学不到什么东西，十分焦虑："我出国的目的就是提高自己，可是在这里没有明显提升自己实力。"

每天晚饭后，徐奎栋总会来到海边散步，望着茫茫大海，心中也是一片茫然。这年他已经 30 岁开外了，因小时候上学晚，所以而立之年还一直在上学，没有"立"起来为国家服务，内心深处不免产生出一种挥之不去的紧迫感……

两年后，徐奎栋去奥地利参加国际学术交流会议，意外发现萨尔茨堡大学国际知名生物分类学弗伊斯诺教授正在全球招募人才，进行海洋生物分类与系统进化研究。他眼睛一亮，感到这是个走近国际学术前沿的好机会，毫不犹豫递交了申请。可这位老师条件十分严苛：如果录用必须干满三年，除非死亡才能离开。老师本人又是一个知名的工作狂，外号"狂人"。

"教授每天工作 16—18 个小时，中午从来不吃饭，饿了就吃块巧克力，周六也从来不休息。邀请我去他家里工作，最多提供一杯咖啡，连饭都没有，之前跟随他的学生都没有坚持住，选择离开。"回忆起自己的奥地利严师，徐奎栋脑海中的关键词就是：博学、严谨、苛刻、不近人情，但是做奥地利"科学狂人"的学生，他觉得所学良多、获益匪浅。

不过，这种性格对于女士来说，可能就不是那么美好的回忆了。徐奎栋的妻子是他大学同专业的师妹，也是要强好胜之人，一起来到奥地利萨尔茨堡大学，在弗伊斯诺教授名下攻读博士学位。严苛的要求使她压力极大。开始她还能勉强承受，直到一天实在无法忍受了，与教授吵了一架离开了，转到别的实验室去，后来也顺利地拿到了博士学位。

为了学到真功夫，徐奎栋还是坚持了下来，而这位教授也没有难为他，仍然一如既往地培养教导，让他挑起重担子。三年后，徐奎栋咬紧牙关“熬”了出来。弗伊斯诺教授写了推荐信，对他给予了高度的评价：中国徐，是本专业国际上屈指可数的几位专家之一。

“我出国留学就是一心一意想学到真本领，为自己国家工作，把个人热情与国家需求结合起来，工作就有了意义，也就有了快乐。”徐奎栋是这样说的，也是这样做的。2005 年，他积极参加了中国科学院“百人计划”全球招聘，招聘条件很高：国内 30 人需教授级的，而国外 70 人则原则要求在国外有助理教授以上职位的，或相关条件比较优秀的。

多年潜心用功没有白费，徐奎栋顺利入选，回到了家乡青岛——进入海洋研究所任研究员，在标本馆做海洋生物系统分类工作，三个月后就开始带博士生了。几年后，他在所领导的支持下建立了自己的科研团队，专注于海洋生物多样性及底栖生物生态学研究。他的妻子拿到了双博士学位，也进入海洋所开展有孔虫研究……

近年来，各大学和科研院所在研究方面的同质化越来越明显，他便想到一定要有自己的特色和特长，这时向深海研究进军已提上海洋研究所的日程。时任所长的孙松一直在推动，为此争取了国家大科学工程——"科学"号科考船的建造，打造了全海域的综合性科考船，同时争取到了中国科学院战略性先导科技专项（A 类）"热带西太平洋海洋系统物质能量交换及其影响"，其中的主要目标就是深海大洋，为期 5 年。其中的深海生物发现和生物多样性研究部分，给了深海生物分类研究以用武之地。徐奎栋的研究团队积极请战。

孙所长起初是有顾虑的："行不行啊，拿来深海样品你们鉴定得了吗？"

"你放心，只要能拿到样品，我们一定行！我担心的是拿不到好样品。"徐奎栋挺直了腰板说。

由此，随着国家"走向深蓝"的重大任务部署，海洋所有关专业科学家、实验师乘着"科学"号起航了。徐奎栋也走上了主攻深海海山的生物多样性，以及生态系统探测研究之路。2014 年 12 月，由副所长、海洋生物学家李超伦为首席科学家，徐奎栋为科考队长的团队，开始了西太平洋雅浦海山航次。

过去，采集海底生物只能通过传统的拖网，一天拖上几网，上来的，除了生物往往还有一包子泥或者石头，也不知在哪个具体地点采到的，如同盲人骑瞎马，夜半临深池。而且那也只能在近海，到了深海是没有可探底拖网的。如今有了"科学"号上的"发现"号水下机器人，既能摄像又有照明，还可自由移动，进行生物采样和沉积物等的采样，简直就是采样人到了海底。

随船负责调试"发现"号的英国工程师大摇其头："这么昂贵的设备，你要去打鱼捞虾，大材小用了！"

俗话说，术业有专攻。徐奎栋明白他虽是机器人行家，但不懂得海洋生物研究对于人类的重要性，坚持使用："我们打的可不是一般的鱼，有可能是无价之宝。"

372

果然，通过"发现"号上的高清摄像头，队员们近距离观察到这块从未被世人知晓的神秘地带，这是真正的世界第四极地——最深极，也是人类对地球了解最少的系统之一——海山，看到了那纵深数千米的陡峰沟壑。有意思的是：水下机器人的探测与地面上登山相同，是从山下往上攀登的，这样摄像头和机械手可以和探测的海山保持平视。

海山上下犹如陆地上的深山老林一样，因了独特的地理环境、水流速度及温度等，是多种深海生物的栖息地。科考队通过机械手和底栖拖网，获得了丰收，一下子采集了120余种海山生物样本。有海绵、海葵、海星、蛇尾、虾、蟹等，还有在近海中难以见到的奇异的鱼、硕大的红珊瑚和通体红彤彤的深海虾。读者不要误会，这是活的天然的红虾，而不是煮熟了才变红的颜色。

海山一般都藏在深达数千米的深海中，人迹罕至，对它的研究在军事、经济和社会发展等方面具有重大意义。而西太平洋海山分布众多，其地形、地貌及生态系统是我国走向大洋所必须研究和认识的。中科院海洋所科考队这次深入到雅浦海山，不仅可以揭示西太平洋典型海山的面貌，更对我国科学家未来展开深海研究具有启示作用。

不用说，徐奎栋和他的团队就是专攻这项研究的。在中科院先导专项支持下，他先后四次带队对热带西太平洋的雅浦海山、马里亚纳海山、卡罗琳海山和麦哲伦海山开展了海山生物多样性和生态系统调查。对麦哲伦海山链上的典型海山生态系统科学考察，是由科技部大力支持的科技基础资源调查专项，目的是掌握海山的本底资料，为国家深海大洋研究提供数据和样品基础，为国家管辖外海域的生物多样性保护，以及建立国际合作的深海保护区做前期准备工作。

这个航次还有两个新发现：一是雅浦海山与海图上标注的位置不同，他们马上更新了准确位置信息，为国际同行提供了重要参考依据。二是这座海山底部被有孔虫软泥覆盖，属于深海海底的典型类型，其生物分布具有明显的多样性。此外，他们同步获取了大气、水体、底质、生物等多学科原位观测数据和样品，范围从山顶到山底深海沟整个海域。

为了获取更多更完整的深海生物样品，他们更为广泛地使用ROV下潜采集。2015年春天，徐奎栋首次担任首席科学家，奔赴了西太平洋马里亚纳海区附近的海山。此次考察分成两个航段进行，前后历时80天，主要针对海山及邻近海域的物理化学环境、生物多样性特点、生态系统基本结构特征展开考察。中科院海洋所、南海所、三亚深海所等多所科研机构的144名科研人员参加了科考。

"西太平洋海底海山、热液、深渊等都很复杂，是研究深海极端环境和深海生态系统的理想区域，而这方面的研究在全球海洋中又是最薄弱的，经过分析研究，具体的科考区域最终选在了雅浦—马里亚纳海山区。"徐奎栋告诉随行的记者。

经过一番艰辛的付出，"科学"号在这片海山上下大获全胜，成果丰硕。

这次一共获得了50块岩石样品，287号巨型和大型生物标本，涉及180余种珊瑚、海绵、棘皮动物、甲壳动物及鱼类等生物，有一些生物甚至是未曾被发现和描述的种类。其中，两株巨型黑珊瑚格外珍贵。最大的一株黑珊瑚直径约1.6米，发现时已经死亡。小的一株直径约为1.4米，上面覆盖有大量活的珊瑚虫，整体呈褐色。

这两株珊瑚质地十分坚硬，附着在数百米深水下的岩石上，由于水下温度很低，所以生长十分缓慢。美国一科研单位曾在夏威夷海域 500 米水下发现了一株类似大小的巨型黑珊瑚，后经过同位素测定该黑珊瑚年龄在 4265 岁。

"此次我们发现的黑珊瑚与美国发现的虽不是同一个种，但属一类。年龄虽然有待估算，很有可能也是一株千年珊瑚。"徐奎栋告诉我说："确认珊瑚年龄主要通过切开珊瑚的根部，利用碳同位素来测定，数它的'年轮'。"

如今，这株千年珊瑚已经被制成标本，装在玻璃罩内，摆放于海洋研究所标本馆大厅内，如同一株泰山顶上的迎客松一样，挺立身姿伸展枝叶，迎接着天南海北前来参观的朋友们……

"无情未必真豪杰，怜子如何不丈夫。"鲁迅先生的这两句诗，反映了英雄人物同样有儿女情长、喜怒哀乐，但这并不影响他们干经天纬地大事业，成为人们心目中的英雄。

科学家也是普通人，也有普通人所经历的烦琐事。就在徐奎栋一心扑在海山科考研究时，家庭后院飘起了"硝烟"。由于他常年在外奔波抑或是泡在研究室里，一大摊子家务事几乎都交给了妻子。尤其是孩子的学习教育问题，他也顾不上管。可妻子也有科研任务啊，忙里忙外，且性格十分要强，时间长了难免有怨言……

转过年来，按计划徐奎栋又要带队去科考。可这年他的孩子面临中考，学习压力相当大。对于中国父母来讲，孩子的事就是天大的事，特别是在中考、高考等人生的关键时刻。妻子一直问他能不能不出海了，在家陪同孩子度过考试年。

一向办事干脆的山东大汉徐奎栋为难了。"科学"号的航次安排十分紧张，一个接一个，而且探求西太平洋海山是期待已久的课题，他这个"首席"怎么能缺席呢？然而，孩子中考的好坏，能不能上个好高中，关系重大。妻子工作也忙，每天还要买菜做饭接送孩子上学，而她虽拿到了驾驶证，却不大敢开车，希望丈夫帮助一同照顾孩子，人之常情。此时真是需要他在家啊！

出航日期一天天临近了，徐奎栋一边在单位忙碌交代准备工作，一边回家与妻子商量最佳办法。甚至等到全队都随船走了两天，到厦门港待命，那天深夜他们夫妇还在谈话：

"要不把老人接来？""那管什么用，会开车吗？""那要不你请个长假？""怎么好意思说，你有工作，我也有工作！""你看，我这是整个团队的事情，不能不去啊！""我就不信离了你，团队就垮了、地球还不转了？孩子考不好我一辈子都不能原谅你！这么说吧，你要走，咱就不过了！"

徐奎栋犟劲儿也上来了："不要拿这个来压我，这个航次我必须去！"当晚夫妇俩各自生了一肚子闷气。直到清晨五点多钟，天快亮了，徐奎栋拿起早已收拾好的行李箱，连招呼也没打，匆匆出门打车奔向了机场，赶往厦门与大部队会合，登船起航了。

这可能是他多次出海最艰辛也是最不顺利的一次。不仅仅出发时家庭出现矛盾与争吵，还在目标海域遇上了这个季节少有的台风干扰，据气象员说几乎是70年来的第一次。浪高达到七八米，船舶横摇到了20多度，人在船上站不住，根本没法作业。本来平衡机能很好的徐奎栋竟然晕了船，吐得一塌糊涂，加之心情极度不好，真是生不如死的感觉都有了……

不经历风雨，怎能见彩虹？他们咬紧牙关挺了过去，迎来了又一个"盆满钵满"的航次，并为下一步深入探索打下坚实基础。同时，在所领导和亲友们的关心帮助下，徐奎栋的孩子十分争气，考上了理想的学校，家庭矛盾也"多云转晴"了。这年8月份，徐奎栋再次带领团队踏上了探求海山的征程。

"科学"号于 2017 年 8 月 7 日从深圳起航，12 日到达卡罗琳海山海域，队员们就发现海面上有成群的海鸥和飞鱼，预计这里的生物资源和生物多样性会比较丰富，因为上层水体的浮游生物量决定了海底的底栖生物量。于是，队员们夜以继日开始了计划中的科学考察。

他们首先进行了地形扫描，随后利用"发现"号水下机器人进行了 5 次下潜，对海山东、西、南、北侧进行了精细调查，果然发现了不少海洋生物，有些甚至是极少看到或采集到的稀有品种——

比如在卡罗琳海山北侧采集到那只憨态可掬的"深海小飞象"，它的两个鳍如大象的两个耳朵在水中摇曳，长相憨厚，十分罕见；把海葵"手套"当"房子"的寄居蟹，它的外围是手套状的海葵，像是在"手套"中间钻了一个窟窿；永恒爱情象征的偕老同穴海绵，它们拥有非常精致的白色网状身体，有的表面还有刺，在西方被称作"维纳斯的花篮"，其标本常被作为结婚礼物，祝福新人白头偕老。

还有"断腕"求自保的海蛇尾，五条长长的"尾巴"有的前伸，有的拖后，像蠕虫弯曲蠕动，又像蛇蜿蜒前行，这些"尾巴"其实是海蛇尾的腕；以及优雅深海"女士"柱星螅，它是水螅虫类的珊瑚，在世界各大洋均有分布，外形似一把精美的扇子，身体像树木一样，有一根主干，旁生出很多枝杈，枝杈呈现的花纹又好像是能工巧匠的雕刻之作。

它们都是本航次"科学"号上的"稀客"……

8 月 20 日，科考队又对卡罗琳海山西侧进行了精细的底栖生物和底质调查，在水下 1500 米至 1000 米处，除了零星分布的海胆，几乎没有发现什么底栖生物，生物多样性甚至比周边深海还要低。

这一侧的分布景观颠覆了对海山高生物量和高生物多样性的认知，可能意味着海山西侧发生过地震和滑坡，造成生物的生活环境丧失。

这说明，海山是一个脆弱的生态系统，生物寿命长，生长慢，一旦破坏则极难恢复。

首席科学家徐奎栋感慨地说："从目前调查获取的资料看，卡罗琳海山此前是露出海面的岛。在水面以下 1500 米到海山山顶，可以看到较为普遍的海蚀洞现象。海蚀洞是海浪击打形成的，这说明以前这个海山是露出水面的岛，在板块运动中下沉成为海山。

"另外，在水面以下 1500 米至山顶，海山上有近海才有的珊瑚礁，不过现在均已成为岩石，这进一步表明这个海山是岛屿下沉过程中形成的。一般周边有珊瑚礁的海山生物多样性都比较高。但从目前调查情况看，这里的生物多样性并没有想象的那么高，原因还要结合水文、物理及化学等因素综合分析。"

此前，我国海洋学家对与卡罗琳海山形成三角区的马里亚纳海山和雅浦海山进行了调查，它们之间相距 180 公里至 320 公里。结果显示：卡罗琳海山和西边雅浦海山的生物一致性比较高，而与它西北方向的马里亚纳海山生物区别较大，这说明洋流对生物的分布有着重要影响。

另外本航次科考还证明：卡罗琳海山位于地球最深处——马里亚纳海沟南侧，雅浦海沟东侧。按 50 米等深线计算，这座海山南北向长约 15 海里（27.78 千米），东西向长约 5 海里（9.26 千米）。这个海山的最高处距离海平面约 28 米，山顶部是一个椭圆形盆地。

哦！在"科学"号考察船，以及它那"镇船之宝"无人有缆潜水器的探测下——当然它们的"灵魂"是勤劳而智慧的科考队员，神秘的海山逐渐揭开了面纱，这将为我们研究开采大洋矿藏、深海生物演变和军事制海权等方面，提供第一手的实测资料，具有重要而深远的意义……

五、海洋大科学中心

时间过得真快啊！

在我们浩如烟海的文字宝库里，有无数个形容或描绘时光之速的词汇：一晃、转瞬、光阴似箭、岁月如梭、白驹过隙……屈指一算，新生的中华人民共和国已经走过了近70年的历程，特别是这一年——2018年，还是为神州大地带来巨大变化的改革开放40周年纪念日。

毋庸讳言：这40年来，960万平方公里的土地上，以及300多万平方公里的领海和专属经济区"蓝色国土"，日新月异、地覆天翻，"神女应无恙，当惊世界殊"。各项社会事业取得了令人瞩目的成就，中国一跃而成为世界第二大经济体！而在新中国怀抱里日益成长壮大起来的海洋研究所，也劈波斩浪走进了"深海大洋"，在全球海洋研究领域里名列前茅。

时至2018年1月，迎接新年元旦的鞭炮声还在耳畔回响，我国海洋科研事业又有了新的"大动作"。《中国科学院关于批准筹建海洋大科学研究中心的通知》（简称《通知》）下达了：决定依托中科院海洋研究所，筹建海洋大科学研究中心。

《通知》指出：按照"高起点、大格局、全链条、新机制"的建设思路，以建设美丽健康海洋、开拓交叉前沿领域、保障国家海洋安全、支撑服务"一带一路"等为重要使命，以"两所融合""科教融合"为载体，依托国家重大科技基础设施，构建由海洋科考船队、开放支撑平台、核心科研单元和交叉研究集群等组成的基本框架体系，深化体制机制改革，深入促进科教融合，建设海洋科技创新人才培养高地和面向国内外的协同创新基地，促进"三重大"成果产出，率先建设国际一流科研机构，为我国加快建设海洋强国和提升海洋资源开发能力发挥科技支撑作用。

通过海洋大科学研究中心建设，将整合凝聚中科院海洋领域相关优势研究力量，组织开展综合交叉前沿研究，聚焦"近海'健康海洋'示范工程""印太汇聚区"多圈层相互作用和海洋生命过程认知与生物资源绿色发展三大研究方向和"'一带一路'海洋科技合作行动"，打造海洋工程装备、海洋资源利用、海洋灾害防控等领域的交叉研究集群，助推山东新旧动能转换和海洋强省建设。

《通知》确定：成立以海洋所／烟台海岸带所所长王凡为组长，由其他 12 家共建单位负责人共同组成的筹建工作组。筹建工作组全面负责中心筹建工作，负责大科学研究中心实施方案的组织实施，加强组织管理和统筹协调，凝聚一流的科学研究队伍、高水平的工程技术队伍以及专业化的运行支撑和管理服务团队，形成工作合力，确保高质量如期完成筹建工作任务，实现筹建工作目标……

好啊！大科学研究中心，听听这个名字就让人十分振奋、雀跃不已。

在新的形势下，中国科学院党组与时俱进、改革创新，遵照习近平总书记视察中科院时的指示精神"率先实现科学技术跨越发展，率先建成国家创新人才高地，率先建成国家高水平科技智库，率先建设国际一流科研机构"，制订实施"率先行动"计划：现有研究机构按四类进行分类定位。一是面向国家重大需求，组建若干科研任务与国家战略紧密结合、创新链与产业链有机衔接的创新研究院。二是面向基础科学前沿，建设一批国内领先、国际上有重要影响的卓越创新中心。三是依托国家重大科技基础设施，建设一批具有国际一流水平、面向国内外开放的大科学研究中心。四是依托具有鲜明特色的优势学科，建设一有核心竞争力的特色研究所。

其中，"大科学研究中心"是公共大型科技创新平台，主要任务是设计、建设和运行国际先进、国内领先的大科学装置，依托其开展综合交叉前沿研究；要具有方案设计、技术研发和工程组织的高水平团队，具有专业化的技术支撑和运行服务团队，具有国内外高水平、多学科综合交叉的研究团队；在成果产出方面，要提供开放共享、运行高效、用户满意的科技服务，依托大科学装置形成重大科技突破，造就一流科学家和工程师，为国家重大科技基础设施建设提供科学建议和规划方案。

此前，已经以上海应用物理研究所为依托单位，上海生命科学研究院（生化细胞所）、上海科技大学和上海微系统所等中科院上海地区拥有依托上海光源建设相关研究设施的单位参与，建设综合性的"上海大科学研究中心"。以中国科学技术大学、中科院合肥物质科学研究院等为核心，通过协同创新机制体制改革，依托大科学装置集群优势，充分整合合肥优势科教资源和区域创新资源，建设"合肥大科学研究中心"。以中国科学院国家天文台（含总部、云南天文台、南京天文光学技术研究所、新疆天文台、长春人造卫星观测站）、中国科学院紫金山天文台和中国科学院上海天文台为主，共同建设中国科学院"天文大科学研究中心"。

如今批准设在青岛的"海洋大科学研究中心",是中国科学院成立的第四个大科学研究中心了!这是在上届所领导班子孙松所长、王凡书记积极谋划争取下,在山东省委省政府、青岛市委市政府大力支持下,并且得到了中国科学院党组的高度认可,从而一举申报成功、横空出世!而此时,王凡正式接任已到任职年限的孙松,成为新任海洋研究所所长,责无旁贷地担当起了筹建组长的重任。

2018 年 1 月 27 日,正值农历腊月十一,距离国人最重视最热闹的春节不到 20 天了,街头巷尾办年货、送年礼的人来车往,洋溢着一片迎接佳节的气氛。可在青岛汇泉湾附近的中科院海洋所毫无过年的感觉,人们还是一如既往地忙碌在科研工作中。会议室里座无虚席,大家畅所欲言。中国海洋大科学研究中心筹建工作组第一次会议正在这里召开。刚刚上任的筹建组长、大科学中心主任王凡主持会议,中科院条件保障与财务局总工程师杨为进,以及中心筹建工作组成员、共建单位的领导专家 20 余人参加会议。

一派学者风度的王凡主任介绍了会议主旨和与会代表,进而信心满怀地说道:"首先报告大家一个好消息,在刚刚闭幕的青岛市和山东省人大会议上,大科学中心建设被列入 2018 年山东省和青岛市政府工作报告。西海岸的 2000 亩地就要龙腾虎跃了,我们要牢牢把握住这个契机,加快推进中心建设进度。"

"太好了!这说明号角已经吹响了!"与会人员纷纷点头称赞,表示积极开展工作,"有了省里和院里的全力支持,建设资金就有保障,我们各单位也要加快制订规划、部署落实的步伐,争取早日建成!"

会议审议通过了中心筹建期建设实施方案、2018年工作计划清单、共建单位联系人名单以及海洋科考船队2018年航次计划，并议定了各交叉研究集群学术牵头人。尽管窗外正是一片寒风凛冽、冰天雪地，室内却洋溢着热火朝天的气氛，犹如军队战前部署的作战会议，人们摩拳擦掌，跃跃欲试，恨不得立即返回驻地大干一场。

至此，一个全新的海洋科研体制机制建立了，一个海洋研究的宏伟蓝图展现出来：这个"海洋大科学研究中心"按照中科院党组"高起点、大格局、全链条、新机制"的要求，依托海洋研究所，联合烟台海岸带研究所、南海海洋研究所、深海科学与工程研究所、声学研究所、地质与地球物理研究所、大气物理研究所、微生物研究所、大连化学物理研究所、沈阳自动化研究所、青岛生物能源与过程研究所、上海药物研究所、广州地球化学研究所等13家中国科学院涉海研究机构共同建设。研究中心落户在青岛西海岸新区——古镇口军民融合示范区中国科学院青岛科教园内，总占地2000亩。

中心任务是实施重大科技基础设施集群融合运行、中国科学院大学海洋学院科教融合建设、13个涉海研究所融合发展，实现中科院先进科技创新设施、优势科技创新团队、重大科技创新成果向古镇口军民融合示范区集聚，打造以山东为总部、辐射全国乃至全球的海洋科技创新平台、人才高地和新兴产业培育基地。它将设立中科院海洋科考船队、空天海地一体化观测网络、大型仪器区域中心、海洋大数据中心四大核心支撑平台，以及海洋工程装备、近海环境监测、海洋生物医药、海水综合利用、海洋新能源新材料、海洋矿产资源和海洋灾害防控等七大研发集群，发展海洋新兴产业，培育海洋经济新旧动能转换新引擎，为加快建设海洋强国提供科技支撑……

"多少事，从来急；天地转，光阴迫。一万年太久，只争朝夕。"

这是毛泽东主席诗词《满江红》中的名言，说明人世间万事万物，千变万化，时间看似很长其实很短，要积极主动珍惜今天，争取时间干一番事业。

我们的"海洋大科学中心"就是这样进行建设的。

随着春风吹拂春潮奔涌，整个中心建设全面展开，如同加满了油充足了电的万吨巨轮，乘风破浪，昂首远航了。春节过后，各项筹建工作都在紧锣密鼓地进行：设立了大科学中心筹建办公室，制订了一期、二期基建工程规划，召开了第一届科学技术委员会成立大会和重大科技创新工程项目专家论证会，收集科研成果参加首届古镇口军民融合展……

筹建组长王凡在全面主持海洋所工作的同时，积极推动海洋大科学中心建设，立足当下谋划未来。就像他的名字一样，精力充沛地做着"王者不凡"的事业，在具体协调指挥项目落地之余，还精心撰写《以科技创新驱动加快建设海洋强国》一文，发表在中共中央国家机关工作委员会主办的《紫光阁》杂志上，向全社会介绍海洋科研发展和大科学研究中心情况。

这年 11 月 28 日上午，山东省委书记、省人大常委会主任刘家义率领省委、省人大、省政府、省政协四大班子领导同志、省直部门负责人及全省 17 地市市委书记、市长等 150 余人，风尘仆仆，来到青岛古镇口军民融合区中国科学院青岛科教园，视察调研新旧动能转换项目落地情况。

中国科学院海洋大科学研究中心筹备组组长、海洋研究所和烟台海岸带研究所所长王凡，结合海洋大科学的特点，从融合中科院涉海优势资源，建设开放共享的先进平台，承担国家重大科技任务，服务海洋强国战略和山东省新旧动能转换、军民融合等方面，汇报了海洋大科学研究中心的建设进展。

他说："海洋大科学中心之'大'，主要表现在三个方面：一是大融合，多学科交叉实现陆海统筹'三产贯通'。我们联合共建的13家院所在生物资源、环境安全、海工装备等领域各有所长，开创和引领了我国乃至全球的海水养殖、近海生态灾害防控、深海探测等研究，可构建交叉研发集群。

"二是大船队：9艘科考船探测覆盖全球99.2%海域。中科院现有船舶10艘，除了已经退役的功勋科考船'科学一号'之外，其余9艘在役船舶都是从几十吨到近五千吨不等的海洋专业调查船舶。组成共享船队之后，它们支撑海洋科学各领域研究形成了一套专业、规范、可行的船舶管理制度，实现了科考资源运行效益的最大化。

"三是大平台：'四站三网'云平台引领海洋科研。整合胶州湾站、黄河口站、牟平站、长江口站，黄海浮标观测网、东海浮标观测网、热带西太平洋潜标观测网等'四站三网'，构建了国际上最大规模的'海岸带—近海—大洋'一体化综合观测网络，实现了从海洋表层至海底的全水层实时观测、探测和研究，能够为气候异常预测、防灾减灾预报、国防安全预警、海洋经济发展等海洋环境安全保障提供服务。目前在省市大力支持下，项目进展十分顺利，一期工程到明年就会竣工，同时开始招生……"

"说得好！这才是真正的有担当、有作为。"刘家义书记听完这番介绍，带头鼓掌叫好。他充分肯定了中国科学院海洋大科学研究中心建设进展，强调说："你们要紧密围绕海洋强国建设和产业发展需求，有效整合中国科学院海洋领域优势资源，为山东省新旧动能转换和军民深度融合提供高质量科技供给。没问题，我相信你们一定会完成这些目标的……"

随后，刘家义书记一行走进施工现场，实地察看了国家海洋大科学研究中心项目规划、整体布局、施工进度、安全文明施工情况。当看到一座座承载国家蓝色海洋梦想的建筑拔地而起时，大家都喜不自胜、豪情满怀。整个青岛科教园内机声隆隆、车来人往，虽说时值初冬季节，却是一片热气腾腾的景象。

事实上，是先有了中科院青岛科教园，然后立项海洋大科学研究中心。早在 2015 年，中国科学院白春礼院长就与山东省、青岛市党政领导人达成共识，拓展双方在海洋领域的合作，建设"产学研创保"一体化的科教融合基地——中国科学院青岛科教园。

园区位于青岛西海岸新区古镇口军民融合示范区，北临中央活力区，南靠古镇口湾航母基地，西依黄海名山大珠山，东接大海，与灵山岛隔海相望。总投资 100 亿元，建设"一集群两院三中心"：即中国科学院海洋研究所等 13 家涉海研究所交叉研究集群，中国科学院大学海洋学院和先进技术学院，青岛科教园发展中心、海洋创客中心和产业研发中心。

2016 年 9 月 29 日，中国科学院青岛科教园开工奠基。时任中科院副院长、中国科学院大学校长丁仲礼，与青岛市党政领导人出席仪式并致辞，共同为科教园揭牌。计划 2018 年初步建成，招收研究生。其中硕士生约 300 人，博士生约 200 人。遵循国科大"科教融合、协同育人、创新实践、服务社会"的教育理念，凝聚中科院内海洋科学领域优势科研资源，建成独具特色、世界一流的海洋学院。

时至今日，中科院海洋大科学研究中心落地科教园，更是如虎添翼，真正达到了"科教融合"的建设思路。它将承担战略性先导科技专项、国家重点研发计划等重大科技任务，聚焦近海环境、深海大洋、海洋生命三大领域，集聚 15 名院士、100 余名"千人计划"等知名专家和团队，形成 2500 余名海洋领域高层次人才队伍，打造世界一流的海洋科技人才高地，推动科研成果落地转化，推动山东半岛形成具有国际影响力的海洋科技创新中心。

"面朝大海，春暖花开。"

2019 年 3 月，又是一个姹紫嫣红的季节，我再次走访了海洋研究所原所长，现中国科学院大学海洋学院院长、青岛科教园发展中心主任孙松。他以科学家的严谨作风、文学家的形象思维，向我描绘了青岛科教园和海洋大科学研究中心的来龙去脉，满怀豪情地展望了未来的发展前景，并热情地邀请我前去现场参观。

这天上午，蓝天白云，风和日丽，我在负责基建的于海滨处长陪同下，乘车前往位于青岛西海岸的科教园参观采访。公务车从海洋所出发，穿过胶州湾跨海隧道，沿着滨海大道一路奔驰，不一会儿，就到了古镇口军民融合区内的科教园区。只见一处临时搭建的大门上蓝底白字写着：海洋大科学研究中心。旁边两侧板墙上则是醒目的大字标语：海洋强国，科技引领；动能转换，创新发展。这个工程项目的内容和意义，一目了然。

走进大门，一个热火朝天大干快上的工地展现在面前。高高的塔吊隆隆运转，一些头戴安全帽的建设者来来往往，几排围着绿色围网的建筑物正在拔地而起。中标参加建设的是两家"中字头"的国有大型企业——中建八局和中铁建设公司，实力雄厚，工艺精湛。整个园区分为科研区、教学区和公共区，一期占地 860 亩，建设内容包括深海研究中心楼、物理海洋楼及海洋地质楼、海洋综合技术楼、国际科研交流中心、教学楼、专家公寓等，将在 2019 年年底竣工。二期位于三沙路以西，占地约 737 亩，即将开始建设。

项目经理带领我们走进临时展厅，观看沙盘模型：嗬！一个宏伟壮观、特色鲜明的建筑群体赫然出现。西靠青松翠柏并盛开着杜鹃花的大珠山，东向碧波万顷的大海，除了前面介绍的科研楼、教学楼之外，中间部分是由社区管理的文化设施——造型别致的海洋科学博物馆、海洋图书馆（海洋科技信息中心）、科学讲堂、文化馆，以及伸入大海的工作栈桥等，令人眼睛一亮，神清目爽。

相信再过两年，一个海洋科研和教学的大本营就会迅疾崛起，昂然站立在世人面前。这将为中华民族经略海洋、建设海洋强国提供强有力的科技支撑……

第十三章　碧波上的凯旋

（作家远航日记之七）

Chapter Thirteen

2018年8月4日　星期六　晴
中国台湾西南某海域

今天是本航次科考的最后一天，十分忙碌。

一是所有拟定的科考作业项目，必须抢时间全部完成。二是与央视合作的科普节目《加油！向未来》，拍摄试验环节的镜头。

实际这是一项捎带任务，为全国青少年做科普节目。前面拍摄均较顺利，只剩这最后"一哆嗦"了。唯一的随船记者小鲍从昨天就干起来，早早把带上船的试验器具搬到五楼甲板上，将一大一小两个圆形玻璃缸内充上水，还在一张大桌上摆上烧杯、试管和煤气炉。目的就是通过科学家现场讲解，把从海底取上来的可燃冰还原成天然气，点火燃烧，让小学生们亲眼看到这个变化过程。

由于从昨天到今天上午，作业项目还不少，就一直拖到今天下午四点来钟进行试验和拍摄。这是最后一个重头戏，我不能错过，所以早早来到后甲板上等待观看。只见张首席等队员们还没来，"鲍鱼"记者正在调试无人机拍摄远景。呵呵，他本名叫鲍仁坤，从小生活在北京，后来考上北京航空航天大学计算机专业，毕业时由于喜欢玩无人机和摄影，常到电视台帮忙，就留了下来，当了一名摄像记者。不知是忙得顾不上呢，还是特意为了耍"酷"，他留了一圈黑乎乎的络腮胡子，感觉年龄大了不少，实际是个"90后"。

不管怎么说，这个小鲍还是敬业的，一个人在船上既要摄像，又要当编导，还要管理各种道具物品。当然，科考队员们也在配合着他，布置道具时他一招呼，都是大家一齐上手。一切停当后，那边准备回收 ROV，这边拍摄试验开始了。

首席、队长和一个队员三人穿上连体工作服，站在试验桌后边。张鑫是主要试验者和讲解者，还是那一身白色的科考服，而王敏晓二人则穿着标有"加油！向未来"字样的浅灰色服装。

几位队员包括我都乐呵呵地坐在摄像机后边，观看他们拍摄。有人说：哈，现场看直播，我这还是第一次坐在第一排呢！鲍编导调试好了摄像机，说：咱们走一遍，成了就拍摄。好。张鑫答应着，按要求戴上白手套、护眼镜，拿起一只玻璃瓶，说：看，这就是我们从海底采上来的可燃冰，一会儿我把它加到下边这个大玻璃瓶里，而后从这边加水，给它压力，它就会升上来沿着这条皮管进入煤气炉，可以用打火机点燃……

"鲍鱼"说：好了，就这样说，咱们开拍。

不知是紧张，还是我们看着乐让张鑫有点放不开，刚才还好好的，一正式开拍说着说着就出了错。只得一遍一遍重来，好在"鲍鱼"说不用全部从头说，在错的地方接着往下说就行，我们回去还要剪接。

好不容易说好了，到点燃气灶时又出了毛病，怎么点也不着。经检查，原来是大瓶里的水少了，压力小，气体升不上去。于是马上联系船上水手上来，接上消防水龙头加水。忙活了半天，水够了，还是不行。这时吃饭时间到了，首席只好说告诉厨房，留几个人的饭，我们拍完了再去。数数人，连我们看热闹的一共 11 个人，那就留 11 个人的饭吧。

又忙活了一会儿，还是不太顺利。我们几个不愿看了，肚子咕咕叫，就都笑着去餐厅了。看来拍电视还真不容易，这得折腾多久啊！就在我们打好饭菜开吃时，首席他们也下来了。原来道具又出毛病了，干脆将其他镜头拍完，点火镜头回到码头再补拍吧。

就这样，一场精彩的试验打了折扣。小鲍来了，我问他怎样，他还挺有信心，说大部分都拍好了，只是道具出了点状况，回去再补拍也一样。嗬，但愿如此。

原定下午 5 点返航。因尚未全部完成任务迟迟未能动身，在拖了两个小时之后，7 点左右才把海底的"发现"号 ROV 回收到甲板，一边固定，一边由船长下令开船。"科学"号稳定性能一流，加之风平浪静，海况良好，不知不觉中开始走航了……

2018 年 8 月 5 日　星期日　晴
台湾海峡

最后一次例会在四楼会议室举行。

全体科考队员参加，本航次首席科学家张鑫照例坐在主持位置上，各小组负责人围着长条桌依次而坐。我带着笔记本前来旁听，来得有点晚了，会议即将开始，连忙找了个空位子坐下。

张鑫看了全场一眼：都到了吧，咱们开会。

正在看手机的、聊天的纷纷抬起头来，坐正身子。只听张首席说道：这个航次圆满结束，我这个首席即将下岗了。一个月来全队人员团结一致互相配合，圆满完成了各项任务。在这里我首先要谢谢大家！

他笑着拱了拱手，话锋一转接着强调：不过回家之前还有三件事要交代。一是回去当天，每个人要上交航次报告，按照过去的模板写就行，不交上来不能下船。二是各自整理舱室卫生，把床罩枕套都拆下来，叠好被子，下船时保持干净。三是回去之后正赶上所里放高温假，好好休息一下，上班后开一个研讨会。总之，这回我们把有关化学生物地质，以及热液冷泉等极端环境都做了，航次相当饱满，画上了一个圆满的句号。谁还有事情抓紧说一说。

科考队长、海洋生物学家王敏晓接上话头：各人打扫好自己的房间，下一航次人员很快就上来了。这回采集到生物样品，还有水样、泥样都不少，统一汇总分发。我们已联系了搬家公司4辆卡车，船到码头后就把有关设备、样品运到所里去，到时候大家都帮帮忙。

好咦，你不说也都会干的。大家纷纷应和着。

工程技术部主任姜金光说：我也说两句，首先感谢首席、队长，还有全体队员们理解、配合工程部的工作，有哪些不妥当的地方请提出来，我们今后改进。另外，7号、8号我们都上班，可以帮助设备卸载。

工程部做得很好，我们很满意。人们频频点头。

停了一会儿，见没有再发表意见了，张鑫说：如果没事了，就到这儿吧。深海中心的人留一下，这个航次是深海中心组织的，我们好好总结总结。散会。

随着一阵椅子响，大家纷纷站起来，走出会议室。

技术负责人连超是最忙最累的人之一，就像一台大戏的舞台监督似的，整个航次每个科考项目的具体实施，几乎均由他负责落实：操作取样器、传感器，保证人员设备安全等，如果遇到复杂问题，他时常一连二三十个小时不合眼。这时他一边收拾笔记本，一边补充上一句：还剩最后两天，走航期间后甲板上没灯，尽量不要去，要注意安全啊！

如同一支训练有素、攻守兼备的部队：进攻，如猛虎下山；撤退，也有条不紊……

2018 年 8 月 7 日　星期二　晴
黄海胶州湾

经过三天两夜的航渡，我们的"科学"号科考船于今天上午驶进了黄海胶州湾。啊！离家越来越近了，科考队员们纷纷涌上前甲板，向着中科院海洋研究所驻地——青岛汇泉湾方向眺望。

好似老天爷也知道"游子"的心情，与出航时大不一样，变得特别的晴朗安详。如同那首脍炙人口的蒙古民歌一样：蓝蓝的天上白云飘，白云下面马儿跑；挥动鞭儿响四方，百鸟齐飞翔……只不过歌词需要改一下：蓝蓝的天上白云飘，白云下面跑的不是马儿，而是一艘现代化的科学考察船。挥动的不是鞭儿，而是拉响的汽笛，飞翔的则是百鸟的一种——海鸥……

由于正是盛夏季节，晴空万里，骄阳似火，有队员的跑到呈 45 度角伸展的前桅杆下面防晒，有的根本不顾高悬头顶的炎炎烈日，就站在毫无遮挡的甲板上，兴高采烈地向着前方指指点点。"科学"号也意识到即将回家了，像一匹撒欢的马驹子似的，加快了速度兴冲冲地奔向前去。尖尖的船艏如同硕大的犁铧，"哗哗"地犁开了碧波，两簇浪花恰似翻开的土块地垄，迅疾地沿着船身分开流向船尾，留下了一道道白色的航迹。

不一会儿，有人抬手大喊道：快看，我们的青岛！

是的，大家顺着他指的方向望去，果然前方出现了楼群、街道的影子。随着距离渐渐拉近，城市的轮廓和车来人往的影像愈加清楚了。一时间，队员们都不说话了，只是久久地凝望着渐渐临近的家乡。没有远航经历的人是体会不到此时心情的：整整一个月在大海上漂泊，四周全是波涛汹涌的海水，汪洋一片，一旦看见陆地了，可以回家了，那种欣喜和如释重负是无法用语言表达的。

"科学"号越驶越近，沿海一线的风景建筑物一览无余。那是八大关、汇泉湾、海洋所办公地，还有栈桥、团岛等等。轮船沿着胶州湾口开进去，向着位于西部的薛家岛码头驶去。我站在甲板护栏边，心情就像滚滚的海浪一样，久久不能平静：似乎感觉出航情景就在眼前，实际却已是凯旋返航了。时间就像流水一样匆匆过去，可人是不能踏进同一条河流的，其间经历了许多丰富而有意义的过程，一如前面我所记录的场景一样。

张鑫博士走过来，见我在出神，笑着问道：作家在想什么呢？是不是想家了。

哦，我在想似乎是眨眼间，这次科考就结束了。你作为首席科学家肯定参加多次了，感觉这次有什么不同吗？我抓住在船上最后的机会再采访他一次。

是的，我每年至少有一个航次出海。这个航次时间虽不太长，但都达到了目的。2014年孙松所长争取来的中科院战略性先导科技专项，为期就是5年，主要分为王凡所长主管的物理海洋研究，杨红生副所长主管的海洋牧场与生物研究，李超伦副所长主持的深海中心——极端环境下的生命系统研究，还有沈阳自动化所的李硕教授主导的深海装备研究测试。我属于最后这个项目组。实际上，这个专项中科院十几个所都有参与，今年进入了收尾阶段，更多的是查缺补漏，为撰写报告论文补充数据。

那这次成果如何，有什么重大发现吗？

成果不少，回去我们要上交详细的航次报告，到时候你可以看一看。这里，我先给你透露一点：其中最重要的一项是在海底热液区发现存在气态的水。当时ROV下去后，在寻找热液口时，我随着摄像头看到了那片水汽是全反射的，如同绿色的镜面，就像科幻电影《阿凡达》似的，景色太壮观太神奇了。我想为什么有镜面效果呢，这么平？把探针伸到里边一测，有270℃的高温，且没有波纹，证明那不是水，不是热液，而就是水蒸气。海底存在气态水，形成了倒置的镜面湖，过去从没听说过，外国文献上也还没发现相关记载！

太好了！我不仅赞叹道：这可是重大成果，赶快宣传一下吧！

张鑫却赶紧摆摆手：不行不行。也许外国早就有报道，只是咱不知道，别闹成乌龙事件。我已经把数据发给我的美国老师布鲁尔教授了，他同样很惊喜。他从事50多年海洋研究，还没有见过。目前都在查阅资料，确定一下有没有先例。今年是物理学会成立100周年，12月将在美国华盛顿召开物理学会年会，布鲁尔教授建议我去做有关报告。回去后我将抓紧准备，争取参加这个年会，目前还需保密啊！

那好，咱们约定，如果证明了这是一个新发现，你要早告知我一下，我要把它写到书里去。

好的……

呜——船长孙其军拉响了汽笛，通知大家马上就要靠码头了。

此时，我们看见岸边已经簇拥着许多前来迎接的人们。有海洋研究所的领导、科室主任和同事们，有准备转运样品卸载设备的搬运工人，还有一些带着孩子迎接亲人的家属。其中，竟有抱着襁褓里的婴儿前来的，那是年轻的父亲没有顾上为刚刚诞生的孩子过满月，就匆匆出航了，妻子专门抱着孩子来让他早一点看看、抱抱。从这个细节上就可看出，海洋科研人员是在怎样地默默奉献啊！

你们好，欢迎科考队胜利返航了！

好啊，我们回来了，到家了！

船上船下的人们笑着、喊着，欢呼着。

瞬间，整个码头上成了一片欢乐的海洋……

第十四章　站在太平洋西岸上

Chapter Fourteen

一路阳光，一路奔驰……

宽敞舒适的旅游客车从中国科学院海洋研究所驶出，经过汇泉广场、鲁迅公园、海军博物馆、栈桥，沿着前海一线风景区行驶，继而穿过近 8 公里长的跨海隧道，来到了青岛西海岸新区。

这一天是 2018 年 12 月 29 日，时值岁末，辞旧迎新，再过两天就是 2019 年元旦了，尽管正是天寒地冻寒气逼人的季节，车内却洋溢着一片暖暖的春意。原来，今天举行青岛西海岸新区有孔虫雕塑园开园启动仪式，各位嘉宾们前去出席祝贺、观赏！

位于西海岸新区城市阳台景区的有孔虫雕塑园，是由新区政府与中科院院士、我国杰出的海洋生物学家郑守仪女士共同兴建的，目前安装大型有孔虫雕塑 201 座，为世界最大的海洋微生物有孔虫雕塑科普园。有孔虫（学名：*foraminifera*），是一类古老的原生动物，种类繁多，分布广泛。它是浮游生物中重要的组成部分，也是大多数海洋生物的食物来源，其壳体可反映出非常有用的环境信息，被誉为"大海里的小巨人"。

前面介绍过，中科院海洋所研究员郑守仪院士就是研究此类生物并卓有成效的专家，荣获有孔虫研究领域的国际最高奖——美国"库什曼有孔虫研究杰出人才奖"，这标志着我国的有孔虫研究跻身世界先进行列。后来，郑院士又把微小的有孔虫放大制作成千姿百态的模型，并请石雕厂以此做成花岗岩雕塑，作为科学与艺术的完美结合，在她的故乡广东中山市三乡镇建设了第一座有孔虫雕塑园。

早在 2012 年夏天，我刚来青岛工作不久，曾慕名采访写作她和她的有孔虫研究的作品，并且与海洋所综合处刘洋处长等人，陪同郑守仪夫妇去广东有孔虫雕塑园参观考察。当时我是青岛市第十二届政协委员，回来后积极写提案：建议在她工作生活的地方，也是海洋科研的重镇——青岛市建设一所有孔虫雕塑园。这得到了青岛市市政府的重视和批复，西海岸新区更是积极推进，选择面向大海的景区，由黄海发展集团历时两年建设，终于竣工开园了。今天，我作为提案人应邀前来出席，心情十分喜悦而振奋。

在西海岸新区的福朋喜来登大酒店会议厅内，张灯结彩，座无虚席，数百人包括新区有关领导、美国科学家比拉尔·哈克先生、曾在中科院海洋所党委任职的李乃胜书记、原海洋研究所相建海所长、著名的雕塑家徐立忠教授，以及郑守仪院士的菲律宾亲友团到场祝贺。10 时整，仪式正式开始，各方面代表一一致辞，衷心祝愿世界最大的海洋有孔虫雕塑园落成开园。其中，美国科学基金会地学部主任哈克先生的讲话情真意切，代表了大家的心声：

今天，很高兴，也很荣幸，能在这里，参加美丽的青岛有孔虫雕塑园开园仪式，并为我的老朋友郑守仪院士讲几句话。

1981 年，我第一次来到青岛，与郑守仪相识，自此成为挚友。有一次，我来到她的实验室，看到精雕细琢的有孔虫模型，被它们的美所震撼，也看到了将模型放大成雕塑的潜力。这些有孔虫雕塑也让我联想到，我在欧洲博物馆看到的，一些由著名艺术家亨利·摩尔制作的雕塑作品，美轮美奂。

而郑守仪也开启了这项艰难而伟大的工程——创作一个有孔虫雕塑公园！2009 年，首座有孔虫公园在中山市拉开帷幕，很荣幸，我在现场亲眼见证了这一刻。

今天，中国青岛，新一座美丽的公园诞生了！这得益于青岛市领导的高瞻远瞩——这不仅是科学和教育的进步，更是这座城市的明珠！每一位市民都能够让生活充满美和艺术的欢乐。无论青年还是老年，郑守仪的创造都为我们播下了科学和艺术的种子！

在她的研究领域里，郑守仪享誉世界。在艺术和雕塑领域，她也让历史铭记。我想，她，才是中国真正的国宝，她最能配得上这一荣誉！……

接着，郑守仪院士、哈克先生、西海岸海洋高新区工委赵均荣书记，还有我和其他两位嘉宾应邀走上台。在主持人和大家的欢呼声里"一二三，开始"，一齐把手掌按在启动球上，红灯闪烁，圆球转动，掌声如潮，青岛西海岸有孔虫雕塑园开园了！

而后，全体来宾乘坐旅游大巴来到海边景区，现场观赏有孔虫雕塑园。201 件形态各异、栩栩如生的有孔虫雕塑，分布在城市阳台景区骑行道两旁的绿化带上，展示了一个海洋微生物大观：有的如扇贝、如螺丝，有的如纺锤、如链坠，有的似孔雀开屏，有的像圆球欲飞，是集科学、艺术、海洋文化于一体的公益型景观。它们所依据的有孔虫标本集中了从三叠纪到第四纪的代表性种类，其中最深的有孔虫标本来自海底 3000 米……

这些属种的放大模型，均由海洋所郑守仪院士亲手一刀一刀地雕琢而成，千姿百态、惟妙惟肖，无声而又鲜明地屹立在青岛西海岸

"城市阳台"风景区。旅游车停下之后，人们兴致勃勃地走下来，走进雕塑园，参观欣赏着一座座洁白的花岗石有孔虫雕塑，人手一部拍照手机，纷纷摄影留念。我也毫不例外。

人群中，我见一位两鬓斑白的长者十分面熟，走近一看，原来是曾经采访过的海洋所原所长相建海先生。虽说名字里有个"海"，可他出生在蜀道难的四川阆中，小时候并没见过海，1964 年考上了南开大学生物系，"文革"期间毕业，被分配到贵州盘县 671 厂当技术员。蹉跎岁月不蹉跎，改革开放新时期到来后，他一举考上了母校研究生，后又被公派到德国留学。

1982 年，相建海学成回国，因妻子是青岛人，便联系调到了海洋研究所，受到了曾呈奎、刘瑞玉、郑守仪等生物界前辈的欢迎，在甲壳类课题组工作，跟随刘瑞玉先生承担国家研究项目。此后他陆续出任研究室主任、副所长、所长，当选到致公党中央常委、青岛市主委和全国人大代表。他一直没有离开海洋所，做出了自己应有的贡献，退休后同样不闲着，继续做海洋生物的研究和科普工作。

这不，他一接到邀请信，便不顾天气严寒，毫不犹豫地前来参加开园仪式。"这也是向郑院士的劳动和心血，表示海洋科研人的致敬！"我们边观赏边聊天，相谈甚欢。在谈到正在西海岸新区建设的大科学中心时，相建海先生一扬手，指着西边远处的山峦说："在那边不远的地方，一座海洋科学城就要拔地而起了！那就是正在建设中的中科院海洋大科学研究中心，也是我们国家海洋科研的重要平台！"

"是啊！那可太好了！"

真是鼓舞人心！在不远的将来，中国科学院海洋大科学研究中心横空出世，青岛西海岸将为海洋科学、海洋战略插上腾飞的翅膀。今天开园的海洋生物雕塑园，犹如一枝率先绽放的红梅，预示着会迎来一个万紫千红的春天。

我举目四望，不远处就是一片阳光下泛着金色的沙滩，情不自禁地走过去。正是涨潮时分，蔚蓝色的黄海浪涛一波一波地从远处向岸边涌来，翻腾起一层一层白色的浪花。这里是青岛的西海岸新区，拥有绵长的海岸线，优良的港湾码头，广阔的内陆腹地，发展前景无可限量……

青岛西海岸新区位于胶州湾西侧，依托良好的地理位置优势和正确的发展理念，正逐步成为青岛新的经济发展重心，是国家海洋经济发展战略确定建设的新区。

它在京津冀和长三角两大都市圈之间的核心地带，是黄河流域主要出海通道和欧亚大陆桥东部重要端点，与日韩两国隔海相望，具有贯通东西、连接南北、面向太平洋的区位战略优势。未来几年，国家将重点在西海岸打造一个新青岛，使其成为新的区域经济发展增长极，进一步支撑青岛发展成为国际湾区都市。

这是着眼未来发展作出的重大决策，是发挥青岛本土优势、探索科技兴海模式、高效利用海洋资源、引领全国海洋经济科学发展的积极探索。2014 年 6 月国务院批复同意设立青岛西海岸新区，规划范围为黄岛区（2012 年 12 月 1 日调整后的）全域，陆域面积 2096平方公里，海域面积约 5000 平方公里，成为继上海浦东新区、天津滨海新区、浙江舟山群岛新区等新区之后，我国第九个国家级新区。

其中，经济技术开发区发挥国家级开发区的开发带动作用，继续保持改革创新的锐气和激情，勇当深化改革的排头兵、创新开放的领头雁、新区建设的主力军。

前湾保税港区最大限度地发挥保税港区辐射带动作用，积极创新开放模式，凤凰涅槃、腾笼换鸟，稳步推进功能拓展区建设。

董家口循环经济区按照国际标准规划，科学制定董家口经济区安全、环境规划，重新审视董家口港区、产业区、港城等各组团定位，以期完成打造国家级循环经济示范区、建设第四代物流交易港及现代化蓝色新港城的目标。

中德生态园进一步突出海洋战略，围绕深海资源开发和利用，突出中德合作的国际化特色，重点发展生态型、创新型和高科技企业，努力打造与国际惯例接轨的开放园区，不断增强园区内在的创新驱动力和核心竞争力。

古镇口海洋科技创新区按照"拥有海洋资源、军民融合发展的独特条件""实施海洋战略、发展海洋经济"，以创新发展为动力、军民共建为主要途径，求真务实、激情创业，努力构建军民融合深度发展新格局，建设全国一流军民融合创新示范区。

西海岸国际旅游度假区以"一湾、两滩、一山、两岛"为重点，以旅游项目为支撑，以市场为导向，整合优质旅游资源，培育滨海休闲度假、海洋主题公园、游艇旅游、水上运动等旅游业态，创建具有国际一流标准的国家级旅游度假区。

中央文化区发挥好先锋官的带头作用，规划建设好重大基础设施。同时以青岛国际文化旅游城项目为核心，形成"南有影视文化、北有休闲养生"的格局，使其成为青岛新的"文化地标"。

好啊，目标明确，前景喜人，这就像帕瓦罗蒂高歌的《我的太阳》一样："啊，多么辉煌灿烂的阳光！还有个太阳比这更美，啊，我的太阳，那就是你！啊，太阳，我的太阳……"

青岛西海岸新区就是这样一片欣欣向荣的热土，风和日丽，碧海蓝天，充满了春天的希望、夏天的热情和秋天的收获，即使是在眼下的冬天，依然如地下的岩浆在涌动，积蓄着惊天动地的新动能。

站在辽阔的西海岸上，望着波涛滚滚的黄海，海风吹拂着我的发丝和衣襟，丝毫不觉得寒冷，一种豪情始终在胸中激荡。我蓦然想到：越过眼前这片海，就是世界上最大、最深、边缘海和岛屿最多的大洋——太平洋，而我们中华人民共和国正处于太平洋的西岸。

星移斗转，沧海桑田，如今的太平洋西岸再也不是那个“有海无防”“有海无利”的贫弱国家了。中国人民经过新中国 70 年，特别是改革开放 40 年来的艰苦奋斗，各条战线各个领域取得了天翻地覆的高速发展。这当然包括海洋科学事业的飞跃——从最初仅靠租用渔船、改装旧船在近海转悠的“望洋兴叹”，到驾乘以世界一流的“科学”号综合科考船为代表的科学考察船队，走向深蓝、走向神秘海底，我们完全可以豪迈地宣告：深海大洋，中华儿女已经深入到你的身心里！

现在，中国海洋科学在世界上已占有“四个第一”：

人才培养第一。一二十年前，我们只有一个位于青岛的中国海洋大学，现在全国各地发展到近 10 所海洋大学。还有 30 多个二级海洋学院，100 多个涉海科研机构。海洋科研人员及学生达数十万，仅青岛一地就有数万人。

海洋科技投入第一。按说中国科技资金总量不如美国，但海洋科技经费大大增加，保证了各种涉海科研项目、课题立项研究。以中科院战略性先导科技专项（A 类）“热带西太平洋海洋系统物质能量交换及其影响”为例，5 年时间共投入 11 亿元。

海洋科学考察船数量、质量第一。从中华人民共和国成立之初只有一艘改装的老船“金星”号，到现在如同“下饺子”一样，各种型号和用途的科考船遍布中国海。而且多艘是像“科学”号这样国际一流的船型。

深潜设备第一。近 10 年来，我们的深潜器发展突飞猛进：载人的、无人的，有缆的、无缆的，"蛟龙"号、"海龙"号、"潜龙"号、"深海勇士"号、"彩虹鱼"号等，应有尽有，而且"蛟龙"号还创造了同类型潜水器的潜深世界纪录。

这意味着，在党中央和人民政府的高度重视下，中国海洋科学已经有了长足发展，成为全球一支不可忽视的力量。在此基础上，我国制定了《中长期海洋科技发展纲要》《海洋技术政策（蓝皮书）》和一些专项海洋科技发展规划。随着时光流转，我们的海洋科技水平和成果，与欧美发达国家的差距正在不断缩小，相信在不久的将来，也会昂首进入世界第一方阵。

未来世界的流行色是什么呢？在此我们大胆预测，其主色调应该是蓝色、是深蓝色：蓝色的国土、蓝色的科技、蓝色的经济、蓝色的国防……在地球面临越来越严峻的危机和挑战的今天，人类的明天和希望在海洋。经过改革开放 40 年，我们沿海地区国民生产总值已占全国的 60% 以上，中国的经济社会发展将越来越多地依赖于海洋，"以海为途""向海而兴"已成为时代的强音。

21 世纪是海洋的世纪，谁拥有海洋谁就拥有世界和未来。这句话绝不能只说在嘴上、印在纸上，而应脚踏实地落在实处。发展经济，科技先行，实施海洋战略，建设海洋强国，需要强大的海洋科学支撑。我作为一名致力于研究发展海洋文化的作家，并且亲自跟随"科学"号科考船前往太平洋体验、采访，深有体会，感触良多……

太平洋西岸正在迅速和平崛起，过去那个受欺凌受奴役的"中国海"一去不复返了，任何企图扼制、阻碍的力量都将是徒劳的！"小小寰球，有几个苍蝇碰壁。嗡嗡叫，几声凄厉，几声抽泣。蚂蚁缘槐夸大国，蚍蜉撼树谈何易……"新中国一代伟人、开国领袖毛泽东的预言，放射着永恒的光芒。

因为，具有五千年优良传统和血脉基因的中华儿女是这片大地的主人！经过 70 年建设、改革和发展的高歌猛进，中华人民共和国辽阔而美丽的土地上东风浩荡，春潮澎湃。今天更是在习近平新时代中国特色社会主义思想指引下，焕发出火热的巨大的勃勃生机，正以雄壮的气势前进在中华民族伟大复兴的征程上。

中共中央总书记、国家主席、中央军委主席习近平曾经庄严宣告："实现中国梦，给世界带来的是机遇不是威胁，是和平不是动荡，是进步不是倒退。拿破仑说过，中国是一头沉睡的狮子，当这头睡狮醒来时，世界都会为之发抖。中国这头狮子已经醒了，但这是一只和平的、可亲的、文明的狮子。"

"哗——哗——"，冥想间，海风加强了，海浪也更大了，一波高过一波地涌向岸边。那气势，让人情不自禁吟诵起宋代文豪苏东坡的诗句："乱石穿空，惊涛拍岸，卷起千堆雪。江山如画，一时多少豪杰……"

我转过身来，看到一尊放大了的"大海里的小巨人"雕塑：圆形的、凹凸不平，像一个硕大的地球仪。哦，这象征着地球是浩瀚宇宙里的岛屿，而人是从大海里走来的高级生命。也就是说，海洋科学是关乎地球和人类文明发展的重要科学，需要一代代优秀儿女矢志不移、继往开来地去研究、去求索。

耕海探洋，我们永恒的使命……

　　岁末年初，辞旧迎新之际，我这部从动议、筹划、采访、写作到修订，历时近两年的长篇报告文学《耕海探洋》，打下了最后一个句号……

　　早在 2016 年春天，我与中国科学院海洋研究所郑守仪院士、综合处刘洋处长前往广东中山市三乡镇参观有孔虫雕塑园时，反映我国研制载人潜水器事迹的报告文学《第四极——中国"蛟龙"号挑战深海》即将出版。敬业而又敏捷的刘洋处长听说了，当即发出邀请：我们海洋所的"科学"号考察船同样是海洋重器，欢迎许老师也来体验写一写。好啊！这些年我潜心研究和写作海洋文学，对海洋事业情有独钟，有机会一定去！对我们来讲，这绝不是一句客套话。

　　此后在繁忙的学习、写作和文化活动之余，我便开始深入了解积累海洋科学研究的知识和素材了，同时寻找合适的时机。17 世纪法国著名思想家、数学家笛卡尔说过：机遇总是垂青那些有准备的人。千真万确。2017 年 5 月，我接到了中国作家协会创研部的电话，主要内容是说中国作家协会与中国科学院联合实施"创新报国"文化工程项目，选择国内部分知名作家撰写反映新中国科学事业发展历程的报告文学，邀请我对接中科院海洋研究所，采访写作海洋科研方面的作品。正中下怀。尽管我事务繁忙文债不少，但毫不犹豫地承接下来，并保证全身心投入高质量完成！

自此，我更有意识地利用网络浏览、有关会议、参观采风等机会，做好案头准备工作。直到2018年春天，有关部门办好了手续，我随即正式进入了采访、体验和写作阶段。其中，最重要的是跟随"科学"号考察船出海深入生活。这是我在写作《第四极》一书时的深刻体会：写好一部纪实文学，要尽可能亲临现场。试想写海洋，不出海能行吗？负责安排我采访的刘洋处长和王敏女士，十分理解，抓紧联系。本来预定5月份前往西太平洋，不料由于种种原因未通过。只好再次准备材料，延至7月上旬才成行。这样，我以一名科考队员的名义再次乘船远航了。

其中种种迎风踏浪的经历，我在书中均以日记形式再现了，此处不再赘述。然而，就在我漂泊于深海大洋之时，第七届鲁迅文学奖评选启动并揭晓了，长篇报告文学《第四极——中国"蛟龙"号挑战深海》荣获这项国家级大奖！一时间，荣誉与鲜花海潮般涌来，各地各界朋友们纷纷祝贺祝福！但我清醒地认识到：这首先归功于研制"蛟龙"号的海洋工作者们！同时，我要真诚感谢多年来支持关心我的中国作协，以及山东省、青岛市宣传文化界领导和同志们，感谢广大读者和所有评委们的热心、公正、厚爱与支持！

不可否认，获奖是令人高兴而激动的，社会评价和文学地位水涨船高，不过我很快冷静下来：对一名有责任心的作家来说，奖牌不是目的，而是加油站和充电器。于是，我一头扎进海洋所工作室，夜以继日地潜心构思、采访写作，决心写出一部更好的海洋文学佳作回报大家。尤其是了解收集到那么多海洋科学家含辛茹苦、奋发有为的动人事迹之后，这种信念愈加强烈了！从春天到冬天，孜孜不倦，笔耕不辍，终于完成了这部长达 30 多万字的作品。并且经过部分专家和读者的审读，连获好评，认为某些方面有所超越，描绘出鲜为人知的生动感人的海洋科学家群像。

海洋科学博大精深，学科繁多，有些还十分深奥神秘，如局限在专业术语里将事倍功半，既讲不透彻又难以让读者接受。我采取的办法是自己先要弄明白，不说外行话，同时用局外人都理解的语言深入浅出地写出来。重点不在他们研究的学科上，而在于讲述科学家的传奇历程和奋斗精神。有些地方直接引用他们的回忆、报告和日记来佐证，更显得真实、客观，令人信服。为此我参考了大量文献图书等材料，其中从徐鸿儒、李乃胜、王荣、王诗成、杨红生、曾志刚等人的研究内容中受益匪浅。此外，作品在征求意见时，得到了中国报告文学学会常务副会长、著名评论家李炳银，鲁迅文学奖获得者、著名作家黄传会，《中国作家》原主编王山，山东省作家协会原副主席、著名作家李延国，以及中科院海洋研究所原所长孙松，中国工程院院士、国家海洋腐蚀防护工程技术研究中心主任侯保荣，科考船运大队原大队长于建军等人的精心审读，获得了宝贵意见和建议，李炳银先生还撰写了热情洋溢的序言，在此一并特向他们表示真诚的感谢！

尽管我希望把为祖国做出贡献的海洋科研项目和科学家，都展示一下，但 70 年的风雨历程漫长而丰富，不可能面面俱到一一介绍出来，加之作者阅历有限，笔力不逮，难免挂一漏万。特别是有些科技精英，如费修绠、张德瑞、张伟全、张国范、李铁刚、王斌贵、王广策等人，都为海洋科研殚精竭虑，由于篇幅关系未能详写，特此说明敬请见谅。同时，有些同志帮助作者整理材料、联系采访做了大量工作，除了前面说过的综合处刘洋处长和王敏女士，还有党群工作处、科研处、国际合作办、海洋生物标本馆、文献信息中心、船运管理中心、大数据中心、专家公寓等部门的领导和朋友，在此一并表示感谢！

屈指算来，这是我的第三部有关海洋的长篇报告文学：2014—2016 年的《第四极》、2016—2018 年的《郭川的海洋》，2018—2019 年的《耕海探洋》，简言之是写了三条船：载人深潜的"蛟龙"号、郭川驾驶的"青岛"号和世界一流科考船"科学"号，通过它们展示出时代的宏伟画卷，堪称"纪实文学海洋三部曲"。当然我还要再接再厉写下去，写一个"海洋系列"。这也是我辞去《山东文学》社长职务，来到青岛专心从事海洋文化研究与写作的成果，是向寄予厚望的山东省、青岛市有关领导和朋友们交上的一份合格答卷。

我们是一个海洋大国，近年来在以习近平同志为核心的党中央坚强领导下，海洋事业突飞猛进，海洋战略成效显著，正在向海洋强国大步迈进，但海洋文学还略显薄弱，我愿竭尽绵薄致力于海洋文学的繁荣与发展，当一个名副其实、有所作为的海洋作家！

最后，再次感谢中国作协、中科院邀请我参加这项文化工程，这是一次科学家和作家的完美结合，改革开放我们再起航、"创新报国"永远在路上。以此向我们亲爱的祖国——中华人民共和国七十华诞献礼！

2019 年仲春于黄海之滨

1978年前后，在方毅同志的支持下，《哥德巴赫猜想》《小木屋》《胡杨泪》等一批反映科学家和科技创新的报告文学作品相继问世，引起了强烈的社会反响。这些被人们认为反映了"科学的春天"到来的激越文字，已经或依然在影响着很多人的人生选择。

2013年5月，中国科学院启动了新一轮机关管理体制改革，成立了科学传播局。在传播局的战略规划中，明确提出创作一批反映科技创新、歌颂科技工作者的高质量文化产品，争取可以传世。在中国作家协会副主席白庚胜同志、中国科学院文联主席（现任名誉主席）郭曰方同志、中国科学院科学传播局局长周德进同志的倡议下，这一想法明确为创作出版一套反映新中国科技成就的报告文学作品。由此，中国科学院、中国作家协会、中国科学技术协会三方达成联合创作一套大型报告文学作品的高度合作共识。2015年1月，中国科学院、中国作家协会、中国科学技术协会主要领导联合会签工作方案，正式将其定名为"'创新报国70年'大型报告文学丛书"。

知易行难。经选题遴选、作家推荐、研究所对接，到2015年11月13日，"创新报国70年"大型报告文学丛书项目举行第一批选题签约仪式，6项选题正式开始创作。其后，项目进入稳步有序的推进阶段，先后组织了4批选题的编创工作。

这是一个跨部门、大联合、大协作的项目，从工作设想到一字一句落墨定稿，数百人为之操劳奔走，为之辛苦不眠，为之拈断髭须。在选题、作家遴选阶段，中国科学院12个分院近60家院属单位提交了选题方向建议，多家研究所主动联系项目办公室，希望承担选题创作支撑任务；白春礼、侯建国、钱小芊、白庚胜、谭铁牛、王春法、袁亚湘、杨国桢、万立骏、陈润生、周忠和、林惠民、顾逸东、王扬宗、彭学明等20余位院士、专家直接参与统筹指导、选题遴选工作，为从根源上保障丛书水准出谋划策；中国作家协会、中国科学技术协会给予项目高度支持，细心考虑多方因素，源源不断地推荐最合适的优秀作家，提供强有力的支撑。

在调研创作阶段，30余位作家舟车劳顿，不辞辛劳深入科研一线调研采访，深挖一人一事。以"青藏高原科学考察项目""东亚飞蝗灾害综合治理""顺丁橡胶工业生产新技术""灾后心理援助十周年纪实""从人工全合成牛胰岛素研究到人工全合成核糖核酸研究""从'黄淮海战役'到'渤海粮仓'""包头、攀枝花、金川综合开发项目""中国植物分类学发展与植物志书编纂""中国科大'少年班'""李佩先生相关事迹"为代表的选题,因涉及年代较为久远,跨越了一代甚至几代人的时光,部分重大工程参与单位遍布全国,部分中国科学院外单位甚至已经取消或重组,探访困难。纪红建、陈应松、薛媛媛、秦岭、铁流、李鸣生、杨献平、彭程、李燕燕、冯秋子等作家,在选题依托单位的支持下,以科研成果为中心,不囿于门户,尽最大可能遍访相关单位和亲历者,尊重历史、尊重科学的初心始终如一。以"从'望洋兴叹'到'走向深海大洋'""从无缆水下机器人研究到'蛟龙'号载人深潜器""猕猴桃属植物资源保护、种质创新及新品种产业化""我国两栖动物资源'国情报告'""中国泥石流研究""文章写在大地上——植物学家蔡希陶""中国北方沙漠化过程及其防治""冻土与沙漠地区工程建设支持西部发展""唤醒盐湖'沉睡'锂资源""澄江生物群和寒武纪大爆发"为代表的选题,采访、调研的客观条件较为恶劣。许晨、徐剑、李青松、袁山山、葛水平、李朝全、毛眉、李春雷、马步升、董立勃等作家,出远海、访林间、探深山、翻石冈、巡雨林、穿沙漠、过盐湖,亲历一线采风,与科研人员同吃同住同工作,以自己的亲身见闻,撰写出最生动的文章。而以"北京正负电子对撞机及二期改造工程""核聚变领跑记:中国的'人造太阳'""从黄土到季风""载人航天工程空间科学与应用""大气灰霾的追因与控制""高福院士和他的病毒免疫学团队""强激光技术""'中国天眼'及南仁东先生事迹"为代表的选题，涉及大量晦涩难懂的基础科学研究及其前沿进展。叶梅、武歆、冯捷、周建新、哲夫、张子影、蒋巍、王宏甲等作家克服极大困难，"跨界"学习自己所不熟悉的科学知识，甚至成了相关领域的"半个专家"。与此同时，中国科学院下属30余家科研院所逾百位分管领导和工作人员任劳任怨、尽职尽责，为作家创作提供支撑保障。如西北生态环境资源研究院办公室副主任岳晓，曾十余次陪同作家前往一线采访，包括环境艰苦恶劣的青海格尔木站和北麓河站（海拔4800米）、宁夏中卫沙坡头站、新疆天山冰川站和阿勒泰站等。

在审读定稿阶段，科学界、文学界近150位专家参与审读工作，为高质量作品的诞生提供有力保障。"冯康先生及其家族对中国科学技术的贡献"选题作家宁肯在书稿初稿创作完成后，秉着精益求精的态度，充分尊重各方建议，先后进行了三次重大调整，所付出的精力与调研创作时不相上下。"周立三先生对我国国情研究的贡献"选题作家杜怀超对作品精雕细琢，根据审读意见不断修改完善，对笔误也一一审校订正，力争做到尽善尽美。

"创新报国70年"大型报告文学丛书的创作出版工作，已历时五年。这五年中，科学与文学相互激荡、科学家与文学家激情碰撞。这些"碰撞"，也成为开展工作的难点所在。例如，书稿标题的拟定，是应当更平实，还是更富文学性？一项科研工作，是应当尽可能全面展示，还是选取最具可读性的片段施以浓墨重彩？一个或多个工作团队中，应当展现什么人物？又该重点展示这些人物的哪些方面？凡此种种，在成稿之前，作家和科研人员都展开了无数轮"激烈"讨论，经过多方考虑才达成一致。这些或大或小的"碰撞"，在编写过程中，是大家的焦虑所在；在最终呈现给大家的这套书中，也许将是最精华之所在。处理或有不周，但作为一种"跨界"的磨合，相信读者会读出不一样的精彩。

"创新报国70年"大型报告文学丛书项目办公室设在中国科学院科学传播局，联合中国作家协会创联部、中国科学技术协会调宣部共同开展统筹协调工作。项目执行单位先后设在中国科学院计算机网络信息中心、中国科学院文献情报中心。前前后后，数十人为之操劳奔忙，他们是中国科学院的杨琳、胡卉、储姗姗、李爽、陈雪、崔珞、王峥、孙凌筱、张颖敏、岳洋，中国作家协会的高伟、范党辉、孟英杰，中国科学技术协会的孟令耘等。这个团队持续跟踪选题创作和审读进展，及时发现问题、解决问题，付出了大量的时间和精力，保障了丛书的顺利出版。

感谢中国作家协会、中国科学技术协会、中国科学院以及浙江教育出版社的精诚合作，感谢各位专家、作家和工作人员对此项工作的辛勤付出，相信"创新报国70年"大型报告文学丛书的出版能够有力地传承科学文化，推进科技与人文融合发展，弘扬社会主义核心价值观和新时代科学家精神，为实现中华民族伟大复兴的中国梦发挥出独特作用。

"创新报国70年"大型报告文学丛书项目组

2019年6月

图书在版编目（CIP）数据

耕海探洋 / 许晨著. —— 杭州 ： 浙江教育出版社，
2019.9（2019.12 重印）
（"创新报国70年"大型报告文学丛书）
ISBN 978-7-5536-9376-7

Ⅰ．①耕… Ⅱ．①许… Ⅲ．①报告文学－中国－当代
Ⅳ．①I25

中国版本图书馆CIP数据核字(2019)第165877号

"创新报国70年"大型报告文学丛书

耕海探洋
GENGHAI TANYANG

许晨　著

策　　划：周　俊

责任编辑：王　华

文字编辑：姜天悦

责任校对：邢　洁　戴正泉

责任印务：沈久凌

出版发行：浙江教育出版社（杭州市天目山路40号　邮编：310013）

图文制作：杭州林智广告有限公司

印刷装订：浙江海虹彩色印务有限公司

开　　本：635 mm×965 mm　1/16

印　　张：27.75

字　　数：361 000

版　　次：2019 年 9 月第 1 版

印　　次：2019 年 12 月第 2 次印刷

标准书号：ISBN 978-7-5536-9376-7

定　　价：78.00 元

联系电话：0571-85170300-80928

网　　址：www.zjeph.com